华中农业大学自主科技创新基金项目"帕特·巴克小说战争叙事中的生命政治研究"（编号：2662020WGPY002）及华中农业大学外国语学院师资队伍建设资金资助出版

规训与褫夺

——帕特·巴克《重生》三部曲中的生命政治

李莉 著

武汉大学出版社

图书在版编目(CIP)数据

规训与褫夺:帕特·巴克《重生》三部曲中的生命政治/李莉著.—武汉:武汉大学出版社,2021.6

ISBN 978-7-307-22387-5

Ⅰ.规… Ⅱ.李… Ⅲ.帕特·巴克—小说研究 Ⅳ.I561.074

中国版本图书馆 CIP 数据核字(2021)第 115333 号

责任编辑:李 程 黄河清 责任校对:李孟潇 版式设计:马 佳

出版发行:武汉大学出版社 (430072 武昌 珞珈山)

　　　　　(电子邮箱:cbs22@whu.edu.cn 网址:www.wdp.whu.edu.cn)

印刷:武汉邮科印务有限公司

开本:720×1000 1/16 印张:17.25 字数:256 千字 插页:1

版次:2021 年 6 月第 1 版 2021 年 6 月第 1 次印刷

ISBN 978-7-307-22387-5 定价:68.00 元

版权所有,不得翻印;凡购我社的图书,如有质量问题,请与当地图书销售部门联系调换。

序　言

涂险峰

　　在当代英国文坛，帕特·巴克是与拜厄特、伊恩·麦克尤恩、马丁·艾米斯和石黑一雄等比肩并立的享誉世界的作家。她迄今从事文学创作近四十载，著述丰硕，声名远播。这些作品以其雄浑深刻而又丰富细腻的冷峻笔触，力透纸背地揭示了西方社会的种种问题与危机，对于性别、阶级、战争、暴力和创伤等现代主题进行了不遗余力的表现。在为数众多的小说作家中，巴克又以创作三部曲形式的长篇小说系列而别具一格。她已完成的 14 部精彩纷呈的小说力作，就有"女性生活三部曲""《重生》三部曲""当代生活三部曲""《生命课》三部曲"共四个"三部曲"。其中，以第一次世界大战为主要题材的《重生》三部曲，更是备受赞誉之作，被视为"无缝地融入一战的文学经典"。

　　《重生》三部曲不仅如许多"一战"题材的文学作品一样，表现成千上万的血肉之躯在战争机器中消耗陨灭的悲惨命运，以及战争给世界带来的巨大的身心创伤，而且更为深刻地展示了这种制造战争、维系战争的权力机制在整个社会肌体之中无所不在、无时不有的潜在作用，因而提供了一系列关于 20 世纪西方国家政治权力及其深层机制的富有洞察力的文学范本。这个范本以基于史实的、精细而宏大的叙事笔法，刻画了一代青年的精神与肉体如何被反复"征用和褫夺"的生命政治机制，揭示了西方现代社会中人随时可能沦为失去任何权益庇护的"赤裸生命"的生存境况。

不难看出，帕特·巴克在小说中以文学叙事深入探寻的基本主题，自然也是福柯、阿甘本等现代西方思想家理论的重心。福柯对于生命管控与规训的社会权力机制和谱系等方面的剖析，阿甘本关于"赤裸生命"和"例外状态"的政治哲学阐发，均与巴克小说叙事所揭示的生命境遇和存在状态具有内在的相似性和相通性。

这些特征，使得《重生》三部曲的叙事与福柯、阿甘本等关于生命政治的理论论述存在着天然的、内在的、深刻的契合度，蕴含着进行彼此对话和跨学科研究的非同寻常的潜力。然而，迄今国内外却罕有从福柯、阿甘本或其他理论家的生命政治学说角度来解析巴克《重生》三部曲等小说力作的研究成果，这倒是一件奇怪而遗憾之事。因此，李莉博士的这部新著以此角度切入其间，围绕着"规训与褫夺"来探讨《重生》三部曲中的生命政治等诸多问题，独具开拓创新意义。

本书作者颇为敏锐地看到，帕特·巴克笔下在"一战"中被驱策、动员走向战场的爱国青年，实质上在父权制的强制和规训之下，要么成为充满荣耀的被牺牲屠宰的祭品，要么变成阿甘本意义上被剥夺生存权利、不受法律保护、人可诛之的"Homo sacer"。本书还借助福柯的划分，先从人口的生命政治和人体的解剖政治这两个层面对巴克小说中的相关命题进行探讨。在人口的生命政治层面，作者借助对巴克小说的解析，揭示出生命政治在人口层面的巨大悖论，即以安全和健康名义而剥夺生命，并进而指出西方共同体的一个原始结构，即父权制下父亲对于儿子的杀戮，无论是赋予荣誉和尊严的献祭，还是剥夺权利和尊严并使其沦为阿甘本意义上的"赤裸生命"的杀戮。在人体的解剖政治层面，作者重点运用福柯的权力理论，分别解析了战前和战时的身体规训以及对于反抗者的监控与规训机制。当然，若仅从人口与人体的二元划分来探讨相关问题，则不免流于机械，并且可能遗漏某些介于两者之间或者兼有二者等更为复杂微妙的情形，因此，在第三章中，本书对人口与人体的中间地带进行考察，并变换角度切入问题，分别探讨精神病学和性的意义上的规训等生命政治论题，尤其是将医学治疗和性的激励与禁忌作为规训手段而实现的生命政治等论题。本书还注意到，生命政治不仅包含着西方父权制政治共同体在宏观和微观层面对个体生命的规训与褫夺这一单向机制，而且还包含着反向作用，因此，在第四章中，本书分析了通过自我技术而试图抵达的重生之路，两种痛觉的分裂与融合，以及重生的失败与可能成功之路等问题。

生命政治与文学叙事的跨学科研究，其目的并不在于将某种热门理论套用在文学作品之上。某种理论或思想与作品文本的相关性研究，既非以又一例证来证明这个理论的有效性甚至普适性，也非仅仅在于给文学作品找到一个新的阐释角度。理想的跨学科研究，既应超越为单一作品寻找又一新的阐释角度，也应超越为某一理论增添又一作品例证的有限目的，而是在两者之间构成一种对话张力，既检验这一理论的弹性和适用度，同时也能拓展对于作品的理解空间，甚至反过来能够拓展和深化这一理论本身。本书一定程度上体现了朝着这个方向的努力之势。生命政治与帕特·巴克小说三部曲的相关性研究，不仅为巴克小说研究提供了一个切中肯綮并富有启迪意义的洞察视野，而且，反过来，也检验了生命政治理论的适用度，甚至在某种意义上，可以拓展生命政治相关理论的认知视域。

当然，对于帕特·巴克小说三部曲与生命政治的相关性研究这一前人足迹罕至，却蕴含着巨大的对话张力和跨学科探索潜能的论题，要进行深入透彻的揭示，并非易事。本书作了开拓性尝试，其问题意识和学术抱负值得肯定。当然，这部基于博士论文撰写而成的著作，由于论题本身的难度及撰写时间的限制，其研究仍有进一步深化和拓展的空间。作为一项长期持续性研究的阶段性成果，它本身也同其作者一道成长。在此过程中，这项研究吸收了诸多评阅专家、答辩专家和学界同仁的宝贵意见，在观点、思路和表述等方面不断获得完善。作为本书作者的博士论文指导教师和本书最早的读者，我为这部著作的问世感到欣喜，也期待李莉博士将这项富有意义和价值的研究长期持续下去，并产生更加厚重、独到以及更具幽邃洞见的学术成果。

2020 年 10 月 7 日于武昌珞珈山

目　录

绪　论

第一节　选题缘起：文学与生命政治的相遇

帕特·巴克（Pat Barker, 1943—　）是英国当代文坛最活跃、最负盛名及独特创造力的作家之一，她的作品将历史、现实与想象巧妙地糅合在一起，深刻入微地从不同角度揭示了现代社会中的种种问题。她卓越的洞察力和创作才华使她的作品备受瞩目，马克·格雷夫（Mark Greif）宣称"她（巴克）可能是过去十年中艺术达到成熟的最进步的小说家"①，琳达·普雷斯科特（Lynda Prescott）认为在当代学界，巴克是足可与拜厄特（A. S. Byatt, 1936—　）、伊恩·麦克尤恩（Ian McEwan, 1948—　）、格雷厄姆·斯威夫特（Graham Swift, 1949—　）、马丁·艾米斯（Martin Amis, 1949—　）以及石黑一雄（Kazuo Ishiguro, 1954—　）等人比肩的作家。②

自1982年到2018年，巴克历时36年完成了14部作品。根据其主题的延续性，其中12部被分别称为"女性生活三部曲""《重生》三部曲""当

---

① Mark Greif. Crime and Rehabilitation. *The American Prospect*, April 2001, p. 36.
② 刘建梅：《帕特·巴克战争小说研究》，南开大学博士学位论文，2014年，第5页。

代生活三部曲",① 以及后来的"《生命课》三部曲"②。这些作品，同她的第四部小说《不在场的男人》(*The Man Who Wasn't There*，1989)，以及最新一部小说《女孩们的沉默》(*The Silence of the Girls*，2018)一样，都深刻表达了对西方现代社会中种种问题的关注，如性别、阶级、暴力、创伤及记忆等。

　　《重生》三部曲奠定了巴克在英国当代文坛中经典作家的地位。梅利特·莫斯里(Merritt Moseley)指出，《重生》三部曲"是而且将继续是巴克最知名的作品"③。麦凯兰·斯图尔德(MacCallum-Steward)宣称三部曲"可以说提供了 20 世纪文学中对一战的最权威的建构"，"无缝地融入一战文学经典"。④ 这三部以男性为主要角色、以第一次世界大战为背景的小说，使巴克突破了她作为英格兰北部的"地方性的、工人阶级女性作家"⑤的身份，显示了她娴熟驾驭男性世界和广阔题材的才能。三部曲甫一问世就引起空前的关注和赞赏，《重生》被"纽约图书评论"提名为 1991 年最好的四

---

　　① 参见 Belinda Webb. The other Pat Barker Trilogy. *The Guardian*，Nov. 20，2007. "女性生活三部曲"包括《联盟街》(*Union Street*，1982)、《刮倒你的房子》(*Blow Your House Down*，1984)和《丽莎的英格兰》(*Lisa's England*，1986)。《丽莎的英格兰》1996 年最初被命名为《世纪的女儿》(*The Century's Daughter*)，10 年后巴克将其改名为《丽萨的英格兰》，以强调这是写"英格兰状况(Condition-of-England)"的小说，参见 Merritt Moseley. *The Fiction of Pat Barker：A Reader's Guide to Essential Criticism*. London：Palgrave Macmillan，2014，p. 30；《重生》三部曲包括《重生》(*Regeneration*，1991)、《门中眼》(*The Eye in the Door*，1993)和《幽灵路》(*The Ghost Road*，1995)。1996 年这三部小说的合订本出版，冠名为《重生三部曲》(*The Regeneration Trilogy*)。"当代生活三部曲"包括《另一个世界》(*Another World*，1998)、《越界》(*Border Crossing*，2001)、《双重视域》(*Double Vision*，2003)。

　　② 参见 Pat Barker. *Noonday*. London：Hamish Hamilton，2015. 封底上记载着《经融时报》(*Financial Times*)的评论：《正午》是包括《生命课》(*Life Class*，2007)与《托比的房间》(*Toby's Room*，2012)在内的三部曲的最后一卷。

　　③ Merritt Moseley. *The Fiction of Pat Barker：A Reader's Guide to Essential Criticism*. London：Palgrave Macmillan，2014，p. 44.

　　④ Karen Patrick Knutsen. *Reciprocal Haunting：Pat Barker's Regeneration Trilogy*. Doctoral dissertation of Karlstad University，2008，p. 47.

　　⑤ Pat Barker，Rob Nixon. An Interview with Pat Barker. *Contemporary Literature*，2004 (1)，p. 6.

部小说之一，《门里的眼睛》获得"卫报"小说奖（The Guardian Fiction Prize），《幽灵路》则赢得了英国小说最高奖——布克奖（The Booker Prize）。巴克也因此在 1996 年被书商协会（Booksellers Association）誉为"年度作者"（Author of the Year），并在 2000 年的新年英国授勋（New Year's Honours）中，因"对文学的服务"被授予大英帝国司令勋章（A Commander of the Order of the British Empire，CBE）。在 2008 年，为庆祝布克奖四十周年而进行的"最佳布克奖"（The Best of the Booker）评选中，《幽灵路》入选六本书之一。① 此外，三部曲不仅被编入 20 世纪英国文学史，也进入英国中学高级阶段（A-level）及高等教育课程。② 如今，随着三部曲被翻译成多种语言，其在世界文学中也有着越来越重要的地位。

帕特·巴克的《重生》三部曲发表之时，正值欧洲庆祝第二次世界大战结束五十周年之际。20 世纪既是科技与文明迅猛发展，也是充满了血腥与屠杀的悲惨世纪。历史学家艾瑞克·霍布斯鲍姆（Eric Hobsbawm）将这个急速动荡的世纪称为"短暂的 20 世纪"③。对历史学家和小说家来说，这不仅是人类历史上最血腥的世纪，也是巨大变革发生的时期。第一次世界大战号称是"一场结束所有战争的战争"，然而这场战争不仅没有带来长久的和平，而且以高度现代化的武器给人类带来了史无前例的破坏，尤其是承担战士角色的男性之生命面临空前的挑战，成百万的男性身体在战场上被碾为齑粉。"一战"的代价巨大，以英国为例，官方统计 74 万名士兵死于伤亡，84000 名士兵死于疾病，伤残者无数，更有无数士兵遭受无法愈合的精神创伤。④ 这场战争对英国的影响无可估量，萨缪尔·海因斯（Samuel

---

① Merritt Moseley. *The Fiction of Pat Barker：A Reader's Guide to Essential Criticism*. London：Palgrave Macmillan，2014，pp. 8-9.

② Merritt Moseley. *The Fiction of Pat Barker：A Reader's Guide to Essential Criticism*. London：Palgrave Macmillan，2014，p. 44.

③ Eric Hobsbawm. *Ages of Extremes：The Short Twentieth Century 1914-1991*. London：Abacus，1995，p. X. 霍布斯鲍姆特意用这一短语意指从第一次世界大战到苏联解体这一时段。

④ Joanna Bourke. *Dismembering the Male：Men's Bodies，Britain and the Great War*. London：Reaktion，1996，p. 59.

Hynes)甚至说，"我们的世界始于那场战争"①。从"一战"到"二战"到海湾战争与9·11事件，从世界大战到不停的局部战争和恐怖活动，战争暴力成为一个沉重且无可避免的话题。在科技进步与文明发展中，人类不仅没有停止互相屠杀，屠杀反而变得更便利与惨烈，这不得不引起我们对其背后的权力机制进行反思。

20世纪以来，关于"一战"的档案、记录及各种历史与文学书写迅速增殖，表达了人们对历史进行反思的迫切需要，尤其是在90年代的世纪末情绪中，很多作家与艺术家开始"结合其自身的经历和记忆审视这个世纪"②，伊莱恩·肖沃尔特(Elaine Showalter)说道，这个过渡时期，"是体验更激烈，情绪更焦虑，更具有象征及历史意义之权重"的时代，因为人们"常常把死亡与重生的隐喻投射到一个世纪的最后十年"③。然而，如彼得·查尔兹(Peter Childs)指出的，20世纪初的"一战"作为集体记忆，没有得到足够的认可和处理，特别是"男性作为战争记忆的主要载体，也长期处在被忽视的边缘状态"④。巴克出版于20世纪90年代的《重生》三部曲，以"一战"中的男性为主要载体，重现和补充了这段历史，极大地弥补了这一缺憾。

三部曲采取半文献⑤的写法，将历史上的真实人物与虚构人物巧妙地

---

① Samuel Hynes. *A War Imagined*: *The First World War and English Culture*. London: Pimlico, 1992, p. 469.

② Lynda Prescott. Pat Barker's Vanishing Boundaries. in Bentley Nick. ed. *British Fiction of the 1990s*. London and New York: Routledge Taylor & Francis Group, 2005, p. 168.

③ Elaine Showalter. *Sexual Anarchy*: *Gender and Culture at the Fin de Siecle*. London: Bloomsbury, 1991, pp. 2-3.

④ Peter Childs. *Contemporary Novelists*: *British Fiction Since 1970*. Houndmills: Palgrave Macmillan, 2005, p. 61.

⑤ 罗纳德·保罗(Ronald Paul)将巴克的写作方式称为"semi-documentary approach"。参见 Karen Patrick Knutsen. *Reciprocal Haunting*: *Pat Barker's Regeneration Trilogy*. Doctoral dissertation of Karlstad University, 2008, p. 87.

结合起来。① 小说以在"一战"期间罹患弹震症的官兵及其心理医生之间的故事为主要线索，展现了 1917 年 9 月到 1918 年 11 月这一段战争岁月中，英国数十万年轻人的生命被直指生命与身体的权力牢牢掌控，在战争机器中消耗殆尽的命运。三部曲所呈现的青年男性所遭遇的渗透其身体的方方面面并将其推向死亡的权力，其本质乃是一种直接针对肉体与生命的权力，是法国哲学家福柯与意大利哲学家阿甘本所说的"生命政治"的权力。

福柯指出，18 世纪以来，将"人类之所以成为人类的基本生物特征重新纳入考虑的"政治，就是生命政治，② 19 世纪以来的战争都是与生命政治相关的，"因为权力是在生命、人类、种族和大规模的人口现象的水平上自我定位和运作的"③。而意大利哲学家阿甘本接续了福柯的生命政治研究，进一步指出，"奠定现代国家之基础的并不是作为一个自由的、有意识的政治主体的人，而首先是人的赤裸生命"④。他指出，"今天的权力是通过例外状态（紧急状态）而施行"，制造"紧急状态"是主权捕捉生命的操作，"任何地方的权力都在不断地指向并诉求紧急状态，并且暗中用尽力道在制造紧急状态"⑤。在上述意义上，巴克的三部曲无疑是 20 世纪关于西方民主国家生命政治权力技术的富有洞察力的范本，这个范本以基于史实的、精细而宏大的笔触，通过揭示一代青年男性是如何在生命政治机制

---

① 三部曲中有真实历史原型的主要人物有人类学家、神经学家、心理学家兼精神治疗专家瑞佛斯（W. H. R. Rivers）、军官兼诗人齐格弗里德·萨松（Siegfried Sassoon）与维尔弗莱德·欧文（Wilfred Owen）等，这些真实历史人物的行为与已知的历史基本一致。巴克在三部曲中每一部结尾处的"Author's Note"部分都列出了与小说相关的史实与史料。

② 米歇尔·福柯：《安全、领土与人口》，钱翰、陈晓径译，上海人民出版社 2018 年版，第 3 页。

③ 米歇尔·福柯：《性经验史》，佘碧平译，上海人民出版社 2005 年版，第 89 页。

④ 吉奥乔·阿甘本：《神圣人——至高权力与赤裸生命》，吴冠军译，中央编译出版社 2016 年版，第 175 页。

⑤ 吴冠军：《译者导论》，吉奥乔·阿甘本：《神圣人——至高权力与赤裸生命》，吴冠军译，中央编译出版社 2016 年版，第 44 页。

中被反复征用和褫夺，来反映西方现代社会中人随时会沦为赤裸生命的生存境况。三部曲中所呈现的生命在"保家卫国"与捍卫整体人口安全的名义下，被送上战争祭坛，以及因此被拣选、规训、控制与褫夺的过程，正体现了福柯所说的生命政治的悖论，即"生"的目标有时必须通过"死"来实现。也就是说，在"人口安全"的名义下，一部分人的生命是被定义为"可牺牲的"，是"必须死"的，即"为了让大多数人生，就必须让少数人死，为了让未来的人们活下去，就必须让现在的一部分人死"。① 而那些"可牺牲的"人在战争开启的例外状态中，随时会被剥夺各种权利，直至被缩减为最原始的肉体，其生命陷入完全不受任何法律保护的、实际的或潜在的死亡状态中，这正是阿甘本所说的"神圣人(赤裸生命)"的境遇。

三部曲所折射的生命政治问题，正是西方现代民主政治所面临的困境。阿甘本指出，当今世界政府持续公布种种危机，制造"永久的例外状态和紧急状态"，"法律的一种前所未有的过度膨胀到来了：它打着把一切合法化的幌子，通过法制的过度，背叛了它的合法性"。② 在紧急状态的常态化中，包括宪法条款在内的各种公民权利被无限悬置，公民随时会被降为赤裸生命。这种权力的操作在今日世界并不罕见，如"9·11事件"之后，美国总统布什于2001年11月30日颁布军事命令，授权军事委员会可以"'无限期拘留'与审判"涉嫌恐怖活动的"非公民"，对此，阿甘本评论道，布什总统的"命令"，"根本地消除了这些个人的任何法律地位，因此创造出了一个法律上无法命名与无法归类的存在"。③

对于如何理解当代问题及寻找解决之道，福柯转向了历史，他指出自己"对过去的历史研究只不过是对当下的理论探究投下的影子而已"④，他

---

① 陈培永：《福柯的生命政治图绘》，中国社会科学出版社2017年版，第41页。
② 吉奥乔·阿甘本：《教会与王国》，《论友爱》，刘耀辉、尉光吉译，北京大学出版社2017年版，第58页。
③ 吉奥乔·阿甘本：《例外状态——〈神圣之人〉二之一》，薛熙平译，西北大学出版社2015年版，第6~7页。
④ 吉奥乔·阿甘本：《何谓同时代人》，《裸体》，黄晓武译，北京大学出版社2017年版，第35页。

相信"为了探讨现在"，就"必须去探究历史"①。阿甘本也认为：当代是对过去的统摄，过去总是潜入当代中。② 从三部曲对历史的书写中，可以看到巴克具有的阿甘本意义上的"当代性"。她如阿甘本所说的"当代人"一样，对时代的痛苦异常敏感，并能"坚定地凝视自己的时代"③。她是阿甘本所说的那种能"感知当下黑暗、领会那注定无法抵达之光的人，同时也是划分和植入时间、有能力改变时间并把它与其他时间联系起来的人"④。约翰·布兰尼根（John Brannigan）指出，巴克的《重生》三部曲不仅仅是历史小说，也是"当代对于战争重新审视的小说，只是用战争故事索引了当代的社会、文化、性及政治争议"⑤。莎伦·蒙蒂思（Sharon Monteith）也指出，"在对海湾战争综合征的讨论中，三部曲涉及的话题正好在公众意识的前沿"⑥。基于三部曲在历史书写中对当代问题的积极探索，它不可避免地产生了与西方现代生命政治的本质联系。因此，从福柯与阿甘本的生命政治视角来解读三部曲，借用福柯的话说，可以使我们从巴克文本中那些貌似"外在的、互不相关的元素中看出一些清晰易懂的关系"⑦。探讨巴克《重生》三部曲中的生命政治现象，不仅是对文学文本中所呈现的历史现象背后的权力本质与运行机制的解读，也是对当代世界问题的探索。

---

① 汪民安：《什么是当代》，吉奥乔·阿甘本：《论友爱》，刘耀辉、尉光吉译，北京大学出版社 2017 年版，附录第 91 页。

② 汪民安：《什么是当代》，吉奥乔·阿甘本：《论友爱》，刘耀辉、尉光吉译，北京大学出版社 2017 年版，附录第 108 页。

③ 吉奥乔·阿甘本：《何谓同时代人》，《裸体》，黄晓武译，北京大学出版社 2017 年版，第 24 页。

④ 吉奥乔·阿甘本：《何谓同时代人》，《裸体》，黄晓武译，北京大学出版社 2017 年版，第 34~35 页。

⑤ John Brannigan. *Pat Barker*. Manchester: Manchester University Press, 2005, p. 94.

⑥ Sharon Monteith. *Pat Barker*. Tavistock, Devon: Northcote House in Associate with the British Council, 2002, p. 55.

⑦ 米歇尔·福柯：《安全、领土与人口》，钱翰、陈晓径译，上海人民出版社 2018 年版，第 278 页。

本书从福柯与阿甘本的生命政治思想出发来审视巴克小说中生命遭遇的各种诱导、怂恿、胁迫及暴力等诸种现象，以透视其背后根源性的、结构性的原因。生命政治的视角，提供了一个透视巴克描述之现象的透镜，使我们得以窥见现象的核心与本质，而巴克富含细节的、直指史实且血肉丰满的叙事，又补充、阐释及拓展了福柯与阿甘本所展示的生命政治图景，暴露出现代生命政治中使人难以预料、难以察觉的一些隐秘疆域。从生命政治角度解读巴克小说，不仅可以从新的视角推进及深化巴克小说研究，也使我们得以重新观照西方现代社会中人的生存困境，反思西方现代生命政治不断演进所带来的新的黑暗与危机，并对辨别与预警其中蕴藏的潜在危险及寻求解决之道有着重要的启示意义，因为她书写的战争作为历史的断裂之处，孕育着转折、变异和衍生等异常之处，这些异常之处既是黑暗潜伏之地，也是新的可能蕴生之处。

第二节　生命政治概述

"生命政治"（biopolitics）①是一个最早由瑞典政治学家科耶伦（Rudolf Kjellén）提出的词汇，他将国家视为一种生物性的有机体，如同个体生命一样，亦为自身"生命"的存续和发展而斗争。② 福柯主要在 1975 年到 1979

---

① 福柯认为在现代社会"实际上有一个统治权—规训—治理的三角"，参见米歇尔·福柯：《安全、领土与人口》，钱翰、陈晓径译，上海人民出版社 2018 年版，第 139 页。福柯研究者陈培永认为"生命权力"和"生命政治"在福柯的文本中，并没有明确的区分，两者是模糊的，有时还是混用的，他用"生命政治学"来指以福柯的生命权力和生命政治为研究对象的学说、理论，参见陈培永：《福柯的生命政治图绘》，中国社会科学出版社 2017 年版，第 2 页。但他也认为在福柯所说的三角中，"治理用'生命权力'来代替并无不妥"，参见陈培永：《福柯的生命政治图绘》，中国社会科学出版社 2017 年版，第 116 页。本书根据福柯的权力之三角及陈培永的解读，对概念略作区分，将"生命权力"区别于"生命政治"，用"生命政治"或"生命政治权力"来指包括"生命权力"与"规训权力"二者在内的权力。

② 吴冠军：《译者导论》，吉奥乔·阿甘本：《神圣人——至高权力与赤裸生命》，吴冠军译，中央编译出版社 2016 年版，第 11 页。

年于法兰西学院演讲的一系列课程中论及生命政治或生命权力，根据这些课程出版的书籍有《必须保卫社会》《安全、领土与人口》《生命政治的诞生》。此外，《性经验史》第一卷《认知的意志》中也有涉及。① 在福柯题为《安全、领土与人口》的授课情况简介中，米歇尔·塞内拉尔（Michel Senellart）总结道，"福柯的两次授课《安全、领土与人口》和《生命政治的诞生》，构成了统一的双联画，都属于生命权力"。他指出："这两个年度的授课就是重新勾勒'对生命的权力'在18世纪的出现，福柯从中看到了'一种根本的转型，也许是人类社会史上最重要的转型之一'。"②

福柯在1976年3月的法兰西学院授课中，首次使用"生命政治"一词来定义新的针对生命的权力技术。他认为17世纪至18世纪出现了两种新型的权力，第一种是以个人化的模式针对肉体的在"人—肉体"的方向上出现的权力形式，他称之为"肉体人的解剖政治学"（anatomo-politique），18世纪下半叶出现的第二种不是在"人—肉体"，而是在"人—类别"的方向上出现的权力形式，他称之为人类的"生命政治学"（biopolitique）。③ "肉体人的解剖政治学"又被译作"人体的解剖政治"，人类的"生命政治学"又被称作"人口的生命政治"。④

福柯指出，"'规训'就是'人体的解剖政治'"，是"以作为机器的肉体为中心而形成的：如对肉体的矫正、它的能力的提高、它的各种力量的榨取，它的功能和温驯的平行增长"等为特征的权力机制。"人口的生命政治"是一种"生命权力"，指的是"以物种的肉体、渗透着生命力学并且作为生命过程的载体的肉体为中心"而实施的"一连串的介

---

① 陈培永：《福柯的生命政治图绘》，中国社会科学出版社2017年版，第2页。

② 米歇尔·塞内拉尔：《授课情况简介》，米歇尔·福柯：《安全、领土与人口》，钱翰、陈晓径译，上海人民出版社2018年版，第493页。

③ 米歇尔·福柯：《必须保卫社会》，钱翰译，上海人民出版社2018年版，第266页。

④ 参见《性经验史》中佘碧平的翻译。米歇尔·福柯：《性经验史》，佘碧平译，上海人民出版社2005年版，第90页。本书统一采用佘碧平的翻译。

入和'调整控制'"。①"规训权力"和"生命权力"这两种权力机制，前者惩戒，后者调节，不处在同一个层面，然而"在大部分情况下，权力的惩戒机制和权力的调节机制，针对肉体的惩戒机制和针对人口的调节机制是相互铰接在一起的"②。肉体的规训和人口的调节构成了生命政治机制的两极，既"面向肉体的性能，又关注生命的过程——表明权力的最高功能从此不再是杀戮，而是从头到尾地控制生命"③。

在这"人口"与"人体"的两个层面，福柯特别指出，"医学"和"性"都是重要的战略领域。他指出，"医学，是既作用于肉体又作用于人口，既作用于有机体又作用于生物学过程的知识—权力，因此会产生惩戒效果和调节效果"④。而性既是个人化的、"完全肉体的行为"，属于个体层面的规训对象，又通过生殖效果，进入人口层面并产生后果，因此，"性，正好处于肉体和人口的十字路口"⑤，它既揭示了惩戒，也揭示了调节。

福柯强调，这种以物种的延续和人口的总体安全为目标的生命权力，在其运行中有着杀死生命的悖论。在特定情况下，"权力以一种可以取消生命的方式运行"⑥。这意味着个体服务于整体的人口，其个体权力和生命

---

① 米歇尔·福柯：《性经验史》，佘碧平译，上海人民出版社 2005 年版，第 90 页。陈培永指出，福柯对生命权力的理解有广义和狭义之分，广义理解它包括规训权力，狭义理解就仅仅指生命权力。如果相对于统治权力或君主权力，生命权力就包括两者，即包括"对人体的解剖政治"和"对人口的生命政治"。参见陈培永：《福柯的生命政治图绘》，中国社会科学出版社 2017 年版，第 6 页。本书所说的生命政治即广义地包括"规训权力"和"生命权力"二者在内。
② 米歇尔·福柯：《必须保卫社会》，钱翰译，上海人民出版社 2018 年版，第 274 页。
③ 米歇尔·福柯：《性经验史》，佘碧平译，上海人民出版社 2005 年版，第 90 页。
④ 米歇尔·福柯：《必须保卫社会》，钱翰译，上海人民出版社 2018 年版，第 276 页。
⑤ 米歇尔·福柯：《必须保卫社会》，钱翰译，上海人民出版社 2018 年版，第 275 页。
⑥ 米歇尔·福柯：《必须保卫社会》，钱翰译，上海人民出版社 2018 年版，第 277 页。

在"保卫人类社会、延续人类生存发展"的理由下，有可能被合法地、正当地剥夺。① 18 世纪渐趋成熟的统计学，是基于一定的数据比率来定义人口安全的，如"正常的致病率或者正常的死亡率"，即"人口安全"并非保证每一个人的生命安全，而是保证一定比率的人口安全，与之相应的安全技术要做的是"努力压低最不利的正常曲线"②，即将死亡率保持在可接受的、不影响物种延续的限度内即可。这就意味着，在某些特殊情况下，通过计算和分析，一部分人的生命为了"整体人口"的安全，是可以被放弃和牺牲的。而现代科学技术对战争兵器的无限发展使得统治者"杀戮成百万，成千万人"成为可能。③ 巨大的死亡权力厚颜无耻地成了"对一种积极地管理、抬高、增加、具体控制和整体调节生命的权力的补充"④。杀戮是为了生存，因而"把人民置于一个普遍死亡的危险境地的权力成了维护生存的权力的反面"⑤。

在围绕生命权力的政治体系中，福柯引入了"种族主义"来阐释生命政治之死亡权力的运转。他认为"使种族主义进入国家机制的正是生命权力的出现"，"种族主义作为权力的根本机制在现代国家中发挥作用，没有任何一个国家的现代职能不在某一时刻、在某一范围内、在某些情况下、没有通过种族主义"。⑥ 首先，种族主义是"在人口内部错开不同集团的手段"，这意味着"权力把人口当作各种族的混合体来对待，或更精确地说把它承担责任的人分为次集团，它们就是种族"。⑦ 在福柯看来，种族主义使

① 陈培永：《福柯的生命政治图绘》，中国社会科学出版社 2017 年版，第 66 页。

② 米歇尔·福柯：《安全、领土与人口》，钱翰、陈晓径译，上海人民出版社 2018 年版，第 78 页。

③ 米歇尔·福柯：《必须保卫社会》，钱翰译，上海人民出版社 2018 年版，第 277 页。

④ 米歇尔·福柯：《性经验史》，佘碧平译，上海人民出版社 2005 年版，第 88 页。

⑤ 米歇尔·福柯：《性经验史》，佘碧平译，上海人民出版社 2005 年版，第 89 页。

⑥ 米歇尔·福柯：《必须保卫社会》，钱翰译，上海人民出版社 2018 年版，第 278 页。

⑦ 米歇尔·福柯：《必须保卫社会》，钱翰译，上海人民出版社 2018 年版，第 278~279 页。

人在自己的生命和他人的死亡之间建立一种联系，这不是军事或战争类型的联系，而是生物学类型的联系："低等生命越趋向消失，不正常的个人越被清除，相对于人类退化者越少，我(不是作为个人而是作为类)就生活得越好，我将更强壮，我将精力充沛，我将能够繁衍。"①

福柯指出种族主义要消灭的是劣等种族、低等种族或退化的、变态的种族，"是在人口之内或之外针对人口的危险"②。它不以政治对手为目标，而旨在消灭生物学上的危险。福柯指出，在规范化社会中，种族主义"是把人处死的条件"，"在国家按照生命权力的模式运转之后，国家杀人的职能就只能由种族主义来保证"。③ 他强调，"不把使人死简单地理解为直接的杀人，而是所有可能的间接杀人；置人于死地，增加死亡的风险，或简单地，政治死亡、驱逐、抛弃，等等"④。

在福柯看来，在19世纪，"权力占有了生命"，也就是说，通过惩戒技术和调节技术的双重游戏，权力覆盖了从肉体到人口的全部。⑤ 当生命权力进入社会生活的各个角落，在整体与个体层面完全掌控了人的生命和肉体时，主体"不再是人的主体"，而是"人被权力征服、奴役、操控的标志"了。⑥ 针对这种使主体客体化的权力技术，福柯提出了"自我技术"(technologies of the self)作为反抗权力支配的可能途径。在从1980年到1982年名为《对活人的治理》及《自我技术》等讲座中，福柯探讨了"自我技

---

① 米歇尔·福柯：《必须保卫社会》，钱翰译，上海人民出版社2018年版，第279页。

② 米歇尔·福柯：《必须保卫社会》，钱翰译，上海人民出版社2018年版，第279页。

③ 米歇尔·福柯：《必须保卫社会》，钱翰译，上海人民出版社2018年版，第280页。

④ 米歇尔·福柯：《必须保卫社会》，钱翰译，上海人民出版社2018年版，第280页。

⑤ 米歇尔·福柯：《必须保卫社会》，钱翰译，上海人民出版社2018年版，第276~277页。

⑥ 陈培永：《福柯的生命政治图绘》，中国社会科学出版社2017年版，第174~175页。

术"的问题，指出权力的技术"决定个体的行为，并使他们屈从于某种特定的目的或支配权，也就是使主体客体化"，而"自我技术"是"使个体能够通过自己的力量，或者他人的帮助，进行一系列对他们自身的身体及灵魂、思想、行为、存在方式的操控，以此达成自我的转变，以求获得某种幸福、纯洁、智慧、完美或不朽的状态"①。在这些行为中，"人自身就是行为的对象，也是行为实施的领域，是行为工具，也是行为主体"②。

继福柯之后，意大利哲学家吉奥乔·阿甘本（Giorgio Agamben）的研究使生命政治大放异彩，"乃至在欧陆政治思想中形成一个'生命政治的转向（biopolitical turn）'"③。阿甘本是当代意大利最具影响力的政治哲学家和法学家，以及当代欧洲最受欢迎的四位左翼思想家之一，④他接续了福柯关于生命政治的话题，并通过阐释"神圣人"（homo sacer）⑤这一核心概念，提出了人类共同体的"原始结构"问题。坎贝尔（Timothy Campbell）与塞茨

---

①　米歇尔·福柯：《自我技术（福柯文选Ⅲ）》，汪民安编，北京大学出版社2016年版，第54页。

②　米歇尔·福柯：《自我技术（福柯文选Ⅲ）》，汪民安编，北京大学出版社2016年版，第13页。

③　吴冠军：《译者导论》，吉奥乔·阿甘本：《神圣人——至高权力与赤裸生命》，吴冠军译，中央编译出版社2016年版，第21页。

④　高奇琦：《阿甘本对西方法治与民主神话的批判与限度》，《政治学研究》2012年第3期，第58页。

⑤　"神圣人"（homo sacer）在国内学界有多种翻译。如朱元鸿将其译为"受谴咒的人"，参见朱元鸿：《阿冈本"例外统治"里的薄暮或晨晦》，《文化研究》（中国台湾）2005年第1期。薛熙平将其译为"神圣之人"，参见薛熙平、林淑芬：《后记》，吉奥乔·阿甘本：《例外状态——〈神圣之人〉二之一》，薛熙平译，西北大学出版社2015年版。大陆学者如胡继华等将其译为"牲人"，参见胡继华：《生命政治化——简述乔治·阿甘本》，《国外理论动态》2006年第5期。刘小枫译为"法外人"，参见刘小枫：《阿冈本与"政治神学"公案》，《读书》2014年第11期。张宪丽将其翻译为"受谴者"，参见张宪丽：《阿甘本法律思想研究》，法律出版社2016年版。蓝江与吴冠军在各自的论文与译作中，都将之译为"神圣人"，参见蓝江：《赤裸生命与被生产的肉身：生命政治学的理论发凡》，《南京社会科学》2016年第2期；参见吉奥乔·阿甘本：《神圣人——至高权力与赤裸生命》，吴冠军译，中央编译出版社2016年版。在以上多个译名中，笔者认为"神圣人"最能体现"homo sacer"一词所承载的特殊意义在历史上的嬗变过程，所以本书采用这一译名，并加引号以突出其在特殊语境中的特殊意义。

（Adam Sitze）评论道，阿甘本对生命政治的独特阐释使"福柯那长年休眠的论生命政治的文本，被以它当下的形态重新激活"①。

　　"神圣人"是阿甘本生命政治思想的核心概念。在古罗马法中，"神圣人"是指那种"可以被杀死，但不能用于祭祀"的人，因此，"神圣人"便作为一种原始形象，包含了同时失去"人间法"与"神法"的保护，沦为可以被任意杀死而不会产生法律责任的赤裸生命。② 阿甘本将"神圣人"不受保护的生命又称作"赤裸生命"。③

　　"神圣人"与"主权者"构成了权力的两极。阿甘本所说的"主权者"，有悬置法律有效性的权力，同时他可以合法地将自己置于法律之外。阿甘本意义上的主权者"既可能是国家权力，也可能是具体案例中的某一行为者"④。"主权者"通过在共同体内悬置既有的法律，宣布"例外状态"，例外状态便通过主权的决断而发生。对施密特而言，"决断"即霍布斯所说的"不是真理，而是权威制定法律"。⑤ 通过主权决断例外状态，生命"被排除在它本应受到保护的空间外"，被缩减为"神圣生命"⑥。在施密特关于"例外"与"主权者"的研究的基础上，阿甘本提出，这一"法律+法律之例外"是构成人类共同体（至少是西方共同体）的原始结构，它造成了西方民主政治无法克服的困境。⑦ 只要这一原始结构得不到改变，生命永远处于随时会被"神圣化（即赤裸化）"的状态，被任意褫夺与征用，因为"当政治

----

① 吴冠军：《译者导论》，吉奥乔·阿甘本：《神圣人——至高权力与赤裸生命》，吴冠军译，中央编译出版社 2016 年版，第 21 页。

② 吴冠军：《阿甘本论神圣与亵渎》，《国外理论动态》2014 年第 3 期，第 47 页。

③ 吴冠军：《译者导论》，吉奥乔·阿甘本：《神圣人——至高权力与赤裸生命》，吴冠军译，中央编译出版社 2016 年版，第 9 页。

④ 张宪丽：《阿甘本法律思想研究》，法律出版社 2016 年版，第 136 页。

⑤ 乔治·施瓦布：《例外的挑战：卡尔·施密特的政治思想导论（1921—1936 年）》，李培建译，上海人民出版社 2011 年版，第 60 页。

⑥ 吴冠军：《译者导论》，吉奥乔·阿甘本：《神圣人——至高权力与赤裸生命》，吴冠军译，中央编译出版社 2016 年版，第 35 页。

⑦ 吴冠军：《译者导论》，吉奥乔·阿甘本：《神圣人——至高权力与赤裸生命》，吴冠军译，中央编译出版社 2016 年版，第 39 页。

被缩减为生命政治，那么任何人都有结构性的可能，成为主权者或神圣人"①。

阿甘本认为 20 世纪的生命政治在"一种迄今未知的程度上被构建为极权主义的政治"②。现代国家权力的诡异之处在于，在国家安全遭到威胁时，国家可以以紧急状态为由悬置有关法律，甚至是"不可侵犯的宪法条款"③，来宣布例外状态，这使得制造例外状态成为权力正当化的方式。

对于如何反抗将生命"神圣化"的权力，阿甘本提出了"污浊化"与"嬉戏"的解决之道。"污浊化"是"将已经被移到神圣领域的事物，返回到共通使用中"④的必要手段，而"嬉戏"是"污浊化的一种典范形式"⑤。他指出，彻底破除共同体原始结构之希望，唯有"孩童和哲人带给人类"。⑥ 他与福柯一样，都将反抗生命政治权力魔网的希望寄托于哲人式的生活方式中。

第三节 国内外研究概况

《重生》三部曲开阔的社会、历史和文化视野，深刻而自觉的人文意识，对当代种种社会问题的映射与积极探索，对性别、性、阶级、身份、暴力、创伤、记忆等问题鲜明、细腻而坦率的书写，以及它高度尊重历史

---

① 吴冠军：《译者导论》，吉奥乔·阿甘本：《神圣人——至高权力与赤裸生命》，吴冠军译，中央编译出版社 2016 年版，第 42 页。

② 吉奥乔·阿甘本：《神圣人——至高权力与赤裸生命》，吴冠军译，中央编译出版社 2016 年版，第 164 页。

③ 吉奥乔·阿甘本：《神圣人——至高权力与赤裸生命》，吴冠军译，中央编译出版社 2016 年版，第 225 页。

④ 吴冠军：《译者导论》，吉奥乔·阿甘本：《神圣人——至高权力与赤裸生命》，吴冠军译，中央编译出版社 2016 年版，第 66 页。

⑤ 吴冠军：《译者导论》，吉奥乔·阿甘本：《神圣人——至高权力与赤裸生命》，吴冠军译，中央编译出版社 2016 年版，第 68 页。

⑥ 吴冠军：《译者导论》，吉奥乔·阿甘本：《神圣人——至高权力与赤裸生命》，吴冠军译，中央编译出版社 2016 年版，第 69~70 页。

细节的风格，使之自出版之日起，便引起英国文坛的广泛关注与评论。如梅利特·莫斯里所说，"虽然事业早期的巴克绝没有被评论家忽略，但关于她作品的严肃评论是随着《重生》三部曲的出版而急剧增加的"①。在国内，对《重生》三部曲，乃至对帕特·巴克全部作品的研究尚处于初始阶段。

在英国，《重生》三部曲被陆续收入 20 世纪各类英国文学史中，如彼得·查尔兹编撰的《当代小说家：1970 年后的英国小说》(*Contemporary Novelists：British Fiction Since 1970*)②，尼克·班特利(Nick Bentley)编辑的《九十年代的英国小说》(*British Fiction of the 1990s*)③，布莱恩·谢弗(Brian Shaffer)编辑的《伴读 1945—2000 年的英国及爱尔兰小说》(*A Companion to the British and Irish Novel 1945-2000*)④等，都收录有关于《重生》三部曲的章节。文森特·谢里(Vincent Sherry)编辑的《剑桥一战文学导读》(*The Cambridge Companion to the Literature of the First World War*)⑤，劳拉·马库斯(Laura Marcus)与彼得·尼科尔斯(Peter Nicholls)联合主编的《剑桥二十世纪英国文学史》(*The Cambridge History of Twentieth-Century English Literature*)⑥也都提及了巴克的《重生》三部曲。

随着《重生》三部曲进入英国中学高级阶段及高等教育体系，与三部曲相关的学位论文及导读专著等也应运而生，对三部曲进行专门解析或提供

---

①　Merritt Moseley. *The Fiction of Pat Barker：A Reader's Guide to Essential Criticism*. London：Palgrave Macmillan, 2014, p. 1.

②　Peter Childs. *Contemporary Novelists：British Fiction Since 1970*. Houndmills：Palgrave Macmillan, 2005, pp. 58-79.

③　Nick Bentley. ed. *British Fiction of the 1990s*. London and New York：Routledge Taylor & Francis Group, 2005.

④　Brian W Shaffer. ed. *A Companion to the British and Irish Novel 1945-2000*. Malden, MA：Blackwell Publishing Ltd, 2005, pp. 550-559.

⑤　Vincent Sherry. ed. *The Cambridge Companion to the Literature of the First World War*. Cambridge：Cambridge University Press, 2005, p. 105.

⑥　Laura Marcus, Peter Nicholls. ed. *The Cambridge History of Twentieth-Century English Literature*. Cambridge：Cambridge University Press, 2004, p. 272.

研读指南。卡琳·韦斯特曼（Karin Westman）于 2001 年出版的以学生为对象的《重生》导读《帕特·巴克的〈重生〉：读者指南》（*Pat Barker's Regeneration：A Reader's Guide*）①，以及莎拉·甘布勒（Sarah Gamble）编纂的学生手册《重生》（*Regeneration*）②，便是此例。韦斯特曼简介了作者的生平与创作，解读了《重生》对战争与历史的思考。甘布勒则以笔记的形式，简介了小说内容、作者生平、"一战"背景及批评方法，指出研读《重生》的重要途径，如性别、创伤及马克思主义等。与此同时，大学中也相继出现了研究三部曲的相关论文，如凯伦·帕特里克·克鲁特森（Karen Patrick Knutsen）2008 年的博士论文《交互萦绕：帕特·巴克的〈重生三部曲〉》（*Reciprocal Haunting：Pat Barker's Regeneration Trilogy*）③结合福柯的话语概念和巴赫金的对话理论，多层次地解读了巴克作品中的创伤、阶级、性别和心理，指出巴克在这些领域重新阐释了过去，且三部曲是关于"一战"互文文本链中活跃的一环，其独特之处在于巴克不仅整合了关于"一战"的，而且整合了整个 20 世纪的话语形构（discursive formation）。这是一部比较成熟与醒目的论文，于 2010 年由德国韦克斯曼（Waxmann）出版社正式出版成书。

自问世以来，三部曲不仅本身成为评论界的热点，也将巴克其他的作品纳入学界的视野，如约翰·布兰尼根特别指出，"正是三部曲使巴克的全部作品受到评论界的关注"④。20 世纪 90 年代始，评论界对巴克作品的热情日益高涨，不仅有针对其各部作品的概览和评述，且先后出现了十来部针对巴克作品的评论专著或评论集，几乎每一部都有对三部曲的重点介绍和论述。

---

① Karin Westman. *Pat Barker's Regeneration：A Reader's Guide*. New York and London：Continuum，2001.

② Sarah Gamble. *Regeneration：York Notes Advanced*. London：York Press，2009.

③ Karen Patrick Knutsen. *Reciprocal Haunting：Pat Barker's Regeneration Trilogy*. Doctoral dissertation of Karlstad University，2008.

④ John Brannigan. *Pat Barker*. Manchester：Manchester University Press，2005，p. 167.

　　莎伦·蒙蒂思于 2002 年出版的《帕特·巴克》(*Pat Barker*)一书概述了巴克 2001 年前出版的所有作品的重要主题，如性别、战争、阶级、记忆和历史等。她分别从历史与记忆、弹震症与心理治疗、前线与后方的分裂、战争中的女性、阶级冲突、性与死亡等角度全面分析了三部曲。她认为巴克敢于质疑既定成见，挑战富有争议的问题，"暴力、爱国主义及道德保证，每项都震荡并贯穿着巴克的全部作品" ①。

　　2005 年，由莎伦·蒙蒂思与玛格丽塔·乔利(Margaretta Jolly)，纳厄姆·尤萨夫(Nahem Yousaf)和罗纳德·保罗(Ronald Paul)联合编辑出版的《巴克作品的批评视角》(*Critical Perspective on Par Barker*)集合了对巴克 2003 年之前出版的小说的重要批评方法和角度，辨析了各类批评文本之间的对话与互文关系，"在路径和方法论上丰富多样"，"代表了世界范围内的学术兴趣"，其"范围和广度代表了前二十年评论界对巴克作品的兴趣所在"。② 这部经典选集囊括的 18 篇文章中，有 7 篇聚焦于三部曲，分别从文明与暴力、阶级、性别、男性气质危机、创伤与记忆、心理治疗等角度，对三部曲的创作思想、立场与主题、叙事艺术等做出了广泛而富有深度的探讨。莎伦·蒙蒂思归纳道，该书收录的评论揭示了巴克关注的"一整套围绕伦理与道德、信仰、犯罪、心理分析与精神病、记忆与创伤、现代性与后现代性，以及政治与表征的社会及智识问题"③。莫斯里指出，该评论集的一个重要特征是作者采用了"评论兼教学的"④的方法来导读巴克，进一步佐证了巴克小说在课程体系中的重要性。

　　约翰·布兰尼根于 2005 年出版的研究专著《帕特·巴克》(*Pat*

---

　　① Sharon Monteith. *Pat Barker*. Tavistock, Devon: Northcote House in Associate with the British Council, 2002, p. 110.

　　② Sharon Monteith, Margaretta Jolly, Nahem Yousaf, Ronald Paul. ed. *Critical Perspective on Par Barker*. Columbia, SC: University of South Carolina Press, 2005, p. xiii.

　　③ Sharon Monteith. Forewaord. in Pat Wheeler. ed. *Re-Reading Pat Barker*. Nottingham: Cambridge Scholars, 2011, p. ix.

　　④ Merritt Moseley. *The Fiction of Pat Barker: A Reader's Guide to Essential Criticism*. London: Palgrave Macmillan, 2014, p. 130.

Barker），提供了一个研究概览，继续探讨了巴克小说的常见主题，并着重从"历史与萦绕"（history and haunting）的角度分析了三部曲中的身体症状与心理治疗、政治与医药、医学与伦理等，指出战争可能"是亚伯拉罕与以撒故事的'永恒'重复"①。

大卫·沃特曼（David Waterman）2009 年出版的《帕特·巴克及对社会现实的沉思》（*Pat Barker and the Meditation of Social Reality*），从社会表征的角度探讨了巴克 2007 年之前出版的包括《生命课》在内的 11 部作品，其中聚焦于三部曲的第三章名为《英雄化的男性气质与内部的敌人》，指出表征通过对人或事件进行分类与定义，通过对过去与记忆的建构等来生产既定的现实，并将之强加于个体，而三部曲正是通过这种习俗化的、规定性的表征所创造的性别准则，将男性限定在特定的坐标位置上，被社会"接纳或排除"②。

马克·罗林森（Mark Rawlinson）于 2010 年出版的《帕特·巴克》（*Pat Barker*）是"新英国小说"系列出版物中的一部分，也涵盖了巴克 2007 年前出版的全部作品，指出巴克值得阅读之处在于"她的小说抓住了当代，特别是我们居于其中的当代世界的思想与价值观，并为当下提供了意义深远的视域"③。该书第二章第三部分通过对主要角色如瑞佛斯、普莱尔及萨松的分析，从历史记忆、心理治疗、叙事技巧、暴力与创伤等角度，揭示了一个遮蔽暴力的文化对个体的压抑和扭曲，并指出"对心理治疗专业知识嘲讽式的处理是探测 20 世纪文化如何贯彻暴力的一个突出策略"④。

2011 年，帕特·惠勒（Pat Wheeler）编辑出版的评论集《重读帕特·巴

---

①　John Brannigan. *Pat Barker*. Manchester: Manchester University Press, 2005, p. 118.

②　David Waterman. *Pat Barker and the Meditation of Social Reality*. Amherst, NY: Cambria Press, 2009, p. 91.

③　Mark Rawlinson. *Pat Barker*. London: Palgrave Macmillan, 2010, p. 12.

④　Mark Rawlinson. *Pat Barker*. London: Palgrave Macmillan, 2010, p. 70.

克》(*Re-Reading Pat Barker*)，被看作《巴克作品的批评视角》的续篇。该书的第四章从瑞佛斯与普莱尔出发，解读了三部曲中纠缠在一起的阶级冲突、性与性别。[①]

由莫斯里于 2014 年出版的评论专著《巴克小说：经典评论读者指南》(*The Fiction of Pat Barker：A Reader's Guide to Essential Criticism*) 是一本集大成之作。本书第四、五、六章分别解读了《重生》《门中眼》和《幽灵路》，分析了三部作品中复杂的性与性别身份、阶级、战争观、暴力、死亡与记忆等问题，并提供了巴克小说概览及阅读指南，不仅为研究三部曲，也为研究巴克作品提供了导航。[②]

此外，艾瑞克·桑德斯 (Eric Sanders) 2012 年编辑的《重要作家指南：聚焦帕特·巴克，包括她的教育，热门作品如〈联盟街〉〈重生三部曲〉等的分析、改编、奖项、别的兴趣及其他》(*The Essential Writer's Guide：Spotlight on Pat Barker, Including Her Education, Analysis of Her Best Sellers such as Union Street, the Regeneration Trilogy, Adaptations, Awards, Other Interests, and More*) 较为完整地收集和整理了网络上可获得的关于巴克及其 2012 年前出版的所有作品的相关介绍、评论和各类信息。[③]

除了部分评述被这些内容全面、阵容强大的评论集囊括，尚有诸多评论未被收录其中，且新的评论文章与作家访谈也不断涌现，其数量众多、风格各异的评论文献令人难以尽叙，但总体而言，触及三部曲的核心特征，令各路评论家都难以避免的批评主题与角度，综合起来可以概括为以下要素，即创伤、记忆、历史、心理分析与治疗、战争、暴力、性别、身体、阶级、叙事等，以及对这些要素的有机组合。

---

① Pat Wheeler. ed. *Re-Reading Pat Barke*. Nottingham：Cambridge Scholars，2011.

② Merritt Moseley. *The fiction of Pat barker：A Reader's Guide to Essential Criticism*. London：Palgrave Macmillan，2014.

③ Eric Sanders. *The Essential Writer's Guide：Spotlight on Pat Barker, Including Her Education, Analysis of Her Best Sellers such as Union Street, the Regeneration Trilogy, Adaptations, Awards, Other Interests, and More*，2012. 该书成书没有标注其他出版信息。

对性别的关注被看作巴克小说的一个重要特征,约翰·布兰尼根指出,"对性别身份和形成的关注贯穿她的全部作品"①。莎伦·蒙蒂思分析道,正是"男性与女性这种坚韧的忍耐构成了她小说的特色"②。琳达·普雷斯科特也指出巴克着眼于过去与现在之间的关系对两性的影响,她认为巴克20世纪90年代的作品体现了两性分界的消失,③ 三部曲的角色都目睹了体现于女性生活中的巨大的时代变迁④。

很多批评家将三部曲看作男性气概之危机的演绎,如桑德拉·M.吉尔伯特(Sandra M. Gilbert)结合史实,分析了三部曲中由战争导致的性别权力的变更与性别秩序的颠倒,男性权力压缩与女性权力膨胀,以及由此带来的两性之间的分裂与冲突。⑤ 格雷格·哈里斯(Greg Harris)从文学和历史的角度解读了英国式的"男性气概",指出不仅女性,男性也是一定历史与意识形态的牺牲品,在一个一味地强调"男性气概"的社会,男性的真实情感遭到蔑视,士兵在战火中表现出来的精神创伤的症状,被看作"软弱"和"懦弱"的证据,正是被内化的男性气质标准造成了军人的压抑。⑥帕特·惠勒认为三部曲指出了"战时男性应该上战场"这一观念本质之罪。

---

① John Brannigan. *Pat Barker*. Manchester: Manchester University Press, 2005, p. 3.

② Sharon Monteith. Warring Fictions: Reading Pat Barker, *Moderna Sprak*, 1997 (2), p. 127.

③ Lynda Prescott. Pat Barker's Vanishing Boundaries. in Bentley Nick. ed. *British Fiction of the 1990s*. London and New York: Routledge Taylor & Francis Group, 2005, p. 168.

④ Lynda Prescott. Pat Barker's Vanishing Boundaries. in Bentley Nick. ed. *British Fiction of the* 1990s. London and New York: Routledge Taylor & Francis Group, 2005, p. 172.

⑤ Sandra M Gilbert. Soldiers Heart: Literary Men, Literary Women, and the Great War. in Margaret Randolph Higonnet, Jane Jenson, Sonya Michel, Margaret Collins Weitz. ed. *Behind the Lines: Gender and the Two World Wars*. New Haven and London: Yale University Press, 1987, pp. 197-226.

⑥ Greg Harris. Compulsory Masculinity, Britain and the Great War: The Literary Historical Work of Pat Barker. *Critique: Studies in Contemporary Friction*, 1998 (4), pp. 290-304.

玛格丽塔·乔利明确地将三部曲的主题概括为"性别战争"（war on gender），认为巴克的小说表征的是 20 世纪 80 年代末到 90 年代的女性主义思想。乔利对比分析了佩内洛普·莱弗利（Penelope Lively）的《月亮老虎》（*Moon Tiger*）与三部曲中男主角的结局，指出男性在战争面前别无选择，必须重返前线，直面"勇气、爱国主义、男性英雄主义"的理想。① 乔利也将巴克早期小说中描述的战前施加于女性身体的控制机制，与"一战"中对男性身体的控制机制联系起来，指出巴克"身体"主题的延续性，她认为巴克将身体建构为一种政治上的希望，因为身体可以部分地独立于腐败的社会秩序，瑞佛斯是巴克"用女性气质的语言重建男性气质"这一悖论的代言人，他的治疗类似"生育情景"，表征了可以对抗时间的"生"，而小说中指称瑞佛斯为"男性母亲"，这一词概括了男性气质的异象，并消解了建立在诸如施虐与受虐、暴力与养育之基础上的性别二分法。②

　　部分评论家通过比较三部曲中呈现的现代文明与土著文明，来解读男性气质，如丹尼斯·布朗（Dennis Brown）通过比较小说中英国与英属殖民地小岛上的文明，指出土著猎头习俗与现代文明之间的"差异之讽刺性中心"，③ 即野蛮与现代文明在暴力问题上的同质性，进而从心理学与人类学的角度探讨了大战中的男性气质危机。詹妮弗·沙道克（Jennifer Shaddock）则对比分析了《幽灵路》中英国本土男性概念和英国殖民地美拉尼西亚（Melanesian）中的男性概念的相互影响，指出巴克揭示了英帝国主义与英国男子气概之构建之间的关系。"一战"使最优秀的英国军人带着战争创

① Margaretta Jolly. After Feminism: Pat Barker, Penelope Lively and the Contemporary Novel. in Alistair Davies, Alan Sinfield. ed. *British Culture of the Postwar: An Introduction to Literature and Society 1945-1999*. London: Routledge, 2000, pp. 58-82.

② Margaretta Jolly. Towards a Masculine Maternal: Pat Barker's Bodily Fiction, in Sharon Monteith, Margaretta Jolly, Nahem Yousaf, Ronald Paul. ed. *Critical Perspective on Par Barker*. Columbia, SC: University of South Carolina Press, 2005, pp. 235-253.

③ Dennis Brown. The Regeneration Trilogy: Total War, Masculinities, Anthropology, and the Talking Cure. in Sharon Monteith, Margaretta Jolly, Nahem Yousaf, Paul Ronald. ed. *Critical Perspective on Par Barker*. Columbia, SC: University of South Carolina Press, 2005, p. 196.

伤导致的歇斯底里症状离开战场，维多利亚时代理想的"男性气概"面临崩溃，在一向被称为"蛮夷"的美拉尼西亚人面前，所谓的"英国传统"没有任何优越性可言。沙道克认为小说跨文化的洞察力赋予了小说变革性的力量。①

　　三部曲中的同性恋问题也是一些批评家的兴趣所在。如莎拉·罗斯（Sarah C. E. Ross）聚焦于巴克对战时同性恋者境遇的关注，指出巴克至少从《重生》开始，在性别的二元性框架之外，富有深度和同情地探索了男性同性恋问题。② 琳达·普雷斯科特指出小说中同性恋问题与男性气质、战争及暴力重重交叠，个体因性取向或因性取向被怀疑而在社会生活中变得脆弱不堪，易受攻击，即使地位显赫的人物也因私生活受到质疑而被当作叛国者受到控告和审判。③ 安妮·怀特海德（Anne Whitehead）分析了三部曲中对同性恋的"治疗"和监控，以及在政治高压下同性恋者不得不过的双重生活。④ 大卫·沃特曼指出战争期间社会需要"他者"来联结"我们"，因而同性恋者与"歇斯底里症"患者一样，因违背"男子气的"英雄理想而成为边缘化的、受到打压的"他者"，他们被看作"有精神疾病或道德堕落的人"，必须被"隔离"与"治疗"。⑤ 帕特·惠勒指出男性气质和异性恋在战时对于国家认同的重要性，那些偏离性别规范轨道的人被严苛对待，仿佛他们是威胁人口的有传染病的人，必须确保战争期间士兵之间的爱是"合

---

① Jennifer Shaddock. Dreams of Melanesia: Masculinity and the Exorcism of War in Pat Barker's The Ghost Road. *Modern Fiction Studies*, 52, 2006（Fall）, pp. 656-674.

② Sarah C E Ross. Regeneration, Redemption, Resurrection: Pat Barker and the Problem of Evil. in James Acheson and Sarah C. E. Ross. ed. *The Contemporary British Novel Since 1980*. London: Palgrave Macmillan, 2005, pp. 131-139.

③ Lynda Prescott. Pat Barker's Vanishing Boundaries. in Bentley Nick. ed. *British Fiction of the 1990s*. London and New York: Routledge Taylor & Francis Group, 2005, pp. 167-178.

④ Anne Whitehead. Pat Barker's Regeneration Trilogy. in Brian W. Shafer. ed. *A Companion to the British and Irish Novel 1945-2000*. London: Blackwell, 2005, pp. 550-560.

⑤ David Waterman. *Pat Barker and the Meditation of Social Reality*. Amherst, NY: Cambria Press, 2009, p. 9.

适的那种"，因而需要压抑性别及性的不同，保存异性恋的权力结构。① 克里斯托弗·邦德（Christopher Bond）指出三部曲中三个主要角色的同性恋倾向使他们能更加直觉地洞彻大战的非理性与徒劳，然而被孤立与被监控的事实使他们不得不违背初衷重返战场。②

　　也有批评家质疑了三部曲表达的性别观念，如马丁·罗契尼格（Martin Löschnigg）认为巴克的作品错误地将战争看作社会及性发生巨变的直接原因，他指出巴克很大程度上赞助了一种观点，即战争是社会的、性的范式发生彻底巨变的直接原因，她"忽略了'弹震症'医疗的、军事的及社会的含义，来支持一种'性别化的'观念"③。对此，彼得·希区科克（Peter Hitchcock）持有完全相反的观点。希区科克指出三部曲并未将战争看作变化的分水岭，或阶级与性别发生巨变的历史性突破点，三部曲展现的是先于战争的有关性别及阶级的社会进程被战争加速而非启动。约翰·布兰尼根赞同希区科克的观点，他引用希区科克的话，"巴克在由战争促成的缄默症、歇斯底里症及噩梦和早已存在、现在更被极端情境带到前景的社会价值和文化之间建立了联系"④，指出巴克的兴趣并不在战争本身，而在于战争之前的社会进程在战争中及战后持续发生的变化。

　　一些批评家将三部曲中的性别与阶级结合起来，如约翰·寇克（John Kirk）从性别、阶级和记忆的角度比较详细地解析了巴克作品中阶级和历史记忆对两性的影响。⑤ 玛格丽塔·乔利通过比较三部曲中的男性角色检视

---

① Pat Wheeler. Where Unknown, There Place Monsters: Reading Class Conflict and Sexual Anxiety in the Regeneration Trilogy. in Wheeler Pat. ed. *Re-Reading Pat Barker*. Nottingham: Cambridge Scholars, 2011, pp. 43-61.

② Christopher Bond. Gnosis and the Sexual Trangressive in Pat Barker's Regeneration Trilogy. *Critique: Studies in Contemporary Literature*, 2016 (1), pp. 1-15.

③ Martin Löschnigg. "...the novelist's responsibility to the past": History, Myth, and the Narrative of Crisis in Pat Barker's Regeneration Trilogy (1991-1995). *Zeitschrift fur Anglistik und Americanistik*, 1999, 47(3), p. 215.

④ John Brannigan. *Pat Barker*. Manchester: Manchester University Press, 2005, p. 96.

⑤ John Kirk. Recovered Perspectives: Gender, Class and Memory in Pat Barker's Writing. *Contemporary Literature XL*, 1999 (4), pp. 603-625.

了同一性别内部的结构关系，如瑞佛斯、萨松和普莱尔，指出"男性之间的阶级、性、位置与情绪的差异"①，并指出男性气质既被"阶级、性与民族"贯通，又被其分隔，因为"关怀与爱的关系是在终极的男性虐待上发展起来的"②。彼特·查尔兹突出了巴克在历史与阶级的背景中对女性气质与男性气质的处理方式，指出三部曲不仅仅是对战争的简单谴责，也是对在特定历史危机时期影响着个体及群体命运的包括阶级在内的社会、政治、经济等因素的细致审视。③ 琳达·普雷斯科特从劳动阶级出身的军官普莱尔作为"学术男孩"④实现阶级攀升的角度，讨论了等级社会中阶级的分裂。罗纳德·保罗比较了巴克小说与其他以"一战"为题材的男性作家的作品，指出巴克的三部曲摒弃了由男性作家站在英国中上层军官的立场书写的经典"一战"小说中常见的田园情怀，及其投射的虚伪的爱国热情和社会关系，三部曲揭示了战争是劳动阶级士兵在城市荒原中遭受的工业剥削的延续。⑤ 帕特·惠勒认为贯穿三部曲，巴克在社会、阶级、同性恋、心理分析等"多重框架中"⑥，重新审视了男性气质，有力地表达了男性经历。

---

① Margaretta Jolly. After Feminism: Pat Barker, Penelope Lively and the Contemporary Novel. in Alistair Davies and Alan Sinfield. ed. *British Culture of the Postwar: An Introduction to Literature and Society 1945-1999*. London: Routledge, 2000, p. 74.

② Margaretta Jolly. After Feminism: Pat Barker, Penelope Lively and the Contemporary Novel. in Alistair Davies and Alan Sinfield. ed. *British Culture of the Postwar: An Introduction to Literature and Society 1945-1999*. London: Routledge, 2000, p. 76.

③ Peter Childs. Pat Barker: In the Shadow of Monstrocities. *Contemporary Novelists: British Fiction Since 1970*. Houndmills: Palgrave Macmillan, 2005, pp. 58-79.

④ Lynda Prescott. Pat Barker's Vanishing Boundaries. in Bentley Nick. ed. *British Fiction of the 1990s*. London and New York: Routledge Taylor & Francis Group, 2005, p. 174.

⑤ Ronald Paul. In Pastoral Fields: The Regeneration Trilogy and Classic First World War Fiction. in Sharon Monteith, Margaretta Jolly, Nahem Yousaf, Paul Ronald. ed. *Critical Perspective on Pat Barker*. Columbia, SC: University of South Carolina Press, 2005, pp. 147-161.

⑥ Pat Wheeler. Where Unknown, There Place Monsters: Reading Class Conflict and Sexual Anxiety in the *Regeneration Trilogy*. in Pat Wheeler. ed. *Re-Reading Pat Barker*. Nottingham: Cambridge Scholars, 2011, p. 43.

三部曲中的创伤与心理治疗也是吸引大量评论的议题。莎伦·蒙蒂思与伊莱恩·肖沃尔特都结合海湾战争综合征，指出巴克创作于20世纪90年代的三部曲重启一战创伤话题的现实意义。伊莱恩·肖沃尔特追溯了军事及医学领域对弹震征的认知及治疗过程，指出弹震症在很长一段时间被吸收进战前建立起来的道德、军事和医药范畴，因而很多军方高官相信弹震症患者要么是应该被监禁的疯子，要么是应该被射杀的"懦夫"或"装病逃差者"①，而弹震症是男性对战争及男性气概本身的身体抗议语言，并通过分析萨松的自传小说《谢斯顿的进步》（*Sherston's Progress*）中萨松被治疗的过程及心理状态，指出受到军事权力渗透的瑞佛斯的心理分析疗法存在对病人高明的、潜在的、有效的、长期的操控。她在当代语境中分析了海湾战争综合征与"一战"中弹震症的症状之相似，并指出这种情况并非由于士兵的懦弱，而是因其在长期驻扎中无法自主的被动性，以及对毒气与毒药"累月的恐惧预期"所引起。② 莎伦·蒙蒂思认为三部曲对战争创伤的聚焦折射了有关海湾战争综合症的争论，所涉及的话题正好处于公众意识的前沿，有力地暗示了需要重新处理"社会对于战士的期待"。③

凯瑟琳·拉隆（Catherine Lanone）认为各种弹震症的症状，如麻痹、失语症和噩梦等，跟传统中"女性的"歇斯底里症有着内在联系，通过书写这些症状，巴克探索了"男性身份同样被父权制的、男性中心的要求所扭曲的方式"。④ 琳达·普雷斯科特探讨了男性歇斯底里症以及瑞佛斯对歇斯底

---

① Elaine Showalter. Rivers and Sassoon: The Inscription of Male Gender Anxieties. in Margaret Randolph Higonnet, Jane Jenson, Sonya Michel, Margaret Collins Weitz. ed. *Behind the Lines: Gender and the Two World Wars*. New Haven and London: Yale University Press, 1987, p. 64.

② Elaine Showalter. *Hystories: Hysterical Epidemics and Modern Culture*. London: Picador, 1997, p. 141.

③ Sharon Monteith. *Pat Barker*. Tavistock, Devon: Northcote House in Associate with the British Council, 2002, p. 55.

④ Catherine Lanone. Scattering Seeds of Abraham: The Motif of Sacrifice in Pat Barker's Regeneration and The Ghost Road. *Literature & Theology*, 1999 (September), p. 259.

里症的治疗，并分析了"鬼魂表征的心理危机及创伤"。① 安妮·怀特海德结合瑞佛斯的著作和史实探讨了弹震症的接受史。她指出弹震症的症状，如"结巴、缄默、癫痫、麻痹"等，是身体的抗议语言。② 布兰尼根指出贯穿三部曲的"张开的口"的意象，是强有力的控制与抗议的意象。③ 在《帕特·巴克》中，布兰尼根结合弗洛伊德心理分析理论，指出病人的各种身体症状是"对先于战争存在的社会结构和意识形态力量的抗议"。④ 他探讨了瑞佛斯心理分析方法的危险性，认为巴克的三部曲意在展示科学与伦理的竞争与共谋及其与病患的对抗，在这个意义上，三部曲"表征了现代理性原则的危机"⑤。米歇尔·巴雷特(Michèle Barrett)则分析了三部曲中瑞佛斯对弹震症治疗的弗洛伊德化。⑥

丹尼斯·布朗对比瑞佛斯医生和殖民地小岛上的土著巫医恩吉鲁(Njiru)，从谈话疗法与人类学的角度探讨了大战中的心理治疗蕴藏的悖论与隐忧，指出瑞佛斯医生的心理治疗成功之处并不在于方法之科学，而在于他与恩吉鲁一样，与病人建立了"信任之联结"⑦，这既不能拯救病患，

① Lynda Prescott. Pat Barker's Vanishing Boundaries. in Bentley Nick. ed. *British Fiction of the 1990s*. London and New York: Routledge Taylor & Francis Group, 2005, p. 176.

② Anne Whitehead. Pat Barker's Regeneration Trilogy. in Brian W. Shafer. ed. *A Companion to the British and Irish Novel 1945-2000*. London: Blackwell, 2005, p. 552.

③ John Brannigan. Pat Barker's Regeneration Trilogy: History and Hauntological Imagination. in Richard J. Lane, Rod Mengham and Philip Tew. ed. *Contemporary British Fiction*. Cambridge: Polity, 2003, p. 18.

④ John Brannigan. *Pat Barker*. Manchester: Manchester University Press, 2005, p. 106.

⑤ John Brannigan. *Pat Barker*. Manchester: Manchester University Press, 2005, p. 105.

⑥ Michèle Barrett. Pat Barker's Trilogy and the Freudianization of Shell Shock. *Contemporary Literature*, 2012 (2), pp. 237-260.

⑦ Dennis Brown. The Regeneration Trilogy: Total War, Masculinities, Anthropology, and the Talking Cure. in Sharon Monteith, Margaretta Jolly, Nahem Yousaf, Ronald Paul. ed. *Critical Perspective on Par Barker*. Columbia, SC: University of South Carolina Press, 2005, p. 198.

也使他自己成为"属死之人"（death's men），并因"通过感受治疗"（healing-through-feeling）之负担而早逝①。马克·罗林森结合弗洛伊德的心理学理论及有关"弹震症"的精神病学的现实对比分析了三部曲中的心理治疗，揭示了军事医疗之特殊目的在战争期间对弹震症军人实行心理治疗的影响，并指出三部曲在"探索我们的文化是如何渗透 20 世纪暴力的时候，对于心理治疗技术的嘲讽对待是一个突出技巧"②。

一些批评家将创伤与记忆结合起来，如安希·穆克吉（Ankhi Mukherjee）从创伤记忆与叙事记忆的角度审视了《重生》中的神经衰弱症与叙事，指出创伤记忆牵涉的是记忆的缺失，治疗的目的在于将故事赋之于语言。③ 劳里·维克罗伊（Laurie Vickroy）认为，巴克通过将男性创伤经验与女性创伤经验联系起来，来探索一种创伤范式，帮助当代读者理解历史，并将创伤认可为一种集体经历。④ 安妮·怀特海德结合瑞佛斯的催眠疗法及弗洛伊德的心理分析方法，从心理学的角度解析了"梦境"与"催眠"对个体重获记忆、整合人格的作用，"叙事的力量在于向个体呈现可获得的过去"⑤，在这个意义上，巴克的文本正揭示了横亘于"过去与现在之间的'无人地带'"⑥。人类的生活永远受着历史的影响，创伤和暴力如鬼魂

---

①　Dennis Brown. The Regeneration Trilogy: Total War, Masculinities, Anthropology, and the Talking Cure. in Sharon Monteith, Margaretta Jolly, Nahem Yousaf, Ronald Paul. ed. *Critical Perspective on Par Barker*. Columbia, SC: University of South Carolina Press, 2005, p. 199.

②　Mark Rawlinson. *Pat Barker*. London: Palgrave Macmillan, 2010, p. 70.

③　Ankhi Mukherjee. Stammer to Story: Neurosis and Narration in Pat Barker's Regeneration. *Critique*, 2001 (Fall), pp. 49-62.

④　Laurie Vickroy. *Trauma and Survival in Contemporary Fiction*. Charlottesville: University of Virginia Press, 2002, p. 238.

⑤　Anne Whitehead. Open to Suggestion: Hypnosis and History in Barker's Regeneration. in Sharon Monteith, Margaretta Jolly, Nahem Yousaf, Ronald Paul. ed. *Critical Perspective on Par Barker*. Columbia, SC: University of South Carolina Press, 2005, p. 215.

⑥　Anne Whitehead. Open to Suggestion: Hypnosis and History in Barker's Regeneration. in Sharon Monteith, Margaretta Jolly, Nahem Yousaf, Ronald Paul. ed. *Critical Perspective on Par Barker*. Columbia, SC: University of South Carolina Press, 2005, p. 216.

一样烙印在人们的记忆中萦绕不去,并促使同样的悲剧一再上演。谢乐尔·史蒂文森(Sheryl Stevenson)讨论了《重生》三部曲的创作源起,"重生"这一标题词语所表征的多重涵义,主要人物瑞佛斯医生这一角色的塑造,产生口吃、失语等身体症状的心理机制,以及贯穿巴克多部小说的一个主题,即暴力与创伤的代际传递。① 帕特里夏·E. 约翰逊(Patricia E. Johnson)讨论了巴克对身体的关注,指出三部曲"对于肉体的本能途径"②。她指出三部曲通过分割来记忆战争,它通过去掉无实体的抽象来揭示一只眼珠、一颗头颅、一片血肉,重建语言与物质的联系。约翰逊也指出,关于美拉尼西亚的文本之重要性在于,通过对死亡和战争的脏腑式庆典,以暴力打破了使死亡与战争保持距离的现代抽象。托比·斯迈斯特(Toby Smethurst)分析了《重生》中"臭名昭著"的心理治疗,指出巴克对于创伤、心理分析及心理折磨的讨论使她的小说融入现代语境对暴力与折磨的讨论中。③

"记忆"本身也是评论家们感兴趣的话题。鉴于巴克对历史的细致书写,很多批评家将之归类为"历史小说"。如凯瑟琳·伯纳德(Catherine Bernard)注意到巴克对被历史压抑的声音和那些长期被剥夺的话语主体的关注,将巴克的作品视为历史编纂元小说(historiographical metafiction)。④ 彼得·米德尔顿(Peter Middleton)与提姆·伍德斯(Tim Woods)探讨了过去、记忆与历史的关系,并指出《重生》具有"元记忆"(metamemory)的特征。⑤ 约翰·

① Sheryl Stevenson. With the listener in Mind: Talking about the Regeneration Trilogy with Pat Barker. in Sharon Monteith, Margaretta Jolly, Nahem Yousaf, Ronald Paul. ed. *Critical Perspective on Par Barker*. Columbia, SC: University of South Carolina Press, 2005, pp. 175-184.

② Patricia E Johnson. Embodying Losses in Pat Barker's Regeneration Trilogy. *Critique*, 2005 (4), p. 311.

③ Toby Smethurst. The Making of Torture in Pat Barker's Regeneration. *Critique: Studies in Contemporary Fiction*, 2014 (4), pp. 406-421.

④ Catherine Bernard. Pat Barker's Critical Work of Mourning: Realism with a Difference. *Etudes Anglaises*, 2007, 60 (April-June), pp. 173-184.

⑤ Peter Middleton, Tim Woods. *Literatures of Memory: History, Time, and Space in Postwar Writing*. Manchester: Manchester University Press, 2000, pp. 81-113.

布兰尼根认为关于历史记忆的伦理是贯通巴克小说的共同关注，而三部曲将历史表征为创伤，"这倾向于将其后果呈现于鬼魂的形象和修辞中"①。彼特·查尔兹指出巴克将鬼魂的存在和幽灵的幻影与20世纪重大集体创伤记忆并置，三部曲作为弥漫着鬼影和幽灵的小说，突出了一战的暴力对整个20世纪的影响。② 玛丽·特拉布科（Mary Trabucco）指出，"在她（巴克）的每一本小说中，都同样有对历史、记忆和医药的解读，这弥漫于她的作品使之复杂"。③

然而也有一些评论家对其表达的历史表示怀疑，认为巴克没有提供正确的历史记录，部分人物或对话与时代不合。如本·薛帕德（Ben Shepard）认为巴克仔细筛选了资料来支持她的现代议题，对于性别与阶级的探索缺乏坚实的历史原型，且忽略了关于弹震症的诸多史实。④ 伯纳德·伯尔贡齐（Bernard Bergonzi）指出在三部曲中，巴克将其自己所处时代之热点话题移到了过去，如性别角色、女性主义、心理分析疗法、虚假记忆综合征、性侵儿童等，且小说中的人物对话使用了超越时代的词汇，如普莱尔跟监狱中的碧翠丝·洛葡（Beattie Roper）谈论马克思主义时所用的一些词汇在1918年尚未出现。⑤

但这些批评的声音并不妨碍三部曲因其对历史与虚构的巧妙交织而获得诸多的肯定与积极评论。蒙蒂思认为一些评论家把对作品的期望缩减为符合史实是一种错误，审视巴克历史框架的源头只会让人发现她从公开出

---

① John Brannigan. *Pat Barker*. Manchester：Manchester University Press，2005，p. 116.

② Peter Childs. *Contemporary Novelists*：*British Fiction Since 1970*. Houndmills：Palgrave Macmillan，2005，pp. 58-79.

③ Mary Trabucco. Fire and Water in Border Crossing：Testimony as Contagion and Cure. in Pat Wheeler. ed. *Re-reading Pat Barker*. Newcastle：Cambridge Scholars，2011，p. 99.

④ Karen Patrick Knutsen. *Reciprocal Haunting*：*Pat Barker's Regeneration Trilogy*. Doctoral dissertation of Karlstad University，2008，p. 53.

⑤ Bernard Bergonzi. *War Poets and Other Subjects*. Aldershot：Ashgate，1999，pp. 3-14.

版的记录中是多么审慎地撷取材料，且谨慎地界定了小说中想象的范围，鉴于巴克对历史记忆的关注，她在评论性专著《帕特·巴克》中明确地将关于三部曲的一章命名为"我们将记得"①。约翰·布兰尼根认为三部曲通过地理、空间或记忆的"移置"与暂时的"断裂"表征了欧洲的现代性危机，小说中的创伤与健忘症或超忆症，"是对于社会的、文化的广义的危机的记录"②。玛丽亚·霍姆格伦·特洛伊（Maria Holmgren Troy）分析了三部曲对当代对"一战"之集体记忆的影响。特洛伊将三部曲当作出发地，追溯了巴克作品如何"将她个人的、家庭的、国家的过去聚在一起"③，因此变成集体记忆的代言人。她认为巴克对于创伤、后记忆（postmemory）、目击的聚焦奠定了其作为集体记忆代言人的地位。凯伦·帕特里克·克鲁特森认为三部曲通过对话性与通时性，从不同的历史节点呈现社会结构，使持续影响着人们生活的权力与知识的矩阵变得高度清晰可见。《重生》三部重生了过去，同时印证了巴克的话：历史小说可以是"通往当下的后门"④。

对于三部曲所描述的权力机制，评论界主要从性别、阶级、宗教的角度予以关注。如格雷格·哈里斯认为父权制结构以及父权制结构下的"强制性的男性气概"是操纵男性个体的强大驱力，是小说中瑞佛斯"意图带领他父母摒弃的观念"⑤。约翰·布兰尼根认为传统建构的限制性的、压抑性

---

① Sharon Monteith. *Pat Barker*. Tavistock, Devon: Northcote House in Associate with the British Council, 2002, p. 70.

② John Brannigan. *Pat Barker*. Manchester: Manchester University Press, 2005, p. 115.

③ Maria Holmgren Troy. The Novelist as an Agent of Collective Remembrance: Pat Barker and First World War. in Conny Mithander, John Sundholm and Maria Holmgren Troy. ed. *Collective Traumas: Memories of War and Conflict in 20th-Century Europe*. Brussels: Peter Lang, 2007, p. 51.

④ Karen Patrick Knutsen. *Reciprocal Haunting: Pat Barker's Regeneration Trilogy*. Doctoral dissertation of Karlstad University, 2008, p. 3.

⑤ Greg Harris. Compulsory Masculinity, Britain and the Great War: The Literary Historical Work of Pat Barker. *Critique: Studies in Contemporary Friction*, 1998 (4), p. 295.

的关于男性气质的意识形态，服务于军事的心理分析，以及"门中眼"所表征的全景敞视主义监控都是现代权威和控制的模式。①

　　劳里·维克罗伊对三部曲中的权力做了福柯式分析：疯癫的、不驯服的、不遵循传统的社会成员被囚禁起来或变成局外人。② 安妮·怀特海德指出三部曲中心理治疗的规训本质，耶兰医生的电疗是"规训"（disciplinary）的，而瑞佛斯的心理分析疗法则伴随着"规训的"凝视。③ 大卫·沃特曼从社会表征的角度综合分析了习惯、传统、身份、性别意识形态等对个体的定义与限制，指出亚伯拉罕拟杀死儿子以撒是通过几个世纪传承下来的非理性的持久力量的表现，而三部曲中"理想的男性气质"是性别意识形态对男性"履行战士的职责"④的胁迫。凯瑟琳·拉隆基于亚伯拉罕与以撒的故事，通过分析小说中援引的诗人及诗作，揭露了宗教中扭曲的"牺牲"意识对男性的胁迫与控制。⑤ 罗纳德·保罗从阶级的角度指出战争中形而上学的男性形象揭示了"军事冲突本身的父权制及阶级本质"⑥。彼得·查尔兹结合历史与阶级背景中的女性气质与男性气质，认为战争中个体命运受制于性别、阶级、宗教等综合因素的影响，他指出小说中的人物要么被权力压抑着去冷酷无情地行动，要么因无法逃避潜意识中的恐惧

---

① John Brannigan. *Pat Barker*. Manchester: Manchester University Press, 2005, pp. 98-109.

② Laurie Vickroy. Can the tide be shifted? Transgressive sexuality and war trauma in Pat Barker's regeneration trilogy. *Journal of Evolutionary Psychology*, 2002 (2/3), pp. 97-104.

③ Anne Whitehead. Pat Barker's Regeneration Trilogy. in Brian W. Shafer. ed. *A Companion to the British and Irish Novel 1945-2000*. London: Blackwell, 2005, pp. 550-560.

④ David Waterman. *Pat Barker and the Meditation of Social Reality*. Amherst, NY: Cambria Press, 2009, p. 59.

⑤ Catherine Lanone. Scattering Seeds of Abraham: The Motif of Sacrifice in Pat Barker's Regeneration and The Ghost Road. *Literature & Theology*, 1999 (September), pp. 259-268.

⑥ Ronald Paul. In Pastoral Fields: The Regeneration Trilogy and Classic First World War Fiction. in Sharon Monteith, Margaretta Jolly, Nahem Yousaf, Ronald Paul. ed. *Critical Perspective on Par Barker*. Columbia, SC: University of South Carolina Press, 2005, p. 149.

而变得无能，要么在宗教所传达的"牺牲"意识之束缚下走向死亡，他指出"巴克通过将对毒气的持续恐惧与角色的气喘问题联系起来，为战争受难者添加了一个宗教维度，一切都类似基督的死"①。马克·罗林森则分析了小说中医药政治化的现象，精神崩溃的军人在病房里和咨询室里被医学策略地、学术地对待，以"心理冲突、身心失调和治疗演示的形式"②展示了医学与军事在权力上的共谋。

　　除上述评论外，还有一些研究者从其他角度提出了对三部曲颇有深度的解读。一些研究者探讨了三部曲的创作灵感与互文文本。如迈克尔·罗斯（Michael Ross）对比分析了劳伦斯的《儿子和情人》中的母子关系与三部曲中普莱尔与母亲的关系，指出其中的互文性。③ 怀特海德从幽灵的角度比较了三部曲与萨松的自传小说《谢斯顿的进步》，并从心理学的角度比较分析了历史上真实的瑞佛斯及其著作《冲突与梦》（*Conflict and Dream*）与小说中的瑞佛斯及其医学理念与实践的联系。④ 阿利斯泰尔·M. 达克沃斯（Alistair M. Duckworth）探讨了《重生》的出处和灵感来源。达克沃斯讨论了罗伯特·格雷夫斯（Robert Graves）的《向以往告别》（*Goodbye to All That*）及艾德蒙·布兰登（Edmund Blunden）的《战争的回音》（*Undertones of War*）与三部曲的互文关系。这两部作品都属于半自传小说，且都被纳入战争正典范畴。他指出通过对这些互文文本的吸纳与再想象，《重生》获得了历史小说所需要的真实的洞察力。⑤ 劳里·维克罗伊将伍尔夫的《达洛维夫人》与

---

　　①　Peter Childs. Pat Barker: In the Shadow of Monstrocities. *Contemporary Novelists: British Fiction Since 1970*. Houndmills: Palgrave Macmillan, 2005, p. 67.

　　②　Mark Rawlinson. *Pat Barker*. London: Palgrave Macmillan, 2010, p. 64.

　　③　Michael Ross. Acts of Revision: Lawrence as Intertext in the Novels of Pat Barker. *The D. H. Lawrence Review*, 1995 (1/3), pp. 51-63.

　　④　Anne Whitehead. Open to Suggestion: Hypnosis and History in Barker's Regeneration. in Sharon Monteith, Margaretta Jolly, Nahem Yousaf, Ronald Paul. ed. *Critical Perspective on Par Barker*. Columbia, SC: University of South Carolina Press, 2005, pp. 203-218.

　　⑤　Alistair M Duckworth. Two Borrowings in Pat Barker's Regeneration. *Journal of Modern Literature*, 2004 (3), pp. 63-67.

三部曲进行比较，指出伍尔夫小说中的塞普蒂默斯·沃伦·史密斯（Septimus Warren Smith）与普莱尔之间的类似。① 谢乐尔·史蒂文森剖析了《化身博士》与《门中眼》的互文关系。② 彼特·查尔兹基于三部曲里主要角色的分裂与二元性，指出三部曲与巴克其他作品，如《越界》《双重视界》等之间的互文。③ 马克·罗林森分析比较了《重生》和瑞佛斯的著作与萨松的自传体小说，比较了弹震症士兵的窘境与《第二十二条军规》中军人的困境，也比较了三部曲与其他一战经典小说。④ 卡洛琳·斯特芬斯（Karolyn Steffens）分析了三部曲中瑞佛斯的心理治疗，指出瑞佛斯的案例研究是三部曲重要的互文文本，小说依赖于瑞佛斯在直面士兵的心理创伤的过程中，对弗洛伊德的谈话疗法富有意义的、独特的修改。⑤

三部曲中的"分裂"与"二元性"也令批评家们颇感兴趣。如彼特·查尔兹通过分析三部曲中多个角色在社会重压下的内在冲突、意识和行为冲突、人格分裂及其他二元对立，剖析了三部曲所呈现的一个分裂的社会所包含的各种二元区分，如"反对者/合作者；异性恋/同性恋；朋友/敌人；男性/女性；上层社会/下层社会"等。⑥ 安妮·怀特海德从语篇结构的角度，指出小说的主要关注涉及每个角色的二元性，二元性是小说语篇及认识论的基本框架，巴克揭示了那些貌似客观与中立的结构，"事实是规训

① Laurie Vickroy. A Legacy of Pacifism: Virginia Woolf and Pat Barker. *Women and Language*, 2004 (2), pp. 45-50.

② Sheryl Stevenson. The Uncanny Case of Dr Rivers and Mr. Prior: Dynamics of Transference in The Eye in the Door. in Sharon Monteith, Margaretta Jolly, Nahem Yousaf, Ronald Paul. ed. *Critical Perspective on Par Barker*. Columbia, SC: University of South Carolina Press, 2005, pp. 219-220.

③ Peter Childs. *Contemporary Novelists: British Fiction Since 1970*. Houndmills: Palgrave Macmillan, 2005, p. 60.

④ Mark Rawlinson. *Pat Barker*. London: Palgrave Macmillan, 2010, pp. 69-72.

⑤ Karolyn Steffens. Communicating Trauma: Pat Barker's Regeneration Trilogy and W. H. R. Rivers's Psychoanalytic Method. *Journal of Modern Literature*, 2014 (3), pp. 36-55.

⑥ Peter Childs. *Contemporary Novelists: British Fiction Since 1970*. Houndmills: Palgrave Macmillan, 2005, pp. 61-62.

及高压的"①。凯伦·帕特里克·克鲁特森认为三部曲作为一个文化载体，其核心寓言是重生，随着"破坏—重生"的二元暗指，重构及重置了文化创伤。②

此外，还有一些颇具个人特色、视角独特的评论，如肯尼斯·佩洛（C. Kenneth Pellow）聚焦于角色解读。他指出小说中的角色既互相冲突，又互相同情。他以瑞佛斯与萨松为例，指出小说中的其他主要关系，都是二者关系的类比、强调、阐明或扩展，他指出这种复杂的结构模式既富戏剧性又有主题上的功能性。③ 莎伦·蒙蒂思从写作技巧方面指出，巴克小说的一个关键特征就是她表达小说主题既直接又兼具暧昧性，同时一种处于"悲剧边缘的"幽默感也是巴克小说常被忽略的一个特征。④ 卡琳·E. 韦斯特曼（Karin E. Westman）则探讨了由《重生》改编的电影表达的阶级、性别及文化变迁，指出电影聚焦于两代男性之间的冲突，老一代人从年轻一代的牺牲中获得智慧，却未能揭示这种冲突为何在文化中持续存在，电影未能如小说一样表达在未来改变这一文化的希望。⑤

总而言之，国外对三部曲的研究自20世纪90年代以来逐渐丰富，至2005年左右呈井喷趋势，成果斐然，之后虽然随着巴克新作不断问世，关于三部曲的研究相对减少，但这部经典对阶级、性别、暴力、记忆及心理

① Anne Whitehead. Pat Barker's Regeneration Trilog. in Brian W Shafer. ed. *A Companion to the British and Irish Novel 1945-2000*. London: Blackwell, 2005, p.551.

② Karen Patrick Knutsen. *Reciprocal Haunting: Pat Barker's Regeneration Trilogy*. Doctoral Dissertation of Karlstad University, 2008, p.195.

③ C Kenneth Pellow. Analogy in Regeneration. *War, Literature and the Arts: An International Journal of the Humanities*, 2001 (1/2), pp.130-147.

④ Sharon Monteith. *Pat Barker*. Tavistock, Devon: Northcote House in Associate with the British Council, 2002, pp.108-110.

⑤ Karin Westman. Generation Not Regeneration: Screening out Class, Gender, and Cultural Change in the Film of Regeneration. in Sharon Monteith, Margaretta Jolly, Nahem Yousaf, Ronald Paul. ed. *Critical Perspective on Par Barker*. Columbia, SC: University of South Carolina Press, 2005, pp.162-174.

治疗等的深切关注，不仅影响着巴克后来的著作，也持续影响着评论界对巴克其他作品的研究。

非常遗憾的是，巴克近 40 年来的 14 部著作，在我国大陆地区尚未有汉语译本出版。关于《重生》三部曲，目前也只有台北时报文化出版企业股份有限公司于 2014 年出版的宋瑛堂的繁体字译本。或许是译介力的不足影响了巴克作品在国内的传播的原因，迄今为止国内对巴克的研究尚属于起始和初步发展阶段。国内对于巴克作品的研究大概始于 2008 年，且主要围绕贯穿其全部作品的性别与创伤展开。这些研究相对分散，并不特别聚焦于三部曲。目前针对三部曲的研究主要有刘建梅对巴克《重生》中救赎主题的探讨，① 及其从战争角度对三部曲的研究，② 刘胡敏对三部曲中"创伤后压力症"的讨论，卢姣、郑观文、邓小红等对《幽灵路》中普莱尔创伤问题的探讨，姚振军、王卉、郑观文及何卫华等对三部曲中伦理问题的解读，王岚、周娜与王韵秋等对三部曲中英国军人的男性气质危机的分析，王剑华对《幽灵路》中二元叙事的研究等。

国内学界逐渐开始关注和认可巴克作品以及《重生》三部曲的重要性，王丽丽早在 2001 年出版的英文教材《二十世纪英国文学史》中，就简要介绍了巴克及其作品。③ 翟世镜在《当代英国小说史》中，也有一章专门介绍巴克和她的小说。④ 以《重生》三部曲为研究对象的硕博士论文也陆续出现，如刘建梅的博士论文，苏琴、岳静雅等的硕士论文。

总体而言，国内对巴克作品的研究还是一个相对崭新的课题，现有的研究数量较少，且在一定程度上借鉴了国外的部分研究视角和方法，因而巴克作品丰富而深刻的内涵对研究者来说，尚有极大的阐释空间。

---

① 刘建梅：《巴克〈重生〉的救赎主题》，《云梦学刊》2011 年第 4 期，第 95～98 页。
② 刘建梅：《帕特·巴克战争小说研究》，南开大学博士学位论文，2014 年。
③ Wang Lili. *A History of 20th-Century British Literature.* Jinan: Shandong University Press, 2001.
④ 翟世镜、任一鸣：《当代英国小说史》，上海译文出版社 2008 年版。

第四节　研究思路与内容

　　巴克的《重生》三部曲对第一次世界大战期间英国年轻一代男性命运的书写，有力地弥补了"一战文学"总体而言对作为战争载体的男性之经历的相对忽视。小说对弹震症患者经历与身体症状、心理治疗与心理分析的聚焦，对父子关系、性别关系及同性恋的关注，对战争的思索以及对反战者遭遇的刻画，对全景敞视主义社会的透视，以及对史实的阐发与尊重，不仅展示了作者深刻的社会洞察力及驾驭宏大的战争与男性题材的能力，更从不同的侧面映射了作者对当代问题的积极探索与思考。对于三部曲呈现的层次丰富的意蕴，国外学界已经给予了很大的关注，诸学者分别从性别、性、创伤与心理治疗、历史、记忆、权力机制及叙事技巧等角度出发，对三部曲做出了较为全面的、富有启示的解读。然而，为什么是年轻一代男性成为被牺牲的对象？为什么他们遭遇的"暴力—权力"无法规避？是什么权力禁锢和使用了他们的身体，乃至褫夺了他们的生命？摧毁一代年轻人之权力的本质及运作机制是什么？对此，虽然学界也从性别意识形态、阶级、文化、传统或宗教等角度有所分析，如约翰·布兰尼根与伊莱恩·肖瓦尔特等分析了父权制结构及男性气质成见对男性的驱策和压迫，大卫·沃特曼从社会表征的角度分析了习惯、传统与性别意识形态准则对男性履行战士之职责的胁迫，凯瑟琳·拉隆通过分析小说中援引的诗人及诗作，揭露了宗教中的"牺牲"意识对男性的绑架，马克·罗林森从小说中"医药政治化"的现象出发，揭示了医学与军事权力合谋对男性生命的绑架等，这些研究都从不同侧面涉及了造成这些男性残酷命运的因素，但在笔者看来，尚未触及问题的本质层面。

　　约翰·布兰尼根与莎伦·蒙蒂思都曾指出巴克在三部曲中用"一战"的战争故事索引了当代社会的主要问题，因此，在很大意义上，理解《重生》三部曲就是理解西方现代与当代社会的核心问题。而在福柯与阿甘本看来，西方社会现代及当代问题就是生命政治的问题，二人都认为现代以来西方社会是生命政治的社会，尽管福柯认为生命政治是 18 世纪到 19 世纪的产物，而阿甘本认为生命政治源远流长，可以追溯到古代。对于战争，福柯强调，19 世纪以来的战争是关乎生命政治的战争，因为权力是在生命、种族和人口现象的水平上运作的。巴克、福柯与阿甘本对重要社会问题的关注、洞察与思考，使得前者的小说叙事与后两者的生命政治理论有着内在的契合与联系，但这种契合与联系迄今却未有研究者关注，也尚未被探究，因而，本书将从生命政治的角度对巴克的《重生》三部曲进行解读，使巴克小说与生命政治进行对话，一方面弥补这一研究缺憾，以丰富和推进巴克小说研究，另一方面力图拓展与深化对生命政治本身，乃至对西方权力运作机制和人类处境的探究。

福柯指出，现代社会针对生命的权力有两种主要形式，分别构成了权力发展的两极，即"人体的解剖政治"与"人口的生命政治"，或被称为"规训"权力与"调整控制"的"生命权力"。① 福柯也指出，这两种权力形式并不是泾渭分明、截然分开的，他强调，"在大部分情况下，权力的惩戒机制和权力的调节机制，针对肉体的惩戒机制和针对人口的调节机制是相互铰接在一起的"②。"医学"和"性"则是处于这两种权力的十字路口，既在人口的一极，也在肉体的一极发挥作用。③ 针对权力对生命从头到尾的全面控制，福柯提出了"自我技术"作为反抗权力支配的途径。基于福柯对权力之两极的划分与阐释，以及他对反抗权力之可能途径的论述，本书拟分别从四个方面，即人口层面、人体层面、贯穿于两个层面的"医学"与"性"以及反抗权力的"自我技术"方面，对《重生》三部曲中的生命政治进行解读，并据此建立本书整体的论述框架。

---

① 米歇尔·福柯：《性经验史》，佘碧平译，上海人民出版社 2005 年版，第 90 页。

② 米歇尔·福柯：《必须保卫社会》，钱翰译，上海人民出版社 2018 年版，第 274 页。

③ 米歇尔·福柯：《必须保卫社会》，钱翰译，上海人民出版社 2018 年版，第 275~276 页。

第一章主要在"人口"层面分析《重生》三部曲中生命政治权力对年轻生命的褫夺机制。福柯认为，18世纪中叶以来的生命权力，虽以扶植生命为主要目的，很多时候却以一种取消生命的方式运行，为整体的人口生，就必须使一部分人死，而实现这种死亡操作的主要机制是对"危险"的利用和"种族主义"，这种"种族主义"可以在种族外部也可以在种族内部发生。在三部曲中，正是在对外抵抗侵略、对内净化种族的口号下，权力得以征召生命。在生命政治"使人死"的维度上，阿甘本走得更远，他对福柯提及的古罗马父亲对儿子之生杀权穿越历史的讨论，使我们可以进一步洞察巴克强调指出的作为西方文明根基的"两种血腥交易"①的真义，那就是西方共同体源自古老的父权基因的"主权"暴力，使得共同体的儿子成为可牺牲的那部分，作为换取父辈所掌管的共同体之安全的"祭品"，被送上了战争祭坛。而从阿甘本的"神圣人"这一被剥夺了所有权力的赤裸生命之原初范例出发，来审视巴克在三部曲中呈现的战争祭坛上的血腥死亡，可以发现被作为"祭品"献上祭坛，还不是生命政治最严酷的终点。在主权开启的常态化的例外状态中，在对法律的无限悬置中，随时被剥夺一切权力的众多士兵并非都像有卫国价值的"祭品"一样死去，而是像微不足道的"虱子般"的赤裸生命一样死去。巴克的文本充分展示了阿甘本所说的西方现代民主政治源于结构上的困境，即在主权者通过决断例外状态而产生的"法律+法律之例外"的这种原始结构中，生命随时会沦落为"神圣人"那样的赤裸生命。

第二章分析《重生》三部曲中生命政治在人体层面的运作。一套规训技艺首先基于对男性身体的测量，建立起与男性身体的生物特征相联系的"健康"等级标准以及与"雄性美"相联系的道德规范，并以此为基础，在战前及战争中的学校、各种教育机构、培训机构及军事机构展开了针对身体的严格训练，旨在激发男性对身体的荣誉感、竞争意识与羞耻心，以此捕捉并禁锢男性身体。而三部曲中展现的针对在役官兵的一系列体育运动、

① 帕特·巴克：《重生》，宋瑛堂译，时报文化出版企业股份有限公司2014年版，第209页。

军事训练和严峻惩罚，名为提升男性体格与战斗技艺，实际是对源于基督教牧领制的"绝对服从"精神的培育。巴克的书写使我们看到，在法国战场上，在绝对服从的实践中，阿甘本意义上的"主权"向微观领域渗透，实施着对男性生命的"决断权"，官兵们的每一个轻微的违规，都将他们置于阿甘本所说的某种"无限制的杀戮权力"①之中。而在英国后方，在权力对反战人员的追捕、监视和惩罚中，权力也逾越了法律与规范的界限，而具有了阿甘本所说的"主权"性质，因为这种权力已经可以任意悬置法律、宣布法律并裁夺生命。这使得无论是在战场上被惩罚的男性，还是后方反战的男性及支持这些反战男性的民众，都在规训中有着沦为阿甘本意义上的"神圣人"的危险。这种规训权力向主权的变形，以及阿甘本所说的"主权"权力穿越诸种界限向微观层面的渗透，揭示了西方现代生命政治带来的新的黑暗。

第三章从人口与人体两个层面解读《重生》三部曲中权力对精神病学及性的使用，分析二者在两个层面对生命与身体的控制与剥夺。首先在人口层面，精神病学基于权力的需要，更多地从政治的角度而非医学的角度在总体上来定义弹震症，隐秘地协助权力将"病症"与"懦弱""逃差"混淆或等同，为权力谋求尽可能多可被支配的身体。在个体层面，被抛进战时医院接受治疗的弹震症患者被降为实际上的"神圣人"。在医院里，用阿甘本的话说，"医生与主权者似乎互换了角色"②，他宣布规则或取消规则，他抹除病患的感受、思想和主体性，他的治疗无需顾及病患之生死。这种医学规训权力变成了一种新的"使你活"是为了"使你死"的暴力权力，"使你活"是为了让你按照权力安排的方式去死。在这个意义上，三部曲所揭示的生命政治已经越出了阿甘本和福柯描绘的生命政治图景，呈现了新的形式。同时，在三部曲中，权力对性元素也有了新的使用，它首先在人口层

---

① 吉奥乔·阿甘本：《神圣人——至高权力与赤裸生命》，吴冠军译，中央编译出版社 2016 年版，第 126 页。
② 吉奥乔·阿甘本：《神圣人——至高权力与赤裸生命》，吴冠军译，中央编译出版社 2016 年版，第 193 页。

面的征兵宣传中利用女性的"性"魅力来怂恿男性走上战场，并通过对带有"性"吸引元素的兄弟情谊的宣传，诱使男性应召入伍。然而随着战争伤亡加剧，异性爱恋与兄弟情谊的神话相继破灭，面对随之而来的社会矛盾和男性愤怒，为了寻找替罪羊，权力又以性的名义将有与众不同之言行的男性与女性同时送上舆论的被告席，将"异常"的女性看作阴蒂肿大的威胁男性的群体，将同性恋，事实上尤其是男同性恋，看作战争损失的诱因与腐败叛国者。在个体层面，同性恋行为成为猎巫的对象，被怀疑有"异常行为"的个体被投进精神病院或监狱。权力对"性"元素的使用，以新的方式重启了福柯所说的"性的和吃人的"①畸形形象，充分展现了生命政治的诡谲与吞噬生命的本质。

第四章从福柯提出的反抗权力支配的"自我技术"出发，分析三部曲中个体反抗生命政治的途径及其成败。自我技术就是个体通过自己的力量或他人的帮助，获得自我成长与不受权力支配的主体性的技术，对此，巴克、福柯与阿甘本都不同程度地表达了对哲人式的自律与反思的寄望。与福柯和阿甘本不同的是，在三部曲中，巴克借助神经学的语言，即精细痛觉神经所表征的理性，与原始痛觉神经表征的感性，表达了个体获得自我成长的理想途径。她既强调哲人式理性生活之重要性，也强调了原始痛觉所表征的情绪与情感的重要性。两种痛觉的分裂，使得如普莱尔和萨松那样的个体无法获得真正独立的自我，只有二者融合，如瑞佛斯所做到的那样，才能使个体获得富有人性的、稳固的主体性，而不是被权力塑形的机械而麻木的、脆弱的主体。

文章结语部分将对全书要点做出整体概括，指出本研究的现实意义和社会意义，并对未来这一选题的进一步研究方向及意义做出扼要阐述。

在对三部曲中的生命政治进行解读与分析的过程中，本书聚焦于《重生》三部曲中年轻男性的身体与生命被捕捉、控制与损毁的境遇，对将其

---

① 米歇尔·福柯：《不正常的人》，钱翰译，上海人民出版社 2018 年版，第 126页。

纳入死亡之域的权力性质做出本质上的、根源上的剖析，并将理论视野集中于福柯复杂生命政治观中的"死亡悖论"和阿甘本生命政治思想中的"神圣人"概念，集中探索生命政治"使人死"的这一维度。福柯与阿甘本的生命政治观虽有差异，但在这一维度上更多的是互相协调与补充，通过这一维度来透视巴克文学文本中呈现的紧密联系历史的细节与事件，更能集中透视生命政治明为扶植生命、实则褫夺生命的本质，以及这些事件所折射出的新的生命权力技术及其运作方式。

第一章　人口的生命政治

　　福柯将 18 世纪中叶以来出现的"以物种的肉体、渗透着生命力学并且作为生命过程的载体的肉体为中心的"一连串的介入和"调整控制"称为"人口的生命政治"。① 在福柯看来，这种以扶植生命为主要目的的生命权力，为了整体人口的安全和健康，可以让一部分人去死，而实现这一悖论性操作的主要方式是对"危险"之概念与"种族主义"的使用。阿甘本则在生命政治"使人死"的维度上更进一步，他指出西方生命政治的原始结构是"法律+法律的例外"。这种有着父亲对儿子的生杀权之古老基因的现代生命政治使得参与社会生活的每一个儿子对父亲而言是"神圣"的，因而共同体的父辈可以将儿子献上战争祭坛来换取和保护既得利益。而主权不断开启的例外使得诸多被献祭的共同体之子失去一切权力，沦为"神圣人"那样丝毫不受法律保护的"赤裸生命"，在血腥的战争祭坛上毫无价值地死去。

　　在三部曲中，死亡是一个不容忽视的显著的主题。《门中眼》中，受伤的西弗里·萨松（Siegfried Sassoon）曾对前来探望的瑞佛斯医生说道："我一直在想，这场战争有多大，描写起来多么困难……现在我能看见全部，看见大军，讯号弹升空，几百万士兵。几百万，几百万。"②《重生》中，维尔弗莱德·欧文（Wilfred Owen）曾对萨松说，"我们守过一条壕沟，一边排

---

　　① 米歇尔·福柯：《性经验史》，佘碧平译，上海人民出版社 2005 年版，第 90 页。

　　② 帕特·巴克：《门中眼》，宋瑛堂译，时报文化出版企业股份有限公司 2014 年版，第 242 页。

着一行骷髅头，乍看好像……好像蘑菇。而且，把他们当成马尔堡公爵军的士兵比较容易，反而很难想象它们两年前还活得好好的"①。欧文与萨松二人的话折射出一个史实：在"一战"52 个月的战争中，全世界来自各个民族的 950 万人被杀，② 英国的参战男性中，官方统计约有 74 万人死于伤亡，84000 人死于疾病③。而透过福柯与阿甘本的生命政治棱镜，可以看到这些死亡正是权力以人口安全为名义对生命进行征缴的结果，也可以看到诸多生命消逝之微不足道，如同被所有法律保护排除在外的"神圣人"。

显而易见，贯穿三部曲的死亡主旨构成了一个有序的表意框架，绘制出了一幅现代生命政治的图谱，本章将结合福柯与阿甘本的生命政治理论，探讨生命政治之死亡机制在人口层面的运作。

第一节 生命政治的悖论

撷取 1917 年 9 月到 1918 年 11 月作为时间背景，旨在帮助当代读者理解过去的巴克用半文献的写法在三部曲中重现了一个充斥着死亡与断肢残片的血腥世界。到 1917 年，欧洲经过几场大战，伤亡惨重，仅仅官方公布的数字，英国九月的死亡人数就达到了"十万两千"④，"蒙斯(Mons)、马恩(Marne)、艾内河(Aisne)、第一和第二次伊普尔(Ypres)、六十号山丘(Hill 60)、新查珀尔(Neuve-Chapelle)、卢斯(Loos)、阿尔芒蒂耶尔(Armentières)、索姆河、阿拉斯(the Somme and Arras)"⑤等 11 场大规模的

---

① 帕特·巴克：《重生》，宋瑛堂译，时报文化出版企业股份有限公司 2014 年版，第 122 页。

② Joanna Bourke. *Dismembering the Male: Men's Bodies, Britain and the Great War.* London: Reaktion, 1996, p. 27.

③ Joanna Bourke. *Dismembering the Male: Men's Bodies, Britain and the Great War.* London: Reaktion, 1996, p. 59.

④ 帕特·巴克：《重生》，宋瑛堂译，时报文化出版企业股份有限公司 2014 年版，第 256 页。

⑤ 帕特·巴克：《重生》，宋瑛堂译，时报文化出版企业股份有限公司 2014 年版，第 312 页。

战役令死伤惨重。"阵亡的士兵有多少，只有天知道"①。尸体"收集、埋葬的任务忙不完"②。"在战壕里，尸首随处都有，有的被用来强化护胸墙，有的用来支撑壕沟门口，用来填补狭道板之间的空当"③。在整个法国北部，英国的年轻人被禁锢于浸透血肉的战壕中，"周遭尽是 20 世纪最凶险的武器：炮弹、左轮、步枪、大炮、毒气"④等。战争暴力与死亡弥漫着三部曲的整个叙事。

对于现代战争，福柯这样评价道，"没有什么比 19 世纪以来的战争更加血腥了"，巨大的死亡权力厚颜无耻地成了"对一种积极地管理、抬高、增加、具体控制和调节生命的权力的补充。战争不再是以保卫君主的名义发动的，而是为了确保大家的生存。于是，有人以人民生存的必要性为幌子煽动全体人民起来互相残杀，屠杀成为维持生存的最根本的条件。作为生命和生存、肉体和种族的管理者，许多政体可以发动许多战争，杀死许许多多的人"。⑤ 福柯指出，现代"死的权力"已经发生了变化，或者"至少逐渐求助于支配生命的权力要求，并且开始被纳入这些要求之中"，现代的战争与屠杀，"不是古老的杀人权力在今天的回潮"，而是关乎生命政治的，"因为权力是在生命、人类、种族和大规模的人口现象的水平上自我定位和运作的"。⑥ "生命权力"这种原本"承担肉体和生命的责任"的权力，可以"以一种取消生命"的方式运行，能"杀戮成百万，成千万人"的现象，

① 帕特·巴克：《门中眼》，宋瑛堂译，时报文化出版企业股份有限公司 2014 年版，第 25 页。

② 帕特·巴克：《门中眼》，宋瑛堂译，时报文化出版企业股份有限公司 2014 年版，第 189 页。

③ 帕特·巴克：《重生》，宋瑛堂译，时报文化出版企业股份有限公司 2014 年版，第 239 页。

④ 帕特·巴克：《幽灵路》，宋瑛堂译，时报文化出版企业股份有限公司 2014 年版，第 215~216 页。

⑤ 米歇尔·福柯：《性经验史》，佘碧平译，上海人民出版社 2005 年版，第 88 页。

⑥ 米歇尔·福柯：《性经验史》，佘碧平译，上海人民出版社 2005 年版，第 89 页。

就是"生命权力在其运行范围内出现的悖论"。① 他引入"种族主义"来阐释生命权力的死亡职能，指出"在国家按照生命权力的模式运转之后，国家杀人的职能就只能由种族主义来保证"②。福柯指出，"种族主义正好以一种全新的可以与生命权力的运作相容的方式使这个战争关系发挥作用——'如果你要生存，其他人就必须死掉'"③。他阐释道，在围绕生命权力的政治体系中，死亡的机制能够运转，是因为它要消灭的是"在人口之内或之外针对人口的危险"④，因而，"以安全技术为手段、以安全社会为目标的生命权力，反过来或实际上还以'危险'作为主要的技术"，这种技术通过使人相信，社会正面临着"危险"的侵袭，从而必须来处理危险，并进行持续的干预。⑤

在三部曲揭幕的死亡之域中，可以清楚地看到生命权力借助"危险"之概念在"人口"层面变成了"使人死"的运作。正是为了抵御外族侵略以保证整体人口的"安全生存"与净化种族内部来保证"健康生存"的需要，英国数十万年轻人被驱上战场，在战争绞肉机中化为齑粉，死亡殆尽。

一、"安全"之危险

三部曲开场的 1917 年夏，战争已经进行到屠杀的地步。如萨松所说，"以目前的杀戮而言，这场战争目标——管他是什么目标——我们不得而

---

① 米歇尔·福柯：《必须保卫社会》，钱翰译，上海人民出版社 2018 年版，第277 页。

② 米歇尔·福柯：《必须保卫社会》，钱翰译，上海人民出版社 2018 年版，第280 页。

③ 米歇尔·福柯：《必须保卫社会》，钱翰译，上海人民出版社 2018 年版，第279 页。

④ 米歇尔·福柯：《必须保卫社会》，钱翰译，上海人民出版社 2018 年版，第279 页。

⑤ 陈培永：《福柯的生命政治图绘》，中国社会科学出版社 2017 年版，第 76~77页。

知——已经无法合理化"①。为了促使战争早日结束，萨松在 1917 年 7 月向军方和媒体寄发了《拒绝再战：一名军人的宣言》（下文简称《宣言》）。《宣言》质疑战争的正义性，指出这场以"防御之战、解放之战"的名义开始的战争，到目前阶段，其性质已经变成了"侵略与征服"。《宣言》抗议"有权停战的主事者刻意拖长这场战争"，抗议"当局者欺瞒士兵"，抗议"政治错误与政客的虚言假意"，抗议"居于后方家园的多数人已麻木不仁"，并呼吁军方以协商与和谈来中止战争。② 萨松没有得到预想的审判，而直接被送入了精神病院，因为"阵亡名单太惨烈了，不宜开启续战与否的全民辩论会"③。

　　在分析种族主义战争时，福柯指出，"毁灭其他种族只是其目标的一个方面，另一个方面是把自己这个种族置于绝对的和普遍的死亡危险之中"④。在三部曲所呈现的英国公众修辞中，到处可见这种策略普遍而隐秘的运用。报纸和杂志大肆宣扬德军恶行及所过之处平民所遭受的惨剧，如"修女的乳房遭切除""修士被倒吊在钟里当成钟槌来敲钟"等，为老百姓制造普遍的恐慌，以至于"有些妇女正认真计划着，在德军压境之际，她们打算带小孩一同寻短见"，而事实上，极端惨剧虽说不是没有，但事实上"受害人总以战俘为主"。⑤ 普莱尔在 10 月 24 日的行军日记中记载，虽然最近的村落遭到炮击，炸死了五个平民，但消息传来，平民并"没有一个人痛心疾首"，而是"很和善"，只是对普莱尔所属部队的到来"有一丝丝警

----

① 帕特·巴克：《重生》，宋瑛堂译，时报文化出版企业股份有限公司 2014 年版，第 19 页。
② 帕特·巴克：《重生》，宋瑛堂译，时报文化出版企业股份有限公司 2014 年版，第 4~5 页。
③ 帕特·巴克：《重生》，宋瑛堂译，时报文化出版企业股份有限公司 2014 年版，第 290 页。
④ 米歇尔·福柯：《必须保卫社会》，钱翰译，上海人民出版社 2018 年版，第 284 页。
⑤ 帕特·巴克：《门中眼》，宋瑛堂译，时报文化出版企业股份有限公司 2014 年版，第 10 页。

惕"；普莱尔的记载也隐晦地暗示着难以厘清哪方炮火炸死了此地的平民，因为据他观察，"曾经驻扎在这里的德军似乎非常重视纪律。没有烧杀掳掠。尽管被凶猛、淫乱的匈奴①压制了四年，庄重的小村姑确实非常庄重。反观这里的炮弹坑、果园、原野、道路坑坑洞洞的，一个个像血盆大伤口，全是我军枪炮轰出来的。我军的炮击几度非常猛烈。有些儿童一见我们就逃"。② 社会历史学家乔安娜·伯克（Joanna Bourke）指出，出版界是重要的宣传机构，战争期间报纸发行量飙升，《每日镜报》（Daily Mirror）1914年每天会卖出 85 万份，两年后增至 158 万份。在索姆河战役伊始，《星期日画报》（Sunday Pictorial）发行量每日达到 250 万份。③ 西部战线最高统帅道格拉斯·黑格（Douglas Haig）称，"记者做出了辉煌的工作"④，因为他们压缩了可能影响士气的新闻，并根据战争部的规则发明暴力故事。在对德军恶行的宣扬及对真相的掩盖中，可以看到福柯指出的种族主义战争的基本策略，即将"整个人口暴露在死亡面前。只有将全部人口置于死亡面前才能实际上使它成为高级的种族并使它在其他种族面前决定性地新生"，因为"死亡的危险，承受整体的毁灭"，这是"服从的根本义务中的原则之一"。⑤ 整体人口死亡与毁灭的危险，是生命权力迫使或诱使一部分人去死的重要原则。

　　配合着对德军的控诉，军方不断通过媒体强调战争的必要性与正义性。黑格元帅于 4 月 13 日颁布《当今令》（Order of the Day），称"我军已别无他法，唯有殊死战一途，每一据点必须战到最后一兵一卒，不容轻言撤

---

① 小说译本中，"匈奴"是"德军"的绰号。

② 帕特·巴克：《幽灵路》，宋瑛堂译，时报文化出版企业股份有限公司 2014 年版，第 218 页。

③ Joanna Bourke. *Dismembering the Male*：*Men's Bodies*，*Britain and the Great War*. London：Reaktion，1996，p. 21.

④ Joanna Bourke. *Dismembering the Male*：*Men's Bodies*，*Britain and the Great War*. London：Reaktion，1996，p. 21.

⑤ 米歇尔·福柯：《必须保卫社会》，钱翰译，上海人民出版社 2018 年版，第284 页。

退。在背水一战之时，听到、嗅到我军深信此战之正当性，全体官兵必须奋战至最后一刻"①。在这样的严令下，甚至在 1918 年 10 月，即停战前一个月，前线的第四军团仍然"禁谈任何形式的和平言论"②。《幽灵路》中普莱尔 10 月 16 日的日记记载，在前线部队传闻德军同意和谈的第二天，对于和谈，《约翰牛》(John Bull) 杂志即发表国会议员巴谭利(Bottomley) 的讲话："无此事，无此事，无此事，绝无此事。我军必须苦战到最后一刻……我不想再听到不必去摧毁德国的鬼话了——我来这一趟，为的正是毁灭德国……"③在对德军恶行的控诉与毁灭德国的话语中，透漏着福柯所说的"生物—种族主义"的话语，这场战争要做福柯所说的两件事："不仅仅要摧毁政治敌人，还有敌对的种族"④，只有消灭了不人道的劣等种族，我们的种族才能得到安全与生存。

在这样的言论和军令中，战争得以持续的必要性与正当性通过国家整体"人口"的安全被彰显出来。"人口"作为一个新的政治概念，"在 18 世纪开始的时候闪亮登场"⑤，它既是统计学的对象，也是"在统计学的知识视野之下出现的一个政治实体：全体人民"⑥。在谈及 17 世纪以来发展出的两种主要的管理生命的权力之时，福柯将以物种的作为生命过程之载体的肉体为中心而实施的介入与调整控制称作"人口的生命政治"。这种以物种的延续和人口的总体安全为目标的政治学，一方面使个体服务于整体的人

---

① 帕特·巴克：《门中眼》，宋瑛堂译，时报文化出版企业股份有限公司 2014 年版，第 9~10 页。

② 帕特·巴克：《幽灵路》，宋瑛堂译，时报文化出版企业股份有限公司 2014 年版，第 192 页。

③ 帕特·巴克：《幽灵路》，宋瑛堂译，时报文化出版企业股份有限公司 2014 年版，第 197 页。

④ 米歇尔·福柯：《必须保卫社会》，钱翰译，上海人民出版社 2018 年版，第 281 页。

⑤ 米歇尔·福柯：《安全、领土与人口》，钱翰、陈晓径译，上海人民出版社 2018 年版，第 83 页。

⑥ 米歇尔·福柯：《安全、领土与人口》，钱翰、陈晓径译，上海人民出版社 2018 年版，"译者的话"，第 8~9 页。

口，其个体权力和生命在"保卫人类社会、延续人类生存发展"①的理由下，有可能被合法地、正当地剥夺。另一方面，18 世纪渐趋成熟的统计学是基于一定的统计学比率来定义人口安全的，如"正常的致病率或者正常的死亡率"，因而"人口安全"并非保证每一个人的生命安全，而是保证一定比率的人口安全，与之相应的安全技术要做的是"压低与正常的和一般曲线相比最不利的曲线"②，即将死亡率保持在可接受的、不影响物种延续的限度内即可。这就意味着，在人口安全面临"危险"的境况时，通过计算和分析，一部分人的生命为了整体人口的安全，是可以被放弃和牺牲的。

在此，生命权力正是将"危险"作为主要的技术，通过宣布危险，宣布社会正面临危险的侵袭，以冠冕堂皇的理由来驱使一部分人死。不仅如此，"人口的自然性"使得权力在人口这种"多种要素构成的整体"中，可以"标定普遍的欲望"，可以"恒常地制造出所有人的利益"③，因为人口的自然性"在现象的稳定性中表现出来，这些现象本来看起来是变化无常的……事实上是有规律可循的"④。在三部曲中，媒体大肆宣传德军对平民的迫害，在为老百姓制造的普遍恐慌中，可以清晰地看到生命权力利用"危险"诱发民众对"自身安全"的普遍欲望，以及在人口层面对这种普遍欲望的利用。在三部曲再现的整个社会中，都弥漫着人们对不可预知的未来的恐惧、对强大力量的向往，以及对"牺牲"的颂扬与鼓励。小学校内，在漏风漏雨的教室里咳嗽不止的孩子们被灌输"为何而战的大道理"，被带领着朗读"光荣的帝国"，"举国必须战至最后一员"。⑤ 教堂内，人们在覆盖

---

① 陈培永：《福柯的生命政治图绘》，中国社会科学出版社 2017 年版，第 66 页。
② 米歇尔·福柯：《安全、领土与人口》，钱翰、陈晓径译，上海人民出版社 2018 年版，第 78 页。
③ 米歇尔·福柯：《安全、领土与人口》，钱翰、陈晓径译，上海人民出版社 2018 年版，第 93 页。
④ 米歇尔·福柯：《安全、领土与人口》，钱翰、陈晓径译，上海人民出版社 2018 年版，第 92 页。
⑤ 帕特·巴克：《门中眼》，宋瑛堂译，时报文化出版企业股份有限公司 2014 年版，第 92~93 页。

着国旗的祭坛前吟唱赞美诗，称颂上帝以神秘的方式履行奇迹。在缅怀亡者并试图接触逝者亡灵的通灵会上，人们也齐唱赞美诗，"以歌声欢迎夜间圣士"①。福柯指出爱国主义魔力的不言自明，"我们都知道，今天爱国或国家荣誉所施展的魔力（fascination）有多大"，而这种魔力基本体现在两种方式上，其中之一就是"直接的、情感的、悲剧风格的方式"。② 三部曲中，人们如此相信战争卫国的荣光，以至于满街都是"怀抱爱国憧憬的守旧怪人"③。普莱尔的男仆隆士达夫深怀这种憧憬，以至于听到普莱尔说出战争打到现阶段，"不应涉血再前进"时，立即动作惊人地冲过来，一巴掌扇在他嘴上。④ 仆人兼下属竟然掌掴主人兼上级军官，致使两人都惊呆了。萨松的母亲以和平主义为耻，即使萨松的弟弟战死在加利波利（Battle of Gallipoli），依然盼望瑞佛斯医生能改变萨松的反战立场，并推崇他为"家誉救星"⑤。即使睿智如瑞佛斯，也深信"这场仗必须打到结束为止，以造福后世子孙"⑥。甚至妓女也深受感染，愿意为参战的士兵奉献免费的性。妓女黎姿就在开战的那天，免费接待了 7 个她认为会去志愿从军的男人。

在这样的爱国憧憬中，大多数热情高涨的志愿者对于即将扮演的角色理解模糊，他们并未准备好面对现代的、机械化战争的残酷现实，只是单纯地渴望尽一份力。不到 20 岁的马修·哈磊特少尉（Matthew Hallet）在战

---

① 当时对于唯心论者（spiritualist）来说，只要能被更高的权威在灵的世界中断定为"特别"，去世的军人可以有弥赛亚式的归来。参见 Joanna Bourke. *Dismembering the Male*：*Men's Bodies*，*Britain and the Great War.* London：Reaktion，1996，p. 16.

② 米歇尔·福柯：《安全、领土与人口》，钱翰、陈晓径译，上海人民出版社 2018 年版，第 141 页。

③ 帕特·巴克：《幽灵路》，宋瑛堂译，时报文化出版企业股份有限公司 2014 年版，第 141 页。

④ 帕特·巴克：《幽灵路》，宋瑛堂译，时报文化出版企业股份有限公司 2014 年版，第 141 页。

⑤ 帕特·巴克：《重生》，宋瑛堂译，时报文化出版企业股份有限公司 2014 年版，第 255 页。

⑥ 帕特·巴克：《重生》，宋瑛堂译，时报文化出版企业股份有限公司 2014 年版，第 68 页。

争尾声奔赴前线，尽管行军路上所见景象凄惨，不像是地球上会发生的事，依然天真地认定"这场仗是一场正义之战"①。脑中充斥着尊崇、荣耀的概念，使得哈磊特的父亲目睹半个脸被子弹削去的哈磊特，在非人的痛苦折磨中辗转死去时，仍然觉得这一切"值得"②。不仅如此，许多前线的战壕也以伦敦的街名来命名，如大理石拱门、查令十字路、图腾汉厅路等③，这些名字将诡异血腥的世界与大后方令人倍感熟稔的安稳现实联系起来，时刻激发士兵的爱国意志与使命感。而民众对危险的恐惧使之对和平主义分子产生空前的敌意。在战争期间，身体合格但拒绝服役的男性即使申请志愿工作，也会遭到拒绝。《门中眼》中瑞佛斯的忧虑便指向这一现象。瑞佛斯向亨利·海德（Henry Head）医生谈起医院征用和平主义分子当勤务员一事。医院收容了大批病患，迫切需要有力的人手，吸收和平主义分子来担任勤务员正好能解决问题，但"主和派人士进医院上班，也会引发现有工作人员的敌意，情况恶化到院方考量是否续用和平主义分子"④。

在人口层面，除了舆论宣传策略，各种调整政策也开始运行，刺激男性参与战争。"一战"爆发之前几年中经常被反妇女参政者使用的"体能之争"在战争中进一步得到强化。它基于假设所有政府的最后手段在于体能，那么政治权力必须属于男性，因为那是身体更强壮的性别。《反妇女参政评论》（The Anti-Suffrage Review）饱含情感地评论道，"男性投票，那么，先作为男性及人与财产的潜在保护者"；"我们必须保持完整公民权不能被给予一个本质上被排除在履行重要公民职责之外的性别——实施法律、条约

---

① 帕特·巴克：《幽灵路》，宋瑛堂译，时报文化出版企业股份有限公司 2014 年版，第 135 页。

② 帕特·巴克：《幽灵路》，宋瑛堂译，时报文化出版企业股份有限公司 2014 年版，第 242 页。

③ 帕特·巴克：《门中眼》，宋瑛堂译，时报文化出版企业股份有限公司 2014 年版，第 212 页。

④ 帕特·巴克：《门中眼》，宋瑛堂译，时报文化出版企业股份有限公司 2014 年版，第 164 页。

或国家权力、国防，及帝国更艰苦的工作"①。在战争中，男性想要权利，必须成为国家的有用资产，男性的就业机会被跟是否愿意服役联系起来，"你要不能作战，那你也不能工作"②。战争期间，良心反战者被剥夺了选举权。一些人甚至提议没有在国外服役过的士兵应被剥夺 20 年的投票权，拒绝入伍的人也会被剥夺 1834 年的《济贫法》(*Poor Law Relief*) 所规定的权利。③

在生命权力的权衡中，为了整体人口的安全，悖论性地将一部分人口选作"可牺牲的"。而企图将整个人口暴露在死亡威胁面前，以种族主义内涵配合情感导向，制造普遍的恐慌，煽动爱国热情，并以政策调控来迫使"可牺牲的"那部分人去牺牲，是现代生命权力极具迷惑性的运行方式。巴克对于现象与权力的洞察力，使她在三部曲中描述的细节，直接指向了生命权力这种隐秘的运作，令我们得以窥见其实质。

二、"健康"之危险

福柯还指出，19 世纪末以来出现的全新的战争，不仅仅是消灭敌对种族以巩固自己之种族的手段，"而且还是自己的种族的重生。我们当中死去的越多，我们所处的种族就越纯粹"④。三部曲中，战争的必要性也通过对种族内部健康之"危险"的揭示表达出来，即正在堕落的种族需要战争带来的死亡实现内部的"净化"。

---

① Jenny Gould. Women's Military Service in First World War Britain. in Margaret Randolph Higonnet, Jane Jenson, Sonya Michel, Margaret Collins Weitz. ed. *Behind the Lines：Gender and the Two World Wars*. New Haven and London：Yale University Press, 1987, p. 117.

② Joanna Bourke. *Dismembering the Male：Men's Bodies, Britain and the Great War*. London：Reaktion, 1996, p. 78.

③ Joanna Bourke. *Dismembering the Male：Men's Bodies, Britain and the Great War*. London：Reaktion, 1996, p. 78.

④ 米歇尔·福柯：《必须保卫社会》，钱翰译，上海人民出版社 2018 年版，第 281 页。

三部曲中，杭特理（Huntley）少校最感兴趣的话题之一就是就玫瑰栽培来讨论种族退化的事。他在晚餐时讨论，"杭特理少校又在长篇论述他的大道理了，这次的主题是种族退化现象"①，也在早餐时讨论，"依早餐对话的内容判断，少校仍满脑子是玫瑰栽培与种族退化的事"②。杭特理少校表达的正是当时英国社会中盛行的要像用除草剂清除杂草一样来消除劣等人群，改良种族的思想。1899—1902 年的南非战争在政治上导致了类似男性气质的"危机"，因为男性的男子气变弱，被认为威胁到英帝国的英勇及国家效率。③ 萨缪尔·海因斯指出，从 1890—1910 年，英国社会中流行着一种观念，即英国社会正在变得软弱。上层阶级的道德颓废及工人阶级的体质退化引起了广泛的不安。激进的妇女参政运动、工人骚乱及爱尔兰的紧张局势都被看作衰落的症状，对很多人来说必须用战争来重新团结民族国家，并赋予国家新的活力，战争将通过暴力净化大不列颠，拯救其虚弱，燃动其新生。④ 对于净化效果，海因斯引用埃德蒙·戈斯（Edmund Gosse）对当时的描述，"战争是伟大的思想除草剂。它是至高无上的消毒剂，它红色的血流是净化污滞池塘和知识分子栓塞血管的康狄液"⑤。海因斯指出，在战争爆发之前及最初阶段，很多人相信战争必须被用来净化肉体堕落的工人阶级及道德堕落的贵族所污染的英国。保存下来的战时日记也记载着对这种理论的推崇，如约翰·M. 康纳（John M. Connor）牧师在 1914 年 11 月 21 日的日记中写道，"看着你的伙伴被炸成碎片，一个精神上、道德及性格上全新的人被造出来……这造成了很多人的改变，告诉

---

① 帕特·巴克：《重生》，宋瑛堂译，时报文化出版企业股份有限公司 2014 年版，第 290 页。

② 帕特·巴克：《重生》，宋瑛堂译，时报文化出版企业股份有限公司 2014 年版，第 333 页。

③ Joanna Bourke. *Dismembering the Male*：*Men's Bodies, Britain and the Great War*. London：Reaktion, 1996, p. 13.

④ Samuel Hynes. *A War Imagined*：*The First World War and English Culture*. London：Pimlico, 1992, pp. 12-13.

⑤ Samuel Hynes. *A War Imagined*：*The First World War and English Culture*. London：Pimlico, 1992, p. 12.

你，在每个方面更好的人"①。类似地，1919 年，曾在战争期间服役的历史学家 J. L. 哈蒙德(J. L. Hammond)相信那些从战场返回的军人"已经突破了我们天性中最强大的力量，习惯性的标准，接受世界原本状态的习惯……这是我们社会中新的道德力量：一大群男人，意识到牺牲与服务，用新的眼睛看世界"②。三部曲中的细节指出，即使是在战场上精神崩溃的病人中也不乏有人秉承着同样的信念。萨松在奎葛洛卡病院(Craiglockhart War Hospital)中的室友富泽吉尔(Fothersgill)便将战争的破坏看作人类新生的必须，当他得知萨松的好友拉尔夫·葛立夫兹(Ralph Graves)，一个优秀的钢琴手，一只手被截肢，另一只手几乎没法动时，他评论道，"截肢将对其心灵发展有所助益"；当萨松向他道出惊人的伤亡数字时，他回应说，"外科天医恩降世人"。③ 在索姆河战役后流行于全国的第 373 号赞美诗，更是称颂一切俱在上帝掌握之中，是上帝安排发生的一切，"罔视神迹者必徒劳"④。甚至瑞佛斯的好友，女医生茹丝·海德(Ruth Head)都表达了对空袭与死亡无法言喻的兴奋，她告诉瑞佛斯，"我喜欢空袭。讲这种话，很可怕，对不对？空袭造成的灾害好大，炸死好多人。但是，每次空袭警报响起来，我心里有一种亢奋的感觉，好想跑出去，跟着空袭警报乱跑一通"，她解释道，"我有一种感觉，觉得……所有事物的表壳都开始裂开了"。⑤

三部曲中这些令人心惊的细节指向一个残酷的史实，即无论多么惨烈的伤残与死亡都难以得到真正的理解与同情。"一战"造成的死亡与身体的

① Joanna Bourke. *Dismembering the Male：Men's Bodies，Britain and the Great War*. London：Reaktion，1996，p. 16.

② Joanna Bourke. *Dismembering the Male：Men's Bodies，Britain and the Great War*. London：Reaktion，1996，p. 16.

③ 帕特·巴克：《重生》，宋瑛堂译，时报文化出版企业股份有限公司 2014 年版，第 256 页。

④ 帕特·巴克：《重生》，宋瑛堂译，时报文化出版企业股份有限公司 2014 年版，第 209 页。

⑤ 帕特·巴克：《重生》，宋瑛堂译，时报文化出版企业股份有限公司 2014 年版，第 227 页。

损毁史无前例，部分原因在于大规模地使用高效的摧毁性武器，如机枪、大炮、手榴弹和小型火器等。就伤残而言，爆炸力强大的炸弹迸射出的不规则的弹片，会携带泥土及衣物的残渣进入肉体组织，战壕的泥土与虱子也传播战壕足病，在无法及时救治的前线，这些导致"截肢发展到相当危险的程度"，"一个接一个截肢"，导致医生疲倦于切下胳膊或腿，因为那"既单调又无趣"。① 即使如此，一些救护站常常排满了伤员，即使截肢也得等待好几天。而前线的医生常常需要在灯光暗淡、布满灰尘与泥土的脏污环境中工作，坏疽和感染会导致 6%~28% 的伤员死去②。严重的伤残率在三部曲也有展现，外科医生安德森最忙的阶段"平均每天动十几次截肢手术"③，以至于他罹患"晕血症"，在一次手术中晕倒在自己的尿泊里，此后再也无法正常工作。

但无论怎样的残酷的伤残，都很难在公众层面得到共情与认同，因为在一个自认需要"净化"的社会中，伤残与死亡"代替了旧的公众健康问题，成为净化的修辞"④。丑陋的残疾与死亡真相在爱国荣耀和种族"净化"的修辞中被完全消解。阵亡者被比作献身的基督，死者身上的伤痕，被看作"基督的记号"⑤，截肢与伤残被看成神圣的，具有净化的作用。历史上真实的萨松就倾向于将自己看作"殉难的成熟男人"（ripe man of martyrdom）⑥。借

---

① Joanna Bourke. *Dismembering the Male*：*Men's Bodies*，*Britain and the Great War*. London：Reaktion，1996，p. 33-34.

② Joanna Bourke. *Dismembering the Male*：*Men's Bodies*，*Britain and the Great War*. London：Reaktion，1996，p. 34.

③ 帕特·巴克：《重生》，宋瑛堂译，时报文化出版企业股份有限公司 2014 年版，第 44 页。

④ Joanna Bourke. *Dismembering the Male*：*Men's Bodies*，*Britain and the Great War*. London：Reaktion，1996，p. 25.

⑤ Joanna Bourke. *Dismembering the Male*：*Men's Bodies*，*Britain and the Great War*. London：Reaktion，1996，p. 249.

⑥ Elaine Showalter. Rivers and Sassoon：The Inscription of Male Gender Anxieties. in Margaret Randolph Higonnet, Jane Jenson, Sonya Michel, Margaret Collins Weitz. ed. *Behind the Lines*：*Gender and the Two World Wars*. New Haven and London：Yale University Press，1987，p. 61.

用福柯的话说，此时"从军对于一个国家的公民而言，不再只是一种职业，不再只是一条普通的法律，而是一种伦理，一种好公民的态度"，当兵成为"一种引导、一种政治引导、道德引导，一种牺牲、为了共同的事业、共同的幸福献身"。① 与此同时，医疗、资金与情感资源也随之被重新分配。英国的抚恤部（The Ministry of Pensions）将伤残者称为"高贵的英雄"，宣称"我想都同意我们应该抚恤那些'高贵的英雄'"。② 志愿者与爱国者涌向医院，看望与照料为国负伤的人员，公众舆论更是将整个社会的崇敬情感导向牺牲与伤残。在流行海报创造的神话中，死亡被擢升到神圣的高度。随军牧师杰弗里·戈登（Geoffrey Gordon）指出，"在一个时期每个商店橱窗都在展示"典型的画报③，如图 1-1④ 所示。

图 1-1　"伟大的献祭"（Great Sacrifice）

① 米歇尔·福柯：《安全、领土与人口》，钱翰、陈晓径译，上海人民出版社2018 年版，第 255 页。

② Joanna Bourke. *Dismembering the Male*: *Men's Bodies*, *Britain and the Great War*. London: Reaktion, 1996, p. 62.

③ Joanna Bourke. *Dismembering the Male*: *Men's Bodies*, *Britain and the Great War*. London: Reaktion, 1996, p. 212.

④ 图 1-1 来自 Joanna Bourke. *Dismembering the Male*: *Men's Bodies*, *Britain and the Great War*. London: Reaktion, 1996, p. 213.

这幅标题为"伟大的献祭"（Great Sacrifice）的海报，描绘了一个年轻士兵倒在地面上，太阳穴上一个微小的弹孔，从中流出一点点鲜血，看起来既无伤大雅，也无痛苦的痕迹。死者平静而安详，在他上方是基督受难像。画面强烈喻示死者即是献身的基督，他身上致命而微小的伤痕，则是"基督的记号"。

在流行海报创造的神话中，不仅死亡被擢升到神圣的高度，而且身体的损毁也被荣耀化，伤痛被淡化。1920 年《时代》报纸的一位作者说，"仅次于献出生命，牺牲肢体是一个男人能为他的国家做的最大的牺牲了"①。媒体将士兵的残缺说成"他们勇气的勋章，荣耀服役的标志，爱国主义的证据"②。被血"装点"或"绘画"是"男子气的成就"③，伤残的士兵"并不小于，而是大于一个男人"④。煽情的宣传图片进入公众视野，在一本显然被公开的护士手绘的图册中，一幅名为《消极者与积极者》（*A Pessimist and An Optimist*）的素描对比了服役与不服役的人，图画左边是意气消沉的文员，右边是失去一条腿的同一个人，快乐有生气，积极乐观，旁有文字"你的国王和国家需要你"⑤，如图 1-2⑥ 所示。

图像与画面上的文字似乎表明了伤残者是种族内勇敢的、优秀的那部分，尽管"伤残者通常身体状况堪怜，精神及身体的恢复力及适应性锐减，

---

① Joanna Bourke. *Dismembering the Male*：*Men's Bodies*，*Britain and the Great War*. London：Reaktion，1996，p. 60.

② Joanna Bourke. *Dismembering the Male*：*Men's Bodies*，*Britain and the Great War*. London：Reaktion，1996，p. 56.

③ Joanna Bourke. *Dismembering the Male*：*Men's Bodies*，*Britain and the Great War*. London：Reaktion，1996，p. 37.

④ Joanna Bourke. *Dismembering the Male*：*Men's Bodies*，*Britain and the Great War*. London：Reaktion，1996，p. 58.

⑤ Joanna Bourke. *Dismembering the Male*：*Men's Bodies*，*Britain and the Great War*. London：Reaktion，1996，p. 62.

⑥ 图 1-2 来自 Joanna Bourke. *Dismembering the Male*：*Men's Bodies*，*Britain and the Great War*. London：Reaktion，1996，p. 64.

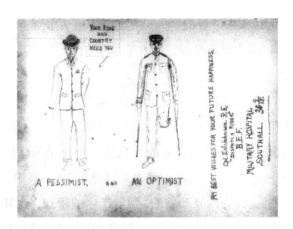

图 1-2　《消极者与积极者》(*A Pessimist and An Optimist*)

统计学上的预期寿命非常短"①。在流行的海报中，这些破碎的勇士呈现的依然是饱满的精神与肉体形象，气质昂扬，笑容满面。男性失去的身体部分成为宣扬爱国主义力量的工具，如图 1-3②所示。

图 1-3

---

①　Joanna Bourke. *Dismembering the Male：Men's Bodies，Britain and the Great War*. London：Reaktion，1996，p. 37.

②　图 1-3 来自 Joanna Bourke. *Dismembering the Male：Men's Bodies，Britain and the Great War*. London：Reaktion，1996，p. 58.

图 1-3 中，七位失去下肢的军人被摆好姿势，端正地坐在椅子上，军容整齐，微笑的表情严肃而平静，用乔安娜·伯克的话说，"照片达到了煽情与否认的高峰"①。

在《重生》中，普莱尔的女友莎拉的所见有力地揭示了海报宣传制造的假象。莎拉在医院里迷路，来到一个被深深藏匿于医院后部的大帐篷前。大帐篷旁边是焚烧残肢断臂及尸体的焚化炉，焚化炉的烟囱上正黄烟滚滚。莎拉走近帐篷，在"气氛封闭，闷得难以呼吸"的昏暗中，她瞥见一群阴影中的生物，感受到周围骚动着的"绷带产生的笨拙，皮肤愈合产生的痒"②。穿过门槛，她眨了好几次眼才看清楚他们，"一整行的人坐在轮椅上，但这些人的尺寸与形状已不再是成年男人，有的裤管被缝短，有的空袖子被固定在外衣上。其中一人丧失四肢，面无血色，苍白到看似一身的血也留在法国"③。他们是如此的畸形、自卑与绝望，以至于莎拉觉得自己如蛇发女妖美杜莎一般，仅仅自己无意中的观看，就已经对他们造成了冒犯。这是一个莎拉这样的平民平时完全无法看到，因而也无法了解和想象的景象。一群畸形的鬼魅一般的存在如此小心地被藏匿在医院深僻处，被藏在一块高悬着"闲杂人等止步"④的牌子后面，就连偶尔晒太阳，也不能堂堂正正地到外面，不能在医院正前方他们的残躯可以被路过的人看得见的地方，而只能在这燃烧着断肢与尸体的焚化炉旁边。巴克描述的这一场景指向了残疾军人事实上在生命权力的价值计算中被抛弃的命运。

在莎拉所见的景象中，可以窥见生命权力在种族健康与价值计算的层

①　Joanna Bourke. *Dismembering the Male*; *Men's Bodies*, *Britain and the Great War*. London: Reaktion, 1996, p. 58.

②　帕特·巴克：《重生》，宋瑛堂译，时报文化出版企业股份有限公司 2014 年版，第 221 页。

③　帕特·巴克：《重生》，宋瑛堂译，时报文化出版企业股份有限公司 2014 年版，第 221~222 页。

④　帕特·巴克：《重生》，宋瑛堂译，时报文化出版企业股份有限公司 2014 年版，第 221 页。

面上进行的规范化操作，以及这种规范化操作的肆意与危险。不同于统治权力采用法律的技术，也不同于规训权力采用的纪律或规范的技术，生命权力采用的是安全的技术。福柯以接种牛痘为例，阐释安全技术作为一种特别的规范化形式。这种安全技术基于"案例"，即将"个体的现象整合到一个集体的场域中"思考，通过考察特定时空的人口中案例的分布，计算出可能出现的风险（risque），预测"危险"（danger）与"危机"（crise）之所在并加以避免。① 而规范化的操作就是不断地根据分析与计算，使得最不利的转变为最有利的。它不同于"从规范出发"的规训权力，而是由"规范性"（le normal）推导而来，或者"正是从对常态的研究出发，规范得以确定下来并完成其操作功能"②。换言之，在安全技术中，规范"不是预先确定的"③，它不预先设置规范，而是不断根据危险预警来调整规范。它瞄准整个人口的安全系数，"不断地通过规范化来调整分布，把不利的因素取消掉，消除掉，永远寻求新的规范、更好的规范。这是动态的规范，而不是静止的规范"④。这种规范也被福柯称为"调节规范"，以区别于规训权力的"纪律规范"。⑤ 这种极度功利性的动态的规范化活动，在生命权力的价值最大化的经济学中，即隐秘地意味着为达目的不择手段，有着一种本质上不受限制的肆意与虚伪。同时，在"人口"的安全与健康的冠冕堂皇的理由下，这些可以随时调整的规范会变得更加功利、隐蔽与危险。

福柯指出，生命权力的安全配置使权力对概率性事件的反应"被置于

① 米歇尔·福柯：《安全、领土与人口》，钱翰、陈晓径译，上海人民出版社2018年版，第75~77页。

② 米歇尔·福柯：《安全、领土与人口》，钱翰、陈晓径译，上海人民出版社2018年版，第79页。

③ 米歇尔·福柯：《安全、领土与人口》，钱翰、陈晓径译，上海人民出版社2018年版，第72页。参见"normation"脚注。

④ 陈培永：《福柯的生命政治图绘》，中国社会科学出版社2017年版，第75页。

⑤ 米歇尔·福柯：《必须保卫社会》，钱翰译，上海人民出版社2018年版，第276页。

成本的计算当中"①，正是在生命权力高度功利化的计算中，才有莎拉目睹的那一幕。莎拉无意中瞥见的"高贵的勇士"之归宿，折射着一个真相，即生命权力的调节性规范在价值估算层面的无情运作。在需要年轻公民牺牲时，便调动一切资源不择手段地鼓励这种牺牲。当牺牲不再是国家安全的必要，被牺牲的个体和群体就会立刻遭到无情地抛弃，为之配置的资源也即刻被撤销。乔安娜·伯克的研究表明当时的"英雄"要得到政府的抚恤是多么艰难。第一，抚恤部愿意抚恤的"高贵的英雄"并不能轻易得到抚恤，他必须提供"英雄身份的证据"，这意味着他必须能证明是在1914—1918年受伤，必须能证明自己是在海外战场受伤，他的伤必须被判定为值得。第二，为了尽量减少抚恤金的支出，抚恤金被分为统一补偿金（a flat rate）和替代性补偿金（an alternative pension）。后者规定的数额远高于前者，意在提供"额外的东西"给战争爆发一周前工资在25先令的人。虽然明令所有男性的身体组成部分的价值是完全一样的，但军阶在军官以上的，必须被给予额外的补偿金，并非补偿他们解剖学上的损失，而是补偿"他们所经受的痛苦与磨难"，普通成员得不到补偿，因为那需要"几乎是超人"般的付出才可能获得。第三，抚恤部否认患病者的牺牲。与战场受伤者被标志为"W"（wound）不同，在战场上患病的人被标识为"S"（sick）。跟伤残者相比，患病者处于完全的劣势地位，一方面政府指出他们的身体没有显示"伤害"，另一方面陆军部、海军部及空军部经常颁布法令说，没有证据证明患病者是在服役时生的病，以暗示生病的人是在"度假"时感染的。更有甚者，抚恤金部的工作人员甚至说，"在很大程度上，疾病案例……首先是身体和智能更劣等的人的案例"。患病者没有太多讨价还价的地位，甚至被当作骗子。事实上，分给患病军人的同情几乎是可以忽略不计的，而真实的情况是，在前线，即使是小伤口的感染也有死亡的危险，炭疽病、感冒等大大小小的疾病威胁着每一个人。第四，津贴也以其他的方式被限

---

① 米歇尔·福柯：《安全、领土与人口》，钱翰、陈晓径译，上海人民出版社2018年版，第9页。

制。国家资源只能被那些证明自己是英国白人(White British)的男性分享，这就导致与英国人并肩作战的马耳他人只能收到很低的补偿金。爱尔兰的残障军人则发现"这个国度不准备承认战争中致残的男人任何东西"。第五，对于伤残者的照顾也并未维持多久，那些战后仍在住院的人发现随着停战协议签署，他们的特权很快被取消了。随着国家资源的转移，失去肢体不再被社会赋予特殊的意义。一位海军当事人记载，"在战争中，当国家处于危难时，医院有很多爱国的造访者与支持者，但是自从停战协议签署以后，这些人减少到寥寥无几"。在1917年前后，截肢的伤兵在完全康复以前就被医院遣散回家。一位妇女回忆道，"现在在小城的大多数地方，在前线、在码头，你看见一群群这样的男人拄着拐杖，那已经不再影响大多数人"。地方委员会及政府机构渐渐拒绝负担残障退役军人的救济金，而鼓励慈善部门来承担这个责任。① 到20世纪20年代后期，最初赋予战争伤残者的敬意已所剩无几。②

在倡导"净化"并鼓励年轻男性克服对伤残的恐惧、为国捐躯的灵活策略中，可以看到生命权力作为一种调节机制的任意性及其危险。它遵循效果最优、利益最大化的原则在人口层面上进行调节，在发现危险以及需要牺牲者的时候，立刻在舆论、经济、政策、情感等方面进行全方位的资源配置，这种配置还渗透着虚伪，即以发现危险的名义制造危险，诱导及迫使牺牲。而当"可牺牲的"那部分人失去使用价值时，资源配置被逐步撤离直至完全消失，"英雄"沦为了被抛弃者。正是在这样的机制中，伤残者一面光鲜荣耀地出现在大众媒体中，一面如莎拉所见，被弃置在医院的焚化炉旁苟延残喘。

三部曲中呈现的诸多关于"爱国主义"与"高贵的英雄"的血腥细节，虽然指向史实却远非史实的简单堆砌。透过这些细节，可以清楚地看到生命

---

① 关于抚恤金的政策参见 Joanna Bourke. *Dismembering the Male：Men's Bodies，Britain and the Great War*. London：Reaktion，1996，pp.59-71.

② Joanna Bourke. *Dismembering the Male：Men's Bodies，Britain and the Great War*. London：Reaktion，1996，p.31.

被挟制、被捕获的过程和深度。在不断地宣布危险、号召保卫整体"人口"安全，并使其更加"健康"、更有利于种族延续的名义下，一部分个体成为可牺牲者。这种以一部分人的死亡来维持整体人口的安全和健康的方式，就是生命权力的悖论。生命权力以统计学为基础，从所谓的整体人口的利益最大化的原则出发做出的规范性调节，在本质上有着不择手段、肆意发展的可能，携带着深不可测的危险。

第二节 西方共同体的原始结构

萨拉·特里姆博（Sarah Trimble）在讨论三部曲呈现的一战的血腥场域时，将远离家乡奔赴海外战场的英国军队称为"不归的青年军队"（The Unreturning Army That Was Youth）[1]。乔安娜·伯克也指出，在战争中，"无名的、伤残的死亡成为年轻人的命运"，76%的在役死亡者年龄在30岁以下。[2] 与赴死的青年群体相对的是萨松漫画式地描绘出的老年男性群像：那些老头坐在俱乐部里，只会"咯咯笑着说'耗损''折损人力'之类的字眼"[3]，连他们的菜单也"几乎维持战前的水平"[4]。对此，萨缪尔·海因斯在《想象中的战争》一书中指出，战争在两代人之间产生了断裂，即"战斗的士兵和那些控制他们的人"[5]。同理，在《老人与年轻人的寓言》中，欧文也重述了亚伯拉罕与以撒重演父子冲突的故事。上述现象与分析

---

[1] Sarah Trimble. "The Unreturning Army That Was Youth": Social Reproduction and Apocalypse in Pat Barker's Regeneration Trilogy. *Contemporary Women's Writing*, 2013(1), pp. 73-91.

[2] Joanna Bourke. *Dismembering the Male: Men's Bodies, Britain and the Great War*. London: Reaktion, 1996, p. 220.

[3] 帕特·巴克：《重生》，宋瑛堂译，时报文化出版企业股份有限公司2014年版，第20页。

[4] 帕特·巴克：《重生》，宋瑛堂译，时报文化出版企业股份有限公司2014年版，第166页。

[5] Samuel Hynes. *A War Imagined: The First World War and English Culture*. London: Pimlico, 1992, p. x.

开启了一个重要问题：为什么维护"人口"健康与安全的生命权力在现代战争中征缴与牺牲的那部分生命，恰恰是种族之内最具繁衍价值的一部分，即"青年男性"呢？对此，福柯尚未来得及给出答案，虽然他对生命权力的阐释开启了审视战争的新视角，指出了西方现代生命政治通往死亡与杀戮的可能方向。在这一点上，意大利哲学家阿甘本在谱系学的基础上对"神圣人"的探讨，可以说为生命政治这一指向明确的死亡机制做出了有力的补充、拓展，乃至超越。

一、"不归的青年军队"——父亲的祭品

大卫·沃特曼在《帕特·巴克与对社会现实的沉思》一书的导言中说，"若有人想选择一个形象来表征贯穿巴克作品的多样主题的话，这个人最好选择亚伯拉罕准备好杀死自己的儿子以撒的那一刻：牺牲，对权威的服从，老人对年轻人的责任——及其最终的失败"①。沃特曼确实独具慧眼，一语道出了"父子形象"在小说中的核心地位。三部曲中最引人注目的，除了挣扎于血污与噩梦之中的青年军人外，还有与之相对应的各种类型的父亲形象，而父子关系无疑是巴克在三部曲中极力呈现的最核心的关系。

三部曲中的第一类父亲是生父，这一类的父亲通常在儿子的生活或精神世界中是缺席的，如普莱尔、萨松及瑞佛斯的生父。瑞佛斯观察到，"普莱尔彻底排斥生父"②。普莱尔的父亲是一个粗俗的劳动阶级男性，对妻子和儿子惯于拳脚相向，"他对儿子的亲情似乎只有'蔑视'一种"③。他被向往中产阶级生活的妻子鄙弃，在心理上被她阻挡在家庭生活之外，几乎"没有管教儿子的权力"④。普莱尔的分裂人格最终道出生父在自己心中

---

① David Waterman. *Pat Barker and the Meditation of Social Reality*. Amherst, NY: Cambria Press, 2009, p. 1.

② 帕特·巴克：《幽灵路》，宋瑛堂译，时报文化出版企业股份有限公司2014年版，第95页。

③ 帕特·巴克：《重生》，宋瑛堂译，时报文化出版企业股份有限公司2014年版，第84页。

④ 帕特·巴克：《重生》，宋瑛堂译，时报文化出版企业股份有限公司2014年版，第83页。

的地位，"我出生在两年前，生在法国的一个炮弹坑里。我没有父亲"①。
萨松的生父在他5岁那年离家，在他8岁那年死去，是直接缺席的。② 瑞
佛斯则在12岁那年就否定了父亲的志业，在心理上扼杀了父亲。瑞佛斯的
父亲身兼牧师与语言治疗师双职，家里充满口吃的病人，瑞佛斯长年与口
吃病人为伍，诊断病患发音障碍的音素几乎和父亲一样准确迅速。一次他
偷听父亲指导病人，突然意识到父亲的那一套完全没用，"想着想着，十
二岁的他只花一分钟，就把父亲毕生的志业一笔勾销"，在那一瞬间，他
"在心中扼杀"了这个男人。③ 在三部曲中，生父是无力承担父亲责任，为
儿子留下精神财富，对儿子的人格与行为带来真正影响的人。无论身体在
不在场，他们在儿子的人生中都是缺席的。

　　三部曲中第二类父亲是牧师或神父。他们道貌岸然，以受人尊敬的身
份侵入居民的家庭生活，背地里却龌龊不堪，干着不可告人的勾当。小说
中几个主要人物的家庭都有牧师或神父的侵入。普莱尔的母亲不顾家境拮
据，宁愿每周酬谢一个先令，也要请麦肯济神父额外教导普莱尔，为他进
入中产阶层铺路。而麦肯济神父却在普莱尔11岁那年强暴了他，此后普莱
尔一直处于他的性侵之中，"不少额外调教咧"④。在修道院狭窄的小床
上，他"以这种姿势躺着，巴望事情快快结束，像这样被操了整整一年，
他才终于体验到射精"⑤。普莱尔女友莎拉家常常邀请教区牧师亚瑟·霖基
参加家庭活动。去莎拉家做客，普莱尔发现霖基一边宣讲下周"牺牲"的布

　　① 帕特·巴克：《门中眼》，宋瑛堂译，时报文化出版企业股份有限公司2014年
版，第263页。
　　② 帕特·巴克：《重生》，宋瑛堂译，时报文化出版企业股份有限公司2014年
版，第51页。
　　③ 帕特·巴克：《重生》，宋瑛堂译，时报文化出版企业股份有限公司2014年
版，第215页。
　　④ 帕特·巴克：《门中眼》，宋瑛堂译，时报文化出版企业股份有限公司2014年
版，第153页。
　　⑤ 帕特·巴克：《幽灵路》，宋瑛堂译，时报文化出版企业股份有限公司2014年
版，第42页。

道主题，一面因桌下普莱尔双脚的磨蹭而"领环附近出现红晕"，并且这红晕"逐渐往上扩散"①。在他身上，普莱尔嗅到了一种"浓郁的沼气，混合了焚香的余味与精液的气味"②。道季森神父是小瑞佛斯家的常客。在瑞佛斯的记忆深处，"一个天真的小男生逐渐意识到，自己成了某个大人反常爱慕的对象"，"道季森牧师总是缠着他"③，虽然最终没有对他伸出魔掌。瑞佛斯的妹妹凯瑟琳非常美丽，打槌球的日子，瑞佛斯记得"道季森拱身从凯瑟琳背后环抱她，大手握小手教她"④，透着隐晦的淫秽的味道。瑞佛斯记得一次大家在河边涉水，道季森为凯瑟琳用别针别裙子，她把道季森推开，"是他的目光有异样的热切？是手的动作别有用心？"⑤尽管道季森经常帮凯瑟琳别裙子，但是这一次，小女孩顶着母亲的骂，把他推开。麦肯济、霖基、道季森，以牧师或神父的身份融入家庭，似乎履行着引导家庭与孩童的父亲角色，然而他们展现的却是彻头彻尾的无耻、虚伪、堕落与邪恶。

三部曲中第三类父亲就是如瑞佛斯这样的代理父亲。瑞佛斯医生作为剑桥的教授和杰出的人类学家、神经学家、心理学家、精神分析专家，不仅有足够的专业素养，更有丰富的人文情怀。他对病人温情脉脉的照料和抚慰，使他被众多病患尊为精神上的父亲，"病患视他为父亲，他习以为常了"⑥。对病患细致周到的程度，甚至令病人雷亚德称他为"雄母亲"⑦。

---

① 帕特·巴克：《幽灵路》，宋瑛堂译，时报文化出版企业股份有限公司2014年版，第67页。

② 帕特·巴克：《幽灵路》，宋瑛堂译，时报文化出版企业股份有限公司2014年版，第66页。

③ 帕特·巴克：《幽灵路》，宋瑛堂译，时报文化出版企业股份有限公司2014年版，第26页。

④ 帕特·巴克：《幽灵路》，宋瑛堂译，时报文化出版企业股份有限公司2014年版，第89页。

⑤ 帕特·巴克：《幽灵路》，宋瑛堂译，时报文化出版企业股份有限公司2014年版，第90页。

⑥ 帕特·巴克：《重生》，宋瑛堂译，时报文化出版企业股份有限公司2014年版，第51页。

⑦ 帕特·巴克：《重生》，宋瑛堂译，时报文化出版企业股份有限公司2014年版，第154页。

他是如此现代、进步及人性化，以至于蒙蒂斯认为巴克的整个三部曲都是对瑞佛斯的致敬。①萨松崇拜与信任瑞佛斯，他向欧文承认，"问题是，瑞佛斯懂的硬是比我多"②。当他要返回战场离开瑞佛斯时，他领悟到，"瑞佛斯已彻底取代生父的地位"③。他甚至直接告诉瑞佛斯，"瑞佛斯，你是我的外在良知，是听我告解的神父"④。即使是满怀叛逆之心的普莱尔，也逐渐将瑞佛斯当作精神上的父亲。他起初讽刺病患将瑞佛斯当作父亲，"我猜，多数病人想把你当成爹地，对吧？我嘛，坐爹地的大腿有点太老了"⑤。他甚至挑衅地称瑞佛斯为"壁纸"，指出瑞佛斯摆出"壁纸姿态"，只是"以便给病患自由幻想的空间，以便病患能随心所欲，把你（瑞佛斯）想象成他心目中的人"⑥。但是随着时间的流逝，他逐渐靠向瑞佛斯，甚至承认："我发现自己想在你面前求表现。很可悲吧？"⑦他对瑞佛斯的信赖，使瑞佛斯常常意识到"他与普莱尔之间强烈的父子因素"⑧。

在三部曲中，如瑞佛斯、牧师或神父一样取代了"生父"，照料儿童与青年的代理父亲，还活跃于各个机构中，以父亲或父亲集团的面目出现，如医院中的医评会，情报处的上校及其同僚，军队中的权威等。"男人被

① Sharon Monteith. *Pat Barker*. Tavistock, Devon: Northcote House in Associate with the British Council, 2002, p. 199.

② 帕特·巴克：《重生》，宋瑛堂译，时报文化出版企业股份有限公司 2014 年版，第 174 页。

③ 帕特·巴克：《重生》，宋瑛堂译，时报文化出版企业股份有限公司 2014 年版，第 205 页。

④ 帕特·巴克：《门中眼》，宋瑛堂译，时报文化出版企业股份有限公司 2014 年版，第 250 页。

⑤ 帕特·巴克：《重生》，宋瑛堂译，时报文化出版企业股份有限公司 2014 年版，第 96 页。

⑥ 帕特·巴克：《重生》，宋瑛堂译，时报文化出版企业股份有限公司 2014 年版，第 95 页。

⑦ 帕特·巴克：《重生》，宋瑛堂译，时报文化出版企业股份有限公司 2014 年版，第 95 页。

⑧ 帕特·巴克：《幽灵路》，宋瑛堂译，时报文化出版企业股份有限公司 2014 年版，第 95 页。

鞭策听话，被驱策回前线"①的工作主要由这样的父亲角色来完成。神父和牧师们宣讲并歌颂牺牲。医评会里像米契尔那样"点缀着老年斑"②的手决定着年轻病患是否应该归建。瑞佛斯医生亲切温和，却也"仍期望病患重返法国战场"。他鼓励病患面对恐惧，是因为他深信，"学会自我了解的人，学会接受个人情绪的人，比较不容易再崩溃"③。虽然他意识到在当时的环境下，病患"复原"很大程度上意味着"自毁"或"自我了断"④，他仍然细致辨别病患是否痊愈，使他被病人墨斐特称作"十七世纪的寻巫人（witch-finder）"⑤。与瑞佛斯反差巨大的是冷酷无情的路易斯·耶兰（Lewis Yealland）医生，他对付病人，只需要电击，疗效奇高，一个病人只治疗一次，多数病人"一星期之内可出院"⑥。然而在目睹了耶兰的治疗过程后，瑞佛斯自认与耶兰无异，"同样从事一种控制人的行业，两人都负责恢复青年战士的角色"⑦。令人痛恨的情报员史布拉葛，用坑、蒙、欺骗等各种手段追捕反战者，在普莱尔的分裂人格看来，也是一个父亲："史布拉葛就像他父亲"，"是真的一模一样，结果他自己却看不见"⑧。

一边是被驱策赴死的青年，一边是驱策青年赴死的代理父亲，巴克的

---

① 帕特·巴克：《门中眼》，宋瑛堂译，时报文化出版企业股份有限公司 2014 年版，第 177 页。

② 帕特·巴克：《幽灵路》，宋瑛堂译，时报文化出版企业股份有限公司 2014 年版，第 19 页。

③ 帕特·巴克：《重生》，宋瑛堂译，时报文化出版企业股份有限公司 2014 年版，第 69 页。

④ 帕特·巴克：《重生》，宋瑛堂译，时报文化出版企业股份有限公司 2014 年版，第 325 页。

⑤ 帕特·巴克：《幽灵路》，宋瑛堂译，时报文化出版企业股份有限公司 2014 年版，第 49 页。

⑥ 帕特·巴克：《重生》，宋瑛堂译，时报文化出版企业股份有限公司 2014 年版，第 310 页。

⑦ 帕特·巴克：《重生》，宋瑛堂译，时报文化出版企业股份有限公司 2014 年版，第 325 页。

⑧ 帕特·巴克：《门中眼》，宋瑛堂译，时报文化出版企业股份有限公司 2014 年版，第 262 页。

这一安排呼应了一个有着古老基因的政治神话。在《重生》中，巴克通过沃特曼提及的一组形象给出了自己对这一"父—子"模式的阐释。在一次瑞佛斯参加的周日教堂礼拜中，瑞佛斯的目光从教堂正中挂着国旗的祭坛移到了教堂东边窗户处，那里是耶稣受难十字架，圣母和圣若望(St John)分立两旁，"天父以慈爱的眼神向下看"，下面小许多的是"亚伯拉罕弑子"像，人物动作凝固在亚伯拉罕将缚好的儿子以撒放在潦草砌成的祭坛上，举臂挥刀意欲杀死他向上帝献祭的那一刻。① 巴克借这画面喻示，"西方文明号称的根基"是作为"父权社会奉行的圭臬"的"两种血腥交易"，即"年轻壮丁的你，若遵循老弱的我指示，甚至恭敬到随时肯贡献生命的程度，时机来临之日，你必能和平继承，必能获得子孙同等恭敬之服从"。② 在巴克的阐释里，一种有着古老"父权"基因与"神圣"概念的生命政治被带到读者面前。神圣之域的"天父"与人世之父亚伯拉罕，对应被钉上十字架的耶稣与被绑上祭坛的以撒，呼应了父亲与儿子之间的源远流长的权力关系。耶稣与以撒都被父亲选为祭品，送上祭坛；他们的身体都要在父亲的授意下，以暴力手段从"俗世之域"移除，交付到"神圣之域"。此时，父亲对儿子有着绝对的生杀大权，父亲的权力直指儿子的生命，而作为一种交换，这种权力在父亲之中代代相传。

关于父亲对儿子的这种死亡权力，福柯指出，"长期以来，最高权力的典型特征之一就是生杀大权"，这种生杀大权"形式上源自古老的'Patria Pstestas'（父权），它赋予罗马家庭的父亲以'操持'子女和奴隶生死的大权。他'给予了'他们生命，也可以收回它"。③ 在生杀权的起源问题上，阿甘本无疑是赞同福柯的。他援引了福柯关于生杀权的论述，并指出，

---

① 帕特·巴克：《重生》，宋瑛堂译，时报文化出版企业股份有限公司 2014 年版，第 208 页。

② 帕特·巴克：《重生》，宋瑛堂译，时报文化出版企业股份有限公司 2014 年版，第 209 页。

③ 米歇尔·福柯：《性经验史》，佘碧平译，上海人民出版社 2005 年版，第 87 页。

"法律史中第一次遇到'决定生与死的权利'，即生杀权，不是指最高权力，而是罗马法中父亲(pater)对他的儿子们的绝对权威"①。父亲可以掌握儿子生死的权力"直接并且仅仅从父子关系中衍生出来"②，"纯粹的儿子恰恰象征性地肯定了生杀权与至高权力的一体性"，这使得"每个男性公民(因此可以参加公共生活的人)立即发现自己处在一个实际上是能被杀死的状态中，并对其父亲而言在一定程度上是神圣的"③。阿甘本也追溯了历史上将"战士"当作"祭品"的事例，他引述李维记录的古罗马执政官帕布利斯·迪西亚斯·穆斯在危急时刻将自己与自己麾下的罗马军团在战场上献祭的故事，指出"两者在一定程度上都同样是以死献祭，使自己归诸神……即便并非通过祭祀的技术性形态"④。

不难看出，阿甘本在福柯开启的"父权—生杀权"的维度上走得更远，并与巴克对父子关系的洞察不谋而合。巴克的三部曲中故事性的材料与阿甘本的谱系学研究重叠于一个真相：正是带着父权制基因的现代权力，以共同体安全之名义，征用了儿子的身体，将他们当作"一种为保世界安全而必须被无限支付的血之货币"⑤献上了战争祭坛。而阿甘本的生命政治视角，清晰地透视了这一权力的实质及其在历史中穿行的脉络。对于穆斯的献祭，阿甘本引用李维之语指出，执政官"可以祭祀任何

---

①　吉奥乔·阿甘本：《神圣人——至高权力与赤裸生命》，吴冠军译，中央编译出版社 2016 年版，第 123 页。

②　吉奥乔·阿甘本：《神圣人——至高权力与赤裸生命》，吴冠军译，中央编译出版社 2016 年版，第 124 页。

③　吉奥乔·阿甘本：《神圣人——至高权力与赤裸生命》，吴冠军译，中央编译出版社 2016 年版，第 126 页。

④　吉奥乔·阿甘本：《神圣人——至高权力与赤裸生命》，吴冠军译，中央编译出版社 2016 年版，第 137 页。

⑤　语出欧内斯特·雷蒙德(Ernest Raymon)的畅销书《告诉英格兰》(*Tell England*)。转引自 Sandra M Gilbert. Soldiers Heart：Literary Men，Literary Women，and the Great War. in Margaret Randolph Higonnet，Jane Jenson，Sonya Michel，Margaret Collins Weitz. ed. *Behind the Lines*：*Gender and the Two World Wars*. New Haven and London：Yale University Press，1987，p. 207.

属于罗马军团的公民"①。据此，阿甘本又联想到另一个古罗马执政官布鲁图斯，他这样评论后者：布鲁图斯"通过处死自己的儿子，'收养罗马人民以代之'。正是这一同样的死亡权力，现在通过'收养'这个画面，而转移到了整个人民身上。于是，'人民的父亲'，再次获得了它原初的邪恶含义。……执政官的统治权不是什么别的东西，而就是那扩展至所有公民的父亲之生杀权"②。在阿甘本揭示的政治之域中，"父亲"已经远远超越了姓氏、血缘及生物学意义，而变成联结着"至高权力"的词汇，昭示着一种"父权—主权"对所有共同体之子的生杀权。

在阿甘本看来，"开启现代之门的钥匙隐藏在远古和史前"③，巴克无疑怀着同样的热忱和信念在探索现代问题的历史源头，并与阿甘本在源头相遇。当巴克聚焦于亚伯拉罕与以撒表征的父子关系，并在《门中眼》中借碧翠丝·洛葡之口喊出劳合·乔治(Lloyd George)"他害死了好几百万个小伙子"④，借普莱尔道出梦中"专吃婴儿、张牙舞爪的德国佬"的脸最后变成了"我爱的人(即瑞佛斯)"的脸时⑤，她想说的无疑是，共同体之子正是被首相劳合·乔治与瑞佛斯所表征的"父权—至高权力"以维护总体安全的名义献上了战争祭坛，而一群淫秽的、堕落的神父则隐晦地喻示着这一权力在现代的恶化与滥觞，如同普莱尔回忆被麦肯济神父性侵的经历时感触到的，"在每一座祭坛后面，血、凌虐、死亡。……基督在鞭笞架上，表情至为眼熟"⑥。而面对战争的血腥，后方民众更是集体麻木在教堂里，如

---

① 吉奥乔·阿甘本：《神圣人——至高权力与赤裸生命》，吴冠军译，中央编译出版社2016年版，第137~138页。

② 吉奥乔·阿甘本：《神圣人——至高权力与赤裸生命》，吴冠军译，中央编译出版社2016年版，第125页。

③ 吉奥乔·阿甘本：《何谓同时代人》，《裸体》，黄晓武译，北京大学出版社2017年版，第32页。

④ 帕特·巴克：《门中眼》，宋瑛堂译，时报文化出版企业股份有限公司2014年版，第37页。

⑤ 帕特·巴克：《幽灵路》，宋瑛堂译，时报文化出版企业股份有限公司2014年版，第95页。

⑥ 帕特·巴克：《幽灵路》，宋瑛堂译，时报文化出版企业股份有限公司2014年版，第161页。

瑞佛斯所见，"此刻，在法国北方各地的战壕、掩蔽坑、积水的炸弹坑，继承人不是一个接一个死，是全部命在旦夕"的时候，"老男人以及各年龄层的妇女共聚一堂，高唱赞美诗，'盲目不信者必缪纰，罔视神迹者必徒劳'"，这些信众"已摒弃理性"，神情快乐，坐等牧师讲道。①

　　巴克聚焦的教堂内的两组父子形象也喻示了父亲之生杀权的传递与记忆。沃特曼在讨论这组形象时指出，"上帝形象在几个世纪中一代一代通过宗教经典、手抄本装饰书以及有脏玻璃的教堂窗户传承了下来"②。沃尔曼指出的是一种保存权力的记忆术，父亲的权力正是在这种记忆技术中被直观地、不动声色地被传承着。"钉在十字架上的耶稣"这一残酷形象，借用汪民安讨论尼采的身体观时所说，"是一个精巧的诡计"③。这一形象跨越历史的长河，持续地提醒这一原初的父权之威胁与诱惑：只有服从才能救赎自己，才能救赎他人；而充满虐杀意味的"十字架上的耶稣"永恒地演示着服从、牺牲与救赎的戏码。"被缚的以撒"不仅巩固了这一诱惑，而且直白地强化了这一交易中的威胁意味，因为此刻杀人的刀被亮了出来，明白无误地握在亚伯拉罕的手里，以撒被紧紧缚住，不能有任何反抗。

　　《重生》中"祖先的画像"也进一步揭示及补充了这种记忆术。在爱丁堡保守派俱乐部楼梯两侧的墙上，萨松看到了爱丁堡历代权贵们的肖像画，画中人"各个蓄白须，穿翼领衬衫，肥满的肚腩上摆着表袋与金表链"，当萨松走进早餐室，"第一个想法是，有人恶作剧，把画框里的名人剪下来，贴在全厅的椅子上"。④ 画像中人仿佛通过早餐室的老人们借尸还魂，祖先不死的"政治身体"与活着的"老人"之身体合而为一，"放眼望去，他见到

---

①　帕特·巴克：《重生》，宋瑛堂译，时报文化出版企业股份有限公司 2014 年版，第 209 页。

②　David Waterman. *Pat Barker and the Meditation of Social Reality*. Amherst, NY: Cambria Press, 2009, p. 1.

③　汪民安：《尼采与身体》，北京大学出版社 2008 年版，第 34 页。

④　帕特·巴克：《重生》，宋瑛堂译，时报文化出版企业股份有限公司 2014 年版，第 163 页。

高背翼椅坐着蜥蜴般的头与颈，各个转头望向门口的这个青年，见到青年的制服，不由自主地认同"，而在看到萨松佩带精神病院的蓝徽章时，态度旋即多了一丝矛盾，生出一种逐渐高涨的疑虑。① 这些历代男性权贵的画像，如同坎特罗维兹所说的"国王的蜡像"一样，在腐朽的肉体之外，以一种象征的方式构筑了某种"永生不死"的"政治身体"。犹如蜡像保证了国王所代表的主权之本质"并不随它的承载者的肉身之死亡而死亡"②，古老的父亲之权力也象征性地附着于画像而得以穿越时间，永生不死。这种权力弥漫至无处不在，以至于萨松感到"这种糅合了钦佩与忧虑的表情随处可见"③。

巴克对"一战"中身处暴力的无数年轻生命的关注，使她与阿甘本成了后者所说的能够感知时代黑暗的"同时代人"④，在"坚定地凝视世纪野兽的双眼"⑤时，巴克与阿甘本的思想产生了交汇，她喻义丰富的文学语言与阿甘本的政治哲学思考不约而同地指向了现代生命政治技术的源头，即古罗马父亲对儿子执有的"生杀权"。正是有着这一古老父权基因的现代共同体之"至高暴力"使得青年一代在生命政治中成为可以被"牺牲"的部分。这种对儿子的献祭，是共同体中一代又一代的父亲们获得并保存自己权力的血腥交易，⑥ 与将"生命政治"看作现代性之产物的福柯不同，阿甘本认为

---

① 帕特·巴克：《重生》，宋瑛堂译，时报文化出版企业股份有限公司 2014 年版，第 163 页。

② 吉奥乔·阿甘本：《神圣人——至高权力与赤裸生命》，吴冠军译，中央编译出版社 2016 年版，第 131 页。

③ 帕特·巴克：《重生》，宋瑛堂译，时报文化出版企业股份有限公司 2014 年版，第 163 页。

④ 吉奥乔·阿甘本：《何谓同时代人》，《裸体》，黄晓武译，北京大学出版社 2017 年版，第 24 页。

⑤ 吉奥乔·阿甘本：《何谓同时代人》，《裸体》，黄晓武译，北京大学出版社 2017 年版，第 21 页。

⑥ 这一点本书作者在《在"祭品"和"神圣人"之间——论〈再生三部曲〉中的生命政治》一文中也有论及。参见李莉：《在"祭品"和"神圣人"之间——论〈再生三部曲〉中的生命政治》，《人文论丛》2019 年第 1 期，第 166～168 页。

生命政治"最初就已镶嵌在人类共同体之结构当中"①。在生命政治的死亡机制这一维度上，阿甘本的探索更深刻地揭示了现代生命政治源于基因的黑暗本质，并预示了其危险的发展前景。

二、从"祭品"到"神圣人"

在巴克提示的关于基督、以撒与人类共同体之子献祭的类比中，我们似乎看到了"祭品"所遭遇的父权系统之本质上的暴力性。祭祀本质地蕴含着暴力，因为"牺牲品必须被暴力性地从人的世界移除"，而"神圣化"内在地建立在暴力性的"移除"之上。② 然而巴克的文本显示，被作为"祭品"献上祭坛，还不是生命政治最严酷的终点，这些"祭品"所遭遇的直指生命的暴力，使之在生命政治的维度上不停地向更黑暗的方向滑落，乃至完全跌出人之世界与神之世界的坐标，成为一种难以标识其位置的、处于界槛中的悖论性的存在。对于生命政治的这种残酷性，阿甘本曾指出，给屠杀犹太人的行为扣上"祭祀性的光环"，"是一个历史编纂上的不负责任的盲视"③。同样，在法国北部的战场上成批死去的年轻继承者们，虽然很容易被罩上"祭祀性的光环"，被当作以身祭国的英雄，但如果用阿甘本之生命政治的目光来审视的话，就会发现其中很大一部分生命遭遇的是"神圣人"那"虱子般"④的毫无价值的死亡。

"神圣人"是阿甘本在其生命政治思想中提出的核心概念。"神圣人"在古罗马法中，指的是那种"可以被杀死，但不能用于祭祀"的人，因此，阿甘本用"神圣人"这一原始形象，指示那些既失去"人间法"保护，又失去

---

① 吴冠军：《译者导论》，吉奥乔·阿甘本：《神圣人——至高权力与赤裸生命》，吴冠军译，中央编译出版社2016年版，第22页。

② 吴冠军：《译者导论》，吉奥乔·阿甘本：《神圣人——至高权力与赤裸生命》，吴冠军译，中央编译出版社2016年版，第22~23页。

③ 吉奥乔·阿甘本：《神圣人——至高权力与赤裸生命》，吴冠军译，中央编译出版社2016年版，第159页。

④ 吉奥乔·阿甘本：《神圣人——至高权力与赤裸生命》，吴冠军译，中央编译出版社2016年版，第159页。

"神法"保护，沦为可以被任意杀死而不会产生法律责任的赤裸生命。①
"神圣人"产生于"主权者"的决断。"神圣人"与"主权者"构成了权力的两
极，在"主权者"通过悬置既有的法律而开启的例外状态中，"神圣人"便诞
生了。

对于主权者对例外状态的决断，阿甘本引用了《旧约》中以法莲人的遭
遇来说明例外的生死性。《士师记》(Judges) 第十二章第六节记载，以法莲
人无法读出"shibboleth"，而将之读成"sibboleth"。所以当以法莲人试图渡
过约旦河逃命的时候，基列人拦截他们，让他们读出"shibboleth"，如果谁
无法正确地发出读音，就会被杀死在约旦河的渡口。② 在这个事件中，主
权者悬置了既定的、常规的法律和秩序，宣布了一个例外状态。在这例外
状态中，"shibboleth"一词的发音正确与否成为一条施密特所说的由主权确
定其生效的、临时的"情境下的法律"③，通过发音的差异，以法莲人被辨
识出来。自被辨识出来的那刻起，以法莲人便即刻被暴露在可以剥夺其生
命的暴力面前，成为随时可以被杀死的"神圣人"，而他们的死，如阿甘本
所论及的犹太人的死一样，"既不构成死罪，也不算作一个祭品"④。主权
通过临时的决断展示了对于决断的垄断，进而宣示和巩固了自身。在主权
以决断的方式宣布的例外状态中，以法莲人既被排除在正常秩序之外，又
被悖论性地纳入主权的统治，在这一过程中，主权本身在整个政治秩序中
的位置被明确地标示了出来。

阿甘本指出，例外是一种排除，"但例外的最固有的特征是：从规则
内部被排除出去的东西，并不因为被排除而与规则无关。相反，作为例
外被排除的个案，仍旧以规则之悬置的形式而保持着它本身与规则之间

---

① 吴冠军：《阿甘本论神圣与亵渎》，《国外理论动态》2014 年第 3 期，第 47 页。
② 吉奥乔·阿甘本：《神圣人——至高权力与赤裸生命》，吴冠军译，中央编译
出版社 2016 年版，第 35 页。
③ 吉奥乔·阿甘本：《神圣人——至高权力与赤裸生命》，吴冠军译，中央编译
出版社 2016 年版，第 22 页。
④ 吉奥乔·阿甘本：《神圣人——至高权力与赤裸生命》，吴冠军译，中央编译
出版社 2016 年版，第 159 页。

的关系"①。阿甘本认为这种"法律+法律之例外"是构成人类共同体(至少是西方共同体)的原始结构。只要这一原始结构得不到变化,生命永远随时会被"神圣化(即赤裸化)",被任意捕获与征用。② 阿甘本指出,"例外状态实际上就在它自身的分隔性中,构成了整个政治系统赖以安置的隐秘地基"③。主权者和"神圣人"构成了权力的两极。通过"至高决断",主权者既在例外中开创法律,也可以随时在其所宣布的例外状态中悬置法律。阿甘本认为现代生命权力是通过宣布例外状态(紧急状态)来施行,"除了紧急状态,权力在今天不再有任何其他的正当化形态(form of legitimation)","任何地方的权力都在不断地指向并诉求紧急状态,并且暗中用尽力道在制造紧急状态"。④ "这种神圣的、至高的例外状态,在阿甘本看来,须为我们今天许多灾难性政治事件而负责"⑤,紧急状态由此成为权力正当化的方式,这使得"有意制造的永久性紧急状态便成为当代国家的重要实践之一,包括那些所谓的民主国家,虽然其可能并未在技术意义上宣告"⑥。

阿甘本的这一视角进一步拨开了三部曲中关于"危险"的迷雾,显露了国家权力蓄意制造紧急状态、造成大量神圣化的"赤裸生命"的隐秘本质。自三部曲开篇的1917年7月到结尾的1918年11月4日,整个社会都处在德军及各种内部敌人与间谍之威胁的舆论中。媒体及军方不断宣传德军在

---

① 吉奥乔·阿甘本:《神圣人——至高权力与赤裸生命》,吴冠军译,中央编译出版社2016年版,第25页。

② 吴冠军:《"生命政治论"的隐秘线索:一个思想史的考察》,《教学与研究》2015年第1期,第57页。

③ 吴冠军:《译者导论》,吉奥乔·阿甘本:《神圣人——至高权力与赤裸生命》,吴冠军译,中央编译出版社2016年版,第26页。

④ 吴冠军:《译者导论》,吉奥乔·阿甘本:《神圣人——至高权力与赤裸生命》,吴冠军译,中央编译出版社2016年版,第44页。

⑤ 吴冠军:《译者导论》,吉奥乔·阿甘本:《神圣人——至高权力与赤裸生命》,吴冠军译,中央编译出版社2016年版,第32页。

⑥ 高奇琦:《阿甘本对西方法治与民主神话的批判与限度》,《政治学研究》2012年第3期,第62页。

占领之地犯下的恶行，燃起民众对德国、德国人以及一切与德国相关的东西的仇恨，以至于老小姐玻尔敦的狗也被不知什么人残杀，最后在铁路围墙边找到的时候，"狗被铁丝绑在围墙上，黑苍蝇群聚众舞，被开肠破肚了"，因为那是"一条德国腊肠狗，属于敌方"。① 情报处的娄德少校宣称，"天下如同一大片西洋棋盘，林林总总的杂牌军包含了贵格会、社会主义分子、无政府主义分子、妇女参政权分子、工团主义者、基督复临安息日会，另外还有什么，只有天知道。少校认为，这些人只不过是精心编织的伪装，背后潜伏着真正的反战运动，组织绵密，机密严守，办事效率高，一心一意致力推翻政府"②。他告诉普莱尔，"英国快被击垮了"，并强调，"对手不是德国，而是一群乌合之众，社会主义分子、鸡奸犯、工会代表组成的杂牌军"。③ 国会议员潘柏顿·毕陵（Pemberton Billing）称德国间谍在英国秘密经营 20 年，通过私生活腐化了英国各界 47000 人。④ 在媒体、政府机构及军方的各种宣传下，关于"敌人""间谍"与"危险分子"的舆论充斥着整个社会，英国社会成了一个被持续宣布处于紧急状态的社会。

在三部曲中，正是在这种人为的持续紧急状态中，至高主权罔顾能够通过和平谈判结束战争的事实，不断地宣布和推进战争，正如萨松在反战宣言里指出的，"当局者欺瞒士兵"，政客"虚言假意"，"有权停战的主事者刻意拖长这场战争"。⑤ 就在停战协议签署前夕，军方依然全力发动最后一战，即塞柏运河（Sambre-Oise Canal）战役。在这种人为延续的战争中，"祭品"沦落为像"虱子一样"被屠杀的"神圣人"。首先，和谈正在进行，

① 帕特·巴克：《门中眼》，宋瑛堂译，时报文化出版企业股份有限公司 2014 年版，第 58 页。
② 帕特·巴克：《门中眼》，宋瑛堂译，时报文化出版企业股份有限公司 2014 年版，第 48 页。
③ 帕特·巴克：《门中眼》，宋瑛堂译，时报文化出版企业股份有限公司 2014 年版，第 53 页。
④ 帕特·巴克：《重生》，宋瑛堂译，时报文化出版企业股份有限公司 2014 年版，第 281 页。
⑤ 帕特·巴克：《重生》，宋瑛堂译，时报文化出版企业股份有限公司 2014 年版，第 4~5 页。

停战在即，这是一场"这里没有人觉得有必要打下去"①的仗。其次，这是一场在战术上注定失败的仗，"大家都知道几率多寡"，因而感到一种"濒死之亢奋"（fey）②。普莱尔在日记中记载了战况：10月18日，因为这场仗"别人认为有必要，我们今天拔营，重返前线"③，与德军对峙的运河岸比周围的原野大约高出四英尺，两岸有排水沟渠，四十英尺宽的河面既无法轻易架桥，也无法成功轰炸对方，因为安全距离不够，炸弹很容易半路落地，伤到自己人。对岸陡坡上的拉默特农场，是我军的攻击目标，但是一路上去没有任何遮蔽物，而每一处草丛后面都可能躲着机关枪手。普莱尔与同伴每天研究地图，实地观察，对环境了若指掌，预想情况有两种：一是猛烈轰炸对岸，炸死机关枪手，但风险是会同时炸毁河堤，使对岸的平地变成泥坑，寸步难行，这种情况类似帕宣岱尔之役。二是炮火轰炸点到为止，依靠步兵战斗，风险是如果敌军机关枪手没有被炸死，冲锋的步兵就会被对方像打靶一样射杀在机关枪下，这种情况类似索姆河战役。上级决定走索姆河路线。④ 基于常识，人人都知道"整套计划是痴人说梦。战胜的几率是零"，但是没有人有发言权。即使是"身上挂满战伤勋带和勋章，简直像特立独行的迷彩装"一样的代理中校十伤马绍尔这样军功卓越、经验丰富的军官，直言不讳地指出这样"冲上去铁定是送死"，也"没人跟他争论"，"没人发言讨论"，没有人听取任何意见。前来传达命令的长官"只是轻描淡写，发表一套简单、无事实依据的主张：凭我军炮击的威力，势必能克服所有敌火"。⑤ 最终如普莱尔等预料的那样，"子弹如雨直直

①　帕特·巴克：《幽灵路》，宋瑛堂译，时报文化出版企业股份有限公司2014年版，第197页。

②　帕特·巴克：《幽灵路》，宋瑛堂译，时报文化出版企业股份有限公司2014年版，第228页。

③　帕特·巴克：《幽灵路》，宋瑛堂译，时报文化出版企业股份有限公司2014年版，第198页。

④　帕特·巴克：《幽灵路》，宋瑛堂译，时报文化出版企业股份有限公司2014年版，第224页。

⑤　帕特·巴克：《幽灵路》，宋瑛堂译，时报文化出版企业股份有限公司2014年版，第225页。

落，弄皱运河的水面，弟兄一个接一个倒下"①。他目睹身边一个士兵中弹，一脸讶异，无声无息，胸口犹如绽放一大朵血色的红花。他目睹战友寇克断气、欧文死去，他自己的意识也在毒气中随之飘零，终于看不到自己。整个曼彻斯特军团在11月4日即停战前一周，死在运河两岸。

这一场战役，无论从哪个层面来看，都是主权借口紧急状态对生命的征缴。在战略上没有必要、战术上必败无疑的情况下，士兵走向的是赤裸裸的大屠杀。他们不是死于保卫国家的必要，也不是死于可以发挥才智，与敌方一决雌雄的公平战斗，而是死于至高权力凭借紧急状态宣布的军事"命令"，在这种命令下，他们失去了所有权利，失去了辩论的权利，失去了说话的权利，乃至失去了战斗的权利。这个军令让他们走向一场没有战斗的屠杀，却无人需要为之承担任何责任。自军令下达之时起，"脊背顿时凉飕飕"②的官兵们其实就已经沦为"赤裸"，已经即刻失去了所有法律和法规的保护。他们的死没有"祭品"的价值，而是被剥夺了一切权利的、像虱子一样的赤裸生命的毫无意义的死。

阿甘本认为，20世纪生命政治的典型空间是集中营，"它是这样一种界槛，在里面法律常常跨越到事实那边，而事实也会进入到法律这边；在这个界槛内，两者变得无可区分"③。在"事实与法律之无区分性"的这个意义上，当赫伯特·胡佛（Herbert Hoover）这样评价"一战"中的欧洲："在每个方面，这片土地都像是巨大的集中营"④，他的话指向的是一个事实，而非一种语言游戏。三部曲昭示的战争之域，处在至高主权打开的例外状

---

① 帕特·巴克：《幽灵路》，宋瑛堂译，时报文化出版企业股份有限公司2014年版，第240页。

② 帕特·巴克：《幽灵路》，宋瑛堂译，时报文化出版企业股份有限公司2014年版，第225页。

③ 吉奥乔·阿甘本：《神圣人——至高权力与赤裸生命》，吴冠军译，中央编译出版社2016年版，第229页。

④ Belinda Davis. Experience, Identity, and Memory: The Legacy of World War I. *The Journal of Modern History*, 2003 (1), p. 119.

态中，正如一个巨大的集中营，容纳着无数可以被随意杀死的"神圣人"，在至高统帅的疯狂军令下，诸多死去的身体早已失去了献祭的意义，而沦为不会产生任何法律责任的变相谋杀的牺牲品。

三部曲用紧密联结历史的叙事展示了一种直指年轻生命的"暴力—权力"，阿甘本的生命政治目光使我们得以透视这种权力的本质，那就是西方民主共同体的源自古老的父权基因的"主权"暴力。这种权力不仅将年轻生命作为交换父辈掌管的共同体之安全的"祭品"，而且诉诸主权悬置宪法与法律，宣布紧急状态的权力，将"祭品"隐秘地降为不值得献祭的"神圣人"。从阿甘本的"神圣人"这一赤裸生命的原初范例出发来重新审视战争祭坛上的血腥死亡，可以揭开"祭祀"的面具，辨认出生命受到彻底剥夺的"神圣人"的本相。西方现代民主政治的困境就在于，主权者通过决断例外状态，可以使生命随时转变为"神圣人"那样的赤裸生命，而以"法律+法律之例外"为原始结构的西方共同体，"无法解决主权国家结构下的赤裸生命问题"①。

在生命政治"使人死"的维度上，福柯揭示了"危险"概念及种族主义在人口层面的运作机制，阿甘本则进一步指出"生命的被政治化，其直接产物就是神圣生命"②，因而每个参加公共生活的男性公民对其父亲而言在一定程度上是神圣的，这深刻地阐释了三部曲中关于亚伯拉罕献祭以撒这一核心意象：被紧紧绑好放置在祭坛之上等待屠杀的以撒，直观地演示了一种绝对臣服于父亲之生杀权的、被暴露于暴力中的、完全无力反抗的生命。同时，三部曲丰富的细节叙事进一步提示着一个骇人的事实，即在至高主权开启的常规化的例外状态(紧急状态)中，整个战场犹如一个巨大的集中营，在其中，法律乃至宪法被无限悬置，随时会被剥夺一切权力的士

① 吴冠军：《译者导论》，吉奥乔·阿甘本：《神圣人——至高权力与赤裸生命》，吴冠军译，中央编译出版社2016年版，第40页。
② 吴冠军：《译者导论》，吉奥乔·阿甘本：《神圣人——至高权力与赤裸生命》，吴冠军译，中央编译出版社2016年版，第34页。

兵并非都像卫国"祭品"一样死去，诸多官兵事实上是在至高权力的命令中像毫无价值的"虱子般"的赤裸生命一样死去。透过阿甘本的这一"神圣人"的视角来阅读巴克的文本，可以窥见西方现代生命政治深植于源头的难以解决的困境及其继续演化的危险。

第二章　人体的解剖政治

在三部曲中，为了保障整体人口的安全与健康，一代年轻人不仅成为人口中"可牺牲的"那部分，在个体层面，他们的身体也成为权力甄选、测量、规训与矫正的对象。福柯指出，从 17 世纪末到 18 世纪，出现了一种新的权力机制，它主要围绕着人的肉体，作用于人的肉体和行动，通过锻炼、训练等方式，增强肉体的力量，"并通过监视不间断地运转"，这就是"惩戒"(disciplinaire)的权力。① 它不是在"人—类别"的层面上进行调节的运作，而是在"人—肉体"的层面上进行惩戒的运作，虽然在大部分情况下这两种层面的权力技术"是相互铰接在一起的"②。这是因为为了真正保证整体安全，就必须建立一整套规训技艺，对个体进行诊断、分类、监督等，简言之，必须"诉诸一整套规训的系列，它们在安全机制的底层扩散，并且使安全机制得以运行"③。福柯将这种"以作为机器的肉体为中心而形成的"规训机制称为"人体的解剖政治"。④

---

① 米歇尔·福柯：《必须保卫社会》，钱翰译，上海人民出版社 2018 年版，第 39 页。"惩戒"的权力，学界又译作规训的权力，参见米歇尔·福柯：《性经验史》，佘碧平译，上海人民出版社 2005 年版，第 90 页。

② 米歇尔·福柯：《必须保卫社会》，钱翰译，上海人民出版社 2018 年版，第 274 页。

③ 米歇尔·福柯：《安全、领土与人口》，钱翰、陈晓径译，上海人民出版社 2018 年版，第 11 页。

④ 米歇尔·福柯：《性经验史》，佘碧平译，上海人民出版社 2005 年版，第 90 页。

本章将在人体层面分析三部曲中规训权力所建立的一套测量、训练、监控及监禁的机制，这套机制基于对男性身体的测量，建立起一套与男性身体的生物特征相联系的"健康"规范，并在此基础上在战前及战争中对男性身体进行全面的规训，旨在培养"健康"的、"绝对服从"的男性，而绝对服从的极端，是直指男性生命的"决断权"，这使得无论在战场上被惩罚的男性，还是后方反战的男性及民众，都在规训中有着沦为阿甘本意义上的"神圣人"的危险。而渗透于英国后方社会的监控系统及政治高压，更是全方位地保证了这种越出常规的规训权力的实施，使得"规训权力"更加有了"主权"的意味，更多的人随时被降为遭到彻底剥夺的"神圣人"。

第一节　战前身体的构建与规训

三部曲中的两个主要军官角色，普莱尔和萨松，总是因为身体的外形而获得显著不同的待遇。普莱尔持续地因体格和外貌而受到忽视、感到自卑，而萨松总是因为外貌与体型而受到赞扬和崇拜，对于外貌和体型的谈论也成为一个不断被重复的话题。这一现象折射了自 18 世纪末起，生命政治基于布尔战争中的统计学数据所构建的关于男性身体的"健康"规范，以及这种规范在各种教育、培训机构在战前对男性身体的规训。这种深入社会肌体的规训根据战争的需要重新构建了男性身体，使男性身体成为国家财富的同时，也为战争做好准备。

小说中有许多关于普莱尔外形及姿态的描写。自童年起，普莱尔就患有哮喘病，他母亲身材娇小而挺拔，他的身材与长相比较接近母亲。由于哮喘病和相对娇小的身材，普莱尔在军中被称作军营"金丝雀"。瑞佛斯初见普莱尔时，"他二十二岁，金发，精瘦，颧骨突出，鼻子扁而短，神态高傲"[1]。他说话时带有北方人的口音，"母音明显平缓，微有齿擦音"，

---

[1]　帕特·巴克：《重生》，宋瑛堂译，时报文化出版企业股份有限公司 2014 年版，第 60 页。

首度听见他讲话，令瑞佛斯对他的印象变化，"感觉普莱尔的外表变了一个模样，变得更瘦，防范性比较高，同时也显得强悍很多，简直是嘶嘶低吼、瘦骨嶙峋的小野猫化身"。① 而在与普莱尔有过同性恋关系的曼宁上尉眼中，普莱尔是"金发瘦男，二十三四岁，鼻子粗短，颊骨突出，整体给人一种轻手蹑足度过人生顺逆的印象"②。

巴克对普莱尔的描述给人留下一种难以忽略的印象，似乎普莱尔的外貌中天然藏着一种"身体—地位"的密码。健康俊朗的身体与他人的认可和尊敬紧密相关，而患病的、瘦弱细小的身材难以赢得尊重，所以普莱尔的声音和行为中充满了由于自卑而产生的自傲，每一个细节都暗示着抗争与自卫。除了他说话的方式让他变成了"小野猫"一样富有攻击性的动物之外，他对奢华军装外套的执迷也让人咂舌。在《幽灵路》中，瑞佛斯见到即将返回军队的普莱尔。他先仔细地看了他的外套，然后递给他说，"佩服"。普莱尔道，"看了价钱更佩服"。普莱尔告诉瑞佛斯他置办这件外套的动机，是因为他在皇家咖啡厅饭店看见过这种大衣，配有红丝绒内衬，大衣主人是普莱尔以前在情报处的同事，穿着大衣，"他翘起腿的时候啊，效果惊人，红通通的，像狒狒的屁股，太张扬了。据说他的任务是坐在那里，'吸引反战分子的注意'"③。显然定制这种令普莱尔在日记中"懒得写它花我多少钱"④的昂贵外套对即将归建的普莱尔来说，作用并非"吸引反战分子的注意"，而是作为军营"金丝雀"，他需要建立自己的威严，因为似乎在每一次与人对峙中，瘦小的他都要全力以赴，彰显自己的气概与权

① 帕特·巴克：《重生》，宋瑛堂译，时报文化出版企业股份有限公司 2014 年版，第 71 页。
② 帕特·巴克：《门中眼》，宋瑛堂译，时报文化出版企业股份有限公司 2014 年版，第 13 页。
③ 帕特·巴克：《幽灵路》，宋瑛堂译，时报文化出版企业股份有限公司 2014 年版，第 100 页。
④ 帕特·巴克：《幽灵路》，宋瑛堂译，时报文化出版企业股份有限公司 2014 年版，第 107 页。

威，甚至只是为了平等地位。

与普莱尔显著不同的是萨松，他的优异外形随时通过他人的反应彰显出来。萨松住院期间，瑞佛斯注意到他"住院到现在，从来没换掉病患装"，萨松答道："换装会煞到女志工，我何必呢？"当瑞佛斯笑说他"这话会不会太自负了"，他则自信地回答，"事实胜于雄辩"①。在去往奎葛洛卡医院的火车上，萨松收到"钦慕的眼光，不只来自女人"②。在萨松面前，欧文最大的心愿就是不要口吃，能说出一句完整的话，因为他太紧张了。萨松从头到脚都令他自卑，因为萨松不仅贵为诗人，而且"身高挺拔，外表俊俏，言语明快如贵族，时缓时急，却始终冷漠，一脸闷得发慌的神态，说话时不正眼看人——也许是害羞吧，但也显得高傲"③。普莱尔在日记里记录道，在前线简陋的铁皮茅屋里，欧文设法把萨松的照片贴上墙壁。在那张照片里，"萨松明显具有诗人拜伦的感觉"④。在医评会上，一向容易看人不顺眼的杭特理上校看见萨松走进来，立刻"眉开眼笑"⑤，他事后评论说："天啊，即使是在所谓的上流阶级里，像他那种体格的人，你能找到几个？"⑥当他得知萨松的父系是西班牙犹太人，母亲系出实业家桑尼克罗夫特的家族，他对瑞佛斯感叹道，假如萨松是玫瑰，"前途一定很棒。混种优势"⑦。当瑞佛斯与萨松在保守俱乐部里用餐，"尽管杂事塞

---

① 帕特·巴克：《门中眼》，宋瑛堂译，时报文化出版企业股份有限公司 2014 年版，第 288~289 页。

② 帕特·巴克：《重生》，宋瑛堂译，时报文化出版企业股份有限公司 2014 年版，第 7 页。

③ 帕特·巴克：《重生》，宋瑛堂译，时报文化出版企业股份有限公司 2014 年版，第 119 页。

④ 帕特·巴克：《幽灵路》，宋瑛堂译，时报文化出版企业股份有限公司 2014 年版，第 191 页。

⑤ 帕特·巴克：《重生》，宋瑛堂译，时报文化出版企业股份有限公司 2014 年版，第 335 页。

⑥ 帕特·巴克：《重生》，宋瑛堂译，时报文化出版企业股份有限公司 2014 年版，第 337 页。

⑦ 帕特·巴克：《重生》，宋瑛堂译，时报文化出版企业股份有限公司 2014 年版，第 338 页。

满脑，瑞佛斯仍有闲情观看萨松持续检视菜单，看得欣喜也充满关爱"①。餐厅里的年轻服务生，大约16岁，看到萨松，"毫不掩饰崇拜英雄的神色"②。萨松回忆起战场上的一件事，"有一次行军到最后，他前面推着两个兵，后面另有一兵勾着他的皮带前进"③。贯穿整个三部曲，他卓越的外形和体能无时无刻不被彰显出来，而他总是毫不费力地因此赢得所有人的钦慕与敬意。杭特理上校对萨松的欣赏尽管不无种族主义的内涵，但最直接的原因也是因为萨松优越的外表。与普莱尔一样，萨松也是"高傲"的，但显然与普莱尔自卑的"高傲"不同，那是一种深度自信与自知的高傲。

巴克对普莱尔与萨松之外貌及他人反应的细致描写，事实上呼应了18世纪末到19世纪初生命政治权力基于统计学数据对男性身体空前的注意力，以及由此产生的新的关于"健康"的标准与规范机制。1880年到1902年英国在两次布尔战争（Boer War）中的挫败使得"男性身体的退化"成为一种普遍的焦虑，而关于身体的统计学数据更加强化了这一焦虑，一次关于身体的调查数据显示，"在对两万名志愿入伍者的身体检查中，只有一万四千人是合格入伍的"④，这为重新构建男性身体提供了有力的动力。对身体的规训在各种教育机构广泛开展，对男孩进行军事化的训练成为小学及各种青少年培育机构不可缺少的重要内容。在布尔战争与一战之间，体育训练得到空前重视，针对身体的训练逐步而广泛地发展，且越来越与军事训练的内容相联系。1871年，小学规章首次提及身体训练，规定学生每周要有两小时的"军训"。1883年，教育委员会（Board of Education）的医疗支

---

① 帕特·巴克：《重生》，宋瑛堂译，时报文化出版企业股份有限公司2014年版，第166页。

② 帕特·巴克：《重生》，宋瑛堂译，时报文化出版企业股份有限公司2014年版，第167页。

③ 帕特·巴克：《重生》，宋瑛堂译，时报文化出版企业股份有限公司2014年版，第202页。

④ Joanna Bourke. *Dismembering the Male：Men's Bodies，Britain and the Great War*. London：Reaktion，1996，p. 171.

部推荐学校采纳德国式的训练。1901 年，体育训练委员会（Physical Training Committee）开始对学校的体育课程进行常规视察。1902 年，在咨询陆战部（The War Office）之后，教育委员会基于《军队红皮书》（*Army Red Book*）发布了《体育示范教程》（*Model Course of Physical Training*），重要指令都是军事的。1902 年，教育委员会将瑞典式训练的部分元素纳入旧的军队课程中，两年内，瑞典体系被军队及教育委员会广泛采纳。① 在学校的体育课程体系中，使男孩身体强健的训练密切结合着军事内容，令其为战争做好准备。身体训练既表现为爱国主义的，也是沙文主义的，似乎只有这样的训练才能创造男性健康及力量的完美形式。

此外，一些影响广泛的青少年组织也致力于男孩体格的塑造。如健康与力量联盟（League of Health and Strength）是一个非常成功的锻炼肌肉的俱乐部，宣称"健康就是力量"，旨在通过男性体格竞争，培养年轻人的忠诚与男性气质。1910 年，该联盟有一万名成员，战前达到两万三千人。对组织成员来说，解决可怜体格的办法是增加令肌肉发达的锻炼。他们将自己看作"传教团"，负责为国家的各种事务服务，即提高种族水平，为国家贡献更多神智健全的、健康的人，并通过对杰出体格的崇拜，将年轻人团结起来。成员用一种特殊的语言来赞美男性身体，"最有男子气的男人是强壮的男人"。建于 1883 年的基督青年军（The Boys' Brigade），强调"男子气概、纪律、服从及随时为国捐躯"。1899 年的青年训练协会（The Lads' Drill Association）也致力于"向所有英国少年提供系统的身体及军事训练"②。建立于 1907 年的领土与储备力量组织（The Territorial and Reserves Force），其创建者国务卿理查德·霍尔丹（Richard Haldane）的理想是"真正武装的民族"，以军事结构支持地方提升学校、学生军训队及步枪

---

① Joanna Bourke. *Dismembering the Male*：*Men's Bodies*，*Britain and the Great War*. London：Reaktion，1996，pp. 181-182.

② Joanna Bourke. *Dismembering the Male*：*Men's Bodies*，*Britain and the Great War*. London：Reaktion，1996，pp. 139-141.

俱乐部的训练水平。①影响最为广泛的是男童子军。1910 年，童子军约有十万成员，童子军创始人罗伯特·贝登堡（Robert Baden-Powell）甚至在《童子军指南》（Scouting for Boys）中教导男孩如何杀人，很多童子军将自己的群体看作"未来的国家军队"（Natioanl Army for the Future）。通过将男孩置于军队一样的训练中，童子军活动可直接将男孩领向战场。1914 年宣战后，童子军的军事因素进一步加强，为最后的牺牲做准备，两万五千名童子军在海岸警卫，巡逻电话线，年纪足够的童子军直接入伍。在战争早期发给每个士兵的小册子中，有直接来自童子军创始人贝登堡所说的话，"你一定会被欢迎和信任；你的行为要配得起这样的欢迎与信任。你无法完成自己的职责，除非你非常健康"②。

身体的重要性也体现在人们普遍承认身体对意志与思想的影响中。在 20 世纪初对民族退化的讨论中，锻炼能够提供"精神及道德上的训练"这一观点也得到广泛承认。人们相信正确而有规律地锻炼肌肉的年轻人，能够将这种身体力量转变为控制情绪的能力。发展"手的控制力"会强化性格与决心，身体训练能教会男孩们从群体而不是从个人利益的角度思考，帮他们获得"纪律、服从、迅速反应及自控"的能力，更好的是，大脑的具体发展会随着肌肉运动而得到提升，这就是身体残疾的儿童会被认为"智力迟钝"的原因。人们相信"照料身体，那么精神自会照料自己"，健壮的体魄被当作高贵灵魂与强健意志的外在表现，是完美内在的具体化。③

与此同时，军事机构也广泛加入这场系统地塑造男性身体的运动。人

---

①　Jenny Gould. Women's Military Service in First World War Britain. in Margaret Randolph Higonnet, Jane Jenson, Sonya Michel, Margaret Collins Weitz. ed. *Behind the Lines*：*Gender and the Two World Wars*. New Haven and London：Yale University Press, 1987，p. 115.

②　Joanna Bourke. *Dismembering the Male*：*Men's Bodies*，*Britain and the Great War*. London：Reaktion，1996，p. 142.

③　Joanna Bourke. *Dismembering the Male*：*Men's Bodies*，*Britain and the Great War*. London：Reaktion，1996，p. 179.

们普遍认可对现役军人的体能训练在塑造男性身体方面效果灵验。严苛的军事训练和体育运动被认为有利于军人身心力量的发展，使军人的身体被"重新塑造为更具男子气概的形态"。军方权威也提供确切的证据来验证这一信念，1907 年军方权威声称超过 15000 名步兵在入伍 6 个月后被再次测量后发现，经过训练，士兵平均长高了 1/3 英寸，胸宽增加了 1 英寸，体重增加了 10 磅。①

在广泛的对男性强健体魄的钦慕与崇拜中，对男孩身体的规训也深入到家庭内部。三部曲中，普莱尔的童年经历即说明了这一点。普莱尔的父亲虽然对普莱尔的教育没有太多正面的发言权，但他对普莱尔的影响以一种创伤的形式持续存在。普莱尔的父亲"身材高大壮硕，脸色红润，深褐色头发抹油向后梳，八字胡浓密而下垂，棕色偏红"②。髭须浓密、身体健硕的父亲瞧不起多病瘦小的普莱尔，觉得有这样的儿子很丢脸，"不明白为何自己生出这个怪胎"③。幼年时的普莱尔有一次吃羊肉，咽不下去其中的肥肉，嚼了几下偷偷地吐出来，藏进长裤的口袋里。罪行暴露之后，父亲用洪钟般的声音臭骂，"臭小子太挑三拣四，活不下去"④。

在儿童食品的设计中，也蕴含着对儿童的规训，并随着儿童食品进入家庭，与家庭教育结合在一起。它不仅呈现在进食的规矩上，也呈现于食物本身。普莱尔记得有一次，父亲与外面的女人偷情，母亲病了，他只好带着小普莱尔。为了防止他哭闹，上楼之前，给了他莱姆果冻，"里面有果冻宝宝"。在 5 岁的小普莱尔看来，果冻宝宝是被监禁的小孩，被关在"抖来抖去的监狱"里，别人的吃相尤其可怕，"先咬宝宝的脚，然后舔宝

①　Joanna Bourke. *Dismembering the Male: Men's Bodies, Britain and the Great War*. London: Reaktion, 1996, p. 174.
②　帕特·巴克：《重生》，宋瑛堂译，时报文化出版企业股份有限公司 2014 年版，第 82 页。
③　帕特·巴克：《门中眼》，宋瑛堂译，时报文化出版企业股份有限公司 2014 年版，第 206 页。
④　帕特·巴克：《幽灵路》，宋瑛堂译，时报文化出版企业股份有限公司 2014 年版，第 9 页。

宝的脸，大胆咬掉整颗头，还把无头尸转过来，以展示亮亮的伤口"。小普莱尔只想吃周围的果冻，把宝宝救出来，但这种特制的果冻令他很难做到，而且"挑三拣四会惹父亲生气"。因此，"他强迫自己逐一吞下完整的宝宝，两眼固定在树上，不愿思考自己的行为"。过程中他恶心了一两次，"激出眼油"。然而那天夜里，小普莱尔病了，浑身发烫又湿黏，一个一个吐出果冻宝宝，"各个近乎完整无缺"。① 在这个事件里，针对生命的暴力毫无顾忌地被纳入儿童食品的内容之中，直接展示在孩子面前，如萨松所说，"如果他们杀敌，就应该从小灌输他们杀敌的观念，应该训练他们不要在意"②。幼童对肉体与生命天然的敬畏以及对其侵犯的抗拒在无形中被消解。"食物"的概念偷偷置换或抹除了"生命暴力"的内涵，焦点被转移到小男孩的身体品质上，他是不是娇气到"挑食"，是不是足够健壮以至于能够适应粗粝的生活。而粗糙的父亲在这个事件中凭借自己可炫耀的身体，征服了小普莱尔，回家的路上，父亲为了怕他跟母亲告状，把他抱上肩膀坐着，一路扛着他回家，"厚实的大手紧握着儿子白皙的瘦腿"，小普莱尔感觉自己是"耀武扬威"地回家了，"街上的人全看得到"。③ 但是夜晚当他吐出果冻宝宝时，久久的哭声引来父亲，"高大的父亲耸立在床边"④，看着他的孱弱和失败。

在家庭中，父亲对于体能崇拜的传递也是直接的。普莱尔的父亲承认，小普莱尔的教育他"只插手过一次，就是在他被同学欺负的那次"。小普莱尔在学校被人欺负，好几次"哭哭啼啼的"回家，令父亲十分蔑视，心想，"哼，老子受够了"。隔天，当小普莱尔又哇哇哭着回家，被父亲反手

---

① 帕特·巴克：《门中眼》，宋瑛堂译，时报文化出版企业股份有限公司 2014 年版，第 206~207 页。

② 帕特·巴克：《门中眼》，宋瑛堂译，时报文化出版企业股份有限公司 2014 年版，第 254 页。

③ 帕特·巴克：《门中眼》，宋瑛堂译，时报文化出版企业股份有限公司 2014 年版，第 206 页。

④ 帕特·巴克：《门中眼》，宋瑛堂译，时报文化出版企业股份有限公司 2014 年版，第 207 页。

赏了一巴掌，推出家门，吼着他去"锻炼一下"，因为"腰杆太软的人，只有等着被大家踩"。后来接连两天，小普莱尔"被打得屁滚尿流"，直到第三天，"他最后终于觉醒了，反击臭小子一拳，结果不只是打对方一下，还差点把臭小子打得半死"①。普莱尔仅有的几次关于父亲的记忆，都与父亲对身体的使用有关。长大后的普莱尔告诉瑞佛斯，"即使在我小时候，我也下定决心不容气喘病阻碍我。其他小孩能做的事，我样样都行，而且不只，我还能赢过其他小孩"②。植根于童年的对身体优势的向往，使他在成年以后无时无刻不在身体的对峙中寻求胜利。多年以后，暂时在情报处工作的普莱尔遇到体魄酷似父亲的下属史布拉葛："史布拉葛是个相貌英俊、红光满面、高大的壮汉，眉毛浓密，眼珠蓝绿逼人，眼角向下弯，脖子与下巴肌肉发达，头颈同样粗，肩膀雄壮，毛发从耳朵、鼻孔、袖口冒出来，精力旺盛如公山羊，旁人一看即知。"③对人格低劣的史布拉葛，普莱尔感到"不是单纯的反感，而是亲密的、执迷的、深切的肉体仇恨"④，他表示"对付史布拉葛这种人不必用招数，直接压扁他就行"⑤。当史布拉葛在普莱尔公寓，擅自翻看莎拉的信，普莱尔抓住这个借口毫不犹豫地使用暴力，他"握住史布拉葛的前臂，以头撞他的脸，头顶接触到史布拉葛的鼻梁，撞出心满意足的软骨断裂声"⑥。普莱尔对身体优势的追求，甚至诉诸一种极度变态的滥性的方式，他与自己鄙视的勃妥索做爱，

① 帕特·巴克：《重生》，宋瑛堂译，时报文化出版企业股份有限公司 2014 年版，第 84 页。
② 帕特·巴克：《重生》，宋瑛堂译，时报文化出版企业股份有限公司 2014 年版，第 289 页。
③ 帕特·巴克：《门中眼》，宋瑛堂译，时报文化出版企业股份有限公司 2014 年版，第 51 页。
④ 帕特·巴克：《门中眼》，宋瑛堂译，时报文化出版企业股份有限公司 2014 年版，第 144 页。
⑤ 帕特·巴克：《门中眼》，宋瑛堂译，时报文化出版企业股份有限公司 2014 年版，第 217 页。
⑥ 帕特·巴克：《门中眼》，宋瑛堂译，时报文化出版企业股份有限公司 2014 年版，第 217 页。

只是源于"决定给这个白痴一点教训",因为"最深刻的羞辱是性事上的羞辱"。①

在18世纪发展起来的统计学及其对战争的观察中,生命政治权力辨别并定位了男性强健身体的重要性,重构了关于男性"健康"的概念,并由此在学校、各种教育与培训机构及军事机构展开了针对身体的严密规训。"健康就是力量""强健的身体意味着强健的灵魂"的观念,在男性身体与男性身份、男性地位之间建立了一种"生物—政治学"上的联系,强健即意味着真正的男性气概和种族健康,意味着有能力保家卫国而受尊敬,羸弱则意味着道德堕落、意志软弱,意味着对种族的削弱而受到鄙弃,这样的身体是国家的累赘而不是财富。这种关于身体概念的建构和规训深刻地塑造了每一个男性,这也是普莱尔和萨松因身体的外观和形态而立刻受到不同待遇的根本原因。如果用一个身体形象来具体化种种身体规训的理想原则,也许海德公园里最受普莱尔喜爱的阿基里斯(Achilles)雕像最为合适:晚上散步时,这里常是普莱尔必去之地,"原因不外乎这座雕像威风凛凛",曾令他十分着迷。童年的普莱尔也极为欣赏《轻骑兵旅的进击》(*The Charge of the Light Brigade*)这首诗,因为"这座雕像似乎象征诗中那份贸然崇拜勇气的意境",令他"至今仍觉得这首诗的意义重大"。②

第二节　战时的身体规训

三部曲中,关于男性身体等级及士兵体型的话题反复出现,这折射了生命政治基于对男性身体测量而衍生的一系列规训策略与技术。通过对男性身体的检查与测量,对每一个适龄男性的身体进行官方的评测与分级,一套关于雄性美及道德的规范被建立起来,个体的生物特性受到前所未有

---

①　帕特·巴克:《幽灵路》,宋瑛堂译,时报文化出版企业股份有限公司2014年版,第98页。

②　帕特·巴克:《门中眼》,宋瑛堂译,时报文化出版企业股份有限公司2014年版,第140页。

的放大和审视，并以此在男性身体与男性身份之间建立起一种不可分割的
联系，以激发男性对身体的自我觉悟与竞争意识。这不仅为军队持续遴选
及补充更加具有使用价值的身体，更遮蔽了战争对身体的肢解与毁灭，消
解了战争的丑陋与邪恶。如福柯所指出的，当"用可计量的人的个性取代
了值得纪念的人的个性时，也正是一种新的权力技巧和一种新的肉体政治
解剖学被应用的时候"①。

一、"健康"规范与话语遮蔽

在《门中眼》中，曼宁问起普莱尔的身体健康等级是多少，普莱尔答
道，"A4"。曼宁忍不住道，"太低了"。② 这一段短短的对话指向的是一战
期间政府组织的对于参军人员的身体进行的普遍检测与分类，并以此为基
础运行的一套规训机制。

"一战"宣战后，男性身体作为国家的重要财富，被纳入更加严格的评
测与控制之中。国家服役部（Ministry of National Service）在 1919 年的报告
中总结道，"战争是严峻的头等大事，任何妥协都是不可能的……它迫使
我们估量我们男性的健康与体格"③。军方制定了细致的身体分类标准。最
初，陆战部公布了 A、B、C 三个身体等级。A 级应征兵适合所有的任务；
B 级适合海外服役及储备；C 级只适合在国内服役。1917 年，这个分类更
加细致，被发展为四个等级，一级包括之前的 A 级；二级包括部分 B 级与
C 级，主要是能"轻松"行军 6 英里；三级不适合格斗，四级则完全不合
格。④《英国议会报》（*British Parliament Papers*）通过几乎裸体的照片展示了

---

① 米歇尔·福柯：《规训与惩罚》，刘北成、杨远婴译，生活·读书·新知三联
书店 2007 年版，第 217 页。

② 帕特·巴克：《门中眼》，宋瑛堂译，时报文化出版企业股份有限公司 2014 年
版，第 305 页。

③ Joanna Bourke. *Dismembering the Male*：*Men's Bodies*，*Britain and the Great War*.
London：Reaktion，1996，p. 172.

④ Joanna Bourke. *Dismembering the Male*：*Men's Bodies*，*Britain and the Great War*.
London：Reaktion，1996，p. 172.

不同等级的士兵在身体上的差异，如图 2-1① 所示。

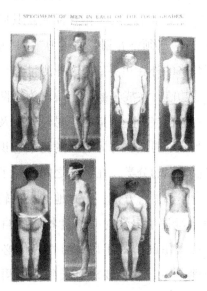

图 2-1　不同等级士兵在身体上的差异

图 2-1 从左到右分别展示了四个等级的身体正面与侧面的样貌。1914—1918 年，几乎英国所有的中青年男性的身体至少被测量与分类过一次，军方宣布对事实结果的不满，有"42%的应征者都属于后两个等级"②。事实上，在开战初期的 5 个月中，伦敦有超过三分之一被测量者因为胸部数据不合格而被否决为不适合在军队服役。③

在对身体的测量中，可以看到类似于福柯所说的规训权力的五个阶段的运作：其一，它将所有的男性身体纳入一个整体的比较领域，为之设下

① 图 2-1 来自 Joanna Bourke. *Dismembering the Male*：*Men's Bodies*，*Britain and the Great War*. London：Reaktion，1996，p. 173.

② Joanna Bourke. *Dismembering the Male*：*Men's Bodies*，*Britain and the Great War*. London：Reaktion，1996，p. 174.

③ Joanna Bourke. *Dismembering the Male*：*Men's Bodies*，*Britain and the Great War*. London：Reaktion，1996，p. 172.

一个必须依据的关于身体的准则；其二，它"根据一个通用的准则来区分个人"，并设定了一个必须努力达到的适当标准；其三，它从数值和价值上排列每个人的身体能力与水平，乃至内在品质；其四，它通过测量和分级来赋予价值，造成一种"必须整齐划一的压力"；其五，它划分出了正常与不正常、合格与不合格的外在边界。① 这种测量与评估产生的区分、排列、同化、排斥的规范功能，在战争的各个阶段为军队选拔出了最具使用价值的身体，它使得一种连接着生物指标与男性气概及男性责任的审美语言被创造出来，大大刺激了男性在身体层面的竞争意识。这种人为制造的对男性身体的测量与权威性的分类，在男性之间创造了基于生理之天然条件的等级感，每一个身体都被官方地、正式地纳入比较，并公开宣布比较之结果，直观而快速地激发了男性对于男性特质的自觉、钦慕与仿效之心，成为大量征召男性入伍的有效手段。男性身体必须是强壮的、健全的、有力量的、生气勃勃的，这种要求延及每一个男性的身体。等级高的、美好的男性体魄，被擢升到一个前所未有的高度，这使得体魄健美的男性在一些非政治化的生活场域可以立刻得到尊敬、赞赏和心理回馈，如萨松的体魄使他可以在所到之处，吸引各种钦慕的眼神。而等级低的、孱弱的男性则会体验到空前的羞耻，如瘦小且患有哮喘病的普莱尔。即使成年以后，普莱尔依然是"多么怕被人看见自己气喘的狼狈样"②。他不无骄傲地告诉瑞佛斯，"我从小就不让气喘病妨碍我。毒气室演习时，长官不准我实地演习，而我是跃跃欲试"③，尽管瑞佛斯指出实情，"低浓度的毒气一飘来，多数人挺得过，倒地的人只有你一个"④。那些在战争初期因身

---

① 米歇尔·福柯：《规训与惩罚》，刘北成、杨远婴译，生活·读书·新知三联书店 2007 年版，第 206 页。
② 帕特·巴克：《幽灵路》，宋瑛堂译，时报文化出版企业股份有限公司 2014 年版，第 95 页。
③ 帕特·巴克：《重生》，宋瑛堂译，时报文化出版企业股份有限公司 2014 年版，第 289 页。
④ 帕特·巴克：《重生》，宋瑛堂译，时报文化出版企业股份有限公司 2014 年版，第 287 页。

体等级低而没有被招募入伍的，其第一反应常常是感到羞辱，因为"只有那些待在后方的人的身体象征着男性体格的退化与衰落"①，这也是为什么谈起第一次体检，普莱尔的语气既讽刺又不无骄傲的原因，"我从小就患有哮喘病，第一次体检还不是照样过"②。

　　然而三部曲展现出在这种身体的"强健"与"孱弱"所引发的"尊敬"与"羞耻"的两种极端感受中，"孱弱"所引起的轻视还并非"羞耻"感的最极端，最极端的羞耻感是由那些战争期间测量合格，却没上战场的身体所引发的，因为这些健康却拒战的身体表征的不仅是男性体格的退化与衰落，更是男性精神、道德与品格的退化与堕落，它比肉体的衰落更加邪恶。《门中眼》中一个有趣的细节充分佐证了这一点。在奎葛洛卡医院，有一个勤务员叫万帝吉，用平常的眼光看，他的身体怎么也算不得"健康"美，因为他跛足，一只脚穿着矫正靴。他的灵魂也不足以"高尚"到弥补外形的缺憾，因为他"心宽体胖，怀有满腔的仇恨。他痛恨无故旷职者，他痛恨逃兵，他痛恨良心逃兵，他痛恨匈奴人，他痛恨德皇，他热爱战争"③。他甚至也没有足够的爱心，也不够勤奋，因为当勤务员马丁"红着脸，神色慌张"地忙不过来时，他"正在职员室门口抽烟偷懒"，并"不急着去支援"。④然而他却是"全院最受欢迎的勤务员"，"全院的手以他这双最温柔"，原因在于他的跛足"不言自明他上不了法国战场的理由"⑤，而忙不过来的勤务员马丁是良心反战者。与身体的测量与分级相联系的道德判断，正是使得如万帝吉般低等级的、有缺陷的身体在战争期间的后方反败为胜，凌驾于所

---

①　Joanna Bourke. *Dismembering the Male：Men's Bodies，Britain and the Great War*. London：Reaktion，1996，p. 175.

②　帕特·巴克：《门中眼》，宋瑛堂译，时报文化出版企业股份有限公司 2014 年版，第 305 页。

③　帕特·巴克：《门中眼》，宋瑛堂译，时报文化出版企业股份有限公司 2014 年版，第 165 页。

④　帕特·巴克：《门中眼》，宋瑛堂译，时报文化出版企业股份有限公司 2014 年版，第 236 页。

⑤　帕特·巴克：《门中眼》，宋瑛堂译，时报文化出版企业股份有限公司 2014 年版，第 165 页。

有年轻而健全的反战勤务员的原因，因为关于身体的规范表明他残疾的仅仅是身体，而身体健全却拒战的勤务员残疾腐坏的是内在的精神。

三部曲中也有许多对与身体密切相关的制服的描写，除了普莱尔价格昂贵、张扬夸耀的军大衣，也有令他汗流浃背也不敢脱下的军外套。巴克对制服的关注指向了权力到达身体的另一种途径，即对制服的使用，因为建立一种联结男性气质与责任的方式，制服是首当其冲的有效手段。制服作为一种便利的激发男性英雄情怀并令其踊跃献身的手段，得到了足够的重视。18 世纪末，男性放弃了对"所有更明亮的、更快乐的、更精致的以及更多样化的装饰的权力"，制造出自己的"更简朴的、严肃的成衣艺术"，这被称作"伟大的男子气概之摒弃"（The Great Masculine Renunciation），旨在摒弃女性化的浮华与花哨，只为"成为有用的"。① 因此，各军团对制服的设计以尽可能强调男性身体美、弘扬男性气概的原则来实现，"设计良好的帽装使他们看起来更高，裤子的条纹制造健壮结实的大长腿印象，肩章夸大了肩部宽度"②。制服在个体审美层面上充分激发男性对身体的自觉，据此，甚至很多志愿应征入伍的人员"基于制服是否最适合他们特别的体型来选择军团"③。在巴克的笔下，被制服紧紧包裹住的不仅仅是男性身体，更是男性的主体性与精神。制服联结的身份感如此之强，以至于萨松的好友罗伯特·格雷夫斯将制服当作一种契约："依我看来，你既然穿上军服，表示签了合同，总不能因为改变心意就片面毁约吧。你照样可以大谈个人原则，可以驳斥逼你作战的那些原则，但到头来，你还是应该尽义务。"④瑞佛斯则宣称，"我穿制服，领薪水，尽职责。我可不打算为了

---

① Joanna Bourke. *Dismembering the Male*: *Men's Bodies*, *Britain and the Great War*. London: Reaktion, 1996, p. 200.

② Joanna Bourke. *Dismembering the Male*: *Men's Bodies*, *Britain and the Great War*. London: Reaktion, 1996, p. 128.

③ Joanna Bourke. *Dismembering the Male*: *Men's Bodies*, *Britain and the Great War*. London: Reaktion, 1996, p. 129.

④ 帕特·巴克：《重生》，宋瑛堂译，时报文化出版企业股份有限公司 2014 年版，第 34 页。

尽本分而道歉"①。基于制服与责任的深刻联结,军队禁止军人不穿制服,普莱尔即使在地下车站人挤人的月台边缘等车,面对"一股股死气沉沉的热风"扑向他的脸,他也不能不穿着制服,"上级禁止军人手拿外套,他无法脱掉长大衣,热汗往腰间直流"②。即使奎葛洛卡医院的病人奉命割草,汗流浃背时脱下制服,也立刻被长官申斥,不得不"穿上卡其衫,套上制服,包住汗湿的上身,扣上腰带",因为"规矩就是规矩"。③ 制服甚至引起妓女的敬意,妓女黎姿一看见穿军服的普莱尔就说:"谢天谢地,终于碰到一个诚实的男人。"④制服以彰显"雄性体型"与联结责任感,激发年轻人对于受到尊敬的渴望,引诱年轻人入毂,牢牢地将其生命禁锢于内,以至于年轻的哈磊特只有在备受折磨后死去时才能解脱,"宛如脱掉一件太紧的连身工作服"⑤。

对于健壮体格的推崇,使得身体本身不仅是规训的对象,也变成了规训的工具。这种由身体引发的崇拜,可以使拥有健美体型的人轻松地支配他人。如健美的萨松不仅在后方轻松赢得钦慕,在前线也极具号召力,欧文笑着承认,入伍是为了萨松,"那时我刚刚听说萨松受伤了,觉得自己只有从军一途"⑥。萨松"带兵很成功,而且嗜血的名声远播"⑦,葛雷夫斯指出士兵对萨松的崇拜以及由此而来的服从,"士兵好崇拜他——假如

---

① 帕特·巴克:《重生》,宋瑛堂译,时报文化出版企业股份有限公司 2014 年版,第 228 页。

② 帕特·巴克:《门中眼》,宋瑛堂译,时报文化出版企业股份有限公司 2014 年版,第 138 页。

③ 帕特·巴克:《重生》,宋瑛堂译,时报文化出版企业股份有限公司 2014 年版,第 143 页。

④ 帕特·巴克:《门中眼》,宋瑛堂译,时报文化出版企业股份有限公司 2014 年版,第 114 页。

⑤ 帕特·巴克:《幽灵路》,宋瑛堂译,时报文化出版企业股份有限公司 2014 年版,第 242 页。

⑥ 帕特·巴克:《幽灵路》,宋瑛堂译,时报文化出版企业股份有限公司 2014 年版,第 17 页。

⑦ 帕特·巴克:《门中眼》,宋瑛堂译,时报文化出版企业股份有限公司 2014 年版,第 175 页。

他叫弟兄去斩德军的头，放在托盘上端给他，弟兄二话不说照做"①。高傲的普莱尔在日记里尽情表达了对英雄马绍尔的崇拜，这种崇拜很大程度源于马绍尔的身体所展露的雄壮姿态。他在日记中写道，"号称十伤马绍尔的指挥官也来了，阔步来回巡视，大声讲话。他的皮肤、举止、表情、姿态、语调，全显得大胆、自由、粗俗。也许肆无忌惮吧？我不知道。反正他也不在乎。人家懂得享受人生吧。先天是战士，后天又接受战士训练。大胆、狡猾、不择手段、果断、决策明快、勇敢得令人称奇——如果像他那样才算人，那我根本不算"②。对于勇武品质的怂恿与刺激也重塑了士兵的表情，使得凶狠的表情流行于前线。普莱尔不无幽默地在日记中写道，前线流行两种表情，一种是在埃塔普勒整军区常见的"小白兔和鼬同笼的表情"，另一种是战壕表情，令"不知内情的人看了望而却步"，而在他的弟兄当中，"任何一个都能摆出恶霸匈奴样，被军队拿去当成宣传海报张贴"。③

与此同时，战争期间军方一个令人惊讶的操作是，一方面宣布大量青年男性的身体是低等级的、不合格的，一方面持续宣传军队生活对于提高男性体格的作用。一战期间。国家服役医疗委员会(National Service Medical Boards)经常让身体等级不合格的男性通过检查，进入军队，因为相信军事训练和纪律会提升体能。在保存下来的战争信件或回忆录中，也确有类似记载，如回忆录式作家查尔斯·E.卡灵顿(Charles E. Carrington)指出，1918年加入皇家沃里克(Royal Warwicks)的年轻人，平均身高增加了一英寸，体重增加了一英石(stone)。④士兵也称自己"越来越健美"，军事训练

---

① 帕特·巴克：《重生》，宋瑛堂译，时报文化出版企业股份有限公司2014年版，第31页。

② 帕特·巴克：《幽灵路》，宋瑛堂译，时报文化出版企业股份有限公司2014年版，第142页。

③ 帕特·巴克：《幽灵路》，宋瑛堂译，时报文化出版企业股份有限公司2014年版，第159页。

④ Joanna Bourke. *Dismembering the Male*: *Men's Bodies*, *Britain and the Great War*. London: Reaktion, 1996, p. 174.

对他们"做了奇迹"。那些回乡休假的士兵被描述为"增加了几磅，甚至几英石的体重"，变得"更重、更高、自信、整洁、挺拔。几乎认不出他们就是离开时的那些人"。① 对此，乔安娜·伯克指出，军队服役提升男性身体品质的言论模糊了一个重要问题：战争只改善了那些没有被杀死或致残的身体，而"被杀死与致残的身体遭到刻意忽略"②。她认为就公众修辞而言，遭受损毁的身体被置于一边，只有幸存者支撑那种男性身体通过军事训练变得更具男性气质的观点。笔者认为伯克的解读忽略了战争期间军方对信件与文字严格的审查制度，因为战争期间，军方严格审查士兵与后方的私人通信，除了禁止士兵提及"写信地点、军事计划、防御工事、部队的组织番号、武器军备的型号与数量"等信息外，还禁止提及"军队的士气与身体状况、伤亡及对行动的评论"③。留存下来的文本很难说不是偏颇的一面之词，但是伯克的评论至少指出了"被杀死与致残的身体遭到刻意忽略"，笔者认为这一点值得注意。

　　与军方话语不同的是，一战中现代化的武器使男性的身体面临空前的致残危险，肢体破碎威胁着每一个人。三部曲中关于伤残与死亡的细致描写粉碎了战争期间军队培育身体的神话，揭示了被权力悉心遮蔽的真相。巴克基于史实，用精细的笔触再现了种种伤残。首先，伤残可能是不可逆转的、阉割式的。萨松肩膀中弹住院时，看到一个男孩，顶多19岁，"身上也有一个整齐的小弹孔，差别在于他的弹孔在双腿之间。抢救的过程令人不忍猝睹，同院的病患却被迫旁观，因为院内大爆满，治疗时毫无隐私可言"④。其次，伤残可能是骇人的、丑陋而致命的，20岁的哈磊特的左

————————

① Joanna Bourke. *Dismembering the Male*: *Men's Bodies*, *Britain and the Great War*. London: Reaktion, 1996, p. 175. 注：1 英石约等于 6. 35 千克。

② Joanna Bourke. *Dismembering the Male*: *Men's Bodies*, *Britain and the Great War*. London: Reaktion, 1996, p. 175.

③ Joanna Bourke. *Dismembering the Male*: *Men's Bodies*, *Britain and the Great War*. London: Reaktion, 1996, p. 22.

④ 帕特·巴克：《重生》，宋瑛堂译，时报文化出版企业股份有限公司 2014 年版，第 48~49 页。

脸被子弹削去，身体的左侧瘫痪，流失了部分脑髓和一只眼珠，槽牙也露了出来，"脑疝脉动着，看似某种奇特的海底生物"①。再次，伤残可能完全是精神创伤式的，然而却是毁灭性的。瑞佛斯的病患博恩兹在战场上遇到炮击，"被轰上半空，先落地的是头部，正中一具德军死尸，击破尸气饱满的腹部，失去意识之前发现口鼻塞满了人类的腐尸肉"②，醒来后即患上厌食症，每当进食或噩梦惊醒，必定呕吐，直到呕出最后一滴胃液。他"瘦得几乎不成人形，身体似乎已成皮包骨的躯壳"③，穿上制服，"像绳子绑起来的稻草人"④。瑞佛斯心中断定，"博恩兹已经失去变回平常人的契机"⑤。如普莱尔所说，在战场上，"盲、聋、哑、瘫痪、大小便失禁、精神异常、脑残"是常见的，如果运气好，"战死反而比较轻松"。⑥事实上，在1914年到1918年之间，越来越多的年轻而健康的身体面临令人惊恐的毁损的危机。在法国，每9人中就有5人伤亡。31%服役的人受过伤。战争的第一年，24%的军官与17%的士兵受伤，1915年10月到1918年9月，有12%～17%的其他军衔的士兵每年受伤。⑦肢体损毁的严峻性史无前例，令所有参战的男性都恐惧于肉体破碎。罗兰·卢瑟（Rowland Luthur）写道："我不介意死去，但是对于伤残的恐惧蹂躏着我们的精神。

---

① 帕特·巴克：《幽灵路》，宋瑛堂译，时报文化出版企业股份有限公司2014年版，第233页。

② 帕特·巴克：《重生》，宋瑛堂译，时报文化出版企业股份有限公司2014年版，第28页。

③ 帕特·巴克：《重生》，宋瑛堂译，时报文化出版企业股份有限公司2014年版，第28页。

④ 帕特·巴克：《重生》，宋瑛堂译，时报文化出版企业股份有限公司2014年版，第187页。

⑤ 帕特·巴克：《重生》，宋瑛堂译，时报文化出版企业股份有限公司2014年版，第252页。

⑥ 帕特·巴克：《幽灵路》，宋瑛堂译，时报文化出版企业股份有限公司2014年版，第18页。

⑦ Joanna Bourke. *Dismembering the Male: Men's Bodies, Britain and the Great War*. London: Reaktion, 1996, p. 33.

我目睹太多了，希望死有全尸。"①

　　对于被杀死的身体，三部曲中也有细致的刻画。在战壕里，"常见人骨插在土墙上，常在天寒地冻时见到死尸出现在射击踏台上"②，尸体常常被垫在战壕里，"踩过尸体的人多数会被尸体排气的现象惊吓到"③。而很多的人连可以辨认的尸体也没有，瑞佛斯的一位病患，"在战场发现好友遗体残缺不全，精神崩溃"④。普莱尔的战友塔伍斯，在突如其来的一颗炸弹爆炸中，被炸得荡然无存，只剩下狭道板上的一颗蓝色眼珠，收集尸骨只能"铲泥沙，混着人肉、焦黑的碎骨，铲进沙包里"⑤。皮欧的战友被掉在铁丝网上反弹回来的手榴弹炸得血肉横飞，"弟兄尸肉飞溅到皮欧穿的防毒面具斗篷，他花了一小时才清理干净"⑥。正如巴克借普莱尔的口指出的，家中有丧事的人，都想在报丧信函中被告知自己的亲人"死得干脆，丧礼简单隆重"，实际的情况却可能是死者的"头被炸掉半边，拖了五小时才断气"⑦，即使军队勉强为他举行一场像样的基督教葬礼，隔日的炮击也可能再次将尸体掀出坟墓。被潦草埋葬的尸体，更是常常被炮弹炸出墓穴，支离破碎。遍地的尸体无法埋葬，使得"老鼠因人类而肥"⑧。在行军

---

　　① Joanna Bourke. *Dismembering the Male*：*Men's Bodies*，*Britain and the Great War*. London：Reaktion，1996，p. 56.

　　② 帕特·巴克：《幽灵路》，宋瑛堂译，时报文化出版企业股份有限公司2014年版，第159页。

　　③ 帕特·巴克：《重生》，宋瑛堂译，时报文化出版企业股份有限公司2014年版，第239页。

　　④ 帕特·巴克：《重生》，宋瑛堂译，时报文化出版企业股份有限公司2014年版，第197页。

　　⑤ 帕特·巴克：《重生》，宋瑛堂译，时报文化出版企业股份有限公司2014年版，第149页。

　　⑥ 帕特·巴克：《重生》，宋瑛堂译，时报文化出版企业股份有限公司2014年版，第284页。

　　⑦ 帕特·巴克：《重生》，宋瑛堂译，时报文化出版企业股份有限公司2014年版，第190页。

　　⑧ 帕特·巴克：《幽灵路》，宋瑛堂译，时报文化出版企业股份有限公司2014年版，第157页。

路上，曼宁所在的部队在坟场报到，宿营处附近所有的坟墓全部被炸坏，一眼就可以看进墓穴里面，"放眼随便看，都能看见全尸或是残尸"①。到处都是尸体，"尸体。尤其是在土地被冻结、没办法埋葬的天气。在无人地带的夏天也是。苍蝇嗡嗡飞"②。

丑陋的、骇人的死去的身体非但没有任何尊严，其本身也变成恐怖的、令人损毁的物体，不仅因为尸体滋生病菌，能在肉体上毁灭其他"强壮的身体"，也在于其丑陋骇人的外观能给其他"强壮的身体"带来精神上毁灭性的打击。《幽灵路》中，万兹贝克对尸体的回忆完全颠覆了强壮身体在战场上的神话，他同瑞佛斯谈起一次路过一片发生过一场激战的树林时，看到的一具令他心惊的尸体，"那人死时一副痛到极点的表情。他的体型魁梧，肤色非常深，鼻子流了好多血，黑黑的，聚集了一群苍蝇，挤成一种……嗡嗡的小胡子"③。他向瑞佛斯承认，这些密集的、丑陋的尸体改变了他，令他丧失了信念，尽管他"想"相信死后还有救赎的机会。④ 满目的尸体令他产生了无法克制的杀人冲动。他杀死了奉命押送的德国俘虏，"那时候，战俘走在我前面，在他背后的我没法下手，所以我叫他转身。他一看就明白。我拿刀戳他，他惨叫，然后……我拔刀出来，再刺进去。又刺一刀。再刺。他倒在地上，我动手比较容易"⑤。他杀死了德国俘虏，从此总是闻到尸体的臭味，被送到里奎葛洛卡治疗。他告诉瑞佛斯，自己心惊胆战地担心会忍不住杀死自己的室友杰萨普，"我开始担心，因

① 帕特·巴克：《门中眼》，宋瑛堂译，时报文化出版企业股份有限公司2014年版，第189页。
② 帕特·巴克：《幽灵路》，宋瑛堂译，时报文化出版企业股份有限公司2014年版，第201页。
③ 帕特·巴克：《幽灵路》，宋瑛堂译，时报文化出版企业股份有限公司2014年版，第28~29页。
④ 帕特·巴克：《幽灵路》，宋瑛堂译，时报文化出版企业股份有限公司2014年版，第202页。
⑤ 帕特·巴克：《幽灵路》，宋瑛堂译，时报文化出版企业股份有限公司2014年版，第29页。

为他动不了，而我知道假如我想杀他，我可以得逞"①。杀死杰萨普的冲动令他"长夜难熬"②。讽刺的是，万兹贝克本身也有着男子气的健美身材，他"体格高壮过人，肩膀宽阔，胸肌挺拔"。瑞佛斯"估算他的身高、体重、肌肉弹性，留意到他的大手微微颤抖，左眼睑有细微的抽动"，心中暗想，"从非医学的角度来看，这具强健的肉身被粉碎了"。③

巴克的三部曲中关于身体伤亡的丰富细节，紧密联结着历史，指向并打碎了军队培育"健康"身体的神话。在战场上，甚至没有平静的死亡，而是骇人的大摊鲜血、脑浆和泥土。在关于一战的《信件与日记》(*Diaries and Letters*)中，奥斯卡·P. 埃克哈特(Oscar P. Eckhard)回忆起自己"曾经想象大部分的伤口是整洁的小弹孔，你几乎看不见，而且只有少数地方是致命的"，但是很快就惊骇地发现"德国子弹经常造成丑恶的伤口……它们会造成可以放进'几个手指'那么大的洞"④。在其死后出版的《已逝军官日记》(*The Diary of a Dead Officer. Being the Posthumous Papers of Arthur Graeme West*)中，记录着阿瑟·格拉姆西·韦斯特(Arthur Graeme West)的感受，战争中的尸体"看起来软弱低劣：这是其中的魔鬼，一个人不仅被杀，而且被弄得看起来如此邪恶与肮脏，如此徒劳与无意义"⑤。各种目击者的回忆录展示了战争这样的死亡，"去掉他们的腹部，让他们成为一团纠缠的血肉"，苏格兰高地的男式短裙被掀起，腐烂化脓的臀部暴露出来，男人被活活烤死，在炸弹爆炸中彻底消失，身体破碎，下巴掉落，鲜血泼出，

---

①　帕特·巴克：《幽灵路》，宋瑛堂译，时报文化出版企业股份有限公司2014年版，第31页。

②　帕特·巴克：《幽灵路》，宋瑛堂译，时报文化出版企业股份有限公司2014年版，第31页。

③　帕特·巴克：《幽灵路》，宋瑛堂译，时报文化出版企业股份有限公司2014年版，第30页。

④　Joanna Bourke. *Dismembering the Male*：*Men's Bodies*，*Britain and the Great War*. London：Reaktion, 1996, pp. 212-213.

⑤　Joanna Bourke. *Dismembering the Male*：*Men's Bodies*，*Britain and the Great War*. London：Reaktion, 1996, p. 213.

死去的白人士兵腐烂变黑，黑人士兵腐烂变白，尸体来不及掩埋，被狗、鸟及老鼠啃食。① 而他们死亡的令人惨不忍睹的景象也跟掩埋他们的潦草程度相匹配，偶尔会有体面的葬礼，更多的是被就地掩埋。威廉·克拉克（William Clarke）描述了卢斯（Loos）一战的情景，"埋葬所有的人被证明是不可能。他们躺在倒下或被击中的战壕里，泥土被盖在身上。下雨时。雨水将大部分泥土冲走，你沿着战壕走，你会看见一只靴子或绑腿支棱出来，或一只胳膊，一只手，有时是脸。你不仅看见他们，而且当你在他们上面行走的时候，你会打滑"②。当成千上万的人死去，集体乱葬岗成为必然。更糟的是，战场的危险性意味着很多人不能被掩埋——或者长久才能被掩埋。大雨之后，尸体顺着战壕漂流，尸体也被用来补砌战壕边墙，坟墓被掠夺，游戏是用头盖骨及骨头来玩。③ 大量丑陋的死亡使身体最低限度的尊严也荡然无存，遑论成长与崇高。

对于卡灵顿所说"1918 年加入皇家沃里克的年轻人，平均身高增加了一英寸"的记录，也许只能说明两个可能，其一是他所见的部分团队在战争的最后阶段没有遭遇真正的战斗，其二是巨大的伤亡使得入伍者的年龄急剧降低，而少年无论如何也会长高，毕竟巨大的伤亡使得英国军方不得不在 1916 年开始强制征兵。人员紧缺的时候，年纪尚轻的童子军被征入伍，"在十万名应征的童子军中，一万名牺牲"④。三部曲中，瑞佛斯在 1917 年《泰晤士报》（The Times）上读到的阵亡者，年龄仅有 17 岁，"普拉兹。四月二十八日马革裹尸，生前是父母深爱的次子，等等等，得年十七

---

① Joanna Bourke. *Dismembering the Male*：*Men's Bodies*，*Britain and the Great War*. London：Reaktion，1996，pp. 213-214.

② Joanna Bourke. *Dismembering the Male*：*Men's Bodies*，*Britain and the Great War*. London：Reaktion，1996，p. 215.

③ Joanna Bourke. *Dismembering the Male*：*Men's Bodies*，*Britain and the Great War*. London：Reaktion，1996，p. 215.

④ Joanna Bourke. *Dismembering the Male*：*Men's Bodies*，*Britain and the Great War*. London：Reaktion，1996，p. 142.

岁十个月"①。

对于军人的体型问题，也许巴克小说中细致饱满的细节更能直观地揭示真相。被严格测量的男性身体被按照"高矮""优劣"的顺序送进战争绞肉机，那么当可选送的身体越来越矮，越来越瘦弱，折射出的恰是前线伤亡惨重的程度。杭特理少校向瑞佛斯抱怨，平均而言，"兵比军官矮五吋"②。普莱尔向母亲提及矮个兵团，"专收矮兵的万丹军团，你知道他们规定的低标吗？五呎"③。萨松回忆起战友，"弟兄们的身材瘦弱得可怕。多数人几乎搬不动器材，更别想抗器材在炸烂的道路上长途行军"④。普莱尔注意到士兵的身体根本撑不起军服。"各式各样的内裤和背心，多数尺寸太大"，"我排的一个兄弟身高差点不合标准，他领到的内裤太大，穿上之后可以向上拉到下巴"。⑤ 荷娣在信中提到有软骨病的校友进了战壕，"蛮多的，我很讶异。我以为他们体检没过，因为全有软骨病"。事实上这些软骨病患者非常容易辨识，连荷娣这样的老百姓也能轻易辨认，"我的班上也有几个软骨病学生，额头圆滚滚的。不仔细看还好，一看就知道有病的学生有多少"⑥，然而军医却依然让患者通过了体检进入军队。这些细节齐齐指向了权力暌违事实、直达肉体的控制策略，即一面遮蔽真相，一面美化军队生活，美化中蕴含着迷惑、怂恿与强制。

循着巴克在三部曲中描述的意韵深远的细节所指出的方向看向历史深

---

①　帕特·巴克：《重生》，宋瑛堂译，时报文化出版企业股份有限公司 2014 年版，第 102~103 页。

②　帕特·巴克：《重生》，宋瑛堂译，时报文化出版企业股份有限公司 2014 年版，第 290 页。

③　帕特·巴克：《门中眼》，宋瑛堂译，时报文化出版企业股份有限公司 2014 年版，第 101 页。

④　帕特·巴克：《重生》，宋瑛堂译，时报文化出版企业股份有限公司 2014 年版，第 202 页。

⑤　帕特·巴克：《幽灵路》，宋瑛堂译，时报文化出版企业股份有限公司 2014 年版，第 161 页。

⑥　帕特·巴克：《门中眼》，宋瑛堂译，时报文化出版企业股份有限公司 2014 年版，第 93 页。

处，可以窥见规训权力围绕身体的一系列操作。身体的测量与评估，激发了男性基于生物特征的荣誉感、竞争意识与羞耻心，制服刺激及利用了"雄性气概"，捕获并禁锢男性身体，直至将之推向死亡，军方话语遮蔽了男性在战争暴力中被肢解、被损毁的身体。权力在对健壮体魄的推崇中运行，掩盖真相，怂恿献身。然而诗意般构想的强壮的、粗犷的，"体现于黑格将军方正的、坚实可靠的形象"①中的男性英雄，实际上却如理查德·奥尔丁顿（Richard Aldington）告诉我们的，"他生活在被粉碎的尸体中，人待在地狱般的坟墓里"②，沾满制服的泥土渗透他的血肉。

二、对军事身体的强制规训

除了通过对男性身体之"雄性特质"的高扬来规训男性，三部曲中也展现了权力直接施加于身体的诸多规训机制，这些机制围绕着体育运动、军事训练及直接的惩罚展开。

在奎葛洛卡医院，主治医生瑞佛斯笃信体育对于男性身心健康的作用，在医院推行常规的体育运动。在奎葛洛卡的院子里，常有网球赛，天气晴朗的日子，"许多病患在医院的院子里观看网球赛"③。在户外不适宜运动时，走廊里会有足球赛。对于因反战宣言而被送至奎葛洛卡的萨松，在他侦测出萨松对失去"男子气概"的恐惧后，他为萨松开出的针对性处方之一就是推荐他去可以打高尔夫球的保守派俱乐部。在前线，男性化的体育活动是行军与战斗间隙必不可少的项目，这些体育项目并非可选的娱

---

① Elaine Showalter. Rivers and Sassoon: The Inscription of Male Gender Anxieties. in Margaret Randolph Higonnet, Jane Jenson, Sonya Michel, Margaret Collins Weitz. ed. *Behind the Lines: Gender and the Two World Wars*. New Haven and London: Yale University Press, 1987, p. 63.

② Sandra M Gilbert. Soldiers Heart: Literary Men, Literary Women, and the Great War. in Margaret Randolph Higonnet, Jane Jenson, Sonya Michel, Margaret Collins Weitz. ed. *Behind the Lines: Gender and the Two World Wars*. New Haven and London: Yale University Press, 1987, p. 202.

③ 帕特·巴克：《重生》，宋瑛堂译，时报文化出版企业股份有限公司 2014 年版，第 5 页。

乐，而是强制性的。普莱尔在日记中写道："'休息'时，我们照平常的方式度过，洗澡、更衣、打扫、运动、强迫球赛、军中礼拜。对了，怎能漏掉毒气演习呢？"①足球似乎是备受推崇的项目，"白天忙着扫除，给士兵的奖赏是强迫进行球赛"，普莱尔的日记写道："天气冷，天色灰。足球好像一只被雨打湿、沉甸甸、不肯飞的鸟，飞过阴沉的天空。士兵浑身泥泞，口吐蒸汽，C连对D连，当然竞争激烈，而且莫名其妙像梦境，以贵族学校橄榄球队的心，踢着街尾足球。"②前线流行着关于勇敢的士兵与足球的神话，"跳出战壕边踢足球边冲向敌方战壕的军官传奇四处传播"③，如《幽灵路》中普莱尔对瑞佛斯说起的，"你记得那故事吗？索姆河吹哨子了，萨福克队还踢足球穿越无人地带？疯到不像话"④。

三部曲中也展现了许多针对士兵战斗技能的训练，其一是令人印象深刻的刺刀训练。在这场现代武器被广泛应用的战争中，伤害大多由枪支或远程炮弹所为，很多军人甚至从未见过"敌人"。然而报纸持续宣传"德军静候刺刀战"⑤，军队依然对士兵进行严格的刺刀训练。刺刀训练的要旨是直指人体器官，进行致命的一击。萨松记得坎贝尔的题为"刺刀之精神"的演讲："戳他的肾脏，就像一把热刀切穿牛油"，"六寸的钢刀穿透后颈而出，画蛇添足嘛，三寸就够夺命了。等这人呜呼哀哉，再找下一个人"⑥。

---

① 帕特・巴克：《幽灵路》，宋瑛堂译，时报文化出版企业股份有限公司2014年版，第193页。

② 帕特・巴克：《幽灵路》，宋瑛堂译，时报文化出版企业股份有限公司2014年版，第158页。

③ Elaine Showalter. Rivers and Sassoon: The Inscription of Male Gender Anxieties. in Margaret Randolph Higonnet, Jane Jenson, Sonya Michel, Margaret Collins Weitz. ed. *Behind the Lines: Gender and the Two World Wars*. New Haven and London: Yale University Press, 1987, p. 63.

④ 帕特・巴克：《幽灵路》，宋瑛堂译，时报文化出版企业股份有限公司2014年版，第99页。

⑤ 帕特・巴克：《幽灵路》，宋瑛堂译，时报文化出版企业股份有限公司2014年版，第182页。

⑥ 帕特・巴克：《重生》，宋瑛堂译，时报文化出版企业股份有限公司2014年版，第168页。

士兵操练刺刀的每一步都是标准化的，如曼宁描述的，"我见过一个兵……肉搏战的时候，他照手册写的，一个指令一个动作，边喊边刺。冲刺，一、二。扭刀，一、二。抽刀，一、二……根本是按数字杀敌。正合军方的意思。如果士兵受到良好的训练，一上战场，几乎能像机器人一样动作"[1]。

刺刀训练之外，让人难忘的是普莱尔描述的骑兵操练。最滑稽的是马术，普莱尔告诉瑞佛斯，"他们派我去骑马，双手握在后脑勺，绕着该死的操场一直骑，没有马鞍可坐，也没有马镫，你知道吗？不可思议"[2]。他回忆起与战友吉米·霍尔一同进行马术操练的情景，当时两人骑马绕着操场转圈，以所谓绅士的坐姿双手抱在脑后，荒诞无比。两骑交错而过的时候，普莱尔看见对方的脸，"发现对方并非无表情，而是强忍住笑意，忍得脸皮僵硬，看见普莱尔也同样笑在心里，吉米再也忍俊不禁，哇哈哈大笑，从马背上跌下去"[3]。体验过战壕战的普莱尔"对这种训练既愤怒又觉得好笑"，他深信，"除了他之外，没人能体会这种训练多白痴"[4]，然而吉米·霍尔哈哈大笑着从马背上跌下去，表明认为这种训练近乎白痴的并非只有普莱尔一人。

如果说在这些关于足球与刺刀的神话中，隐藏着一种军方在战略上不辨现实的愚蠢，那么，这种愚蠢背后却有着军方关于规训身体的聪明。足球、刺刀与骑术，三种训练瞄准的与其说是士兵的肉体，毋宁说是主宰士兵身体之精神，是士兵的主体性。运动传奇中的胆大勇猛以及对肉体精力的夸张，刺刀训练中对人体的机械化态度，以及骑术训练中荒谬的服从，

---

① 帕特·巴克：《门中眼》，宋瑛堂译，时报文化出版企业股份有限公司2014年版，第188页。

② 帕特·巴克：《重生》，宋瑛堂译，时报文化出版企业股份有限公司2014年版，第98页。

③ 帕特·巴克：《门中眼》，宋瑛堂译，时报文化出版企业股份有限公司2014年版，第135页。

④ 帕特·巴克：《门中眼》，宋瑛堂译，时报文化出版企业股份有限公司2014年版，第135页。

直接指向两种效果，一是对肉体的漠视，二是绝对的服从。在规训士气的意义上，当瑞佛斯说出，"足球的精神正常。命令他们踢足球的人一定是个医术高超的精神医生"①时，他无疑一语中的，因为他自己的运动处方充分显示他也是此类医圣。

当瑞佛斯观察海德做人体实验时，曾思考过医生的心理机制。他感到如果医生不能抛开对病患的共情之心，就难以行医，"同理，军人也需要搁置同样的心，否则无法听令杀敌。医师与军人的目标互异，但达成使命的心理机制基本上是同一种"②。瑞佛斯的思考在一定程度上为刺刀训练做了注脚。这种过时的、冷酷的训练的目的，就在于消除士兵对人体的同理心，消灭共情，用普莱尔的话说，就是"把人降级为机器里的螺丝钉"③。在训练手册里，刺刀的种种姿势都瞄准男性身体，如曼宁向瑞佛斯谈起的，"事实是，陆军对刺刀的态度暧昧得不得了。训练手册一翻开，里面写满了肉搏战的重要性。……里面隐含着一种价值观，而这种价值观无关刺刀有没有达成目的。刺刀是正当的战争。是男人的战争，跟机关枪和炮弹碎片没关系。这种印象反映在训练手册里。翻开来看，等于是一长串的性暗示：'直戳他卵丸'，'杀光德国鬼子'"④。曼宁的话指出深意，男性气质是力量与杀戮的结合，如果战争有性别，那么就是男性的，如果想成为男性的，那也必得是杀戮的。刺刀瞄准的不仅仅是身体器官，更是男性的身体器官，刺刀训练的是将男性身体去人性化的、动物化的能力，是抽离自身的情感与思考，抹除自身的主体性，将自身机器化的能力，亦如曼宁所说，"我们大家都讨厌刺刀。……只觉得，刺刀讨厌归讨厌，举枪就

---

① 帕特·巴克：《幽灵路》，宋瑛堂译，时报文化出版企业股份有限公司 2014 年版，第 99 页。

② 帕特·巴克：《门中眼》，宋瑛堂译，时报文化出版企业股份有限公司 2014 年版，第 161 页。

③ 帕特·巴克：《门中眼》，宋瑛堂译，时报文化出版企业股份有限公司 2014 年版，第 128 页。

④ 帕特·巴克：《门中眼》，宋瑛堂译，时报文化出版企业股份有限公司 2014 年版，第 175 页。

刺，不就行了？我是说，隔绝掉心灵的一大部分就好"①。萨松与瑞佛斯的对话则进一步补充了关于"隔绝掉心灵的一大部分"的强制性，他告诉瑞佛斯，"训练手册里写什么，你非读一读不可。'指挥官必须下达过分的要求，不能体贴士兵。落伍者必须弃之不顾。不能因而延误乘胜追击，亦不得因伤兵而停止攻势。'真的是这样写的。各个是抛弃式的零件，可以相互置换"②。

隔绝掉自身人性与共情的部分，对于受训的士兵来说，并非可以自主选择的行为，而是强制性的、必须的行为。能够做到这种分裂，才能履行职责，如在炮弹坑中诞生的普莱尔的分裂人格，他不比普莱尔本尊高，力气和身手也不比他强，却"比他好"，因为他不仅隔断了对敌方身体的共情，自己的身体也失去了痛感，即使烟头将手掌心的皮肤烧出焦味，他也感觉不到疼痛。③ 萨松能够继续杀敌，也是由于他在法国战场肩膀中弹后发生剧变，"从前的萨松就是在那一刻崩解，新人蜕壳而出"④，新的萨松暂时取代了原本的萨松。而像司高德那样，做不到这种隔离，"没办法关掉头脑的一部分……关不掉在意的心"⑤的士兵，即使手脚不笨拙，在训练中也刺不中目标，在战场上只有彻底崩溃。

比起刺刀训练，骑术训练在世纪初现代化武器横飞的战壕战中更显荒谬，但这种荒谬在某种程度更加凸显了权力的绝对地位，以及士兵的绝对服从。从历史中流传下来的骑术训练，很容易令人联想到从历史中来的贯

---

① 帕特·巴克：《门中眼》，宋瑛堂译，时报文化出版企业股份有限公司 2014 年版，第 176 页。

② 帕特·巴克：《门中眼》，宋瑛堂译，时报文化出版企业股份有限公司 2014 年版，第 252 页。

③ 帕特·巴克：《门中眼》，宋瑛堂译，时报文化出版企业股份有限公司 2014 年版，第 266 页。

④ 帕特·巴克：《重生》，宋瑛堂译，时报文化出版企业股份有限公司 2014 年版，第 165 页。

⑤ 帕特·巴克：《门中眼》，宋瑛堂译，时报文化出版企业股份有限公司 2014 年版，第 188 页。

穿了 8 世纪到 17—18 世纪的基督教牧领权力中的"服从"要素。福柯认为，受到基督教改造的牧领权力是现代治理术的源头，在福柯开出的关于治理问题的清单之中，天主教和新教的牧领学说（pastorale）是其中之一。牧领权力是一种既针对个人又针对整体的权力。福柯指出，"在希腊—罗马和犹太的法律原则上，基督教加入了一种过度的元素，那就是服从"①。基督教牧领制度在东方牧领权力的"律法"要素中，加入了"服从"的要素，从而建立了个体全面的、持续的服从。这种服从是"完美的服从"。福柯指出，在基督教的那些荒诞的关于"考验"的故事中，服从于一条命令，"不是因为命令是理智的或者因为某人向您交代了一个重要的任务，相反是因为它是荒谬的"②。在这种彻底放弃"一切自己的意志"的"没有目标"的服从中，"服从的状态"本身就是目的，"服从的目的就是除灭意志"。③ 在巴克呈现的骑术训练中，一种过时的技术本身无法成为目的，只有权力要求的不容置疑的、不打折扣的服从，虽然这种服从与牧领制度不同，指向的不是某一个特定的牧羊人，而是一种广泛展布的规训权力。这种规训权力通过荒谬的训练，要求的是消除个体的自主意志，正如黑格将军指明的，"士兵必须意识到他们不是'自由主体'（free agent）"④。他们最好如杭特理少校"看着顺眼"的威勒德一样没有省思能力，只需能听指挥杀敌，用杭特理的话说，"他干嘛省思？他应该上战场杀坏人啊"⑤。福柯指出，"规训体制偏爱操练惩罚——强化的、加倍的、反复多次的训练"，因为"惩罚就是操练"。规训惩罚"与其说是一种被践踏的法律的报复，不如说是对该法律的

① 米歇尔·福柯：《安全、领土与人口》，钱翰、陈晓径译，上海人民出版社 2018 年版，第 268 页。

② 米歇尔·福柯：《安全、领土与人口》，钱翰、陈晓径译，上海人民出版社 2018 年版，第 228 页。

③ 米歇尔·福柯：《安全、领土与人口》，钱翰、陈晓径译，上海人民出版社 2018 年版，第 230 页。

④ Joanna Bourke. *Dismembering the Male*：*Men's Bodies*，*Britain and the Great War*. London：Reaktion，1996，p. 99.

⑤ 帕特·巴克：《重生》，宋瑛堂译，时报文化出版企业股份有限公司 2014 年版，第 333 页。

重申，而且是加倍的重申"①。荒谬的足球神话，过时的刺刀及骑术训练，比起对身体作战能力的强化，本质上更是对施加于这些士兵之身体的古老法律的重申。

在这种绝对服从的原则下，士兵在各种突发奇想的、稀奇古怪的命令下去执行稀奇古怪的任务，这使得他们的身体在荒谬的命令中立刻处于事实上的或潜在的死亡中。士兵会在长官一时冲动的命令中，在"一朵云也看不见"的满月的光线中毫无遮掩地爬出战壕去摘取"德国兵"尸体上的徽章，以判断对方属于哪个军团。②错误的命令导致英军直接向英军开火，造成"五死十一伤"③。在对阵地情况几乎毫无研究的情况下，整连的士兵被当作诱饵，直接送到德军的机关枪下。博恩兹回忆起索姆河战役的前一天，有个巨大的河堤挡在前进的路上，从战壕处难以看见，因为河堤上长满了野莓，而且地图上没有注明，所有士兵都被挡在河堤旁边，想爬过去，"德军机关枪手乐翻天了。少数几个弟兄爬过去了，却被铁丝网割得遍体鳞伤"。隔天过来视察的将军都感到讶异："我的天，我们真的下令弟兄攻过去吗？"④巴克将这种饱含讽刺与血腥的服从浓缩于萨松的一句话，"我做过最疯狂的事，全是照军令去做的"⑤。在各种需要绝对服从的命令中，士兵的各种权利被立刻剥夺，他们的生命即刻沦为羊群般的纯粹动物性的赤裸。

与福柯分析指出的牧领制度及治理术中的双向关怀不同，在三部曲

①　米歇尔·福柯：《规训与惩罚》，刘北成、杨远婴译，生活·读书·新知三联书店 2007 年版，第 203 页。
②　帕特·巴克：《重生》，宋瑛堂译，时报文化出版企业股份有限公司 2014 年版，第 17 页。
③　帕特·巴克：《重生》，宋瑛堂译，时报文化出版企业股份有限公司 2014 年版，第 152 页。
④　帕特·巴克：《重生》，宋瑛堂译，时报文化出版企业股份有限公司 2014 年版，第 250 页。
⑤　帕特·巴克：《重生》，宋瑛堂译，时报文化出版企业股份有限公司 2014 年版，第 17 页。

中，虽然士兵需要如羊群一般奉献动物般绝对的服从，他们的对面，却并非对其展示关怀的牧羊人，而是冷酷无情、肆意剥夺的权力。这种权力肆无忌惮地使用他们的身体，攫取他们的生命，却并不对其施加爱护与培育，普莱尔日记中记录的关于威尔森的小插曲，即显示出绝对服从的另一端——权力的冷酷。行军路上，威尔森不慎踩到一根钉子，贯穿左靴的鞋跟，同行的战友轮流试着帮他拔出来，铁锤、钳子、帐篷钉，种种方法用尽，却无一奏效。由于脚部皮肤被刺破，他很可能患上败血症，但不幸的是，有败血症之虞不足以构成被送回后方的理由，所以他只能耗尽体力，继续行军，"每走一步就多吃一点苦"①。而且帮他再找一双靴子也并不容易，最后是死尸帮忙，在一具尸体上发现了合适的靴子，虽然回收这只靴子的过程令人心悸，"必须先清除前任主人留下的痕迹（以及残骸），然后才合用"②。在对新兵的训练中，也可见权力的冷酷。荷妲的信中说起新兵在埃塔普勒训练的情况，一个逃兵向她描述过那里的苦况，"那里的受训情况让人大开眼界。新兵被整得好惨，犯一点小错，就被绑在柱子上，双手抱头。听起来不觉得苦，可是，他说痛苦的不得了"③。

这种与绝对服从相对应的权力，在普莱尔回忆起的一个关于惩罚的事件中得到更充分的展现。在《重生》中，普莱尔向瑞佛斯医生讲起这件事：将要进攻的时候，有个军官抓到三个士兵在抽烟，军官"觉得他们有点太随便了"，便"没收他们的军刀，不给他们武器就派他们上战场"，后来"死了两个，活下来的那个隔天挨一顿鞭子"。④ 在普莱尔讲述的这个事件中，我们看到的是一个骇人的事实。在三个士兵对军官的绝对服从中，他们的

① 帕特·巴克：《幽灵路》，宋瑛堂译，时报文化出版企业股份有限公司2014年版，第196页。
② 帕特·巴克：《幽灵路》，宋瑛堂译，时报文化出版企业股份有限公司2014年版，第214页。
③ 帕特·巴克：《门中眼》，宋瑛堂译，时报文化出版企业股份有限公司2014年版。译文中"听起来"三个字用稍大字体强调。
④ 帕特·巴克：《重生》，宋瑛堂译，时报文化出版企业股份有限公司2014年版，第98页。

生命被事实性地置于一种暴力或潜在的暴力之中，随时会被剥夺，不再受到任何保护。在士兵绝对服从的对面，是军官可以褫夺生命的惩罚，如果士兵在这个惩罚中死去，那么军官不必承担任何责任。在军官的惩罚中，军官的行为已经在事实上有着"主权者"的性质，而被解除武装驱上战场的士兵，作为战士被剥夺了战斗的权力，显然已经脱离了"祭品"的范畴，而变成了阿甘本所说的可以被任意杀死而不产生任何法律责任的"神圣人"。

这个军官悬置了士兵作为人与士兵的权利，宣布的并非任何新的法律或法令，而只是一个没有任何确定性的、突发奇想的、可以置人于死地的惩罚式"命令"。这使得阿甘本原本担忧的会产生于共同体之至高权力宣布的例外状态中统摄国家的极权，出现在了某个不显眼的局部，指向生命的"主权"穿越诸种界限到达局部，并在局部不断扩散与弥漫，以一种难以辨别的方式将个体剥夺为失去所有权利保护的赤裸生命，使得被沉降为赤裸生命的死亡与"祭品"之死亡无从区分，这也正是巴克的叙事所揭示的生命政治的至暗区域之一。

事实上，巴克的卓越之处在于，她在三部曲中所描述的事件，都揭示与映射着真实的历史。在当时的法国前线，直指生命的随意的惩罚、随机的宣布到处可见。士兵随时可以被冠上不同的罪名，被一个随机的命令置于死亡暴力之中，无数种罪名与惩罚可以将士兵事实性地贬为"神圣人"。普莱尔满怀愤怒地提及的一种最普遍的对士兵的惩罚是"十字架刑"，也被称为"野外一号惩罚"，即把人四肢展开，将手腕与脚踝"绑在炮前车上"[1]，早上或晚上绑 1 个小时，惩罚会连续 3 到 21 天。普莱尔对这种惩罚的愤怒并非没有根据，1916 年的《号角报》(Clarion) 报道一个来自伙伴营 (Pals' Battalion) 的利物浦男孩就死于该惩罚，[2] 而此前在该惩罚是否恰当的争论中，温德姆·查尔兹少将 (Major-General Sir Wyndham Childs) 坚决

---

① 帕特·巴克：《重生》，宋瑛堂译，时报文化出版企业股份有限公司 2014 年版，第 99 页。

② Joanna Bourke. *Dismembering the Male*: *Men's Bodies*, *Britain and the Great War*. London: Reaktion, 1996, p. 100.

维护这种惩罚，因为"战争是兽性的、残暴的、不正常的状态，必须以这种方式来处理"①。这种痛苦的、危及生命的惩罚，用福柯的话说，使得权力成为"可见、可展示之物"，"它是在调动自己力量的运动中发现自己力量的本原"②。

关于规训，福柯指出，"工厂、学校、军队都实行一整套微观处罚制度，其中涉及时间(迟到、缺席、中断)、活动(心不在焉、疏忽、缺乏热情)、行为(失礼、不服从)、言语(聊天、傲慢)、肉体('不正确'的姿势、不规范的体态、不整洁)、性(不道德、不庄重)。从光线的物质惩罚到轻微剥夺和羞辱"③。他继续分析道，"规训处罚所特有的一个惩罚理由是不规范，即不符合准则，偏离准则。整个边际模糊的不规范领域都属于惩罚之列"④。虽然福柯的分析包括了"军队"，然而在"一战"的战场上，微观的惩罚与福柯所说"轻微剥夺与羞辱"不同，这里很多时候轻微的违规招致的是直指生命的惩罚，而"边际模糊的不规范领域"中诸多含混的罪名都会招致后果严重的惩罚，这些惩罚如同上述军官的命令一样，将士兵置于潜在的死亡暴力之中。其中最常用的罪名是"懦弱"，"懦弱"者可以被当场射杀，或事后被处死。然而"懦弱"本身是一个庞大而笼统的罪名，囊括了多种行为，含混不清的概念给惩罚者留下了极大的阐释空间，意味着惩罚者在特定情境中可以对士兵的行为进行自由地解读或定义，并随时将新的内容纳入这个罪名。很多行为都可以被归类为"懦弱"，最常见的罪是"开小差"，而"开小差"本身又是一个类似"懦弱"的庞大而含混的概念，它不仅包括在战场上掉头逃跑的士兵，在冲锋的命令下没有立刻冲出战壕的士

———————————

①　Joanna Bourke. *Dismembering the Male: Men's Bodies, Britain and the Great War*. London: Reaktion, 1996, p. 99.

②　米歇尔·福柯:《规训与惩罚》，刘北成、杨远婴译，生活·读书·新知三联书店2007年版，第211页。

③　米歇尔·福柯:《规训与惩罚》，刘北成、杨远婴译，生活·读书·新知三联书店2007年版，第201~202页。

④　米歇尔·福柯:《规训与惩罚》，刘北成、杨远婴译，生活·读书·新知三联书店2007年版，第202页。

兵，而且包括表现出"弹震症"症状的士兵，因为"很难区别两种形式的懦弱"①。因此，可以将士兵置于"被处死"（executed）之境地的惩罚种类繁多，如谋杀、懦弱、离岗、罢工或暴力、不服从、叛乱、在岗睡着和丢弃武器等②，这些罪名描述的行为定义模糊，互相重叠，难以厘清。名目繁多的罪名意味着"几乎每个人都面临着被惩罚的危险"，这使得即使最轻微的违规，也能将士兵置于某个长官的杀戮权力之中，例如乔安娜·伯克指出，就"在岗睡着"而言，几天仗打下来，不打瞌睡是不可能的，这意味着"无法将在岗瞌睡的士兵与其他在岗士兵区别开来"。③ 1915 年 10 月 22 日的军令甚至规定，"周末溜出军营也被看作逃兵"④。高地轻步兵团第十二营的亚历克斯·奈特（Alex Knight）坦白，当他们军团中一个因"懦弱"要被处死的人最后被改判两年监禁的时候，所有人都松了口气，因为"如果那样的死刑被执行的话，全军十七分之一的人都将会因'懦弱'被射杀"⑤。

在《门中眼》中，"弹震症"患者司高德的遭遇充分显示了战场上的惩罚权对生命的决断本质，以及这种决断的残酷与荒谬。在司高德的案例中，"病症"与"装病"二者已经不是"难以区分"，而是刻意地"不被区分"。司高德因为在麦西尼斯碰到地雷，患上弹震症，并因此接受过电击治疗。他的长官曼宁上尉非常清楚这一点，也清楚地知道电疗几乎没有效果，知道"他被治疗后的那天晚上，没有梦到地雷，而是梦到他回到

① Joanna Bourke. *Dismembering the Male: Men's Bodies, Britain and the Great War*. London: Reaktion, 1996, p. 94.

② Joanna Bourke. *Dismembering the Male: Men's Bodies, Britain and the Great War*. London: Reaktion, 1996, p. 95.

③ Joanna Bourke. *Dismembering the Male: Men's Bodies, Britain and the Great War*. London: Reaktion, 1996, p. 102.

④ Joanna Bourke. *Dismembering the Male: Men's Bodies, Britain and the Great War*. London: Reaktion, 1996, p. 101.

⑤ Joanna Bourke. *Dismembering the Male: Men's Bodies, Britain and the Great War*. London: Reaktion, 1996, p. 97.

战壕里，接受电疗"①。他理解司高德崩溃的原因，"他可能是精神崩溃了，因为我现在能感同身受。以红色为例，不管是出现在什么东西上，即使是红花或红书，一概是血"②。但是司高德依然被带上战场。轰炸开始时，司高德不见了踪影，曼宁的第一个念头就是抢在宪兵之前找到他，以免他被宪兵当作逃兵打死。随后，曼宁顺利找到他，并再次将他带回了战场。然而在轰炸中司高德转眼又不见了踪影，旋即发现他被炮火掀入弹坑中，在弹坑深深的泥浆里绝望挣扎。众战友奋力施救，曼宁认定救助无望，于是绕到司高德背后将其射杀。曼宁回忆到当时泥坑中的司高德"慌了……哀求我们想想办法。他脸上的那种表情，是我一辈子没看过的模样"，他叫坑边的弟兄排成一列，一边告诉他们再试着救援一次，一边"趁司高德看着其他弟兄，绕到坑口的对面，从他背后开枪"，这一枪打偏了，司高德立刻知道他想干什么，他再开一枪，"这次没有失手"。③

福柯指出，在一个规训制度里，"个人化"是一种下降，且随着权力变得越隐蔽而越加有效，举例来说，"儿童比成年人更个人化，病人比健康人更个人化，疯人和罪犯比正常人和守法者更个人化"④。值得注意的是，在司高德的事件里，由精神崩溃引起的"个人化的下降"径自跌落出政治生命的底线，直接将生命降为赤裸。在司高德从失踪到被射杀的过程中，至少暗示了三次对司高德的生命具有主权性质的死亡决断，即宪兵有可能做出的即时决断，和曼宁付诸实施的两次即时决断。宪兵有可能将精神崩溃的司高德决断为懦弱逃兵，可以将之杀死而不用承担法律责任；曼宁第一次的决断是将精神崩溃的司高德作为健康人带回阵地，这在本质上与谋杀

---

①　帕特·巴克：《门中眼》，宋瑛堂译，时报文化出版企业股份有限公司 2014 年版，第 187 页。

②　帕特·巴克：《门中眼》，宋瑛堂译，时报文化出版企业股份有限公司 2014 年版，第 188 页。

③　帕特·巴克：《门中眼》，宋瑛堂译，时报文化出版企业股份有限公司 2014 年版，第 191 页。

④　米歇尔·福柯：《规训与惩罚》，刘北成、杨远婴译，生活·读书·新知三联书店 2007 年版，第 216 页。

无异，却不用承担法律责任；第二次曼宁直接越过了基本人权，射杀了司高德，同样既没有经过审判也不用承担法律责任。这三次决断或可能性决断的发生，都直指司高德的生命，他的死亡既不牵涉任何法律责任，也不具备任何被认可的价值，他的生物性身体在无限制的惩罚权力之下，已经沦为可以不受审判地被杀死的赤裸生命。这一事件中更具残酷性的因素是，实施生命决断权的曼宁，并非一个嗜血的恶魔，他甚至天性良善、怜惜生命，在司高德死后陷入良心的谴责，不停地在半梦半醒的恍惚状态中听到一个声音追问："司高德去哪里了？"[1]然而在惩罚机制的运作中，他别无选择，被动地、违心地变成了生产"神圣人"的主权者。曼宁无可奈何的处境并非个别现象。一本名为《训练排里反抗行为指南》(*Instructions for the Training of Platoons for Offensive Action*，1917)的手册就描述了排长应该如何建立权威管理下属，他必须"竭尽全力、准时、振奋"，要"实行严格的纪律"，还要"嗜血，要永远思考如何杀敌"。[2] 也有人认为士兵犯错，真正的罪犯是"军官"，因其"能力不足无法令其士兵服从与尊敬"[3]。事实上在这样的压力中，"军官罹患战争神经症的比例比普通士兵患病的比例高出四倍"[4]。这使人想起福柯所说的"恐怖"。福柯指出，在一个普遍服从的游戏中，恐怖"并不是指一些人指挥另一些人从而让后者吓得发抖。当指挥别人的人也吓得发抖的时候才是恐怖，因为他们知道普遍存在的服

---

① 帕特·巴克：《门中眼》，宋瑛堂译，时报文化出版企业股份有限公司 2014 年版，第 185 页。

② Elaine Showalter. Rivers and Sassoon: The Inscription of Male Gender Anxieties. in Margaret Randolph Higonnet, Jane Jenson, Sonya Michel, Margaret Collins Weitz. ed. *Behind the Lines: Gender and the Two World Wars*. New Haven and London: Yale University Press, 1987, p. 63.

③ Joanna Bourke. *Dismembering the Male: Men's Bodies, Britain and the Great War*. London: Reaktion, 1996, p. 101.

④ Elaine Showalter. Rivers and Sassoon: The Inscription of Male Gender Anxieties. in Margaret Randolph Higonnet, Jane Jenson, Sonya Michel, Margaret Collins Weitz. ed. *Behind the Lines: Gender and the Two World Wars*. New Haven and London: Yale University Press, 1987, p. 63.

从体制也将自己囊括在其中，这让他们和他们行使权力的对象的处境是一样的"①。

司高德的遭遇，在很大程度上回应了阿甘本关于现代生命政治的一个基本论断，即"现代民主并不废除神圣生命，而是打碎它、将它播撒到每一个个体的身体中"②。而在巴克呈现的战争祭坛之"神圣"语境中，每一个"祭品"因其跟"神圣人"质的相近，更有随时被转换成"神圣人"的可能，每一个轻率的命令，每一个轻微的违规，都将他们置于无限制的杀戮权力之中。在基于"绝对服从"的荒谬机制中，日常行为如抽烟、疲惫，乃至精神疾病等都可以成为触发死亡决断的咒语。在这里，深嵌入惩罚机制中的惩罚者，即使违背良心，也不得不与主权者融为一体，他们随时打开例外状态，将他人的生命转化成"神圣人"那样的赤裸生命。至此，区分"神圣人"的界槛一再迁移，生命政治的轨道驰向深不可测的幽暗深渊。

第三节　对反抗的监控与规训

三部曲的第二部名为《门中眼》，这一书名直观地反映了有关眼的意象在三部曲中的重要地位。事实上，巴克用眼的意象形象化地指向了权力对反战人员全面的监控、搜捕和惩罚等一整套规训技术。

随着这场泥泞中的战争打了又打，"黑色服饰开始在公众空间投下一片阴影"③。普莱尔走过街道，两旁的民房当中，"有太多窗内摆着黑框纸板，写在上面的姓名各个是他认得出的旧识。他觉得，马路上到处是幽

---

① 米歇尔·福柯：《安全、领土与人口》，钱翰、陈晓径译，上海人民出版社2018年版，第258~259页。

② 吉奥乔·阿甘本：《神圣人——至高权力与赤裸生命》，吴冠军译，中央编译出版社2016年版，第170页。

③ Joanna Bourke. *Dismembering the Male：Men's Bodies，Britain and the Great War.* London：Reaktion，1996，p. 221.

灵，灰暗的、饥饿的、在人行道上推挤"①。无数的母亲失去了儿子，妻子失去丈夫，"大街小巷的青年一夕之间全被征召离乡"，太多寡妇了，"女人多数一身黑"。② 战争越来越遭到质疑，如萨松那样的反战呼声出现在前线，尽管缘由不尽相同。士兵们纷纷议论这场战争的目的或者是"替投机商人的财产锦上添花"，或者是"维护美索不达米亚油井的权益"③。普莱尔也感到为这场战争"再也找不到任何形式的理性辩证了"④。英国的大后方也有越来越多的人开始质疑并抵制战争，一些反战活动秘密展开。对此，一场针对反战人员的侦测与搜捕行动席卷全国，每一个人都被动员起来，一张监控的大网覆盖了整个社会。《门中眼》中，关押反战妇女碧翠丝·洛葡的监狱及其牢门上的眼睛，深刻地寓意了这种监视与控制。

从奎葛洛卡出院后，普莱尔因哮喘病被暂时分派到军火部的情报处工作。在调查碧翠丝·洛葡被控谋杀首相劳合·乔治一案时，普莱尔走进了关押她的监狱，"他走进了一个看似坑底的地方，四周的高墙环绕着三层铁平台，点缀着铁门，三层之间有铁梯串联着。大坑中间坐着一位女狱卒，一抬头，就能将每一道门尽收眼底"⑤。他进入关押碧翠丝·洛葡的三十九号牢房，里面非常阴暗，牢房深处的墙上有一个高高在上的小铁窗，光线透过铁窗居高临下地照进来。这所监狱及牢房的格局如同福柯提及的边沁式的"全景敞视建筑"（panopicon）：建筑的中心是一座瞭望塔，围绕瞭

---

① 帕特·巴克：《门中眼》，宋瑛堂译，时报文化出版企业股份有限公司 2014 年版，第 106 页。
② 帕特·巴克：《幽灵路》，宋瑛堂译，时报文化出版企业股份有限公司 2014 年版，第 75 页。
③ 帕特·巴克：《幽灵路》，宋瑛堂译，时报文化出版企业股份有限公司 2014 年版，第 134 页。
④ 帕特·巴克：《幽灵路》，宋瑛堂译，时报文化出版企业股份有限公司 2014 年版，第 135 页。
⑤ 帕特·巴克：《门中眼》，宋瑛堂译，时报文化出版企业股份有限公司 2014 年版，第 33 页。

望塔的是被分成许多小囚室的环形建筑，每个小囚室有两个窗户，一个对着瞭望塔，另一个对着外侧，保证光线从窗户中照遍小囚室。瞭望塔向着环形建筑的方向有一圈大窗户，瞭望塔内的监视者透过这圈大窗户随时能够看见环形建筑中小囚室内的犯人或疯人的活动，因为逆光效果，小囚室内的人看不见瞭望塔内的监视者。[1] 在这种设计中，瞭望塔对环形建筑中小囚室内的监视仿佛是随时发生的、不可预测的，囚室内的人因感觉时刻受到监视而不得不循规蹈矩。福柯指出，全景敞视机构非常"轻便"，只需实行"鲜明的隔离和妥善安排门窗开口"即可，但这种虚构的关系却能"自动产生出一种真实的征服"，而"它的效能，它的强制力，在某种意义上，转向另一个方面，即它的应用外表上"[2]。正如普莱尔登上这个建筑的楼梯平台所产生的一种似曾相识的感觉，"他想起来了。这里就像战壕，如同潜望镜里的无人地带，地表看似空无一物，其实潜伏着成千上万的士兵"，那种空旷背后隐藏着万千人的感觉令他毛骨悚然，"觉得颈后的毛发森森耸立"。[3]

更有甚者，在碧翠丝牢房的门上，有一个可供狱卒向内看的窥视孔。令普莱尔惊讶的是，有人围绕着窥视孔画了一只眼睛，这是"一幅画工繁复的眼珠画，以窥视孔为瞳孔，周围则被人苦心画上脉络精细的虹膜、白眼球、眼睫毛、眼皮"[4]。牢房内的人的一举一动似乎都在这只眼睛的监视之中。这枚眼睛令普莱尔深受困扰，因为"正面对着它难以忍受，因为无从判断窥视孔里是否正好有人看。背对着它更难受，因为最令人心惊肉跳的莫过于背后有人监视。如果改成侧坐，他又觉得有人一直想吸引他的注

[1] 米歇尔·福柯：《规训与惩罚》，刘北成、杨远婴译，生活·读书·新知三联书店2007年版，第224页。
[2] 米歇尔·福柯：《规训与惩罚》，刘北成、杨远婴译，生活·读书·新知三联书店2007年版，第227页。
[3] 帕特·巴克：《门中眼》，宋瑛堂译，时报文化出版企业股份有限公司2014年版，第34页。
[4] 帕特·巴克：《门中眼》，宋瑛堂译，时报文化出版企业股份有限公司2014年版，第41页。

意，隐隐令他心烦。怎么坐，心里都有疙瘩，疲于应付"①。他才在牢房里停留了一小时，已经非常疲惫，难以想象碧翠丝的感受，"她一蹲一年多，怎能忍受？"他注意到便桶也放在门外看得见的地方，碧翠丝告诉他，曾经有囚犯利用便桶自杀，"溺死在自己的尿里"。② 这样的"门中眼"不仅出现在组织军火厂罢工的迈克道伍的牢房门口，也出现在良心反战者威廉的牢房门口，虽然在下雪的天气他被赤裸地关在禁闭室里，但是他最怕的不是冷，而是全天监视的"门中眼"。③

这座全景敞视风格的监狱及牢门上的眼睛，共同勾勒出福柯所说的"两种规训意象"，一种是全景敞视主义的"规训—机制"，一种是"规训—封锁"。④前者是一种普遍化监视的方案，一种覆盖了整个社会的监视网络，后者则喻示着社会中的每一个个体都在一定位置上被置于近距离的、放大镜式的持续的监视中，无可逃避。三部曲全面展示了这样一个被两种规训意象彻底渗透的社会。为了打击反战思想，戏剧演出被审查，私人信件被拆阅，和平主义者被送进监狱，到处都是穿着便衣的探子，搜捕可疑人士。仅仅在情报处娄德上校的领导下，普莱尔受命整理的可疑分子档案就有"八百多份"⑤。舆论将每一个人都动员起来互相监视和揭发，整个社会都在恐怖气氛中被卷进普遍怀疑与监视的潮流。年轻的女性监视着不上战场的年轻男性，如果他们不穿制服，她们就在公开场所把象征懦弱的白羽毛送给他们，患厌食症的博恩兹为避免在医院面对吃饭问题，回到家乡疗

---

① 帕特·巴克：《门中眼》，宋瑛堂译，时报文化出版企业股份有限公司 2014 年版，第 45 页。
② 帕特·巴克：《门中眼》，宋瑛堂译，时报文化出版企业股份有限公司 2014 年版，第 45 页。
③ 帕特·巴克：《门中眼》，宋瑛堂译，时报文化出版企业股份有限公司 2014 年版，第 41 页。
④ 米歇尔·福柯：《规训与惩罚》，刘北成、杨远婴译，生活·读书·新知三联书店 2007 年版，第 235 页。
⑤ 帕特·巴克：《门中眼》，宋瑛堂译，时报文化出版企业股份有限公司 2014 年版，第 134 页。

养期间，第一次穿平民装出去，骨瘦如柴的他曾两次收到象征懦夫的白羽毛。① 在奎葛洛卡住院期间，普莱尔去海滩散步也不敢不穿制服，因为"路人见到他，视线移向他的胸前，然后转向他的左袖"②，揣测他是否有军功，是否因负伤而有此空闲。在这样的整体氛围中，任何反战的言论与和谈的思想都被严厉禁止。发表《拒战宣言》的萨松被当作精神病患者送进了奎葛洛卡，因为如布拉克医生所指出的，"光是进来这里，他的可信度就已经扫地，不足采信，颜面尽失"③，《泰晤士报》更是公开报道："（萨松）少尉罹患精神崩溃症，无法为个人言行负责。"④这恐怖浪潮的本质源于"思索战争必须被避免，不惜代价"⑤。

　　这种要求思想高度统一、对个体严密监控产生的政治高压，集中体现在普莱尔的分裂人格之中。普莱尔作为情报机构的一双眼睛，奉命监视着别人，然而他自己也时刻处在权力的监视之中，这种被监视的感觉如此强烈，以至于他感到时时处处被人盯梢。他感到被街上的行人、人群中的陌生人、自己的同事、水洼表面或者车窗玻璃上的影子盯梢，甚至"树梢之上，白光漫射万物，他已产生一种暴露在外的感受"⑥。面对碧翠丝与迈克道伍的案子，普莱尔内心监视与被监视的冲突达到了顶点。一方面，普莱尔受过碧翠丝的哺育之恩，曾经与碧翠丝情同母子，深知碧翠丝的善良。碧翠丝是普莱尔童年的街坊，普莱尔五六岁的时候，母亲疑似感染肺结核

---

① 帕特·巴克：《重生》，宋瑛堂译，时报文化出版企业股份有限公司 2014 年版，第 240 页。
② 帕特·巴克：《幽灵路》，宋瑛堂译，时报文化出版企业股份有限公司 2014 年版，第 35 页。
③ 帕特·巴克：《重生》，宋瑛堂译，时报文化出版企业股份有限公司 2014 年版，第 108 页。
④ 帕特·巴克：《重生》，宋瑛堂译，时报文化出版企业股份有限公司 2014 年版，第 102 页。
⑤ Joanna Bourke. *Dismembering the Male: Men's Bodies, Britain and the Great War.* London: Reaktion, 1996, p. 118.
⑥ 帕特·巴克：《门中眼》，宋瑛堂译，时报文化出版企业股份有限公司 2014 年版，第 202 页。

病倒，他被送去碧翠丝家托养，在碧翠丝家住了将近一年。而迈克道伍是普莱尔童年的伙伴，普莱尔对他心怀尊重与友情。另一方面，他感到自己也无时不在被监视之中，必须完成娄德上校交代的任务。普莱尔探访碧翠丝回来当晚所做的噩梦无疑是这种两难处境的直观表达。破晓之前，他被冻醒了，半睡半醒地处于浅眠状态，他自知正在做梦，也意识到必须赶快清醒，以免噩梦继续，然而一翻身，他"看见一颗眼珠在监视他，不是画，而是活生生的一颗眼球，眼白被月光照的发亮"。他凝视着眼珠，努力鼓起勇气强迫自己爬起来，在桌子上摸索着寻找香烟，"这时听见嘿嘿笑声，赶紧转身。门中眼正看着他"。他缩回身子，双手向后摸索到美工刀，握住刀柄，"冲向门，对准眼珠戳了再戳，血溅他一丝不挂的身体，某种浓白的黏液黏在他的肚皮上，不往下流，迅速冷却"，接着，"他累得坐下去，躺在地板上，啜泣着，哭声吵醒自己"。①

在瑞佛斯医生的启发下，普莱尔回忆了自己的梦境。分析到英文中的"眼睛"一词"eye"与"我"一词"I"发音相同，梦中的"眼"（eye）也就代表着"我"（I）。以刀刺"眼"，即意味着以刀刺"我"。领悟到这些，普莱尔厌烦地说，"我想，我恨我做的事情。我想，我八成觉得自己站错地方。我显然有站错地方的感觉。如果没感觉，那我肯定脑筋有毛病"②。而普莱尔常常出现在噩梦中的遗精行为，瑞佛斯曾经分析过，梦魇中的遗精，折射出普莱尔内心蓄积的莫大的罪恶感，因为他"自愧于一种非自主的行为"③。无论真相令他多么厌恶，事实是他一直处于自己分裂出来的第二人格的监视之中，无法自我掌控。他的分裂人格，异化成他监视自我的眼，来迫使他完成自主意志完成不了的任务。在同女友莎拉游览的轮船上，他感受到

① 帕特·巴克：《门中眼》，宋瑛堂译，时报文化出版企业股份有限公司 2014 年版，第 64 页。
② 帕特·巴克：《门中眼》，宋瑛堂译，时报文化出版企业股份有限公司 2014 年版，第 83 页。
③ 帕特·巴克：《门中眼》，宋瑛堂译，时报文化出版企业股份有限公司 2014 年版，第 79 页。

"他"的监视并向"他"走去，"他在脑海里看见自己走向那男人，拍拍对方的肩膀，等待对方转头，而转过头来的脸却是……他自己的脸"①。此后，尽管他小心地保护着迈克道伍藏身的秘密，他的分裂人格却背离了他的意志，将迈克道伍送到了娄德上校手中。② 毫不知情的普莱尔一开始还以为是史布拉葛告发了迈克道伍，直到他去找史布拉葛算账，被告知正是他自己揭发了迈克道伍。迈克道伍对前来探望的普莱尔确证说，"利物浦的巡逻佐说是你。他提起你的名字。当时他踩着我的下体，所以，你应该能想象，可信度蛮高的"③。

福柯在论及 18 世纪末出现的惩罚权力的新经济学时说道，"惩罚权力所依赖的监视网络如此严密，以至于罪行基本上再也不可能逃脱"④。普莱尔的这种分裂人格对其自身的监控，无疑是惩罚技术所依赖的监控网络在现代语境中获得进一步发展的新的表征，是个体在无处不在的政治高压和监控力量下被异化到一种极度状态的明证。碧翠丝曾对普莱尔说，"眼睛呆在门上就没事"，她指着自己的脑侧，"怕就怕它钻进这里"⑤。然而无处不在的严密监控和政治高压，使得门中眼深入普莱尔的大脑，"门中眼"变成了"脑中眼"，即使他自己不愿做一只监控的眼与一个搜捕反战分子的工具，他分裂出的另一个自我，却自觉、自愿地监视他，甚至替他完成这些他自己深度厌恶的、无法完成的工作。

三部曲中，不仅监控机制达到令人分裂的程度，权力对反战者的搜捕和规训也越出了常轨，表现出了剥夺生命的实质。福柯指出，"当规训设

---

① 帕特·巴克：《门中眼》，宋瑛堂译，时报文化出版企业股份有限公司 2014 年版，第 203 页。
② 帕特·巴克：《门中眼》，宋瑛堂译，时报文化出版企业股份有限公司 2014 年版，第 219 页。
③ 帕特·巴克：《门中眼》，宋瑛堂译，时报文化出版企业股份有限公司 2014 年版，第 293 页。
④ 米歇尔·福柯：《不正常的人》，钱翰译，上海人民出版社 2018 年版，第 109 页。
⑤ 帕特·巴克：《门中眼》，宋瑛堂译，时报文化出版企业股份有限公司 2014 年版，第 41 页。

施日益增多时，它们的机制有一种'非制度化'、从它们过去在其中进行运作的封闭堡垒中脱颖而出、'自由'流通的倾向。沉重严密的纪律被分解，变成可转换、可调节的、灵活的控制方法"①。在对反战思想及行为的规训中，如福柯所说，"权力以一种偏执狂、自我欣赏的方式"②发展和运作。随着权力膨胀至几乎遍及一切事物，一系列随机的、怂恿的、诱骗的、惩罚的技术，从纪律中被分解出来，变得普遍、似是而非且边界更加模糊。

这些技术充分体现在史布拉葛调查碧翠丝·洛蔺一案中。尽管碧翠丝因为教育程度低，性格冲动易怒，偶尔还口出秽言，但普莱尔知道碧翠丝心肠柔善，亲切慷慨，直言快语，她"每听见士兵阵亡的消息就心酸"，而不像绝大多数老百姓，在早餐时读完报纸上的阵亡将士名单，"读完即忘，然后开心过日子"。③ 她像一个母亲一样心疼所有人。1916 年 10 月至 12 月，情报处的史布拉葛奉命调查派崔克·迈克道伍。雪菲尔军火工厂曾发生罢工事件，迈克道伍是带头策动的首脑。迈克道伍是碧翠丝二女儿荷娣的爱人，为了迈克道伍这条大鱼，史布拉葛一天晚上造访碧翠丝，声称带来了迈克道伍的信。他谎称自己居于反战立场，骗取了碧翠丝的信任，并称可以帮助碧翠丝将藏在家中的逃兵汤姆偷渡到爱尔兰。心直口快的碧翠丝信任了他，加上一起喝了两杯，放松了警惕，把他当成失散多年的哥哥一样，开始发泄心中的愤恨，嘴巴动个不停，咒骂劳合·乔治，咒骂英王，骂遍了所有的混账。最后史布拉葛提出，他和几个朋友可以将拘留所里的几个反战青年救出来，问题在于难以对付拘留所的狗，碧翠丝提出可以用"南美毒箭"来对付拘留所的狗，并写信给在医学化验所工作

① 米歇尔·福柯：《规训与惩罚》，刘北成、杨远婴译，生活·读书·新知三联书店 2007 年版，第 237 页。
② 米歇尔·福柯：《安全、领土与人口》，钱翰、陈晓径译，上海人民出版社 2018 年版，第 278 页。
③ 帕特·巴克：《门中眼》，宋瑛堂译，时报文化出版企业股份有限公司 2014 年版，第 41 页。

的大女婿阿尔福求取毒药。史布拉葛给了碧翠丝一个地址，叫她弄到毒箭以后寄给他。装有毒药的邮包十分反常，迟迟不到，最后刚一到家，"才过几分钟，警察就找上门了"①，碧翠丝被以串通谋杀劳合·乔治的罪名逮捕并起诉。

碧翠丝气愤地告诉普莱尔，"审判的时候，我对史布拉葛讲的话全被扭曲了。他说我一直暗示说，劳合·乔治的死期快到了，我清楚地记得我讲的是'那个混账的王八蛋劳合·乔治，猪脑袋简直像用四十先令买来的尿壶，不过，我今天讲的话，你要牢牢记住：他迟早会后悔的'。就这样，我只这样讲而已。讲这样就算扬言谋杀"②。起诉的罪名还不止一项，"警察后来给我的不只是暗杀首相的罪名，还扯说，我策划谋杀的人有好几百个。结果呢，我当然只能喊：'毒药是用来毒狗的'，可惜我没有办法证明，因为当时只有我和史布拉葛在场，而他是军火部派来的人"③。

在碧翠丝的案件中，可以看到福柯所谓的"规训机制的纷至沓来"④。首先，一种随机的诱供及检查真相的技术被使用到了极致，面对碧翠丝，史布拉葛声情并茂，哄骗、诱导、引人入彀的手段层出不穷。法庭断章取义、歪曲事实，审查真相的手段夸张地延伸到了一个合法与非法的模糊地带，在这里，合乎预设目的的真相代替了真相，对真相的检查转变成对真相的生产，如普莱尔指责史布拉葛时所说的，"你的任务不是挖掘事实，而是捏造事实"⑤。迈克道伍告诉普莱尔，为了引出反战者，史布拉葛甚至对军火厂工人说起要"提供炸药给他们，提议他们去炸掉军火工厂。他说

---

① 帕特·巴克：《门中眼》，宋瑛堂译，时报文化出版企业股份有限公司2014年版，第44页。

② 帕特·巴克：《门中眼》，宋瑛堂译，时报文化出版企业股份有限公司2014年版，第42页。

③ 帕特·巴克：《门中眼》，宋瑛堂译，时报文化出版企业股份有限公司2014年版，第44页。

④ 米歇尔·福柯：《规训与惩罚》，刘北成、杨远婴译，生活·读书·新知三联书店2007年版，第237页。

⑤ 帕特·巴克：《门中眼》，宋瑛堂译，时报文化出版企业股份有限公司2014年版，第143页。

他知道哪里弄得到炸药"①。在史布拉葛的诱供方式中，可以看到福柯所说的掌握生死权之君权下的惩罚机制的还魂，在这种机制下，"为了可以正确地对他进行审问"，法官"可以使他落入问题的陷阱，可以围绕他，巧妙地编织审问并从他那里套取真相"②。史布拉葛法官般权力的膨胀，使得仅仅被怀疑为罪犯的碧翠丝已经面临诸种公民权利被剥夺的境况。史布拉葛诈供的肆无忌惮也表明这种权力机制对人的分类。福柯指出，规训的典型运作，就是"把所有东西按照法规加以分类，允许的和禁止的。然后，在允许和禁止的两个场域内精确地认定和明晰什么是禁止的，什么是允许的，或者毋宁说是必须的"③。在碧翠丝的案件中，权力基于人们对战争的立场将人分类。反战即有罪，支持战争无罪，这种有罪/无罪的二分法，使得个体的位置决定了一切，把人放在有罪的位置，即使无罪也会被定为有罪，如碧翠丝粗言快语指出的："如果证人是该死而没死的大坏蛋，而被告是一个和平主义分子——哪怕是耶稣基督本人——你认为陪审团信哪一个？"④

其次，为了刺激这种对反战人员的搜捕，金钱的因素被导入进来。普莱尔的母亲告诉普莱尔，报纸每星期公布逃兵名单，"艾迪躲进母亲家的送煤孔，被警察揪出来，警察领到五先令的奖赏"⑤。深谙内幕的普莱尔质询史布拉葛："挖出特别的情咨，才有奖金吧？"史布拉葛迟疑一阵，"对"。史布拉葛承认，作为基层的情报人员，"照约定，周薪是两英镑十先令"，

---

① 帕特·巴克：《门中眼》，宋瑛堂译，时报文化出版企业股份有限公司 2014 年版，第 126 页。

② 米歇尔·福柯：《不正常的人》，钱翰译，上海人民出版社 2018 年版，第 107 页。

③ 米歇尔·福柯：《安全、领土与人口》，钱翰、陈晓径译，上海人民出版社 2018 年版，第 57 页。

④ 帕特·巴克：《门中眼》，宋瑛堂译，时报文化出版企业股份有限公司 2014 年版，第 43 页。

⑤ 帕特·巴克：《门中眼》，宋瑛堂译，时报文化出版企业股份有限公司 2014 年版，第 100 页。

但是"情咨一定要好，一定要源源不绝"。碧翠丝·洛葡的案子，他可以领到五十英镑的奖金，"收押时领一半，定罪时再领剩下的一半"。① 在这种制度的鼓励及庇护下，即使史布拉葛明显捏造伪证，也不会站到被告席上，因为如他警告普莱尔的，"告诉你，你最好当心一点。如果你暗指我是煽动阴谋的密探，你等于也暗示娄德少校雇佣密探。假如少校知情，少校就是一个坏分子。假如少校不知情，表示少校是个傻瓜。不管他知不知情，对他的前途都没有好处，对不对？你当心一点。到最后，你可能发现，死得难看的人是你自己"②。史布拉葛对普莱尔的威胁和警告，也进一步表明权力在"允许"和"禁止"中，在"支持战争—无罪"与"反战—有罪"的二分法中，新的荒谬出现了，当被"允许"之域出现被"禁止"之物时，被"禁止"的也变成被"允许"的了，"有罪"的行为出现在被预定为无罪的一方时，也立刻变得"无罪"。普莱尔能够获准探望危险分子迈克道伍，也颇具讽刺意味地表明了这一点，"只要他穿军装，佩带战伤勋带，积极表态有意拯救老友脱离和平主义的耻海，他就能获准探监"③。

再次，这种机制悬置了公民的基本权利。在战争期间，不仅士兵与后方的通信受到严密审查，为了压抑反战言行，平民的信件也受到审查。普莱尔告诉莎拉，他有审查信件的任务，"我每个星期审查信件。弟兄写的信，我们每一封都打开检查"，被检查过的信也不能封起来，"指挥官想看就看"。④ 军官通信也会被抽查，虽然抽查是在别的单位进行，读取私人信件的军官不是天天见面的人。普莱尔在日记里也写到这种深度侵犯士兵隐私的审查引发的羞耻感，"詹肯斯写情书给妻子，文字热情洋溢得不得了，夫妻俩结婚好几年了，但看样子感情并未退烧。检查他们的信，我会读到勃起。和性有关的事我做过不少，没有一件让我觉得这么可耻。事实上，这是唯一一件让我觉得可耻的事"①。事实上，1914 年 10 月，军队邮政每周要处理 65 万封信，及 58000 个包裹，到 1916 年，每周信件达到 1100 万封，包裹达到 875 万个，这些信件包裹都会受到军队权威及服役军人自己的严格审查。② 而在碧翠丝的案件中，这种针对士兵的严格审查已经延及受到怀疑的平民的家庭通信。被定罪之前的碧翠丝一家的通信及邮包全部受到检查。她告诉普莱尔，"所有的信件都被人拆开检查了，我和女婿不晓得。毒药的邮包被打开过"③。审判时，首席检察官史密斯在审判庭上朗读了所有的信，包括"提到温妮的月经来迟了"④，甚至"连荷娣的小儿歌也响彻第一法院"⑤，因为首席检察官认定儿歌中隐藏着她涉及阴谋的秘密。

最后，在对反战人员及嫌疑者的监禁中，权力已经直接指向生命。这不仅体现在患上流行感冒，且因绝食抗议而瘦到"单薄的连身裙囚衣遮不住心跳的动作"⑥的碧翠丝身上，也体现在碧翠丝向来访的普莱尔谈及的威

---

① 帕特·巴克：《幽灵路》，宋瑛堂译，时报文化出版企业股份有限公司 2014 年版，第 197 页。

② Joanna Bourke. *Dismembering the Male*: *Men's Bodies*, *Britain and the Great War*. London：Reaktion, 1996, pp. 21-22.

③ 帕特·巴克：《门中眼》，宋瑛堂译，时报文化出版企业股份有限公司 2014 年版，第 44 页。

④ 帕特·巴克：《门中眼》，宋瑛堂译，时报文化出版企业股份有限公司 2014 年版，第 45 页。

⑤ 帕特·巴克：《门中眼》，宋瑛堂译，时报文化出版企业股份有限公司 2014 年版，第 96 页。

⑥ 帕特·巴克：《门中眼》，宋瑛堂译，时报文化出版企业股份有限公司 2014 年版，第 229 页。作者注：碧翠丝·洛葡的故事大概依据 1917 年的艾莉丝·维尔敦（Alice Wheeldon）的"毒箭阴谋"。维尔敦以买卖二手衣物为业，住在德比的小巷，被控与人合谋企图使用沾有南美剧毒的毒箭毒杀首相劳合·乔治等人。尽管维尔敦坚称毒箭是买来毒杀拘留所的警犬的，但根据线报提供的片面之词，她仍被判苦役十年。战后维尔敦虽然获释，但因狱中生活折磨与屡次绝食抗议，她于 1919 年去世。相关审判词出自伦敦政府档案馆。参见帕特·巴克：《作者后记》，《门中眼》，宋瑛堂译，时报文化出版企业股份有限公司 2014 年版，第 309 页。

廉、迈克道伍和布莱特摩等人身上。施加在这些被监禁的和平主义者与反战人员身上的权力，透过层层"训练"和"矫正"的面纱直指他们的生命，直接的或潜在的死亡暴力已经使他们成了事实上的"神圣人"。"应服兵役"的威廉坚持认为"把青年送上战场互相厮杀，是不道德的事"①，因而拒服兵役，拒穿军服，于是在旺兹沃思1月的天气中，他被剥光衣服，扔在没有窗户的暗黑的禁闭室的地面上，"石地板，外面在下雪"②，旁边放着军装制服，他们想看看他到底能撑多久。有个叫布莱特摩的小伙子被关进克立梭普斯，拘留12个月。为了使他服从，狱方挖了一个大坑，将里面灌满水，把他推下去。他既不能坐，也不能躺，整天只有黏土墙可看。他以为这已经快让自己神智崩溃了，然而更糟的是开始下大雨，禁闭坑里的水快满了。看守的士兵同情他，把他揪出来，但很快被指挥官发现，隔天他又被赶进坑里。幸好有个士兵扔给他一个空香烟盒，让他有纸可以写信，"不然他会死在里面没人知道"③。组织军火厂进行反战罢工的迈克道伍被捕后，被一丝不挂地关在飘着陈年尿骚味的禁闭室里，一套折叠整齐的军服摆在床尾。"即使在夏天，牢房里依然冰冷"④，拒穿军服的他只在普莱尔来访的时候暂得一条毯子遮身。饥饿、羞辱和殴打时时威胁着他。"威力最大的武器之一呀"，迈克告诉普莱尔，"就是逼囚犯光着屁股走来走去。最苦的是，囚犯没纸可擦屁股，这里的伙食烂到铜猴子吃了会拉肚子"。他讽刺地说道："让人类精神崩溃，屁眼的功劳很大，你知道吗?"⑤饥饿几乎使他忘记了进食的权力。当普莱尔给他一条巧克力棒，他接过

① 帕特·巴克：《门中眼》，宋瑛堂译，时报文化出版企业股份有限公司2014年版，第40页。

② 帕特·巴克：《门中眼》，宋瑛堂译，时报文化出版企业股份有限公司2014年版，第75页。

③ 帕特·巴克：《门中眼》，宋瑛堂译，时报文化出版企业股份有限公司2014年版，第228~229页。

④ 帕特·巴克：《门中眼》，宋瑛堂译，时报文化出版企业股份有限公司2014年版，第290页。

⑤ 帕特·巴克：《门中眼》，宋瑛堂译，时报文化出版企业股份有限公司2014年版，第290页。

来，"以指甲划破包装纸，折断一小块，开始咀嚼，嘴巴与喉咙的动作别扭，由于长期饥饿过度，嚼食的行为已进入隐私的范畴，与打手枪一样见不得人"①。殴打变成日常的事，普莱尔看出他被狱卒整得很惨，他回应道，"毒打？等我投降才停"②。从迈克道伍的牢房出来，普莱尔看见牢房外的空地上正在操练，在队伍前面，一个良心逃兵正在被"劝进"，他"被狱卒拗成一个动作，然后再拗成另一个动作。'原地踏步'是狱卒站两旁，对着中间的囚犯踹脚踝"。普莱尔看得出来，"狱卒毫不掩饰欺负囚犯之举，不怕军官旁观，因为狱卒认定军官理当认同这种做法"③。

　　在诸多因为反战被逮捕与监禁的人员的遭遇中，权力已经逾越了福柯所说的法律与规范的界限，而具有了阿甘本意义上的"主权"的性质。良心反战者威廉被送进拘留所，不是因为法律的宣判，而是基于一种荒谬的"宣布"。医评会主席这样宣布："你不信上帝，所以不能基于良知而反战。不信上帝的人没有良知。"④这位主席借助"良知"与"上帝"的关系，暗示了一个伪奥古斯丁式的⑤、类似"第二十二条军规"的霸道逻辑：因为"正义意味着服务上帝"，战争是正义的，那么参战即信仰上帝，反战即不信上帝，不信上帝即没有道德，那么反战即无道德，所以要证明自己的道德就得参战。正是基于医评会主席这种预设前提、循环论证的荒谬逻辑，威廉被"宣布"拘押，弃置在冰天雪地中冰冷的禁闭室里，布莱特摩在长官的命令下被淹在水坑里，而"罢工"这个在和平时期并非死罪的罪名将迈克道伍

---

① 帕特·巴克：《门中眼》，宋瑛堂译，时报文化出版企业股份有限公司2014年版，第292页。

② 帕特·巴克：《门中眼》，宋瑛堂译，时报文化出版企业股份有限公司2014年版，第291页。

③ 帕特·巴克：《门中眼》，宋瑛堂译，时报文化出版企业股份有限公司2014年版，第295页。

④ 帕特·巴克：《门中眼》，宋瑛堂译，时报文化出版企业股份有限公司2014年版，第40页。

⑤ 奥古斯丁认为："如果人不服务于上帝，可以设想在他们之中还有什么正义呢？"参见撒穆尔·伊诺克·斯通普夫、詹姆斯·菲泽：《西方哲学史：从苏格拉底到萨特及其后》，匡宏、邓晓芒等译，世界图书出版公司北京公司2009年版，第125页。

置于充满死亡威胁的禁闭之中。医评会主席的"宣布"，布莱特摩长官的命令和一种非关死刑的罪名，在此时却都具有了一种剥夺生命的主权"决断"的性质，一经宣布，一种因不愿参战以祭"上帝"而失去"神法"保护，也不能在人的世界"和平"生存而失去"人法"保护的"神圣人"便立刻产生。在人法与神法之外的界槛之地，威廉、布莱特摩、迈克道伍及其背后无数反战人士的生死不再是一个问题，他们可以随时在一个渗透到局部的主权开启的任性逻辑中死去而不会惊动任何法律。在这个意义上，在黑暗寒冷、暗藏暴力的禁闭室里，威廉和迈克道伍的赤裸不是像新生的亚当那样的赤裸，而是像因偷食禁果而失去了"恩典之衣"①的亚当那样的赤裸，不再有任何庇护，只剩下受到诅咒的赤裸身体。

　　三部曲以丰富的、启发历史省思的细节展示了权力在个体层面在战前对男性的测量与培育，在战争中对男性的测量、训练、惩罚、矫正，以及战争期间在英国后方对反战言行的监控和惩罚。在这里，规训权力围绕身体的基本生物特征，以生物学的方式来处理年轻男性的身体，对适龄的男性来说，只有肉体的功能被纳入考量，人重新被还原成纯粹生物的人，个体不再被认为是有思想、能够自主行动的主体，而变成了纯粹的生物体，被缩减为原初意义上的生物，除了完全献出肉体的精力和可使用性，他不再有任何别的权利或别的可能性。这些旨在生产能够"绝对服从"之身体的"人体的解剖政治"中的规训权力，在战争期间随着伤亡加剧，对反抗的恐惧不断增长，应机而生出新的技术，从而不断生长、膨胀、变形。在对士兵及反战者的监控、矫正与惩罚中，规训权力也常常越出法律的边界，具有了悬置公民权利、宣布例外、不断地生产出"神圣人"之赤裸生命的主权性质。这种规训权力在人体层面向主权的变形，标识出了西方现代生命政治图景中的另一处黑暗。

---

　　①　吉奥乔·阿甘本：《裸体》，黄晓武译，北京大学出版社 2017 年版，第 106 页。

第三章　在人口与人体之间

　　福柯指出，指向人口的调节性权力在人口的层面运作，指向身体的规训权力在人体的层面运作。他也指出，在"精神病学"与"性"的领域，权力既在人口的层面运作，也在人体的层面运作。对于精神病学，他阐释道，"医学，是既作用于肉体又作用于人口，既作用于有机体又作用于生物学过程的知识—权力，因此会产生惩戒效果和调节效果"①。"从18世纪下半叶发展起来的医疗或公共卫生，应当被纳入整体的'生命政治'框架"②，而19世纪发展起来的精神病学，"实际上就作为被指派来进行公共卫生工作的医学科学来发挥作用"③。他强调说，法国精神病学专业的第一种杂志可以说是《公共卫生年鉴》，正是"作为社会的预防措施，作为社会整体的卫生学，精神病学才得以制度化的"④。对"不正常的人"的治疗和对公共健康的责任，使得精神病学从一开始就既针对个体，又服务于人口。此外，福柯也指出性在"人口"与"人体"两极的运作。他指出，"在19世纪，性成为一个有战略重要性的领域"，"一方面，性作为完全肉体的行为，揭

---

　　① 米歇尔·福柯：《必须保卫社会》，钱翰译，上海人民出版社2018年版，第276页。

　　② 米歇尔·福柯：《安全、领土与人口》，钱翰、陈晓径译，上海人民出版社2018年版，第490页。

　　③ 米歇尔·福柯：《不正常的人》，钱翰译，上海人民出版社2018年版，第149页。

　　④ 米歇尔·福柯：《不正常的人》，钱翰译，上海人民出版社2018年版，第148页。

示了经常性监视形式的个人化惩戒控制"，而"另一方面，通过生殖效果，性进入生物学过程并产生后果，这个生物学过程不再与个人的肉体有关，而与构成人口的这个复杂的要素和整体有关。性，正好处于肉体和人口的十字路口。因此，它揭示了惩戒，但也揭示了调节"①。"精神病学"与"性"这两个领域充分体现了福柯所说的，"在微观权力和宏观权力之间，不存在断裂"②。

三部曲整体以弹震症患者及其心理医生之间的故事为主要线索，小说对精神治疗的聚焦，以及对男性之间兄弟情谊与同性恋的书写，使其成为揭示权力在"精神病学"与"性"的领域运作的色调鲜明的典范文本。如果说福柯认为人口层面的生命权力与人体层面的规训权力在很多情况下是铰接在一起并共同起作用的话，那么在三部曲所呈现的"精神病学"与"性"这两个领域，权力的贯通与铰接尤为典型。本章将从精神病学及性的生命政治出发，解读三部曲中的精神治疗及同性恋叙事，分析这两个领域中权力在人口及人体层面对生命与身体的治理、规训与剥夺。

第一节 精神病学与生命政治

在"一战"的现代化炮火中，无数官兵出现了弹震症症状，如失眠、失语、噩梦、恐惧、抽搐、麻痹、瘫痪、厌食症、失语症等，到了 1916 年，"神经衰弱症占了战区伤亡的 40%"③。面对如此庞大的弹震症群体，吸收了军事权威观念的精神病学协助权力一方面在人口层面将之定义并宣传为"神经低等"的"懦弱逃差"者，以胁迫只有精神损伤而肉体完好的那部分人

---

① 米歇尔·福柯：《必须保卫社会》，钱翰译，上海人民出版社 2018 年版，第275 页。

② 米歇尔·福柯：《安全、领土与人口》，钱翰、陈晓径译，上海人民出版社 2018 年版，第476 页。

③ Joanna Bourke. *Dismembering the Male：Men's Bodies，Britain and the Great War*. London：Reaktion，1996，p. 109.

因为道德和荣誉而继续战斗，另一方面在个体层面在军事医院对弹震症患者进行暴力规训。生命在这样的全面控制与剥夺中完全失去了法律的保护，缩减为"神圣人"那样的"赤裸"肉体。

一、人口层面的精神病学区分

《重生》伊始，因发表拒战宣言被宣布为精神病人的萨松，在去往奎葛洛卡军事精神病院的计程车上，无意中往前一看，"发现司机正观望着后照镜里的他"，司机的凝视让他意识到"本地人必定认得这所医院的名称，也知悉该院专收什么病患"①。羞耻感使他的手不由自主地伸向胸口原本佩戴着一枚十字勋章的地方。这枚十字勋章已经被他扔进了麦西河里，曾是他"英勇果敢"②的证明。

计程车司机令萨松感到羞耻不安的凝视，显示了精神病学为弹震症患者在人口中标识出来的位置，他们是连萨松也耻于为伍的"那种人"，是"堕落汉、疯子、怠惰工、懦夫"③，是普莱尔自嘲的"苏格兰疯人院"中的"抽抽抖抖的娘娘腔"④，是医官口中的"嗜酒狂"⑤，是"徒具男人空壳"⑥的男人，是可以在战场上被射杀而不触犯法律的人，也是被整个社会鄙视与遗弃的人。

三部曲对弹震症患者的聚焦映射着"一战"中弹震症患者的历史遭遇。

①　帕特·巴克：《重生》，宋瑛堂译，时报文化出版企业股份有限公司 2014 年版，第 11 页。
②　帕特·巴克：《重生》，宋瑛堂译，时报文化出版企业股份有限公司 2014 年版，第 12 页。
③　帕特·巴克：《门中眼》，宋瑛堂译，时报文化出版企业股份有限公司 2014 年版，第 298 页。
④　帕特·巴克：《幽灵路》，宋瑛堂译，时报文化出版企业股份有限公司 2014 年版，第 10 页。
⑤　帕特·巴克：《幽灵路》，宋瑛堂译，时报文化出版企业股份有限公司 2014 年版，第 13 页。
⑥　帕特·巴克：《门中眼》，宋瑛堂译，时报文化出版企业股份有限公司 2014 年版，第 182 页。

在精神病学语境中,弹震症首先是"一战"中大量涌现的一个现象。最初,医药领域对于弹震症的认识主要分为两类,"器质性疾病"(organically ill)和"想象性疾病"(imaginary ill)①。前者认为弹震症是器质性病变,一些医生将之归因为炮弹近距离爆炸引起的中枢神经系统的损坏,由"近距离炸弹爆炸的剧烈震荡麻痹了神经鞘神经引发"②。而一个哭泣到无法操作步枪的二等兵也曾被诊断为"泪腺功能过度"的身体官能疾病。③ 这种"唯器官论"虽然听起来不那么贬低患者的男子气概和人格,却隐藏着人种"退化"论的危险。如历史上真实的萨松被判为弹震症病患,一些弹震症专家认为并非全无道理,因为他曾经如魔鬼般勇猛,而他在1917年发布的拒战宣言看起来像是奇怪的越轨,他在人行道上产生满地尸体的幻觉及幻想谋杀黑格将军也是精神崩溃的征兆。这些专家还根据一个理论,即西弗里·萨松(Siegfried Sassoon)这个名字中的"Siegfried",是"奇怪的名字",意味着潜在的家庭退化的症状。④精神病学家托马斯·W. 萨尔蒙(Thomas W. Salmon)认为,"患神经衰弱症的士兵通常是'神经病性的'个体"⑤。在所有军人都面临战场生活引起的精神冲突时,那些未能适应的被看作属于神经低等的人。

此外,在出版界,有人认为神经衰弱症患者是装病逃差者,他们生来

①　Joanna Bourke. *Dismembering the Male：Men's Bodies，Britain and the Great War*. London：Reaktion，1996，p. 108.

②　Joanna Bourke. *Dismembering the Male：Men's Bodies，Britain and the Great War*. London：Reaktion，1996，p. 115.

③　Elaine Showalter. Rivers and Sassoon：The Inscription of Male Gender Anxieties. in Margaret Randolph Higonnet, Jane Jenson, Sonya Michel, Margaret Collins Weitz. ed. *Behind the Lines：Gender and the Two World Wars*. New Haven and London：Yale University Press，1987，p. 64.

④　Elaine Showalter. Rivers and Sassoon：The Inscription of Male Gender Anxieties. in Margaret Randolph Higonnet, Jane Jenson, Sonya Michel, Margaret Collins Weitz. ed. *Behind the Lines：Gender and the Two World Wars*. New Haven and London：Yale University Press，1987，p. 65. 萨松的名字表明其"历代"是犹太人,参见帕特·巴克:《重生》,宋瑛堂译,时报文化出版企业股份有限公司2014年版,第300页。

⑤　Joanna Bourke. *Dismembering the Male：Men's Bodies，Britain and the Great War*. London：Reaktion，1996，p. 111.

就有品质低劣的身体。斯坦韦尔(T. W. Standwell)在1920年出版的《健康与力量》(*Health and Strength*)中，指出大多数神经衰弱症的案例属于"沉积性崩溃"，这样的人是"退化者"，战争只是加速了精神崩溃的进程。① 历史上的瑞佛斯也含蓄地表达了这一观念，"只给正常人留下暂时印象的战争场面，会激起大脑虚弱之人的动物性倾向"②。医生们也纷纷给出数据支持这一说法。1919年，弗雷德里克·W. 莫特(Frederick W. Mott)将100名战争神经症患者与100名在战场受伤的士兵相比较，得出结论是74%的神经症患者生来就有"神经性的或精神性的不足"，因此，"完全可以确定在总体人口中，有很大一批人是神经病患者或精神病患者"，这些有着"先天性易感倾向"的人，会发现在战争中自己"潜伏的倾向"被转换成"显著的功能丧失"。③

认为弹震症是"想象性疾病"的分析则涉及病患的道德、意志和心理机制。一种观念认为有两种受难者：那些有"很高的道德概念"的军人，他们不能逃跑，只能"垮掉"，而那些意志"软弱"的军人则"冷血地"决定装病逃差。④ 在战争早期，大多数医疗官都认为精神崩溃的男人是在装病，"渴望装病的男人有一系列选择的手段：一个选择就是装疯"⑤。

更流行的观念是将弹震症看作一次大规模的男性歇斯底里症。⑥ 这种

① Joanna Bourke. *Dismembering the Male*: *Men's Bodies*, *Britain and the Great War*. London: Reaktion, 1996, p. 119

② Joanna Bourke. *Dismembering the Male*: *Men's Bodies*, *Britain and the Great War*. London: Reaktion, 1996, p. 119

③ Joanna Bourke. *Dismembering the Male*: *Men's Bodies*, *Britain and the Great War*. London: Reaktion, 1996, p. 119.

④ Joanna Bourke. *Dismembering the Male*: *Men's Bodies*, *Britain and the Great War*. London: Reaktion, 1996, p. 110.

⑤ Joanna Bourke. *Dismembering the Male*: *Men's Bodies*, *Britain and the Great War*. London: Reaktion, 1996, p. 109.

⑥ Elaine Showalter. Rivers and Sassoon: The Inscription of Male Gender Anxieties. in Margaret Randolph Higonnet, Jane Jenson, Sonya Michel, Margaret Collins Weitz. ed. *Behind the Lines*: *Gender and the Two World Wars*. New Haven and London: Yale University Press, 1987, p. 63.

观念也认为精神症状跟"装病"有关，但存在着"有意识"装病与"无意识"装病的区别。在军队领域，托马斯·W. 萨尔蒙分析道，"基本的区别是装病者模拟了一种他没有的疾病或症状来欺骗他人……他撒谎，并知道自己撒谎。歇斯底里症患者欺骗他自己，通过一种他并不知情的、他意识的力量无法控制的机制。他通常不知道自己的疾病服务的真正目的是什么"①。在一部关于装病的教科书中，一位专家指出了二者的区别，认为装病者"只不过是有意识地欺骗他人"，而"歇斯底里症患者"沉浸于"潜意识的装病"，这种"潜意识的装病"也"总是以欺骗开始"，二者都有欺骗成分，但是"歇斯底里症患者"欢欣地接受检查，装病者不喜欢检查："歇斯底里症患者"通过他的行为显示他很大程度上意识不到他症状的非现实性，而装病者却很清楚症状的非现实性，因此在检查中多疑而不安。②

　　另有心理学家较为中立，他们从心理机制的分析出发，认为弹震症是情绪压抑、价值观冲突或失去控制感的结果。E. 弗雷尔·巴拉德（E. Fryer Ballad）在 1917 年指出，在炮火中被惊吓的军人很自然地"将之压抑到潜意识中"。他写到，"恐惧情结在恐惧症状中被强化，（主体将）发展出神经衰弱症或神经焦虑症。如果他继续挣扎着重新压抑而失败的话，他就会发作"③。在《弹震症及其教训》（Shell-Shock and Its Lessons）中，军医 G. 艾略特·史密斯（G. Elliot Smith）与 T. H. 派尔（T. H. Pear）解释说，导致战斗中的弹震症症状的是长期的感情压抑，是和平生活中对男性性别角色期待的一种夸张。"压抑恐惧及其他强烈情绪不仅是对战壕中男性的要求"，他们写到，"这在普通社会生活中也被持续期待"。④ 欧内斯特·琼

----

① Joanna Bourke. *Dismembering the Male：Men's Bodies，Britain and the Great War.* London：Reaktion，1996，p. 110.

② Joanna Bourke. *Dismembering the Male：Men's Bodies，Britain and the Great War.* London：Reaktion，1996，p. 110.

③ Joanna Bourke. *Dismembering the Male：Men's Bodies，Britain and the Great War.* London：Reaktion，1996，p. 115.

④ G Elliot Smith，T H Pear. *Shell-Shock and Its Lessons.* London：Longmans Green，1917，p. 7.

斯(Ernest Jones)，英国心理分析协会(British Psycho-Analytic Association)主席，认为战争神经症证实了弗洛伊德的论点，即在表象之下，精神包含着"很多未被完美控制的、爆发性的力量"，这些力量与文明相冲突，战争就成为"对文明准则的官方废黜"，男性在战争中"被鼓励、被命令去陷于一种跟文明思想完全相悖的行为，去履行那些深刻悖反我们审美及道德天性的功绩"，这些战争中被激发与鼓励的残酷行为与旧的心理产生的内部冲突，"是所有神经失调的核心原因"。① 历史上的瑞佛斯是英国皇家陆军(Royal Army Military Corps)的心理治疗师。作为英格兰首批支持弗洛伊德作品的人之一，在战后他变成了"英国心理分析协会"的先锋成员。在对空军神经症的研究中，他发现，"神经症的数量并不与战斗的激烈程度、或服役期长短、或先天的情绪倾向相关，而是与他机动性的程度相关"②。瑞佛斯结论说，人对焦虑的理想反应是某种操纵行为，以此他获得一种自我感觉，"像一个自治的演员在满世界的道具中"③。当技术战争剥夺了男性的自主性，他们失去了对恐惧的自然防御力，而退行到神经症、魔法与迷信中。

　　在相对早一点的阶段，唯器官论虽然在一定程度上保留了男性自尊，因为这能使"神经衰弱症患者能够被看作伤者——比疯癫有更高的地位"④，但是患病个体也因此被看作体质上的退化者与神经系统上的劣等人。用福柯的话说，在"关于种族退化的生物—种族主义话语"中，他们成为潜在的可以被清除或弃置的人，因为"我们必须保卫社会来对付另一个种族、下等种族、反种族的生物学上的危险，它们是我们正在构成的，虽

---

① Joanna Bourke. *Dismembering the Male*: *Men's Bodies*, *Britain and the Great War*. London: Reaktion, 1996, p. 116.

② Eric Leed. *No Man's Land*: *Combat and Identity in World War I*. Cambridge: Cambridge University Press, 1979, p. 183.

③ Eric Leed. *No Man's Land*: *Combat and Identity in World War I*. Cambridge: Cambridge University Press, 1979, p. 183.

④ Joanna Bourke. *Dismembering the Male*: *Men's Bodies*, *Britain and the Great War*. London: Reaktion, 1996, p. 118.

然我们并不愿意"①。这是一种"社会把它运用在自己、自己的组成部分和自己的后代身上"的"内部的、永恒纯粹化的种族主义",它是"社会规范化的基本维度之一"。②

在对精神崩溃者的清理中,军事权威更愿意借助的是男性"歇斯底里症"的说法,对军方权威来说,"歇斯底里更像是隐藏着懦弱"。③ 三部曲描述的那些在战场上"崩溃或哭泣,或者坦承恐惧"的男性,"是娘娘腔,是弱者,是败将"④,是类似于"伤寒玛丽"所携带的"慢性伤寒病菌"⑤一样的东西,是具有传染性质的、威胁军队士气及整体安全的事物,必须被铲除。对懦弱者的死刑被看作战争期间重要的控制机制,可以鼓励其他人履行职责,死刑因其威慑力而受到军方的大力维护,因为一例死亡可以阻止"上百个其他人犯特殊的错误"⑥。准将詹姆斯·洛赫德(Brigadier-General James Lochhead)相信,如果这些"不服从的士兵"没有"可怖的结局",军队会变成乌合之众。⑦ 这里诚如休·万西(Hugh Wansey)医生所描述的,"在战场上逃避的人必须被识别,被看作低人一等的生物:一个值得受到轻蔑的生物,因其不值得或不适合被纳入快乐勇士的行列"⑧。

---

① 米歇尔·福柯:《必须保卫社会》,钱翰译,上海人民出版社2018年版,第65页。
② 米歇尔·福柯:《必须保卫社会》,钱翰译,上海人民出版社2018年版,第65页。
③ Joanna Bourke. *Dismembering the Male*:*Men's Bodies*,*Britain and the Great War*. London:Reaktion, 1996, p. 11.
④ 帕特·巴克:《重生》,宋瑛堂译,时报文化出版企业股份有限公司2014年版,第69页。
⑤ 关于"伤寒玛丽",参见蓝江:《赤裸生命与被生产的肉身:生命政治学的理论发凡》,《南京社会科学》2016年第2期,第49~50页。
⑥ Joanna Bourke. *Dismembering the Male*:*Men's Bodies*,*Britain and the Great War*. London:Reaktion, 1996, p. 95.
⑦ Joanna Bourke. *Dismembering the Male*:*Men's Bodies*,*Britain and the Great War*. London:Reaktion, 1996, p. 95.
⑧ Joanna Bourke. *Dismembering the Male*:*Men's Bodies*,*Britain and the Great War*. London:Reaktion, 1996, p. 98.

　　事实上，在精神病学提供的诸种借口背后，是生命政治的价值判断。在战场上精神崩溃的精神病人，是失去战斗力的没有价值的人，应该被弃置或清除。福柯指出，19 世纪初以来，效用问题越来越覆盖所有传统的法律问题，在整体人口与健康的名义下，"效用问题、个人效用与集体效用、每个人的效用与所有人的效用、个体效用与总体效用，正是这些问题最终成为对国家公共权力的限制以及公共法和行政管理法的形成进行阐发所依据的重大准则"①。阿甘本在《神圣人——至高权力与赤裸生命》中的《不配活下去的生命》一章中更是深刻而直接地指出，"现代性之根本性的生命政治结构"，就是"决断生命本身的价值（或无价值）"。② 他引用臭名昭著的拜丁对生命价值的毫无人性的论断："我们常常不负责任的对待那些最有价值的生命，而另一方面我们又以极大的关切、耐心和精力——常常是彻底徒劳地——试图去维持那些不配让它活的生命的生存，直到自然本身以其残忍的迟到性夺取他们苟延残喘的任何可能性。想象一下覆盖着成千上万没有生命的年轻身体的战场，或者一场夺去了数百万产业工人生命的矿井事故，同时再想象一下我们为精神病人建立的那些机构及浪费在他们身上的治疗——那么我们就不禁会被这样一个不祥的对比所震惊，一方面是牺牲最宝贵的人类财富，另一方面却是极力照顾那些不仅被掏空价值而且甚至应对其做否定性评价的存在。"③拜丁所说的"被掏空价值的生命"或"不配让他活的生命"的概念，首先适用于在生病或遭遇事故后"被认定'无法治愈的'那些个体"④。拜丁进一步指出，对于那些"无法治愈的低能

　　① 米歇尔·福柯：《生命政治的诞生》，莫伟明、赵伟译，上海人民出版社 2018 年版，第 58 页。
　　② 吉奥乔·阿甘本：《神圣人——至高权力与赤裸生命》，吴冠军译，中央编译出版社 2016 年版，第 185 页。
　　③ 吉奥乔·阿甘本：《神圣人——至高权力与赤裸生命》，吴冠军译，中央编译出版社 2016 年版，第 186~187 页。
　　④ 吉奥乔·阿甘本：《神圣人——至高权力与赤裸生命》，吴冠军译，中央编译出版社 2016 年版，第 187 页。

者——或是天生的，或是在其生命最后阶段转变而成的"①，没有理由"不去授权杀死这些人，无论是司法的、社会的还是宗教的理由，他们只不过是人类的令人恐惧的颠倒形象"②。拜丁对生命的价值判断之宗旨正如施密特一针见血地指出的，"决定某种价值的人，总是固定了某种无价值。决定了无价值，其意义就在于是要消灭无价值"③。

正是在生命政治的价值判断中，战争期间在英国军队中，以"临阵脱逃"的名义先后通过了 3080 例死刑，11% 被执行。④ 萨尔蒙指出不少罹患战争神经症的士兵被行刑队当作装病处决，他也了解到一些因为被"错误地控告为装病"而羞耻自杀的歇斯底里症患者的案例。⑤ 然而正如拜丁所言，更多的"死刑"是以"授权"而不是法律的形式，这意味着士兵在很大程度上是被降为"神圣人"而遭到彻底清除。这一类数据难以评估。虽然随着战事的推进，军事权威似乎渐渐接受较为中立的心理学论断，将神经衰弱症的男人标识为"病"而不是装病，如 1917 年，乔治·卢瑟福·杰弗里（George Rutherford Jeffrey）指出，最严重的神经衰弱症状出现在战前及战争中都显示"稳定及无畏的性格"的男人中，在很多案例中，这些人恳求被送回前线，而且很多人确实回到了前线，只是又崩溃了。⑥ 然而在这措辞的改变中有很多实用主义的理由，这种转变如其说是医疗性的，毋宁说是政治性的。一方面，正式的死刑需要调动资源，如上校沃尔特·诺里斯·

---

①　吉奥乔·阿甘本：《神圣人——至高权力与赤裸生命》，吴冠军译，中央编译出版社 2016 年版，第 187 页。

②　吉奥乔·阿甘本：《神圣人——至高权力与赤裸生命》，吴冠军译，中央编译出版社 2016 年版，第 188 页。

③　吉奥乔·阿甘本：《神圣人——至高权力与赤裸生命》，吴冠军译，中央编译出版社 2016 年版，第 186 页。

④　Joanna Bourke. *Dismembering the Male*：*Men's Bodies*，*Britain and the Great War.* London：Reaktion，1996，p. 94.

⑤　Joanna Bourke. *Dismembering the Male*：*Men's Bodies*，*Britain and the Great War.* London：Reaktion，1996，p. 111.

⑥　Joanna Bourke. *Dismembering the Male*：*Men's Bodies*，*Britain and the Great War.* London：Reaktion，1996，p. 111.

尼科尔森(Colonel Walter Norris Nicholson)指出，"有一次我们把一个临阵脱逃的审判、定罪并射杀了。要做所有的安排，卫队、开枪组、掩埋组、牧师和医生，非常恐怖"①。而在 1916 年的危机中，神经症状引起的伤亡占了伤亡总数的 40%，这使得陆战部宣布这么多的现役军人是装病逃差者变得非常困难，因为如果这些人都被标签为懦夫，那么他们也会被处决，而射杀这样数量庞大的群体不仅浪费，而且在现实层面难以操作。不仅如此，很多弹震症患者出生于中上层阶级，在 1917 年 4 月的统计中，前线军官与士兵的比例是 1∶30，二者受伤的比例是 1∶24，入院接受弹震症治疗的二者比例是 1∶6，其中一些人还在战火中如萨松一样因英勇行为而获得过奖章，因此在政治上很难指责这些人都是懦夫。②

另一方面，经过好几场大规模的战役，死伤难以计数，导致兵源严重短缺。1915 年开始，"人手与弹药短缺达到危机状态"，1915 年之后出现"陆战部与军火部为人力竞争"的局面。③ 随着战事延长，对战斗力的急需使得很多之前被认为该免除兵役的人被选上了。在这样的背景下，为国家在"不值得活的"废弃的材料中再次甄选、改造和回收尚可利用的身体成为第一要务。因此，虽然在当时比起其他惩罚，对待弹震症患者，"射杀他更经济、更明智"④，但基于其相对完整的身体，更多的弹震症患者还是被留住性命，丢进战时精神病医院，以备回收利用。出于这一目的，到 1918 年，在英国有超过 20 个收治弹震症患者的军事医院。在这里所有的精神病人被一枚特殊徽章标识出来，等待被治疗、被矫正、被重新分类和使用。到战争末期，有大约"八万例战争神经症患者经过

---

① Joanna Bourke. *Dismembering the Male: Men's Bodies, Britain and the Great War*. London: Reaktion, 1996, p. 97.

② Joanna Bourke. *Dismembering the Male: Men's Bodies, Britain and the Great War*. London: Reaktion, 1996, pp. 111-112.

③ Joanna Bourke. *Dismembering the Male: Men's Bodies, Britain and the Great War*. London: Reaktion, 1996, p. 105.

④ Joanna Bourke. *Dismembering the Male: Men's Bodies, Britain and the Great War*. London: Reaktion, 1996, p. 101.

军事医院的手"①。

尽管军方在某个时期在某种程度上否认了"神经衰弱症与装病"之间的简单对等，二者之间的联系依然持续在专业的、公众的、流行的层面上存在。米莱·卡尔平(Millais Culpin)在伦敦医院就"心理—神经症"的演讲指出，神经衰弱症者跟那些自残的人有诸多相同特征。② 此外，对神经衰弱症军人的同情及承认他们是真正的"疾病"而不是装病逃差或懦弱，并未持续多久。战后，社会评论再次在"装病逃差"与"神经衰弱"之间滑动。在二战期间，巴顿将军(General G. S. Patton)宣布，"如果士兵取笑那些在战争中显示疲惫的人，他们应该使其停止传播，并拯救那个用这种方式装病逃差的人，使之避免之后的羞耻与悔恨"③。精神病学在战争期间，总是围绕着直指生命的军事及政治轴心转动。

二、人体层面的医疗规训

在《幽灵路》中，在"有生以来第一阵枪炮声"中倒地不起，患上麻痹性瘫痪的墨斐特，双腿被瑞佛斯画上代表女性长筒袜松紧带的黑线，来刺激他康复。瑞佛斯用针刺的方法探测墨斐特的腿部知觉，墨斐特的腿部每恢复一点知觉，他就将黑线往下画一点。他声称只有当墨斐特腿部完全恢复知觉，才能摆脱象征着娘娘腔的长筒袜黑线。在用针刺探的过程中，墨斐特闭眼躺着，瑞佛斯"从他脸上的每一条纹路解读出，墨斐特确实想说谎，但是他的回答全部正确无误"④。瑞佛斯对于墨斐特面部细微表情的专注，使得墨斐特嗔怪道，"你这种做法让我想起十七世纪的寻巫人。他们也用

---

① Joanna Bourke. *Dismembering the Male*: *Men's Bodies*, *Britain and the Great War*. London: Reaktion, 1996, p. 109.

② Joanna Bourke. *Dismembering the Male*: *Men's Bodies*, *Britain and the Great War*. London: Reaktion, 1996, p. 112.

③ Joanna Bourke. *Dismembering the Male*: *Men's Bodies*, *Britain and the Great War*. London: Reaktion, 1996, p. 119.

④ 帕特·巴克:《幽灵路》，宋瑛堂译，时报文化出版企业股份有限公司 2014 年版，第 48~49 页。

针来刺人"①。

墨斐特对瑞佛斯是"十七世纪的寻巫人"的指责折射着一战期间军医的主要职责。陆战部清晰地指出医生的一个重要任务就是监督服役军人的行为。军中医疗人员也深信，"军营医疗官的首要职责是阻止逃避职责"，而很多医生倾向于将每个汇报有病的士兵都当作偷懒者。② 对心理问题如此高度的关注跟害怕装病逃差行为有关。在战争期间，装病逃差更像是一种绝望的行为。一方面装病逃差不可能得到精确诊断，另一方面，政府的宣传画夸张地嘲讽装病行为，夸大了这种现象的普遍性。各种自残及装病行为被揭发出来，如用斧头砍伤自己，把腿伸到战壕外故意让敌方射伤，投弹手故意炸伤自己的腿，伙伴之间互相射伤手指，或自己射伤手指，就医之前用池塘脏水浸泡枪伤，用带有腐蚀性粉末的针穿过关节引起发炎，注射刺激性药物引发脓肿，喝汽油、喝尿酸引发黄疸，用烟草或辣椒诱发结膜炎，用吊索绑住胳膊使之萎缩，连续饭后呕吐十一个月等，各种传闻层出不穷。③ 1916 年 2 月到 7 月的西部兰开夏郡（West Lancashire）第 55 师（Division）的伤兵记录显示，26% 被认定为"自残"，剩下的被认定为"意外事故"。④ 到 1917 年，政客、雇主、医生、公职人员全都同意问题已经达到流行的程度。⑤ 自战争伊始，官员就急于减少骗子，为了发现和避免这些行为，"红帽子"和军事警察在整个战争中忙碌。除了现场射杀或事后处死懦弱逃差者，数量庞大的伤员一旦被控装病，轻者说服教育，更高压的

---

① 帕特·巴克：《幽灵路》，宋瑛堂译，时报文化出版企业股份有限公司 2014 年版，第 49 页。

② Joanna Bourke. *Dismembering the Male: Men's Bodies, Britain and the Great War.* London: Reaktion, 1996, p. 92.

③ Joanna Bourke. *Dismembering the Male: Men's Bodies, Britain and the Great War.* London: Reaktion, 1996, pp. 82-84.

④ Joanna Bourke. *Dismembering the Male: Men's Bodies, Britain and the Great War.* London: Reaktion, 1996, p. 86.

⑤ Joanna Bourke. *Dismembering the Male: Men's Bodies, Britain and the Great War.* London: Reaktion, 1996, p. 87.

政策包括剥夺其妻子、寡妇及母亲的补偿金，医疗站里被疑伪装伤口或装病的伤员被劝说返回战场。① 医院里的病人一旦被控自残，会被从军队除名，其收入将被收回，抚恤金将被剥夺。② 在 1914 年 8 月到复员遣散期间，军事法庭审理了 30 万例装病逃差案件，90%当事人被定罪。③

据此，陆战部指明军医的主要职责是辨别装病者及治愈病患以恢复其战斗力。数量庞大的弹震症患者严重削弱了军队的战斗力，陆军部兵源紧缺，急需"英雄的来源"，迫使医生更像是一个侦探，探测出每一个症状背后的诡计和懦弱，"无论如何，作为侦探的医生必须在陆军部权威下，不受同情心影响地行动"④。事实上，大多数医疗官也认为精神崩溃的男人是在装病，即使好心的医生也"发现自己置身于过度监测装病者的巨大压力中"⑤。有良知的医生很容易成为法庭质询的替罪羊，因其主张懦弱与不服从。过度的同情心被认为适合一个普通医生，却不适合军医。军方权威甚至可以将表现同情心的医生撤职，因其"不适当的对那些人的同情"。⑥吸收了军事权力的医生要做的，仿佛是一种集中勘定"装病"之边界的工作，这一任务变得如此紧迫，以至于识破病患伪装，抓住装病的现行，成为医生"治疗"弹震症患者的第一要务。基于这个目的，各种不可思议的检测手段被鼓励、被发明出来。乔安娜·伯克这样描述当时的风气：检测过程本身可以说是"狡猾"。"医生被建议假装兴趣或同情。假装的热情，对每一

① Joanna Bourke. *Dismembering the Male*: *Men's Bodies*, *Britain and the Great War*. London: Reaktion, 1996, p. 102.

② Joanna Bourke. *Dismembering the Male*: *Men's Bodies*, *Britain and the Great War*. London: Reaktion, 1996, p. 98.

③ Joanna Bourke. *Dismembering the Male*: *Men's Bodies*, *Britain and the Great War*. London: Reaktion, 1996, p. 85.

④ Joanna Bourke. *Dismembering the Male*: *Men's Bodies*, *Britain and the Great War*. London: Reaktion, 1996, p. 94.

⑤ Joanna Bourke. *Dismembering the Male*: *Men's Bodies*, *Britain and the Great War*. London: Reaktion, 1996, pp. 92-93.

⑥ Joanna Bourke. *Dismembering the Male*: *Men's Bodies*, *Britain and the Great War*. London: Reaktion, 1996, p. 93.

个细小的事给予关注，很快使大多数的病人上钩"，身体的细微症状，精细的眼睛测试，比如"睁着眼睛的直率"或"狡猾"的表情、"过度反应的倾向"、症状的"迷糊和弥散"以及"气色"等，都被当作判断的依据。为了抓住装病的现行，医生甚至可以"拧出真相"来。他们鼓励病人不断谈论更多的症状，以便在言多必失中抓住他们自相矛盾之处；医生被鼓励用恐吓的方式消除病人的症状，比如宣称对方得了如癌症那样致命的病症；他们甚至被鼓励向病人撒谎，比如可以向他们保证，如果他们康复，就可以得到后方"轻松又容易赚钱的"工作。① 在《幽灵路》中，巴克借普莱尔之口，犀利地指出这一现象蔓延的程度，"有些医官即使检查到死尸，照样判定归建，特别是目前军方推动'最后一役'，同样的口号反复喊了几次，可见兵源告急"②。基于保卫国家，医生的行为被无限正当化。在和平时代，医生这样越出常规的行为被看作"帮助国家在公民之中保持最大数量的公民有工作能力"③，对上述技术的正当化在战时更加明显。

在三部曲中，巴克选择了瑞佛斯医生所属的奎葛洛卡军事精神病院，和耶兰医生所属的伦敦国家医院，来建立她的叙事框架。这两所医院分别代表了战时流行的两种针对弹震症的治疗方法，即电击疗法和心理分析疗法，"二者目的都是使男性尽快地返回战场"④。而在这两所医院，在医生不受约束的权力中，病患在规训中都遭遇了阿甘本意义上的最独特的例外状态。

---

① Joanna Bourke. *Dismembering the Male*: *Men's Bodies*, *Britain and the Great War*. London: Reaktion, 1996, pp. 90-91.

② 帕特·巴克:《幽灵路》，宋瑛堂译，时报文化出版企业股份有限公司 2014 年版，第 18 页。

③ Joanna Bourke. *Dismembering the Male*: *Men's Bodies*, *Britain and the Great War*. London: Reaktion, 1996, p. 92.

④ Elaine Showalter. Rivers and Sassoon: The Inscription of Male Gender Anxieties. in Margaret Randolph Higonnet, Jane Jenson, Sonya Michel, Margaret Collins Weitz. ed. *Behind the Lines*: *Gender and The Two World Wars*. New Haven and London: Yale University Press, 1987, p. 65.

(一)瑞佛斯医生与心理疗法

在奎葛洛卡医院，以瑞佛斯医生为代表的医生们主要实施的是当时较为温和的心理分析疗法，这种疗法的一种重要方式是"暗示性心理治疗"（suggestive psychotherapy）①，一种"治疗氛围"被营造出来，要求男性重获希望与勇气。患者被要求以骄傲的、军队的姿态坐卧行走，就像治疗室门上挂着的招牌一样。传统的强调休息的疗法被摒弃，理由是那会助长懒惰，最终破坏男子气。在这种心理学的规训下，神经衰弱症好像被当作"意志"的病来对待，这对患者的一个重要后果就是，"男性越来越为自己的病自责"②。而瑞佛斯医生作为英格兰最先支持并实践弗洛伊德心理分析方法的人之一，他的治疗方式则更为迂回、耐心与柔和，这也为他赢得了"雄性母亲"的称号。可以说他代表的是当时对弹震症治疗之"残酷"与"温和"两极中，最温和的一极。然而即使如此，在他的治疗中，我们依然可以瞥见施加于精神与肉体的暴力，可以瞥见权力对精神的抹除，对主体性的消解，以及对肉体的摧毁与扭曲。在瑞佛斯的身上，巴克让我们看到的是一个关于生命政治的空前悖论：他倾尽心力与技能所从事的对生命的扶植，无非是对生命以献祭为目的的终极征用；他的温柔只在于他的手术刀不仅指向肉体，而且指向心灵。

奎葛洛卡医院是"抽搐症状博物馆"③，充斥着"口吃、失魂的面孔、蹒跚的步伐、难以定义的'精神病患'的表情"④，加上凌晨四点的尖叫，是一个令外号为"疯狂杰克"的战场猛士萨松都感到胆寒的地方。它首先在

① Joanna Bourke. *Dismembering the Male*：*Men's Bodies*，*Britain and the Great War*. London：Reaktion，1996，p. 117.

② Joanna Bourke. *Dismembering the Male*：*Men's Bodies*，*Britain and the Great War*. London：Reaktion，1996，p. 117.

③ 帕特·巴克：《重生》，宋瑛堂译，时报文化出版企业股份有限公司 2014 年版，第 283 页。

④ 帕特·巴克：《重生》，宋瑛堂译，时报文化出版企业股份有限公司 2014 年版，第 93 页。

形态上就犹如居于此地的病患之处境的赋形。从外部来看，医院是个巨大的、洞穴般的建筑，释放着地狱般的威胁力量，以至于"初抵奎葛洛卡的人见到阴森森如巨窟的外表，无不心寒畏怯"①。在医院内部，"后楼梯间的墙壁爬满水管，随楼梯转弯处而扭转，不时像人类肠子汩汩出声"②，散发着腐烂的伤口和死亡的气息。"走廊漫长而狭窄，左右各一排褐门，缺乏自然光"，"就像见不到天空的战壕"③。

身为奎葛洛卡的主治医生，瑞佛斯抱着"穿制服，领薪水，尽职责"④的信念，在医生与军人两个角色中首选了军人职责，这使他的医疗行为在本质上变成了与生命紧密关联的政治事件。对此，瑞佛斯有着与计划相一致的一套手段。不同于同时代的其他医生，对于"甄别""鉴定"和"治疗"这里的病人，瑞佛斯的方法相比之下十分亲切与隐秘，以至于"甄别"更像是不动声色的刺探与侦察，"治疗"更多地呈现为精神的诱导和矫正，然而这种直接作用于精神与灵魂的治疗有着不可思议的威力。他无限包围的"治疗氛围"溢出了治疗室的界限，全面渗透于他自己与病人的日常生活，持续的观察不让任何表象停歇。在不经意的谈话中、偶然驻足的闲聊中，观察和甄别随时随地、无影无形地发生。从邀请新入院的病人喝下午茶开始，一切都处于他暗暗的审视与评测之中。"请新来的病患喝下午茶的好处之一，就是可以省略许多神经方面的检查"，病人的"害羞"，"语调略显模糊，用字有时迟疑，有时匆促"，或者"口吃"等蛛丝马迹，都成为瑞佛斯细心揣摩的对象。⑤ 病人的气色面容，也是判断的依据。邀请萨松喝茶

---

① 帕特·巴克：《重生》，宋瑛堂译，时报文化出版企业股份有限公司2014年版，第13页。
② 帕特·巴克：《重生》，宋瑛堂译，时报文化出版企业股份有限公司2014年版，第25~26页。
③ 帕特·巴克：《重生》，宋瑛堂译，时报文化出版企业股份有限公司2014年版，第26页。
④ 帕特·巴克：《重生》，宋瑛堂译，时报文化出版企业股份有限公司2014年版，第228页。
⑤ 帕特·巴克：《重生》，宋瑛堂译，时报文化出版企业股份有限公司2014年版，第14页。

时，看见萨松除了"肤色苍白，眼睛下有紫色阴影"外，没有"碎动、抽搐、眨眼，也不见反复低头躲闪早已引爆的炸弹"等动作，便可以判断萨松没有显著的神经失调症状，所有这些细心的观察与结论在萨松"尚未正眼看瑞佛斯"之前就已经完成。① 在不动声色的探测和质询中，初步的甄别与鉴定已经结束，也为进一步的治疗铺平了道路。

瑞佛斯的治疗以谈话疗法为主，如巴克直接指出的，瑞佛斯的工作"主要是发问，主要是设法取得真心的答案"②。这是一场利用心理学知识和临床经验针对病患的"神经"系统展开的一场精密手术，它的实践过程，包含着一整套精微的表演和迂回的策略，而"精神病人"的精神在这一过程中逐步得以"清洁"。从治疗的过程来看，瑞佛斯与病人的谈话是随和而开放的，从最深的恐惧到最细密的隐私，没有任何离奇的感受或想法得不到耐心的倾听。交流的微笑或姿态、和蔼或沉默，都成为一种谋略和手段。适时的沉默和叹息、适时的微笑鼓励、适时的等待，以及偶尔的退让形成的权力颠倒的表象，最大限度地开启了病人的心扉，促使病人自动而诚恳地回答问题，自发地进行内心坦白。从病人的坦白中，可以清楚地回溯到一系列或明或暗的交织着"审讯"的问题，因为在这些受到诱导与鼓励的坦白中，每一个病人最真实的状态、最深刻的恐惧和弱点都被纤毫毕现地裸露出来，为瑞佛斯对病人进行持续的症状"鉴别"和精确的精神手术提供了必要信息。

在某种意义上，萨松这一案例综合体现了瑞佛斯的最高治疗艺术。首先萨松精神正常，根本"不疯癫"。"像萨松这样的人，永远是头疼人物，但他如果真的有病，他导致的头疼会减轻许多"③，而且萨松理智、

---

① 帕特·巴克：《重生》，宋瑛堂译，时报文化出版企业股份有限公司2014年版，第14页。
② 帕特·巴克：《重生》，宋瑛堂译，时报文化出版企业股份有限公司2014年版，第166页。
③ 帕特·巴克：《重生》，宋瑛堂译，时报文化出版企业股份有限公司2014年版，第13页。

敏锐，身心强健，对于瑞佛斯来说，如果说他的其他病患是铁砧，那么"萨松是铁锤"①。治愈萨松，意味着治愈"群狼之首"，意味着瑞佛斯权力运用的最高艺术。萨松这样的案例，就通常的意义而言，简直称不上是病例。瑞佛斯心知这种病例最棘手、最难对付，"综合外力因素，让他归建回法国，这是一项艰苦的任务，难度无异于让锹形虫六脚朝天"②，但他依然对自己的能力充满自信，"自认能逼西弗里屈服"③。决心将"不疯癫"的人"治愈"，使之放弃反战立场，纯粹这一事实也已经表明，医生瑞佛斯寻求的不是医疗意义上的"治愈"，而是权力意义上的"屈服"，从一开始在他眼里，这并非一个医疗事件，而是一个政治事件。

巴克借助萨松的真实案例，在很大程度上再现了瑞佛斯的治疗技术。萨松于1917年7月到达奎葛洛卡医院，在瑞佛斯处接受了长达三个月的治疗。瑞佛斯采取了他称为"自我诊断"（autognosis）及"再教育"（reeducation）的方法，通过与病患讨论创伤经历，引导病患"理解他新获得的关于自己的知识能如何被利用"，帮助病患"将病态指向的能量转向更健康的渠道"。④ 这意味着瑞佛斯对萨松开始精细的观察和判断，微妙地利用他的心理弱点激化他的恐惧，同时通过建立权威感，使得这个过程被萨松对他的钦佩、尊敬及越来越亲近的情感所强化。

三个月中，瑞佛斯每周三次与萨松逐渐展开广泛而周密的谈话。瑞佛斯首先通过温和聆听、坦白立场与表达同情建立了自己睿智宽容的形象，赢得了萨松的信任。他与萨松除了谈论幻觉和噩梦等精神症状外，话题涉

---

① 帕特·巴克：《重生》，宋瑛堂译，时报文化出版企业股份有限公司2014年版，第166页。

② 帕特·巴克：《重生》，宋瑛堂译，时报文化出版企业股份有限公司2014年版，第170页。

③ 帕特·巴克：《重生》，宋瑛堂译，时报文化出版企业股份有限公司2014年版，第170页。

④ Elaine Showalter. Rivers and Sassoon: The Inscription of Male Gender Anxieties. in Margaret Randolph Higonnet, Jane Jenson, Sonya Michel, Margaret Collins Weitz. ed. *Behind the Lines: Gender and the Two World Wars*. New Haven and London: Yale University Press, 1987, pp. 65-66.

及欧洲局势、战争立场、战场经历、私人生活、成长经历、社会关系、和平主义，甚至谈论禁忌话题如同性恋、同性恋人物与出版物《中间之性》(*The Intermediate Sex*)等。意识到萨松的同性恋倾向，他委婉地表示同情，"世上最下流的手段，莫过于利用一个人的私人生活来抹黑他们的观点"，并表示"这种手段屡见不鲜，连我这一行的医生也常用"①。他也坦然承认与萨松的分歧，"有件事，你应该了解吧？我的职责是……尽可能改变你精神异常的诊断？我无法假装中立"②。貌似随意、富有同情和耐心的谈话，消除了萨松的心理防御，建立了信任和崇拜。萨松很快被瑞佛斯折服，他向病友欧文承认，瑞佛斯"他非常厉害……他尽量平等对待我，不过到头来，他是皇家学会的金奖得主，我则是剑桥中辍生。这种差别被他一次又一次凸显"③。尽管欧文指出那并不代表瑞佛斯的话句句有理，萨松还是坦言这种差距"被凸显出来后，跟他讲话，我很难对答如流"④。他在感情上也逐渐依赖瑞佛斯，甚至开始将瑞佛斯看作父亲，当得知瑞佛斯因休假离开医院时，他怅然若失，"他才领悟到，瑞佛斯已彻底取代生父的地位"⑤。

在鼓励萨松自我揭示并建立信任与崇拜的过程中，瑞佛斯将侦测到的信息巧妙地收集起来，并由此展开针对性的精神刺激。这是一场深谋远虑的精神入侵之旅。他察觉到萨松对属下的兄弟之爱，"西弗里对兄弟关爱有加，有一股证明自己是勇士的欲望"⑥，"士兵好崇拜他"，"逼他和弟兄

---

① 帕特·巴克：《重生》，宋瑛堂译，时报文化出版企业股份有限公司 2014 年版，第 81 页。

② 帕特·巴克：《重生》，宋瑛堂译，时报文化出版企业股份有限公司 2014 年版，第 23 页。

③ 帕特·巴克：《重生》，宋瑛堂译，时报文化出版企业股份有限公司 2014 年版，第 174 页。

④ 帕特·巴克：《重生》，宋瑛堂译，时报文化出版企业股份有限公司 2014 年版，第 174 页。

⑤ 帕特·巴克：《重生》，宋瑛堂译，时报文化出版企业股份有限公司 2014 年版，第 205 页。

⑥ 帕特·巴克：《重生》，宋瑛堂译，时报文化出版企业股份有限公司 2014 年版，第 170 页。

隔绝，等于是要他的命"①。了解到萨松的弱点，知道他受不了"平平安安过日子"，瑞佛斯便据此设法羞辱他、刺激他的内疚感，称他如果不尽快改变反战立场，那么"你平安过了十二个星期的日子。至少。再拒绝服役下去，你可以平安待到战争结束"②。这种羞辱使"萨松的颊骨浮现两朵红晕"③。为了突出自己客观和理性，他停顿一会儿，说道"照你的反应，好像认为我用言语攻击你，而我其实只是指出事实"，他倾身向前继续强调，"如果你维持抗议的立场，在战争结束之前，你可以天天享受完完全全、平平安安的生活"，他继续诘问："别人去死，你却过着安稳的日子，你不觉得难受吗？"④当他发现萨松在谈及噩梦时"眼睛回避他的目光"，顿时领悟到，"他以为我会鄙夷他缺乏理性"⑤，于是他进一步巩固自己的理性权威，不断地指责萨松的"情绪化"，朋友之死导致哀恸，大批士兵遭屠杀导致惊骇，"这些情绪应该置之不理。我是说，不应该纵容这些情绪"⑥。他指责萨松将时间白白浪费在无益之事上，"西弗里，你白费在对抗风车的时间太多太多了"，"你这样做，对任何人都有害无益"。⑦

　　他十分了解萨松作为男性和军人的骄傲，于是通过强化这种骄傲来实现操控。虽然萨松也频频在半梦半醒间出现幻觉，看见"人行道上满地是

　　①　帕特·巴克：《重生》，宋瑛堂译，时报文化出版企业股份有限公司2014年版，第31页。
　　②　帕特·巴克：《重生》，宋瑛堂译，时报文化出版企业股份有限公司2014年版，第54页。
　　③　帕特·巴克：《重生》，宋瑛堂译，时报文化出版企业股份有限公司2014年版，第54页。
　　④　帕特·巴克：《重生》，宋瑛堂译，时报文化出版企业股份有限公司2014年版，第54页。
　　⑤　帕特·巴克：《重生》，宋瑛堂译，时报文化出版企业股份有限公司2014年版，第257页。
　　⑥　帕特·巴克：《重生》，宋瑛堂译，时报文化出版企业股份有限公司2014年版，第108页。
　　⑦　帕特·巴克：《重生》，宋瑛堂译，时报文化出版企业股份有限公司2014年版，第282页。

尸体，有腐尸、新尸，有黑有绿"，看见"半个脸被射烂的男人，在地板上爬行"①，自己也怀疑过自己疯了，他却完全否认了萨松的症状，并隐秘地将其贬低为儿童，"这种现象稀松平常得令人意外。这种幻觉不能和精神病幻觉相提并论。儿童半醒时产生幻觉是常有的事"②。接着他直接否定了萨松的精神问题，"事实上，我甚至不认为你有战时神经官能症"，他杜撰了一个病名，"你好像得了一种非常剧烈的反战神经官能症"。③ 通过否认萨松的疾病症状，凸显萨松的精神健康，他刺激了萨松英雄化的自我认知，强烈唤醒了萨松对自己军人身份的重视。听了他的话，萨松敏感地迅速瞥了一眼两人的制服，立刻对他的立场表示了理解。基于对萨松崇尚"男子气概"的了解，他还特意为萨松住院期间安排了一系列男性化的体育活动，并介绍他参加了有高尔夫、美食、娱乐及夸夸其谈的保守俱乐部。

　　在瑞佛斯的刺探、羞辱、怂恿、刺激及威压等多管齐下中，萨松的精神急剧动摇。不出瑞佛斯所料，到10月，萨松便被远离战友，以及和平与舒适生活带来的罪恶感所淹没，他"对自身感到厌烦"，他感到"屈服了，懒散了"，"被哄进这种逸乐取向的日子，安享平淡无奇的住院生活。正符合瑞佛斯的心意"。④ 他完全接受了瑞佛斯的"再教育"，吸收了瑞佛斯植入的思维模式，并用一种瑞佛斯的方式来诘问自己，"他（瑞佛斯）要我从长远的角度看待我的抗议。例如，'西弗里，你在大战期间做了什么事?'嗯，我在疯人院吃吃点心，打打高尔夫，过了非常舒适的三年，而其他人——有些是非常要好的朋友——被炸成碎尸。他要我承认我无法承受这

---

① 帕特·巴克:《重生》，宋瑛堂译，时报文化出版企业股份有限公司2014年版，第18页。

② 帕特·巴克:《重生》，宋瑛堂译，时报文化出版企业股份有限公司2014年版，第21页。

③ 帕特·巴克:《重生》，宋瑛堂译，时报文化出版企业股份有限公司2014年版，第22页。

④ 帕特·巴克:《重生》，宋瑛堂译，时报文化出版企业股份有限公司2014年版，第164页。

种事。更让我咽不下这口气的是，他的想法也许正确"①。于是 11 月，在战友来信要他"收拾行李出院，快去国会"继续抗议的时候，② 当他的反战信念比 7 月"可能更坚定"时，③ 萨松自动放弃反战，答应瑞佛斯重返法国前线。当萨松说出"我想归建"时，瑞佛斯长长地吸了一口气，说道"我很高兴"④，虽然他明确意识到，萨松这次归队是打定主意要战死，而且就算未能战死，这一次他的精神也极有可能真正崩溃，因而内心隐隐不安，"脑海深处有一份恐惧，唯恐本院打垮了索姆河战役打不垮的萨松"，如果真是这样，他"瑞佛斯难辞其咎"。⑤ 瑞佛斯的治疗，使萨松以一种奇怪的方式失去了主体性，恰如伊莱恩·肖沃尔特所说，"没有精神治疗的干预，萨松可能会坚持自己的和平主义原则"⑥。即使瑞佛斯曾因萨松感到为难，"他尊敬萨松，不忍用心机操纵他"⑦，萨松依然感觉受到控制，"我只觉得有人设下陷阱"⑧，而无法不坠落其中。

回顾瑞佛斯对萨松的治疗，宛如一场精密的设计和表演。连续三个月的谈话治疗，他步步为营，每一步技术都触及了萨松生命和心理的新层

---

①　帕特·巴克：《重生》，宋瑛堂译，时报文化出版企业股份有限公司 2014 年版，第 173 页。

②　帕特·巴克：《重生》，宋瑛堂译，时报文化出版企业股份有限公司 2014 年版，第 284 页。

③　帕特·巴克：《重生》，宋瑛堂译，时报文化出版企业股份有限公司 2014 年版，第 336 页。

④　帕特·巴克：《重生》，宋瑛堂译，时报文化出版企业股份有限公司 2014 年版，第 260~261 页。

⑤　帕特·巴克：《重生》，宋瑛堂译，时报文化出版企业股份有限公司 2014 年版，第 306 页。

⑥　Elaine Showalter. Rivers and Sassoon：The Inscription of Male Gender Anxieties. in Margaret Randolph Higonnet, Jane Jenson, Sonya Michel, Margaret Collins Weitz. ed. *Behind the Lines：Gender and the Two World Wars*. New Haven and London：Yale University Press, 1987, p. 67.

⑦　帕特·巴克：《重生》，宋瑛堂译，时报文化出版企业股份有限公司 2014 年版，第 170 页。

⑧　帕特·巴克：《门中眼》，宋瑛堂译，时报文化出版企业股份有限公司 2014 年版，第 299 页。

面，每一步都深入萨松精神的核心，缜密而坚定地引领着萨松实现自我"诊断"和自我"教育"，在这一过程中，瑞佛斯思维方式的侵入使得萨松的主体性被隐秘地置换。这一影响对萨松来说是深远的。如保罗·福塞尔（Paul Fussell）指出，萨松在战后几乎倾尽全部精力"重访战争"生活，在回忆录中"犁开再犁开"他的经历，对他来说，"记住战争似乎成了一生的工作"。① 萨松在自己的战争回忆录中也写道，"很明显瑞佛斯是某种伟大的人"，"我对他的喜爱从无任何疑问。他让我立刻感觉安全，而且好像知道我的一切"。② 伊莱恩·肖沃尔特也指出，萨松自己的生活似乎是在继续瑞佛斯训练的自我反省的过程，他用瑞佛斯式的自我心理分析来合理化自己作为一个男人的生活。他的战争三部曲中的自传式英雄乔治·谢尔斯顿（George Sherston），是萨松称之为"室外的自我"的一个简化的、大男子气概的版本，那不是一个诗人，而是一个喜欢狩猎及战斗的雄性气概十足的男子汉。③

如果说，"心理治疗是建基在科学之上的艺术"④的话，瑞佛斯体现了最完善的治理生命的艺术。总的来说，他的药方是灵活多样的，但是在温暖和煦的谈话中，寻找病患心理弱点，在引导病患自我认知的过程中，不露痕迹地利用和刺激病患的恐惧感、羞耻感或内疚感，消除或置换其主体性，是其技术的核心。在这一过程中，病人最隐秘的精神生活被完全剥开，情绪最原初的部分被暴露出来，造成一种不对等的透明，这使医生确

---

① Paul Fussell. *The Great War and Modern Memory*. New York：Oxford University Press，1975，p. 92.

② Siegfried Sassoon. *Sherston's Progress*. New York：Doubleday，Doran，1936，pp. 3-4.

③ Elaine Showalter. Rivers and Sassoon：The Inscription of Male Gender Anxieties. in Margaret Randolph Higonnet，Jane Jenson，Sonya Michel，Margaret Collins Weitz. ed. *Behind the Lines：Gender and the Two World Wars*. New Haven and London：Yale University Press，1987，p. 68. 萨松的战争三部曲为 *Memoirs of a Fox-Hunting Man*，*Memoirs of an Infantry Officer* 与 *Sherston's Progress*。

④ 语出考西尼（Corsini），转引自彼得·班克特：《谈话疗法——东西方心理治疗的历史》，李宏昀、沈梦蝶译，上海社会科学院出版社2006年版，第11页。

切地知道对其精神手术下刀的位置。针对不同的病患，瑞佛斯有不同的对策。当他遭遇患失语症的普莱尔的反抗时，他讽刺普莱尔不想痊愈："本院有一百六十名病患，人人都想早日痊愈，没有一个能分到他们应得的关照，再见。"①当他被普莱尔触怒，他声称"现在，我想检查一下你的喉咙深处"，随后"以汤匙柄伸进普莱尔的咽喉"，噎得普莱尔"泪眼汪汪"，并故意对身边的助手高声宣布，"生理没毛病"，"不见痛觉丧失区"②，并随之据此讽刺普莱尔的书写方式是故意隐藏自己并耽搁治疗："为什么老写印刷体大字？比较不会泄露心机吗？"③他对普莱尔的检查是惩罚性的，但他将汤匙柄伸进普莱尔喉咙深处时的动作却"坚定而不粗鲁"，向助手宣布诊断结果时姿态庄重，言行表现得令人无可挑剔。在自我形象的管理和对普莱尔的精神刺激中，他逐渐在心理上征服了普莱尔，很快普莱尔便向他承认："我发现自己想在你面前求表现。很可悲吧？"④

即使瑞佛斯自己，也非常清楚自己治疗方法的荒谬之处。当他在墨斐特腿上画代表长筒袜松紧带的黑线圈时，"他一面画圆圈，一面想着，这种疗法，换巫医也能做"⑤。本能上，他再三反对这种疗法，但他知道这种疗法能让墨斐特站起来。对于神经性瘫痪的威勒德，他也使用了同样的"巫术"。威勒德的妻子"极为年轻，体态窈窕，是新时代极为流行的娇胸窄臀"。他利用威勒德对妻子的爱，当她的面刺激他的男性自尊。在明明可以派一位勤务员下去推轮椅的情况下，他故意亲自与威勒德夫人推着威勒德的轮椅，漫谈着路上的"坡度是多么让人容易受骗、轮椅多么难操

---

① 帕特·巴克：《重生》，宋瑛堂译，时报文化出版企业股份有限公司 2014 年版，第 75 页。

② 帕特·巴克：《重生》，宋瑛堂译，时报文化出版企业股份有限公司 2014 年版，第 61 页。

③ 帕特·巴克：《重生》，宋瑛堂译，时报文化出版企业股份有限公司 2014 年版，第 62 页。

④ 帕特·巴克：《重生》，宋瑛堂译，时报文化出版企业股份有限公司 2014 年版，第 95 页。

⑤ 帕特·巴克：《幽灵路》，宋瑛堂译，时报文化出版企业股份有限公司 2014 年版，第 50 页。

纵"，当看到威勒德双手紧握轮椅的扶手，他领会到威勒德受困在这种无能为力的状态中的怒火，体会到威勒德的心情，心想，"很好。怒火越旺越好"。① 被他这种奇异疗法刺激到的威勒德被"治愈"了，能走路了，他对瑞佛斯简直"尊敬得直发抖"，因为在他看来，自己的脊椎骨真的断过，而断裂的脊椎是被瑞佛斯接合起来的，所以"每次瑞佛斯一出现，威勒德简直是跳起来敬礼"②。深谙内情的布拉克医生忍不住轻声讽刺道，瑞佛斯的下一招该是"水上行走"了。③ 在瑞佛斯这样无关医疗的医疗中，似乎看到了沃伦·法雷尔所指出的男性生命的"被随意支配"性④，"只要能为共同体的保护功能添砖加瓦，甚至连萨满、巫医、祭司都能被接受"⑤。在这种"巫术"中，病患完全沦为被操纵的傀儡与驱壳，一种纯粹可使用的工具，一种完全的肉体。

　　然而，令人更为不安的是，瑞佛斯的疗法并非万灵，而是带着很大程度的实验性质，"病患在战场上受到心灵创伤，瑞佛斯劝病人尽量回想，这种做法无异将痛苦加诸病患身上，而瑞佛斯心知，这种疗法仍大致处于实验性质"⑥。这种不顾后果的、富有激情的尝试，使他的病人实实在在地沦为集中营式的"人类豚鼠"。"人类豚鼠"本是阿甘本用来指涉纳粹集中营里被判死刑后用来做医学实验的人，在诸种针对身体的医学实验中，他们"几乎没有我们通常归于人的存在所有的权利和期望，但在生物学上依然

① 帕特·巴克：《重生》，宋瑛堂译，时报文化出版企业股份有限公司 2014 年版，第 170 页。
② 帕特·巴克：《重生》，宋瑛堂译，时报文化出版企业股份有限公司 2014 年版，第 305 页。
③ 帕特·巴克：《重生》，宋瑛堂译，时报文化出版企业股份有限公司 2014 年版，第 305 页。
④ 沃伦·法雷尔：《男权的神话》，孙金红译，世界图书出版公司北京公司 2015 年版，第 90 页。
⑤ 沃伦·法雷尔：《男权的神话》，孙金红译，世界图书出版公司北京公司 2015 年版，第 78 页。
⑥ 帕特·巴克：《重生》，宋瑛堂译，时报文化出版企业股份有限公司 2014 年版，第 68 页。

活着”，所以“他们处在生命与死亡”之间的一个界限性地带中，在这个地带，“他们不再是任何东西，而只是赤裸生命”①。在三部曲中，诸多患者的生命，如同“豚鼠”一般，在高度随意的医疗试验中处在死亡的威胁之中。即使是瑞佛斯所主导的医院，其医疗实验也显然有着难以示人的失败率，以至于通往医院楼顶的入口处长年上锁，以免一百英尺高的高度“诱惑力太强”，病人会忍不住跳楼自杀。② 双腿被瑞佛斯画上长筒袜线的墨斐特就是瑞佛斯实验失败的一只典型豚鼠。他生来受不了噪音，甚至受不了室内有人开香槟。在开往前线的途中，他第一次听见枪炮声就晕倒在地，醒来后便发现双腿麻痹瘫痪。瑞佛斯别出心裁地在他腿部麻痹的界限处画上代表女性长筒袜松紧带的黑色粗线来羞辱他的柔弱和娘娘腔，他还刻意强调墨斐特的病属于“歇斯底里症”，使墨斐特羞怒难当，因为墨斐特知道“歇斯底里”这个名称起源于希腊语“hystera”，意思是“子宫”③，是战前女人患的病。瑞佛斯不断地暗讽和嘲弄，令墨斐特愤怒地说，“你是执意、故意在摧毁我的自尊心”④。然而疗法恰如其意，进展顺利，最后墨斐特的双腿完全恢复了知觉。讽刺的是，对“治疗”一丝不苟的瑞弗斯却忽略了最后一刻墨斐特的绝望，双腿恢复了知觉的墨斐特像是被剥去了壳的乌龟，他“静静躺着，脸在白枕头衬托下显得蜡黄，懒得掩饰忧郁。的确，掩饰也是徒然。用来抵抗困境的唯一防御被剥夺了，现在他找不到替代物”⑤。很快他的病友泰尔富来报，他割腕自杀了。

在奎葛洛卡医院，自杀一向是被竭力避免的。对于瑞佛斯来说，自杀

---

① 吉奥乔·阿甘本：《神圣人——至高权力与赤裸生命》，吴冠军译，中央编译出版社 2016 年版，第 213 页。

② 帕特·巴克：《重生》，宋瑛堂译，时报文化出版企业股份有限公司 2014 年版，第 27 页。

③ 帕特·巴克：《幽灵路》，宋瑛堂译，时报文化出版企业股份有限公司 2014 年版，第 50 页。

④ 帕特·巴克：《幽灵路》，宋瑛堂译，时报文化出版企业股份有限公司 2014 年版，第 53 页。

⑤ 帕特·巴克：《幽灵路》，宋瑛堂译，时报文化出版企业股份有限公司 2014 年版，第 56 页。

者更是如"伤寒玛丽"一般的传染源，因为他记得，"在奎葛洛卡有人上吊成功。那位病患不仅主导个人的悲剧，更让许多病患数星期来的努力泡汤"①。所以在得知墨斐特在浴缸割腕自杀时，他第一时间所做的，是将之用毛毯裹住，隔离到小病房。如果说墨斐特指控其为"寻巫者"还不足以概括瑞佛斯的话，那么接下来的一幅画面也许是巴克对瑞佛斯最精确的描摹与勾画了：他与泰尔富从浴缸里捞起割腕自杀的墨斐特，将他仰放在泰尔富的大腿上，自己扶着他的头与肩，"两人的动作暂停，固定成圣母哀抚耶稣遗体的模样，姿势略显猥琐"②。巴克呈现的这个画面，无疑是对被尊为"雄性母亲"的瑞佛斯的一记响亮耳光。无论他的治疗有着怎样宏大细腻的温情表演，无论他采取什么姿态，都无法改变其手术刀对精神的改造与屠戮、对主体性的置换与抹除，甚至是对病患生命的剥夺。作为医生，瑞佛斯既可以实验性地确立关于病人的秩序与规则，又能随时用新的规则来取代旧的规则，这些规则深切关联着病患的精神与肉体的存亡。他的"治疗"虽然并不直接"处死"病人，但是病人如果像实验用的"豚鼠"一样因他的"治疗"而死去，他也不必承担任何法律责任。在这个意义上，瑞佛斯拥有的是决断生命的权力，用阿甘本的话说，在他的治疗中，"医生与主权者似乎互换了角色"③。

（二）耶兰医生与电击疗法

与形如地狱的奎葛洛卡医院不同，耶兰医生所在的伦敦国家医院在外观上宛如天堂。在《重生》中，巴克意味深长地安排瑞佛斯像但丁笔下的贝雅特丽齐（Beatrice）那样，带领读者参观貌似天堂、实际如鬼蜮的国家医

---

①　帕特·巴克：《幽灵路》，宋瑛堂译，时报文化出版企业股份有限公司2014年版，第61页。

②　帕特·巴克：《幽灵路》，宋瑛堂译，时报文化出版企业股份有限公司2014年版，第59页。

③　吉奥乔·阿甘本：《神圣人——至高权力与赤裸生命》，吴冠军译，中央编译出版社2016年版，第193页。

院。跟随他的脚步，读者可以看到这里反常的整洁，长长的"明亮而空旷的"走廊，透着不合时宜的诡异的洁净，仿佛前线上的"两军之间的无人地带"，空旷背后的黑暗处隐匿着"百万大军"。① 在这明净整洁，犹如天堂的走廊中，瑞佛斯首先看到的却是一个宛如鬼魅的非人生物。走廊尽头的门一打开，他看到迎面爬出来一只"几乎不成人形的生物"，这人"佝偻严重，明显畸形，前进的动作却出奇迅捷，头歪向一边，而且向上仰，脊椎弯曲到胸部与双腿平行，而双腿僵成半蹲姿势，左臂外张，前臂收缩，右手掌握着栏杆，不是顺着栏杆向前滑，而是每走一步拍一下，在木栏杆上反复拍出声响"②。这只"天堂"中的鬼魅般的生物喻示着一个深刻的讽刺：在形如地狱的奎葛洛卡医院，医生实施着圣母式的、弑子式的、"天堂"般的治疗，而在天堂般的国家医院，则是地狱般的规训与控制，令畸变如鬼魅的肉体驯顺妥帖、整齐划一如天堂风景。无论如何，二者都以各自的方式弥散着令人战栗的将死未死的恐怖气息。

以耶兰为首的伦敦国家医院实施的是流行的电击疗法。彼时不仅在英国，在整个欧洲国家，电击治疗都最为普遍，对患者身体的患病部位施加痛苦的电击折磨，可以"使保持歇斯底里症状比在战场面对死亡更加令人不快"③。而且对于很多医生来说，电击是实施"我们所有最强有力的媒介来刺激神经活动"的十分明智的事④。如果说在奎葛洛卡医院，以心理疗法为主的瑞佛斯是作为一个带有雌性意味的温和的"父亲—主权者"形象，以一种隐秘的方式生产并规训着"神圣人"，修理他、矫正他、治理他，使之

---

① 帕特·巴克：《重生》，宋瑛堂译，时报文化出版企业股份有限公司 2014 年版，第 309 页。

② 帕特·巴克：《重生》，宋瑛堂译，时报文化出版企业股份有限公司 2014 年版，第 309 页。

③ Elaine Showalter. Rivers and Sassoon: The Inscription of Male Gender Anxieties. in Margaret Randolph Higonnet, Jane Jenson, Sonya Michel, Margaret Collins Weitz. ed. *Behind the Lines: Gender and the Two World Wars*. New Haven and London: Yale University Press, 1987, p. 65.

④ Joanna Bourke. *Dismembering the Male: Men's Bodies, Britain and the Great War*. London: Reaktion, 1996, p. 116.

重新成为可献祭的"祭品"的话，以电击疗法为主的耶兰则是一个暴戾而直接的"上帝—主权者"，在他主导的国家医院，病患面临的是与死亡直接相邻的羞辱和折磨，是令人眩晕的暴虐与剥夺。在这里，"甄别"与"治疗"如同"刑讯"从远古归来，治疗是对主体性直接的否认和抹除。耶兰就是规则的制定者和阐释者，他用"上帝般的"口吻直接宣召对生命的决定，没有任何的遮掩和迂回。他的"凝神注目"逼视如此专注，以至于"热切到对方觉得脑壳被他看穿了"，他的"极为精确""字字传达权威感，毫不宽贷"①的言语，确立了医院内部关涉着每一个事件的秩序和原则。

巴克用一种简单的方式建立了这两位对比显著的医生之间的联系，她安排瑞佛斯像清新可爱的贝雅特丽齐一样，惊诧地带领读者观察这个医院，并观摩了耶兰医生的治疗过程。在这里，耶兰医生的秩序充分地贯彻在每一个生物体身上。在清晨随耶兰巡视病房的时候，瑞佛斯看到"室内充满北国冷光。许多病患的手脚异常扭曲，形状怪异，能坐的病患全在病床上坐直，动作力求近似立正"。而他之前在走廊上见过的那个鬼魅一般的怪物，此时，"趴在接近门口的床上，臀部朝天，据推测这是他唯一能维持的姿势"，显然他在努力保持着这一姿势来增加医护人员期望的整洁感，但他还是"破坏了整齐划一的美感"。② 瑞佛斯随后了解到，这个病患的畸变是因为，"一颗炮弹在他附近爆炸，将他埋进土堆，只有头颈露出地面，周围的炮火持续猛烈，他动弹不得，维持同一姿势好一阵子才被挖掘出土"③。一位医师告诉瑞佛斯，这个畸形人出土后，他"无法被动弯曲躯干"，"无法就桌进餐，也无法在床上躺平"④。耶兰医生绝不允许不合

① 帕特·巴克：《重生》，宋瑛堂译，时报文化出版企业股份有限公司 2014 年版，第 310 页。
② 帕特·巴克：《重生》，宋瑛堂译，时报文化出版企业股份有限公司 2014 年版，第 311 页。
③ 帕特·巴克：《重生》，宋瑛堂译，时报文化出版企业股份有限公司 2014 年版，第 311 页。
④ 帕特·巴克：《重生》，宋瑛堂译，时报文化出版企业股份有限公司 2014 年版，第 311 页。

秩序的物体存在，当他注意到趴着的这个畸形人，便当即宣布，将在当天下午对他施以电击，并告诉他，"第一步骤是将你的背扳直，做法是对脊椎与背部施予电击"，"电压或许会高一点，但有助于恢复你的力量——伸直腰杆的力量"。①　在上帝般威严的话语之后，畸形人"心惊的表情显著"，并忍不住问了一个问题，耶兰立刻撤销了他嗫嚅着道出的问题，"我了解你不是有意问这问题，所以我想忽略不答"②。

　　病患的主体性对于耶兰来说，显然是多余的东西，尤其对于要高效"修理"出合格的"祭品"之生产流程来说，当属"赘余"，应被祛除，所以耶兰医生从来"不问病患的心理状态"③，也决不允许病人发问，"口舌最不重要，绝不发问"④。在耶兰眼里，治疗的对象，没有肉体以外的东西。病人只被分成两类，"一类想康复，另一类不想康复"⑤，前者意味着电流不够强，后者意味着招供与屈服。就效率而言，对付病人，只需要电击，且一个病人"只治疗一次"，"病患必须知道，进电疗室只准完全康复，否则不准出去"⑥。事实证明，他的疗效奇高，"把消除生理病征描述为痊愈"，"多数病患一星期之内可出院"，即被送回战场再次使用。⑦　当瑞佛斯问及复发率、自杀率有多高，则"没人知道"。⑧

①　帕特·巴克：《重生》，宋瑛堂译，时报文化出版企业股份有限公司 2014 年版，第 312 页。
②　帕特·巴克：《重生》，宋瑛堂译，时报文化出版企业股份有限公司 2014 年版，第 312 页。
③　帕特·巴克：《重生》，宋瑛堂译，时报文化出版企业股份有限公司 2014 年版，第 310 页。
④　帕特·巴克：《重生》，宋瑛堂译，时报文化出版企业股份有限公司 2014 年版，第 312 页。
⑤　帕特·巴克：《重生》，宋瑛堂译，时报文化出版企业股份有限公司 2014 年版，第 313 页。
⑥　帕特·巴克：《重生》，宋瑛堂译，时报文化出版企业股份有限公司 2014 年版，第 314 页。
⑦　帕特·巴克：《重生》，宋瑛堂译，时报文化出版企业股份有限公司 2014 年版，第 310 页。
⑧　帕特·巴克：《重生》，宋瑛堂译，时报文化出版企业股份有限公司 2014 年版，第 310 页。

　　瑞佛斯带着为医学论文增加数据的心态应邀观摩了耶兰对凯兰(Callan)的治疗。① 凯兰参加过包括索姆河战役在内的 11 场战役,在一次喂马时毫无预兆地突然晕倒,昏迷五小时后醒来即浑身颤抖不止,失去了发声说话的能力。耶兰称凯兰是病人中最有趣的一个,因为他打破了耶兰对病人"只治疗一次"的惯例,已经被绑在椅子上,接受过耶兰 20 分钟"非常强"的电流对喉咙深处的电击,以及"以燃烧中的烟头烫舌"的治疗,却仍未痊愈。② 这一次,耶兰将瑞佛斯、凯兰和自己一起,都锁进了幽暗的治疗室里。在这里,所有的姿态都指向一场酷刑。

　　为了表达"和病患锁在一起的",不"治愈"不罢休的决心,耶兰特意清空了膀胱,从内部锁上治疗室的门,拉下窗帘,并揿灭了灯光,只剩下电池周围的一小圈灯光。凯兰坐在像牙医的椅子那样的病人椅里,椅子的手脚处各有束带。耶兰锁门后转身回来,招摇地走到凯兰面前把钥匙放进上衣口袋,郑重宣布,"不讲话,不准走"③。他把电极片固定在凯兰的腰椎上,开始对凯兰的咽喉电击,"除非你恢复正常讲话能力","否则不准你走。一分钟也休想早走"④。凯兰的手脚被紧紧绑在椅子上,电极被伸进他的喉咙深处,他向后仰着头,张大嘴巴,"被电得向后猛震,力道之强,连电池的引线也被扯掉"⑤。耶兰暂停电击,说道,"我认为你是英雄,你

① 凯兰的案例高度还原了历史上路易斯·耶兰(Lewis Yealland)医生对一个士兵的治疗。治疗包括绑住士兵,电击其脖子与咽喉二十分钟、用燃烧的烟头灼烧舌头,以及用灼热的金属板烫口腔后部,在依然不能开口说话时,他将这年轻的士兵锁在黑暗的房间里连续电击一小时,一个小时后,最后增加电压又半个小时才令这个男孩说话,治好了他。这个案例的详情参见 Joanna Bourke. *Dismembering the Male: Men's Bodies, Britain and the Great War*. London: Reaktion, 1996, p. 116.

② 帕特·巴克:《重生》,宋瑛堂译,时报文化出版企业股份有限公司 2014 年版,第 313 页。

③ 帕特·巴克:《重生》,宋瑛堂译,时报文化出版企业股份有限公司 2014 年版,第 315 页。

④ 帕特·巴克:《重生》,宋瑛堂译,时报文化出版企业股份有限公司 2014 年版,第 316 页。

⑤ 帕特·巴克:《重生》,宋瑛堂译,时报文化出版企业股份有限公司 2014 年版,第 316 页。

应该符合我的期望"，他束紧凯兰的手脚，"要记住，你不讲话，就不准走"。① 凯兰面色苍白，浑身颤抖，"不能言语，更不会惊叫"。耶兰继续电击，这次"持续不放"进行了一小时。最后，凯兰费劲力气，挤出了一个"啊"音。耶兰又将电极放入凯兰口中，引导凯兰顺序说出字母表，但是凯兰只能发出"啊"音。

治疗持续了一个半小时，筋疲力尽的凯兰开始打盹儿。耶兰为他松绑，命他来回走。凯兰终于忍不住向门冲去，耶兰重申道，"门锁住了，钥匙在我口袋里。等你痊愈了，你才能走，记住，我不会提前放人"②。每一次察觉凯兰疲倦或反抗时，耶兰都重申这一原则，"等你能正常讲话了，才准你出去"③，"你非讲出一个单字不可，什么音都行"④，"要记得，想走出这一道门，你务必恢复原有的语音"⑤。"等你能好好讲话，我就开门，让你回病房。"⑥他不惜赤裸裸地威胁，"拖延够久了，别怪我加强电流。我不想伤害你，但逼不得已时，我一定动手"⑦。他动怒了，加大电流，凯兰被电得"向前瘫软，假如手脚没被束缚住，势必跌出椅子"⑧。当啜泣的凯兰要水喝，也遭到拒绝，"你很快就有水喝了。只要你

①　帕特·巴克：《重生》，宋瑛堂译，时报文化出版企业股份有限公司 2014 年版，第 316 页。

②　帕特·巴克：《重生》，宋瑛堂译，时报文化出版企业股份有限公司 2014 年版，第 317 页。

③　帕特·巴克：《重生》，宋瑛堂译，时报文化出版企业股份有限公司 2014 年版，第 318 页。

④　帕特·巴克：《重生》，宋瑛堂译，时报文化出版企业股份有限公司 2014 年版，第 319 页。

⑤　帕特·巴克：《重生》，宋瑛堂译，时报文化出版企业股份有限公司 2014 年版，第 319 页。

⑥　帕特·巴克：《重生》，宋瑛堂译，时报文化出版企业股份有限公司 2014 年版，第 320 页。

⑦　帕特·巴克：《重生》，宋瑛堂译，时报文化出版企业股份有限公司 2014 年版，第 319 页。

⑧　帕特·巴克：《重生》，宋瑛堂译，时报文化出版企业股份有限公司 2014 年版，第 319 页。

说得出单字"①。在迫使凯兰讲话的同时，耶兰取消了凯兰语言的内容，当凯兰无奈地转向耶兰，"他指向电池，然后指着自己的嘴巴"，意思是"继续吧"，耶兰道，"不劳你提示，等到电疗的时机到了，你想要或不要，由不得你"②。他笃定地重申这个规则，"你非讲话不可，不过内容是什么，我一概不听"③。

在取消了凯兰行动自由的同时，耶兰也废黜了凯兰的情感与思想，他取消并重新规定了凯兰的感受，"努力已经有成果了，你能体会吗？尽管你觉得成果微不足道，如果你能理性思考一下，只要我告诉你，你不久就能讲话，你一听就相信"④。"你对病情的了解不如我透彻"⑤，"进步这么大，你不高兴吗？"⑥"你一定不希望治疗暂停吧。你是个高尚正直的人，想弃我而去的念头无法表达你的真心。我知道你迫切想痊愈，你也很高兴进步如此显著。"⑦在时断时续的电击中，凯兰终于可以说出字母表，然而他的语调一清晰，他的左手臂立刻开始痉挛或颤抖，耶兰电击左手，左手臂的颤抖转到右手，然后是左腿，然后是右腿，耶兰一一电击治疗。最后耶兰宣布："治好了，你不高兴吗？"⑧凯兰无语微笑，耶兰宣布"我不喜欢

①　帕特·巴克：《重生》，宋瑛堂译，时报文化出版企业股份有限公司2014年版，第318页。
②　帕特·巴克：《重生》，宋瑛堂译，时报文化出版企业股份有限公司2014年版，第317页。
③　帕特·巴克：《重生》，宋瑛堂译，时报文化出版企业股份有限公司2014年版，第317~318页。
④　帕特·巴克：《重生》，宋瑛堂译，时报文化出版企业股份有限公司2014年版，第316页。
⑤　帕特·巴克：《重生》，宋瑛堂译，时报文化出版企业股份有限公司2014年版，第317页。
⑥　帕特·巴克：《重生》，宋瑛堂译，时报文化出版企业股份有限公司2014年版，第318页。
⑦　帕特·巴克：《重生》，宋瑛堂译，时报文化出版企业股份有限公司2014年版，第318~319页。
⑧　帕特·巴克：《重生》，宋瑛堂译，时报文化出版企业股份有限公司2014年版，第320页。

你的笑容"，他又将电极棒伸进凯兰口腔，"治疗"了凯兰的微笑，再次问："治好了，你不高兴吗？"得到肯定回答后继续追问："高兴而已？"凯兰赶紧立正敬礼，"谢谢长官"①。

在这只剩下电击电池的指示灯闪烁着微光的密闭的治疗室里，耶兰是真正的上帝，没有伪饰，没有托词遮蔽，一切都赤裸裸，他的话语既取消规则，又创建规则，这是他及他的权力的自由之境。他用绝对支配性的语言和行动完全覆盖了凯兰，暴力是明目张胆、随心所欲的。凯兰没有话语权，不能休息，不能喝水，不能表达，求饶无效，不能不"痊愈"。他什么也不是，只是一具亟待恢复使用功能的纯粹肉体。在这个过程中，耶兰对凯兰施加的任何暴力与伤害既不违法，也不合法，所有的法律都彻底失效，只有对生命与肉体的绝对权力。刑具一样的椅子，冷漠的医疗档案，紧锁的房门，密闭的黑暗，在这里，折磨成为主权的宣示，"治愈"的终极意思是病患主体性的完全撤销，使其纯然降为"神圣人"那样不受任何法律保护的肉体，以便向一种新的使用敞开。

耶兰展示的理所当然的、毫无掩饰的残暴，即使是在角落里缄默旁观的瑞佛斯，也感到心惊肉跳，以至于当晚他便觉得自己病了，"冒汗，心跳如鼓，浑身的血脉噗噗流动，再次体会到血流吃力的奇特感受"，还有"轻微发烧的现象"②。然而，如此震惊的瑞佛斯，却并非如贝雅特丽齐那样无辜，因为在他的面前，照样躺着一具流血的肉体。正如瑞佛斯自己在当晚的噩梦中领悟到的，显然他与耶兰一样，都在从事"一种控制人的行业，两人都负担恢复青年战士的角色"③。即使他较为温和的心理疗法使他被认作"雄性母亲"，那也是一个身染儿子鲜血的执意献祭的圣母，如雅

---

① 帕特·巴克：《重生》，宋瑛堂译，时报文化出版企业股份有限公司 2014 年版，第 320 页。
② 帕特·巴克：《重生》，宋瑛堂译，时报文化出版企业股份有限公司 2014 年版，第 321 页。
③ 帕特·巴克：《重生》，宋瑛堂译，时报文化出版企业股份有限公司 2014 年版，第 325 页。

克·热利指出的，"圣母玛利亚正是宣布了她接受上帝旨意的决心，才成为了圣母"①。

瑞佛斯与耶兰，奎葛洛卡医院与伦敦国家医院，从最隐蔽到最直接、从最温和到最暴虐，分别于"最人道"与"最残酷"的两极表征了英国战时军事医院中精神治疗的全貌。在这两种治疗过程中，医生都有了主权的特质，病患在医生的权力面前，失去了所有保护，沦为"神圣人"那样的赤裸生命。无论是瑞佛斯那样用心理学的知识对精神进行解剖、矫正与控制，还是耶兰那样用电极板对肉体进行粗暴折磨，都渗透着主权才有的创造秩序及改变秩序的权力，及至高暴力对生命的绝对权力。在这"医生—主权者"把持的医院里，遭受着各种神经症状折磨的病患，完全笼罩在"使你活"与"使你死"权力之中。"使你活"不再是福柯所说的那种"扶植生命的权力"，而是由"医生—主权者"强加于病患之肉体与精神的一种不折不扣的暴力，"使你活"是强制抹除主体性，只让可用的肉体存活，"使你活"的目的不是为了个体的福祉，而是延宕个体的死亡，让他按照权力安排的方式去死。"使你活"归根结底，就是为了"使你死"。② 在这种安排下，自杀也是不允许的，因为"自杀"是"人对其自身存在拥有主权的表达"。③ 从"生命价值"的角度看，这不仅意味着医生对病患生命之主权的失落，使生死权回到个体手里，也是对改造生物体手术的失败。在医生直指生命的暴力面前，病人的肉体与精神，接受了诉诸医疗手段的生命政治的矫正和再造，那些在极致的手段下消除了肉体症状的，被重新送上战争祭坛，成为无数个在战场再次崩溃的"司高德"，而那些在各种形质的柳叶刀下彻底溃

---

① 雅克·热利：《第一章 身体、教会和圣物》，乔治·维加埃罗主编：《身体的历史：从文艺复兴到启蒙运动》卷一，张竝、赵济鸿译，华东师范大学大学出版社 2013 年版，第 4 页。

② 这一点本书作者在《在"祭品"和"神圣人"之间——论〈再生三部曲〉中的生命政治》一文中，也有论述。参见李莉：《在"祭品"和"神圣人"之间——论〈再生三部曲〉中的生命政治》，《人文论丛》2019 年第 1 期，第 172 页。

③ 吉奥乔·阿甘本：《神圣人——至高权力与赤裸生命》，吴冠军译，中央编译出版社 2016 年版，第 184 页。

败的精神和肉体，如患厌食症的博恩兹，则如封闭于蚕茧中的蛹一样，成为"半蛹半蝶的那种神话生物"①，在未完成的死亡中挣扎不休，又如同瑞佛斯在殖民地上所见的"姆布寇"，在恶灵"契塔"的作用下，他无限地变小，却一时无法死去，② 被永远悬置于生与死之间的界槛之地。

第二节　性与生命政治

三部曲中，性是一个被时时涉及的话题，很多矛盾因素围绕着性别与性的轴心展开，如战争期间男女两性之间逐渐显现的隔阂、分裂以及二者之间的同情、支持与理解，如社会对男性之间兄弟情谊的普遍赞赏以及对同性恋——尤其是男同性恋——的高压钳制。

透过生命政治的棱镜，可以看到在巴克这些关于性的叙事中，性成了权力用来摆布与控制生命的新技术。在人口层面，权力首先利用公众舆论突出女性对军人的仰慕和爱情神话以及男性兄弟情谊中的"性"元素来鼓励、怂恿、诱惑或胁迫着男性走上战场，而当异性恋情及兄弟情谊的肥皂泡随着战争对肉体的粉碎而破灭时，权力又制造"女性威胁男性论"与"同性恋祸国论"，以此将同性恋当作战争带来的社会矛盾的替罪羊。在个体层面，同性恋或疑似同性恋者被施以精神治疗，或被投入监狱，每个个体都受到怀疑，一时间人人自危。

一、"性"作为激励技术

在《幽灵路》中，几个军官晚上聚在一起闲聊，当威耶特高谈阔论他的妓院经历时，听众反应各个不同，"格瑞葛婚姻美满，育有一幼女，面带微笑，态度容忍"，单身但有未婚妻的哈磊特"浑身不自在，也跟着笑"，

---

① 帕特·巴克：《重生》，宋瑛堂译，时报文化出版企业股份有限公司 2014 年版，第 252 页。

② 帕特·巴克：《幽灵路》，宋瑛堂译，时报文化出版企业股份有限公司 2014 年版，第 127 页。

"有个小男生笑声太响亮了，自曝处男之身，大家替他难为情，唯独他自己不知"①。这个看似闲笔的小细节实际上对应着围绕着"性"而产生的荣耀感或羞耻感。在战争期间，这种关于性的传奇被精心建构起来，是刺激及吸引着男性走上战场的重要手段。

首先，女性的异性吸引力在宣传及舆论层面起着重大的作用。将军弗兰克·珀西·克罗泽（Frank Percy Crozier）宣称，"一个男人——或男孩……不会爱的话，也不会打仗"②。这种话语将"性"与"爱"混淆，在"爱"的话语遮蔽下，隐秘地向愿意服役的男人承诺了性。在宣传层面，"女性受到在役军人吸引的现象很容易被夸张"③。在关于战场的报导或征兵海报中，爱情神话也被不断加入进来，流行的传说是女性特别喜欢与伤者堕入爱河，而且她们并非因怜悯而是因为崇拜而爱。公众视线中的护士被普遍地浪漫化，成为温柔无私地照顾荣耀的伤残者的天使般的爱人形象。在一幅1916年的漫画中，一边是表情自得的伤员，一边是姿态端庄、朗读陪伴的护士，画面上写着："当你受伤了，爱是最好的外衣。"④如图3-1⑤。

陆军部最著名的海报之一《不列颠的女人说——"去吧"》，画面上两个年轻女人和一个孩子的目光望向远方，充满了对远方之人的爱和期盼，如图3-2⑥。

---

① 帕特·巴克：《幽灵路》，宋瑛堂译，时报文化出版企业股份有限公司2014年版，第130页。

② Joanna Bourke. *Dismembering the Male*: *Men's Bodies*, *Britain and the Great War*. London: Reaktion, 1996, p. 159.

③ Joanna Bourke. *Dismembering the Male*: *Men's Bodies*, *Britain and the Great War*. London: Reaktion, 1996, p. 156.

④ Joanna Bourke. *Dismembering the Male*: *Men's Bodies*, *Britain and the Great War*. London: Reaktion, 1996, p. 56.

⑤ 图3-1来自Joanna Bourke. *Dismembering the Male*: *Men's Bodies*, *Britain and the Great War*. London: Reaktion, 1996, p. 57.

⑥ 图3-2来自Sandra M Gilbert. Soldiers Heart: Literary Men, Literary Women, and the Great War. in Margaret Randolph Higonnet, Jane Jenson, Sonya Michel, Margaret Collins Weitz. ed. *Behind the Lines*: *Gender and the Two World Wars*. New Haven and London: Yale University Press, 1987, p. 210.

图 3-1

图 3-2 《不列颠的女人说——"去吧"》

在罗伦古第五龙骑兵警卫队（The 5th Dragoon Guards at Rollencourt）的一张照片里，忸怩腼腆的法国妇女和姿态自信、充满期待的小伙子调着情，如图 3-3① 所示。

图 3-3

在舆论营造的这种氛围中，穿上军装的男性似乎更容易获得性，似乎对军人而言，女性在战时大大增加了其可获得性，军队及整个社会对军人的性行为也容易持含糊态度，因为军人"随时面临死亡"的处境使其某些性行为合理化。然而事实上，军人接近女性的机会基本被限制在训练间隙及偶尔的休假时间，而且在这期间，他们获得的性也并非都是免费的。基于后方家庭中男性的缺席，很多女性生活艰苦，"历史上第一次，女性与军人发生性关系，更多的作为业余的，而不是专业的妓女"②。普莱尔休假

---

① 图 3-3 来自 Joanna Bourke. *Dismembering the Male：Men's Bodies，Britain and the Great War*. London：Reaktion，1996，p. 157.

② Joanna Bourke. *Dismembering the Male：Men's Bodies，Britain and the Great War*. London：Reaktion，1996，p. 156.

时曾在海滩上遇到一个二十五六岁的少妇和她的母亲。旁人眼中，少妇似乎已婚，或因战争而守寡，或因丈夫滞留战场，被迫跟母亲一起生活。当她母亲注意到普莱尔的军官装束，客气地招呼他时，普莱尔忽然明白，"少妇不是寡妇，身份也非已婚"，她"即便生过小孩，两腿绝对非合得张不开"，因为她的母亲"语气充满恐慌，道尽女儿的心酸"①。在某次外出散步返回军营的路上，普莱尔也遇到过一名"要付钱"的红发女子，"打扮绚丽，独行"②。他随她回家，"她的嗓音受自尊心驱使而缩紧"，她用酒把自己灌得"东倒西歪"，普莱尔意识到，"也许她需要的不是酒精，而是借酒醉掩饰真我"③。在她的脸上，普莱尔看见被麦肯济神父强奸的自己，他"看见一张闭锁的脸，认出这种表情，不是凭视觉，而是靠自己脸部肌肉来体认，因为他也曾以这种姿势躺着，巴望事情快快结束"④。

　　除了在宣传与舆论上将服役与女人的"性"相关联，为了引人入伍，安抚军心，在那个疯狂的时代，军队甚至代为召妓，很多年轻士兵的性经历是在战争中完成的，由军队给他们提供第一课。⑤ 普莱尔向瑞佛斯谈及法国的一家妓院，"最糟糕的是什么，你知道吗？我认为最糟糕的是什么？我那时经常去亚眠的一家咖啡厅，马路正对面是一间妓女院，男人排队到街上"，他看着瑞佛斯，"一人两分钟"，军官则时间长些。⑥

　　在战争期间，权力对身体更为诡异的操纵是，在招募士兵的过程中，

---

　　① 帕特·巴克：《幽灵路》，宋瑛堂译，时报文化出版企业股份有限公司2014年版，第8页。
　　② 帕特·巴克：《幽灵路》，宋瑛堂译，时报文化出版企业股份有限公司2014年版，第36页。
　　③ 帕特·巴克：《幽灵路》，宋瑛堂译，时报文化出版企业股份有限公司2014年版，第41页。
　　④ 帕特·巴克：《幽灵路》，宋瑛堂译，时报文化出版企业股份有限公司2014年版，第42页。
　　⑤ Joanna Bourke. *Dismembering the Male*：*Men's Bodies*，*Britain and the Great War*. London：Reaktion，1996，p. 159.
　　⑥ 帕特·巴克：《重生》，宋瑛堂译，时报文化出版企业股份有限公司2014年版，第99页。

不仅女性的异性吸引力被明确地、高调地使用和调动，男性之间的性吸引力也被隐秘地利用起来。这种利用，没有对女性性魅力的利用那么直接，而是以普罗大众在道德层面能够接受的方式，即通过对"兄弟情谊"的宣扬与操纵来实现。

男性之间的兄弟情谊被用来指"男性之间亲密的情绪与情感的互动，从中个体将自己认同为纯男性群体的组成部分"①。在主要角色皆为男性、女性角色退居其次的三部曲中，巴克铺陈了很多令人印象深刻的关于兄弟情谊的细节与事件，用丰富的细节充分展现了这些情谊在军医与病患以及军人与军人之间所起到的重要作用。

首先，这种情谊可以让人在压力中受到安慰、心情宁静，如患上晕血症的安德森医生与瑞佛斯相处，"他觉得安全，因为他知道瑞佛斯能体会同样的恐惧"②。离开奎葛洛卡回到战场的萨松头部受伤，在兰开斯特门区的美国红十字医院的病床上醒来，见到前来看望的瑞佛斯，"霎时之间面露欣喜，紧接而来的是恐惧。他伸出一手触碰瑞佛斯的袖子。瑞佛斯心想，他是想确定我是真人。一个动作暴露不少端倪"③。即将重上战场的普莱尔与曼宁谈起瑞佛斯，两人"相视一笑。瑞佛斯的温情点滴在心头"④。其次，这种情谊可以持续激励他人履行被规定的职责，如瑞佛斯作为军医，与许多病患都有着难以言喻的情感联结，虽然这种联结几乎是不对等的。在瑞佛斯的壁炉上，放着一叠重归战场的病患给他寄来的明信片，他告诉普莱尔，"保持联络的病患属于自愿"⑤。海德道出这种情感联结的神

---

①　Joanna Bourke. *Dismembering the Male: Men's Bodies, Britain and the Great War.* London: Reaktion, 1996, p. 127.

②　帕特·巴克：《重生》，宋瑛堂译，时报文化出版企业股份有限公司 2014 年版，第 125 页。

③　帕特·巴克：《门中眼》，宋瑛堂译，时报文化出版企业股份有限公司 2014 年版，第 241 页。

④　帕特·巴克：《门中眼》，宋瑛堂译，时报文化出版企业股份有限公司 2014 年版，第 306 页。

⑤　帕特·巴克：《门中眼》，宋瑛堂译，时报文化出版企业股份有限公司 2014 年版，第 226 页。

奇作用：瑞佛斯"不知怎么的，他培养出一种强烈的影响力，也许能影响到所有人，不过他特别能影响年轻男人。那种影响力很神奇，他们肯为他做任何事。甚至愿意康复"①。再次，这种情谊可以令人与战友同生共死，为战友舍生忘死，如普莱尔对被炮弹炸得只剩一颗眼珠的战友塔伍斯始终无法忘怀，"那件往事成了他的护身符，随时提醒他最应该对谁效忠"②。萨松面对不断战死的弟兄，心痛连连，一度说："我开始觉得心被挖干了。"③在重返战场之前，与瑞佛斯言谈之中，他难掩焦虑，"挂念乔韦特等弟兄即将进行突击战"④。他答应放弃反战，其中兄弟情谊占据很大因素，因为条件是允许他立刻返回法国战场，"告诉你，我有五六个弟兄，包括乔韦特，快准备进行突袭了，瑞佛斯，我的弟兄啊，是我亲手训练的弟兄，我可不希望他们回营时看不到我"⑤。第四，这种情谊有一种崇高感，令人甘愿为之献身。它使普莱尔与曼宁"领略到一股深切的理解，两人关系的表象几乎无法触及这种深度"，两人"尽管不支持战争，尽管对将领没有信心"，却都相信"战场照样像是唯一干净的地方，令人向往"。⑥

　　战争中男性之间的这些兄弟情谊，原是一种自然的应对机制。军人远离熟悉的家乡，孤独、脆弱及恐惧促使他们设法建立联结，应对残酷的身心考验。就某种程度而言，他们需要在纯男性的环境中重塑家庭氛围，这

---

　　① 帕特·巴克：《门中眼》，宋瑛堂译，时报文化出版企业股份有限公司2014年版，第249页。

　　② 帕特·巴克：《门中眼》，宋瑛堂译，时报文化出版企业股份有限公司2014年版，第295页。

　　③ 帕特·巴克：《重生》，宋瑛堂译，时报文化出版企业股份有限公司2014年版，第169页。

　　④ 帕特·巴克：《门中眼》，宋瑛堂译，时报文化出版企业股份有限公司2014年版，第255页。

　　⑤ 帕特·巴克：《门中眼》，宋瑛堂译，时报文化出版企业股份有限公司2014年版，第246页。

　　⑥ 帕特·巴克：《门中眼》，宋瑛堂译，时报文化出版企业股份有限公司2014年版，第306页。

使得兄弟情谊成为不可避免的、官能性的战争情感。在一些情况下，战场上确实流动着动人的兄弟情谊。新兵男孩崇拜老兵的技能，强壮者帮助弱者，男人互相关怀，一起缝补或洗涤衣物，一起烧茶，照料生病的战友，睡觉的时候互相给对方盖上毯子。尽管他们疲惫不堪，在面临地狱般的恐惧中，他们很多时候必须性命相托，完全的信任与完全的分享，"分享每一件东西，下至一个烟头，最后一块军用饼干，敌军轰炸中的最后一点隐蔽"，"分担彼此的麻烦，将彼此救出险境"。①

然而，正是因为兄弟情谊在支配男性思想与行为方面有着如此巨大的作用，它在战争前后迅速沦为权力拨弄的对象，温情脉脉的兄弟情谊不再是自然产生，而是权力竭力生产的表象，渗透着权力对男性情感的推动、操纵和利用。极为诡诈的是，在对兄弟情谊的推动中，大量身体的因素被调动，"性"诱惑的因素被隐秘地、潜在地加入进来。在战前，国家鼓励的青少年教育就为这种操作打下了基础。1915 年《泰晤士报》的一篇文章指出，基督青年军及童子军成员"因士兵品质被挑选"，他们被教以纪律、兄弟情谊、对他人的责任、信任、担当、敏捷及智谋，对于军队生活这是再好不过的装备了。② 童子军活动尤其为军队中的男性联结打开了前景，它的核心之一就是关于"兄弟情谊"。童子军露营提供了一个全然男性的空间。在这样的环境中，男孩是保护者姿态，不是保护女性与儿童，而是其他男孩。晚上同性同伴提供保护，"共享的帐篷、水杯、食物、篝火等，都激起了身体的亲近"③。

在战争期间，兄弟情谊作为刺激群体身份认同的方式，在征兵中起着越来越重要的作用，更多的性吸引元素被不动声色地加入进来，团结、骄

---

① Joanna Bourke. *Dismembering the Male*：*Men's Bodies*，*Britain and the Great War*. London：Reaktion, 1996, p. 136.

② Joanna Bourke. *Dismembering the Male*：*Men's Bodies*，*Britain and the Great War*. London：Reaktion, 1996, pp. 143-144.

③ Joanna Bourke. *Dismembering the Male*：*Men's Bodies*，*Britain and the Great War*. London：Reaktion, 1996, p. 144.

傲、美和爱被联结在一起，混合着多种情愫的、暧昧不明的"臂弯中的兄弟情谊"①被用来全方位刺激男性的身心，诱惑男性入伍，补充日益严重的人员伤亡。

将雄性美与归属感联结为一体的，首先当属制服。制服不仅突出男性个体的雄性美，也用来张扬男性团体审美特质上的骄傲感，统一的制服建立视觉上的联结感这一做法由来已久，更是军方"将男人联结成服从的、有效的部队单元的技术之一"②。制服不仅在个体审美层面上充分激发男性自恋，并在集体层面张扬男性团体审美特质，以鼓励团体自豪感，因为军方在历史经验中看到，"制服审美层面上的联结感只有在发展出自恋时才起作用。只有个体服役人员钦慕自己的身体，集体才会受到崇拜"③。

除制服外，如乔安娜·伯克所指出的，"无论是着装还是不着装，军队生活的审美会唤起强烈的团队精神"④。在这个意义上，在军旅生活中不断出现的集体"裸体"也成为另外一种刺激团体精神的积极方式。男性裸体"从男性进入征兵办公室开始"⑤，成为男性身体司空见惯的遭遇。《幽灵路》中，普莱尔在医院接受体检，他轻车熟路，毫无隐私概念，麻利地脱下裤子，照指示弯腰，中年医官"伸出戴着手套的指头，扳开两边"，检查是否长痔疮，因为"军人饱腹利于行军，长痔疮则会跛脚"。⑥ 童子军约翰·哈格雷夫（John Hargrave）回忆起在马里波恩（Marylebone）征兵办公室，

①　Joanna Bourke. *Dismembering the Male: Men's Bodies, Britain and the Great War.* London: Reaktion, 1996, p. 131.

②　Joanna Bourke. *Dismembering the Male: Men's Bodies, Britain and the Great War.* London: Reaktion, 1996, p. 129.

③　Joanna Bourke. *Dismembering the Male: Men's Bodies, Britain and the Great War.* London: Reaktion, 1996, p. 128.

④　Joanna Bourke. *Dismembering the Male: Men's Bodies, Britain and the Great War.* London: Reaktion, 1996, p. 131.

⑤　Joanna Bourke. *Dismembering the Male: Men's Bodies, Britain and the Great War.* London: Reaktion, 1996, p. 129.

⑥　帕特·巴克：《幽灵路》，宋瑛堂译，时报文化出版企业股份有限公司2014年版，第11页。

男性被要求脱光衣物，"男性的汗味充斥着接待室"，各种心形或船及锚之类的文身裸露出来。① 一些人感到害羞，一些人则很高兴在他人面前炫耀身体。对于雄壮肉体的崇拜，以及由此引发的归属感，变成普遍而平常的事。乔安娜·伯克指出，在1914年至1916年间，约有40%的军队或储备军是受身体感召而入伍，刻意制造的健美身体使人产生一种情绪，即"跟那种人产生联系一起服役有一种天然的吸引力"②，"男人中的男人"会被整个集体热爱，士兵会冒险进入无人地带搜寻"最勇猛的家伙"的尸体③。男性精神焕发的集体裸体的照片进入公众视野，如一群裸体男性成排坐在一起等着衣服被晾干，几个一起洗澡的男性手臂互搭着肩膀站在水里，造成一种"愉悦的景象"④。这些裸体有着显而易见的刺激男性感官的作用，瑞佛斯指出，根据弗洛伊德的学说，"在清一色的男性环境里，在情绪激荡下，结合作战的经验，这些条件能挑起同性恋和虐待狂的冲动"⑤。普莱尔也在日记中写道："我也想起澡堂里排排站的裸男，想到，有这种感觉的不止我一个。整个西线全是打手枪男人的乐园"⑥；在球赛半场休息期间，"有些弟兄脱掉上衣，蒸汽从肉体上升"，"詹肯斯对场外的某人挥手，一时之间，他的脸转向我，偏绿的眼珠，红头发，雀斑点点的乳白肌肤，令我不得不下一番苦心，才能转移视线"⑦；当士兵一起裸体洗澡，看着这

---

① Joanna Bourke. *Dismembering the Male*：*Men's Bodies*，*Britain and the Great War*. London：Reaktion，1996，p. 129.

② Joanna Bourke. *Dismembering the Male*：*Men's Bodies*，*Britain and the Great War*. London：Reaktion，1996，p. 131.

③ Joanna Bourke. *Dismembering the Male*：*Men's Bodies*，*Britain and the Great War*. London：Reaktion，1996，p. 133.

④ Joanna Bourke. *Dismembering the Male*：*Men's Bodies*，*Britain and the Great War*. London：Reaktion，1996，p. 129.

⑤ 帕特·巴克：《幽灵路》，宋瑛堂译，时报文化出版企业股份有限公司2014年版，第174页。

⑥ 帕特·巴克：《幽灵路》，宋瑛堂译，时报文化出版企业股份有限公司2014年版，第161页。

⑦ 帕特·巴克：《幽灵路》，宋瑛堂译，时报文化出版企业股份有限公司2014年版，第159页。

些裸体颇为难堪，"有无衣服只是一场游戏。但这里的情形不同。这里权力不均等的情形是真的，打赤膊是非自愿的。无计可施。我是说，我可以压低视线，走来走去，活像处女姨妈去逛巨根韭葱展。但我觉得不自在。至于其他军官感觉如何，我怀疑多数军官不会"①。《幽灵路》中，在开往前线的路上，普莱尔观察士兵在谷仓里的两个旧澡盆前排队洗澡，"士兵脱掉衣裤堆起来，裸身排队，瞎扯着，相互推挤"，"几百片小小的日光从墙壁和屋顶的裂缝照进来，烁烁如闪光丝，光辉在万物的表面跳舞，照在褐色的脸和脖子，白皮身体，喉咙有一条分界线，鲜明如上断头台"②。看着这些裸体，普莱尔忍不住感叹，"士兵的赤裸有一种哀婉感伤的特质，不仅因为裸体明显太脆弱，也因为穿上军服时连带穿上耻辱和匿名性"③，而这种哀婉、脆弱、耻辱和匿名性对多数平民而言，却是另一个世界中陌生而难以理解的事物。巴克描摹的细节以及通过普莱尔传达的感受富有寓意地表明，被权力技术操控的裸体，无论在媒体中呈现出多么美好的状态，他们的脖子上其实早有一条鲜明的分界线——断头台的标记，这些是普通民众无法轻易窥见的真相。

推动兄弟情谊的海报不仅诉诸裸体的感官性吸引，也诉诸男性之间夸张的情感联结，这种被大肆宣扬的感情溢出通常的、日常的男性之间的情感范畴，变得暧昧不明、难以定义，如当时非常流行的海报之一，名为《我们在一起》(*All Together*)，如图3-4④。

这幅海报借助关于男性"古老的海上航行"的寓言，将男性集体浪漫冒险的氛围刻意营造出来，画面中心的两个男性身体紧密相贴。此外，充满

---

① 帕特·巴克：《幽灵路》，宋瑛堂译，时报文化出版企业股份有限公司2014年版，第160~161页。

② 帕特·巴克：《幽灵路》，宋瑛堂译，时报文化出版企业股份有限公司2014年版，第160页。

③ 帕特·巴克：《幽灵路》，宋瑛堂译，时报文化出版企业股份有限公司2014年版，第161页。

④ 图3-4来自Joanna Bourke. *Dismembering the Male：Men's Bodies，Britain and the Great War*. London：Reaktion，1996，p. 132.

图3-4　《我们在一起》

感情的标语，如"加入 T. A.①，你可以跟朋友一起战斗"，在征募男性到地方自卫队时也很有效。② 在军事及公共舆论中，"爱是常常被用来描述这种情感的词"③。如历史学家常常引用的西德尼·罗杰森(Sidney Rogerson)的文字指出，在战争中，可以发现"我们可以注意到很多士兵对某些军官的强烈感情，他们对他们完全的信任。我们看到超越男女之爱的爱"④。男性之间的这种"爱"常常被海报强调性地表现在身体的亲密上，如一同参军的两兄弟在父母面前激情地亲吻，"战争使这样的戏剧合法化"⑤，如图3-5⑥。

---

①　T. A. 即"Territorial Army"。

②　Joanna Bourke. *Dismembering the Male*：*Men's Bodies*，*Britain and the Great War*. London：Reaktion，1996，p. 131.

③　Joanna Bourke. *Dismembering the Male*：*Men's Bodies*，*Britain and the Great War*. London：Reaktion，1996，p. 133.

④　Joanna Bourke. *Dismembering the Male*：*Men's Bodies*，*Britain and the Great War*. London：Reaktion，1996，p. 145.

⑤　Joanna Bourke. *Dismembering the Male*：*Men's Bodies*，*Britain and the Great War*. London：Reaktion，1996，p. 126.

⑥　图 3-5 来自 Joanna Bourke. *Dismembering the Male*：*Men's Bodies*，*Britain and the Great War*. London：Reaktion，1996，p. 127.

图 3-5

　　海报还展现前线弹坑里士兵疲惫而熟睡的身体"像勺子一样依偎"①,如图 3-6②。

图 3-6

　　①　Joanna Bourke. *Dismembering the Male*：*Men's Bodies*，*Britain and the Great War*. London：Reaktion，1996，p. 135.

　　②　图 3-6 来自 Joanna Bourke. *Dismembering the Male*：*Men's Bodies*，*Britain and the Great War*. London：Reaktion，1996，p. 135.

在这种满怀雄性柔情的图片与文字宣传中，男性的身体与情感都被最大限度地调动，在这种氛围中，男人们吹嘘"战友多么渴望他们的加入"，一些士兵跟"大家庭"一起到前线时是多么兴高采烈，甚至有人拒绝升迁也要跟伙伴在一起。① 因受伤而回到后方的官兵"会满怀负罪感地担心朋友感到被抛弃"②。情谊与情爱之间界限模糊，如同三部曲中萨松对乔韦特的感情。萨松对瑞佛斯感叹道，"乔韦特长得好美啊"③，"我针对乔韦特写了一首诗。他永远不会知道我写的是他。……一个人怎么会对没血缘关系的人产生父爱呢？我指的是纯纯的父爱，不是借长官的身份占部下便宜，甚至连占便宜的想法都没有，可是心底却有另一股春潮。……我觉得，两者绝对有可能并存而且相安无事"④。他坦言道，跟乔韦特和斯蒂菲聊天，"我会高谈多想出去打仗，把他们激得士气高昂"⑤。生命政治需要的正是这种名为情谊、实为情爱的感情为男性带来的巨大动力与战斗力。

除了正面刺激，"对身体的羞辱"也被用来从反面强化兄弟情谊，被贬低的身体意味着失去归属感、被爱所抛弃，而这种惩罚方式的威力是巨大的。对于流行于前线的臭名昭著的一号惩罚，中将乔治·F. 米尔恩（Lieutenant-General George F. Milne）指出，这种惩罚有效，不仅是因其引起的身体疼痛，更是因为它让人"看起来感觉愚蠢乏味"，而"让人感觉愚蠢这一件就是有力的威慑"。⑥ 一位宪兵中士指出，受过此刑的人会严重损

---

① Joanna Bourke. *Dismembering the Male*: *Men's Bodies*, *Britain and the Great War*. London: Reaktion, 1996, p. 131.

② Joanna Bourke. *Dismembering the Male*: *Men's Bodies*, *Britain and the Great War*. London: Reaktion, 1996, p. 132.

③ 帕特·巴克：《门中眼》，宋瑛堂译，时报文化出版企业股份有限公司2014年版，第251页。

④ 帕特·巴克：《门中眼》，宋瑛堂译，时报文化出版企业股份有限公司2014年版，第253页。

⑤ 帕特·巴克：《门中眼》，宋瑛堂译，时报文化出版企业股份有限公司2014年版，第251页。

⑥ Joanna Bourke. *Dismembering the Male*: *Men's Bodies*, *Britain and the Great War*. London: Reaktion, 1996, pp. 99-100.

害自己在他人眼中的形象。① 除了羞辱性的惩罚，对于被处死的士兵来说，特别恐怖的是，他的死刑会"剥夺个体及整个军团的英雄地位"，因为"如果死刑被执行，消息将会在《军队命令》(Army Orders)上出现，会向整个军队宣布"。② 为保护军团的名声，士兵会因为自己队伍里出了有"懦夫名声"的人而感到屈辱，他们会进一步"以同志名义宣誓在下一场战役中挽回他们的名声。他们将继续战斗，不惜代价，永不投降，不做俘虏"③。在战场上，在一个团体中荣耀地死亡比死亡本身更为重要，如利德尔·哈特(Liddell Hart)在1916年5月的遗嘱中说的，"我感觉为英格兰而死是一种荣耀，我感觉更大的荣耀是作为英国正规军的军官而死，在其中，去得以与其他军官及士兵为伙伴，很多是上帝送至人间的最出色的绅士"④。男性之间的兄弟情谊将巨大的压力置于男性肩头，以榨取军事价值。被极度张扬的兄弟情谊意味着你要与同伴一起死去，否则，你会如萨松一样内疚好几年或一辈子。似乎永不分开的伙伴保证了一个大墓，没有泥土层能将其分开。

看着自己的病人年轻而饱经忧患的脸，瑞佛斯曾经这么感慨，"很多男病患年纪轻轻，有些甚至未满二十岁，自述带兵的感觉有如当父亲"，这些年轻人的任务美其名曰带兵，平常担心的却是"弟兄们的袜子、靴子、水泡、伙食、热饮"。他们那种永远烦躁的神态，瑞佛斯只在战场以外的某些地方见过，"在医院的民众区。有一种低收入户的女人，三十出头，生养了一堆嗷嗷待哺的小孩，很容易被误认是五十岁妇人，甚至更老，她们的表情就像这样。这种表情意味着，这些人无力救人，却把几条人命挑

---

① Joanna Bourke. *Dismembering the Male: Men's Bodies, Britain and the Great War*. London: Reaktion, 1996, p. 101.

② Joanna Bourke. *Dismembering the Male: Men's Bodies, Britain and the Great War*. London: Reaktion, 1996, p. 97.

③ Joanna Bourke. *Dismembering the Male: Men's Bodies, Britain and the Great War*. London: Reaktion, 1996, pp. 97-98.

④ Joanna Bourke. *Dismembering the Male: Men's Bodies, Britain and the Great War*. London: Reaktion, 1996, p. 132.

在肩膀上"①。瑞佛斯的感慨道出了对于士兵来说，兄弟情谊带来的无法承受之重。这是一种被权力操纵的把戏，意在榨干个体的每一分身体力量与精神力量，而且使被压榨者即便身心耗竭，也显得那么心甘情愿。

在战争对人的生命的大量消耗中，生命政治的精打细算使所有关于人的情感因素和身体因素都被充分地利用。为了调动更多的男性身体，不仅女性的性吸引元素被大张旗鼓地利用，男性之间的性魅力元素也被隐秘地加入进来。"性"不止像福柯所说的是人口繁殖或个体生存或快感的因素，而是变成了权力调动肉体，使之服从支配的工具。在战争层面上，这一负责生殖与繁衍的生理功能，反讽性地变成了屠杀生命、诱导死亡的武器。

二、"性"策略的失效

三部曲中，普莱尔常常表现出愤怒和仇恨，他恨前线的生活，"我们睡在军官宿舍里，感觉像住进医院的大病房——隐私被牺牲掉，却未换得亲密感"②，他也恨后方百姓，当跟瑞佛斯谈及阵亡的吉米，他满腹怨恨，"吉米阵亡了，而……大家都在享福，我气得一肚子火。我开始想象坦克冲进来，压死他们"③。他对老百姓的憎恨很多时候指向女性，他的女友莎拉洞悉这种恨意，她对他道："对。你那天就像这样。痛恨所有人。在火车里，你还好好的，一到海边，我搞不懂出了什么事，你马上脱离我身边，我抓也抓不到你，能感应到你散发出的那种仇恨。你好像在说，没去过法国战场的全是垃圾。今天在船上呢，就是那样。你的心情变成那样的时候，你是一问三不答，根本是鄙视所有人。"她补充道："包括

① 帕特·巴克：《重生》，宋瑛堂译，时报文化出版企业股份有限公司2014年版，第155页。
② 帕特·巴克：《幽灵路》，宋瑛堂译，时报文化出版企业股份有限公司2014年版，第110页。
③ 帕特·巴克：《门中眼》，宋瑛堂译，时报文化出版企业股份有限公司2014年版，第274页。

我在内。"①

普莱尔的愤怒回应着一个现实，即随着战争的延续，士兵被禁锢于"无人之地"的血污里，不断被现代化武器损毁或消灭，所谓的"兄弟情谊"只能是一场幻梦。和平被禁止谈论，战争依然继续，看不到未来的希望，如葛雷夫斯所说，"理论上，明天就应该宣布停战，事实上不会。战争会一直打到连猫狗都征召不到的那天"②。而在休假期间，士兵们发现除了家里摆着的镶着黑边的逝者的相框，老百姓的生活似乎依旧如常，婚姻与爱情变幻无常，各种社会矛盾浮现，尤其是被诱使为爱与荣耀而服役的年轻男人变得越来越幻灭，越来越跟战前的自我疏离，越来越失望和愤怒。

(一) 兄弟情谊的幻灭

在《幽灵路》中，巴克借普莱尔的视角，不断将开往前线的新兵纳入视界。在火车站里，负责押车转运士兵的普莱尔走到载货车厢，士兵就睡在这货厢。普莱尔看着他们，觉得非常陌生，"这群人不是他的兵，也不属于任何人，只是一群无名征兵"。他自己带下车的一群士兵坐在教堂玄关处，他向他们道别，祝他们好运。"在这种缺乏人情味的过程中，他们的脸转向他，喜怒哀乐皆无。"③在开往前线的途中，他发现，斯卡伯勒基地又派了一队新兵来。"他们目前闲着没事干，等着接受欢迎，可惜到目前为止没人理。其他弟兄为何回避他们，原因很难说，大概是满脑子战斗，无法应付这些脸孔粉嫩无邪的新兵。"④他在日记中写道，"看着曼彻斯特军团行军过来，雨势不歇，斗篷湿淋淋。一张张破碎的脸，一双双充血

① 帕特·巴克：《门中眼》，宋瑛堂译，时报文化出版企业股份有限公司 2014 年版，第 210 页。

② 帕特·巴克：《重生》，宋瑛堂译，时报文化出版企业股份有限公司 2014 年版，第 33 页。

③ 帕特·巴克：《幽灵路》，宋瑛堂译，时报文化出版企业股份有限公司 2014 年版，第 131 页。

④ 帕特·巴克：《幽灵路》，宋瑛堂译，时报文化出版企业股份有限公司 2014 年版，第 193 页。

的眼睛。最近很难熬。认得一两张脸，是我去年认识的。去年之前呢？
不认识。损失多惨重，没人提”①，"遍地弥漫着同样的恐惧。大家同样不
愿在大概一生不会再遇见的人身上浪费时间"②。行军中他偶尔想起死去
的男仆隆士达夫，"我不知不觉想起隆士达夫。他才死三个星期，却鲜
少掠过我的脑海。……我们太靠近死神了，懒得大惊小怪。哀伤能省则
省"③。

通过普莱尔，巴克揭示了关于兄弟情谊的真相，以及被军方大力宣传
的兄弟情谊的脆弱与虚伪。战场上的兄弟情谊受着诸多因素的制约。首
先，由军阶造成的在役军人之间的鸿沟是无法逾越的。军官不能跟士兵毫
无隔阂地称兄道弟，他必须处在自己的军衔所规定的位置，保持这一位置
赋予他的优势地位来维持自己的领导。他要依靠自己的人格和威望赢得尊
重，因此在将士兵看作属下与看作兄弟之间，用乔安娜·伯克的话说，他
"必须稳定一个微妙的路线"④。一些军官还有"恭顺的仆人"伺候。⑤ 三部
曲中，即使是普莱尔这样由劳动阶级晋升上来的"临时绅士"式的军官，也
有一个为他服务的临时仆人隆士达夫，"他是个冒牌绅仆，我（普莱尔）自
己也是个冒牌绅士"⑥。阶级区别直接延续在战壕中，切开空洞的兄弟情谊
的观念。普莱尔对"战壕政治"深有体会，他坦言，"真正让人生气的事情
只有一件，就是后方的人说前线无阶级。放——屁。吃穿、睡的地方、抗

① 帕特·巴克：《幽灵路》，宋瑛堂译，时报文化出版企业股份有限公司2014年
版，第142页。
② 帕特·巴克：《幽灵路》，宋瑛堂译，时报文化出版企业股份有限公司2014年
版，第110页。
③ 帕特·巴克：《幽灵路》，宋瑛堂译，时报文化出版企业股份有限公司2014年
版，第215页。
④ Joanna Bourke. *Dismembering the Male*：*Men's Bodies*，*Britain and the Great War*.
London：Reaktion，1996，p. 146.
⑤ Joanna Bourke. *Dismembering the Male*：*Men's Bodies*，*Britain and the Great War*.
London：Reaktion，1996，p. 147.
⑥ 帕特·巴克：《幽灵路》，宋瑛堂译，时报文化出版企业股份有限公司2014年
版，第140页。

什么东西，都有阶级。基层兵是驮兽"①。阶级区别无处不在，"去报到，马上就看得出来，有些人受到的欢迎比较热诚。你念对了学校，就比较受欢迎。会打猎的人、衣服穿对颜色的人，也比较受欢迎。对了，正确的颜色是深一点的卡其色"②。在这种区别和割裂中，兄弟情谊很多时候只是美丽的肥皂泡，"大家谁也不认识谁。指挥士兵跑东跑西的，他们不认识军官，不信任军官(凭什么要他们信任你?)，军官也不对士兵灌注任何温情"③，"军官与军官之间亦然，但彼此不认人的情况稍显轻微"④。

兄弟情谊也被另外一些因素颠覆，如军团番号、婚姻状况、宗教与种族等。一些人鄙视别人太干净，另一些人鄙视别人太邋遢。当 1916 年开始征已婚男性入伍时，单身兵感受相当痛苦，太年轻的士兵因为没有性的经历和家庭贡献而受到嘲笑。⑤ 在正规兵 (Regular servicemen)、自卫队 (Territorials) 及应征兵 (Conscripted men) 之间，几乎不存在兄弟情深，三个群体很容易被区别开来。正规军被认为身体"造就得美好"，"令人印象深刻"。正规兵认为自卫队员受到太高的教育，太富有想象力以至于不能是有效的战士，或认为自卫队员缺乏纪律观念，总是回家。而应征兵则被认为没有什么用。"出生地也造成军人不可调和的分裂"，黑人士兵及中国士兵都受到"取笑、侮辱和虐待"，父母是德国人的士兵则被羞辱地从前线召回，放在米德郡军团第 33 营 (The 33rd Battalion Midshire Regiment)。⑥ 这

---

① 帕特·巴克:《重生》，宋瑛堂译，时报文化出版企业股份有限公司 2014 年版，第 99 页。

② 帕特·巴克:《重生》，宋瑛堂译，时报文化出版企业股份有限公司 2014 年版，第 98 页。

③ 帕特·巴克:《幽灵路》，宋瑛堂译，时报文化出版企业股份有限公司 2014 年版，第 109 页。

④ 帕特·巴克:《幽灵路》，宋瑛堂译，时报文化出版企业股份有限公司 2014 年版，第 110 页。

⑤ Joanna Bourke. *Dismembering the Male*: *Men's Bodies*, *Britain and the Great War*. London: Reaktion, 1996, p. 147.

⑥ Joanna Bourke. *Dismembering the Male*: *Men's Bodies*, *Britain and the Great War*. London: Reaktion, 1996, p. 149.

一切，如普莱尔对瑞佛斯所说："你以为前线士官兵是和乐一家亲吗？才不是。大家彼此鄙视啊。"①

最重要的是，在战场上，无处不在的死亡使情感维系变得难以为继。战争期间的男性联结主要是在前线士兵的个体互动的层面上，在大规模的死亡面前，男性无法保证能够留在伙伴身边，联结变成暂时的、偶然的。在极端境况，死亡变成了一件小事。30 分钟内士兵会目睹两千人的死亡。② 目睹同伴受伤也是创伤性的，"你会习惯于看到受伤的人，但是不会习惯看到人受伤的过程"③，糟糕的是，"男人可以在战斗之后如释重负地哭泣与互相拥抱，但是受伤的男人这么做就会被人皱眉看不起：受伤的男人被期待展示镇静"④。难以承受的情绪波动导致了情绪冷酷，在这种情况下，太执着的爱会是毁灭性的。既然人不能太亲密，他们学会了撤回自己的感情，男人学会停止帮助受伤的人。如果他自己也受伤的话，那么对身侧垂死之人也难有持久的怜悯。⑤ 战争催生了对不可能被轻易遗忘的他人身体的冷漠感。威廉·克拉克（William Clarke）这样描述这种情绪，"在战壕中，你会变冷酷，你看够了饥饿、寒冷、潮湿及悲惨，你常常不关心自己是否能幸存。看着如此多的尸体。你在战壕中走动，会经常踩上正在腐烂的尸体而打滑。只有当特别的伙伴死去或受伤时你才会有感觉，而且这感觉会很快消失，因为你真正想的是睡点觉、暖和一点、干净一点，能吃上点好的热乎的食物"⑥。

---

① 帕特·巴克：《重生》，宋瑛堂译，时报文化出版企业股份有限公司 2014 年版，第 78 页。

② Joanna Bourke. *Dismembering the Male: Men's Bodies, Britain and the Great War.* London: Reaktion, 1996, p. 151.

③ Joanna Bourke. *Dismembering the Male: Men's Bodies, Britain and the Great War.* London: Reaktion, 1996, p. 137.

④ Joanna Bourke. *Dismembering the Male: Men's Bodies, Britain and the Great War.* London: Reaktion, 1996, pp. 151-152.

⑤ Joanna Bourke. D*ismembering the Male: Men's Bodies, Britain and the Great War.* London: Reaktion, 1996, p. 151.

⑥ Joanna Bourke. *Dismembering the Male: Men's Bodies, Britain and the Great War.* London: Reaktion, 1996, p. 77.

前线伤亡导致的快速变化的人事与战况，令很多士兵无法适应，备觉孤独，濒临崩溃。美好的关于男性的"兄弟情谊"的幻想在一定程度上让战场变得不那么难以忍受，但在战争残酷而血腥的现实面前，充满纪律与荣誉，社会差别消除，士兵和军官亲如一体，性命相托，这样的观念不堪一击。兄弟情谊营造出的"一种脆弱的文明气息，一份灾难将至之前的同舟共济感"①，终究是梦幻泡影。战时被当作征兵宣传要素的所谓的男性联结也许在局部或某个阶段起过作用，但随着战争推进，伤亡加剧，最终证明是荒谬的、失败的。基于这个原因，军方开始拒弃这种修辞。一方面，一些官员担心军人之间太过亲密，目睹熟悉的战友阵亡会影响情绪与士气，开始铲除兄弟情谊滋长的土壤，如乔安娜·伯克的研究指出的："当伤亡发生时，很多军人亲近的朋友会因为他的离开而低沉很多天……值得注意的是，如果团体都招募于同一个城镇，一个士兵的死亡会引起整个营队的悲痛浪潮。"②据此，一些军事单位会将士兵分开、分批送上前线作战。③另一方面，政府和公众舆论开始质询和打压男性之间的亲密。这种原本受到权力大力倡导的亲密受到的质询和打压，不仅使男性的处境更为孤独与绝望，也因权力需要找到使男性缄默而服从的借口而将男性以"性"的名义推上了政治与舆论的风口浪尖。

（二）对异性之爱与性的幻灭

在《幽灵路》中，普莱尔表达了作为士兵深深的被抛弃感。在前线，晚上"弟兄们靠背包坐，或靠在彼此的膝盖边，酸痛的腿总算能随地乱伸。

---

① 帕特·巴克：《幽灵路》，宋瑛堂译，时报文化出版企业股份有限公司 2014 年版，第 134 页。

② Joanna Bourke. *Dismembering the Male：Men's Bodies，Britain and the Great War*. London：Reaktion，1996，p. 150.

③ Joanna Bourke. *Dismembering the Male：Men's Bodies，Britain and the Great War*. London：Reaktion，1996，p. 150.

他们写信给妻子、母亲、女友"①，然而后方传来的信件则不时传来士兵的妻子出轨的消息。他在日记中写道："上上星期五，摩尔的妻子在瑰冠的酒吧厅耗掉整晚，陪伴芳心的人是杰克·普得发特。杰克在军火工厂有一份好工作，周薪五英镑。摩尔的小姨子生性热心公益，写信告知这件事。"②男性被困在血与泥泞的战壕里，与家庭完全隔绝。普莱尔的日记写道，"格瑞葛伤重死了。我记得他拿家书给我看，幼女拿红蜡笔在信上写着大字'吻'"③，"黑伍德的小孩得了扁桃体炎，医生决定切除，黑伍德则反对动刀，可惜他正在写的这封信不会及时寄到"，"巴克斯顿的夫人正要为他生第一胎。她似乎不担忧临盆一事，先生却心惊胆战。他的母亲在分娩时难产而死，因此相信妻子也会遭遇同样的命运"④。在开往前线的驻地，普莱尔看着战友，感慨他们对后方妻小万事无能为力，"他们无事可做。他们不必对谁负责。这场战争忘记他们了"⑤。普莱尔的忧虑反映了当时的现状，如拉尔夫·斯科特（Ralph Scott）在1918年的日记中表达了类似的担忧，担心战后人们会很快忘记男人的牺牲。他写道："我为之献出力量的女士及更多的人将为了待在后方的更健康、活蹦乱跳的可怜虫而离开我。"⑥

事实上，战争没有实现允诺给男性的荣耀、性和爱。战争加剧了两性人口的不平衡，也使两性之间在感情上隔阂重重，这种隔阂深深体现在莎拉的母亲艾妲的言行中。艾妲憎恨"丈夫"这个角色，最爱看的书是有关妻

---

①　帕特·巴克：《幽灵路》，宋瑛堂译，时报文化出版企业股份有限公司2014年版，第196页。

②　帕特·巴克：《幽灵路》，宋瑛堂译，时报文化出版企业股份有限公司2014年版，第196页。

③　帕特·巴克：《幽灵路》，宋瑛堂译，时报文化出版企业股份有限公司2014年版，第179页。

④　帕特·巴克：《幽灵路》，宋瑛堂译，时报文化出版企业股份有限公司2014年版，第197页。

⑤　帕特·巴克：《幽灵路》，宋瑛堂译，时报文化出版企业股份有限公司2014年版，第133页。

⑥　Joanna Bourke. *Dismembering the Male*: *Men's Bodies*, *Britain and the Great War*. London: Reaktion, 1996, p. 167.

子谋杀丈夫的书，如果女主角是旅游海外的贵族淑女，她们就将夫婿推下河、推下阳台、推下悬崖、推去撞火车；如果女主角是居家妇女，她们会在丈夫的饮食里下马药①。她从不读故事结局女凶手被逮捕并严惩的部分，在她的故事里女主角都逍遥法外。她绝不相信婚姻，也不相信真爱，在她眼里，"男人爱女人就像狐狸爱野兔。而女人爱男人，就像绦虫爱肠肚"，但她教导女儿，"女人在世的唯一目标是婚姻"②，对于她来说，"丈夫"不过是"女人的求生之道"。③ 她毕生致力于将女儿按自己的理想嫁出去，教导女儿要"打扮得漂漂亮亮，个性要乖顺——至少表面要乖顺——要想尽办法取悦男人"④。两个女儿小时候，一家人常去街尾的小教堂。当女儿陆续长大，她宣布全家改信英国国教高教会派（Anglo-Catholicism），因为该教派的教堂位于高级住宅区。⑤ 她看重普莱尔的少尉身份，教导莎拉有机会就要绑住他，否则后悔也来不及，年金也搞不定。在她看来，理想的婚姻就是找个"收入稳定的好青年"，如果后来丈夫走了，提早守寡，"留下收入，那才是真正有福气"。⑥ 她教导莎拉要向姐姐学习，"看看你姊辛西雅，脑筋多灵活"，而辛西雅就坐在旁边，"像当年维多利亚女王一样，从头到脚一身黑"。⑦ 艾姐也憎恨未婚先孕，她"鄙视野兔，瞧不起'中镖'的野兔"⑧，

---

① 译者注：马药（jallop），古时妻子为避免行房怀孕，有些人会对丈夫下毒，轻则眩晕，重则内出血。
② 帕特·巴克：《重生》，宋瑛堂译，时报文化出版企业股份有限公司2014年版，第267页。
③ 帕特·巴克：《重生》，宋瑛堂译，时报文化出版企业股份有限公司2014年版，第267页。
④ 帕特·巴克：《重生》，宋瑛堂译，时报文化出版企业股份有限公司2014年版，第267页。
⑤ 帕特·巴克：《重生》，宋瑛堂译，时报文化出版企业股份有限公司2014年版，第267页。
⑥ 帕特·巴克：《重生》，宋瑛堂译，时报文化出版企业股份有限公司2014年版，第267页。
⑦ 帕特·巴克：《重生》，宋瑛堂译，时报文化出版企业股份有限公司2014年版，第132页。
⑧ 帕特·巴克：《重生》，宋瑛堂译，时报文化出版企业股份有限公司2014年版，第268页。

如果有未婚女子不幸怀孕，她热心地卖给她们廉价的假药水来堕胎，丝毫不会内疚。她因此严格监督女儿的贞洁，不失粗俗地告诉莎拉，"重点是，你应该给自己附加一点价值。你不给自己加值，别人看不上你。你不学着并拢双膝，永远休想订婚"，"男人确实都有那种心态，你休想改变他们"，"没有男人喜欢戳进去跟野男人留下的东西搅和"①。普莱尔以莎拉男友的身份去她家做客，领教了她的言行，嘲讽地想，"连可恶的时钟都被调教过，懂得并拢双膝"②。

艾妲的婚姻观同时反映了男女两性在战争期间的情感困境。单身士兵在经历了几个月的血与泥、饥饿与寒冷，以及渗入头盖骨的恐惧之后，需要女性的性与爱来获得抚慰，然而他们的处境使他们害怕女性，部分"担心她们是间谍"，部分害怕《皮尔逊周刊》(Pearson's Weekly)描述的"女人的套路"，担心她们用黑暗的把戏"使休假的粗心士兵陷入圈套"③，沦为女性获得抚恤金的工具。而像普莱尔这样的军官，即使爱着莎拉并向她求婚，心中还是担心"因为战后时移世易，我可能想出去闯闯天下，也许不想被毕尔街出身的老婆拖累"④。这使得休假的士兵要么像普莱尔一样，"诱"着莎拉献身，要么转向妓女寻求安慰。前者常常导致女性陷入未婚先孕的困境，并背上淫荡的罪名，后者使士兵陷入性病的威胁。

在回乡休假的士兵眼中，女人越来越变得性开放。萨松对瑞佛斯道，"每次回家，女人的裙子变得更短"⑤。夏日的海德公园九曲湖(Serpentine Lake)畔的椅子上，休假返乡的军人与女伴卿卿我我。在爱丁堡的周末海

---

① 帕特·巴克：《重生》，宋瑛堂译，时报文化出版企业股份有限公司 2014 年版，第 265 页。

② 帕特·巴克：《幽灵路》，宋瑛堂译，时报文化出版企业股份有限公司 2014 年版，第 69 页。

③ Joanna Bourke. *Dismembering the Male*: *Men's Bodies*, *Britain and the Great War*. London: Reaktion, 1996, p. 161.

④ 帕特·巴克：《幽灵路》，宋瑛堂译，时报文化出版企业股份有限公司 2014 年版，第 71 页。

⑤ 帕特·巴克：《门中眼》，宋瑛堂译，时报文化出版企业股份有限公司 2014 年版，第 297 页。

滩上，休假的普莱尔看见"女人拉裙摆，露出蓬松的灯笼裤"，"随处可见舌添冰激凌、嘴咬棉花糖、吸吮手指的人，决心榨干今天最后一滴乐趣才过瘾"。普莱尔穿着卡其衣裤，"走在这些人当中，宛如幽灵"①，他身边的女友莎拉令他"感觉相当麻木。她属于找乐子的那一群人"，他对她既羡慕又憎恨，"横了心，只想得到她。这群人，各个对他有所亏欠，而她理应为他们付出代价"②。在这种氛围中，艾姐对于女儿贞洁的守护也不无道理，因为未婚有孕令女人名誉扫地，处境艰难。普莱尔从艾姐家的厨房窗户望出去，"底下是一群群嘴皮结痂的小孩、被打成浣熊眼的女人、床虱、街灯，有些人家把结婚证书贴在窗内炫耀，以羞辱那些无证可展示的邻居"③。艾姐自己从未有过婚姻，深知其中艰辛，为了省钱与获得尊敬，她长年穿着黑色寡妇装，因为"寡妇装的邦巴津织物价格低廉，更能让旁人见而生敬畏心"④。她"庆幸自己拯救两个女儿，让她们不必过那种生活"⑤。此外，虽然未婚生子令人名誉扫地，生计艰难，但堕胎是违法的。莎拉的女工友贝蒂意外怀孕，无奈之下，她"拿铁丝衣架去钩，戳破了自己的膀胱"⑥，被医生骂"可耻"⑦。

女性处境艰难的同时，男性也受到性病的威胁。性病感染率在战争期间急剧增高，1911 年男性的性病感染率是千分之六十一，到 1916 年上升

---

① 帕特·巴克：《重生》，宋瑛堂译，时报文化出版企业股份有限公司 2014 年版，第 181 页。

② 帕特·巴克：《重生》，宋瑛堂译，时报文化出版企业股份有限公司 2014 年版，第 182 页。

③ 帕特·巴克：《幽灵路》，宋瑛堂译，时报文化出版企业股份有限公司 2014 年版，第 66 页。

④ 帕特·巴克：《重生》，宋瑛堂译，时报文化出版企业股份有限公司 2014 年版，第 267 页。

⑤ 帕特·巴克：《幽灵路》，宋瑛堂译，时报文化出版企业股份有限公司 2014 年版，第 66 页。

⑥ 帕特·巴克：《重生》，宋瑛堂译，时报文化出版企业股份有限公司 2014 年版，第 277 页。

⑦ 帕特·巴克：《重生》，宋瑛堂译，时报文化出版企业股份有限公司 2014 年版，第 278 页。

到千分之三十七。① 从1914年8月4日到1918年11月11日，英国军队中大约有40万例性病(Venereal Disease)。② 即使是已婚男兵，且没有伤残和死亡，遥远的距离也使感情生活问题重重。战争将男性从家庭中流放，而回归是不容易的。妻子怀疑身处法国的丈夫不忠，全盘准备好他们一回家就摊牌，丈夫也因自己的缺席为妻子或女友的忠贞问题所困扰。③ 虽然战后更加强调婚内性的重要性，如1919年的《健康与效率》(Health and Efficiency)中的一篇文章华丽地指出"妻子和爱"对军人来说，如同"殉道者灵魂的天堂"④，但战后离婚率依然急剧上升，"1919年的离婚率是1913年的三倍"⑤。

此外，男性发现自己在后方的经济和政治地位相比女性急剧下降。普莱尔回乡休假期间，看到战前生了11个小孩、生活拮据的梭普太太走过来，"身上不再是常见的披肩，脚下不再是木鞋，现在不只穿着外套，戴着帽子，还穿了一件肉色裤袜以及女鞋"，在她张口大笑的时候，战前满口的缺牙残齿不见了，"取而代之的是平整皓白的两排"⑥。她和女伴莱利夫人跟普莱尔打完招呼，"咯咯笑得好开心，两个女人相约去喝酒"⑦，这是一桩新鲜事，因为战前女人是不被允许进酒馆的。走在自童年起就熟悉的街道上，普莱尔发现后方生活景气复苏，"肉品或许稀少，面包或许不够白，这一带却仍欣欣向荣"，这一切令普莱尔深深愤怒，"小妞居然赚得

① Joanna Bourke. *Dismembering the Male: Men's Bodies, Britain and the Great War*. London: Reaktion, 1996, p. 156.

② Joanna Bourke. *Dismembering the Male: Men's Bodies, Britain and the Great War*. London: Reaktion, 1996, p. 161.

③ Joanna Bourke. *Dismembering the Male: Men's Bodies, Britain and the Great War*. London: Reaktion, 1996, p. 162.

④ Joanna Bourke. *Dismembering the Male: Men's Bodies, Britain and the Great War*. London: Reaktion, 1996, p. 169.

⑤ Joanna Bourke. *Dismembering the Male: Men's Bodies, Britain and the Great War*. London: Reaktion, 1996, p. 163.

⑥ 帕特·巴克：《门中眼》，宋瑛堂译，时报文化出版企业股份有限公司2014年版，第105页。

⑦ 帕特·巴克：《门中眼》，宋瑛堂译，时报文化出版企业股份有限公司2014年版，第106页。

比我多？很好啊。莱利太太家的垃圾桶出现了龙虾罐头？很好啊"①。这些景象也令普莱尔感觉自己近乎隐形人，"重返阳世的阴魂无法进入这片活人世界，普莱尔也同样格格不入"②。他感觉街道上到处是叫得出名字的旧识和那些饥饿得不能归阴的幽灵，不禁愤怒地"想象房子失火的模样"③。

普莱尔带着恨意的观察反映了战争期间的一些关于女性的变化。战争期间，由于大量男性死难，后方各种岗位急需新的劳力补充，妇女们开始走出家门，成为护士、弹药厂工人、汽车司机或加入土地劳动大军（Women's Land Army）④。在战争期间，工作女性的数量增加了50%，70万受雇的女性取代了男性劳动力，获得了过去男性才能获得的工资⑤，而像莎拉那样的弹药厂女工也可以挣到5英镑一周。在拒服兵役的男性被剥夺投票权的同时，妇女参政运动也取得了进展，使英格兰"所有三十岁以上的女性"，在62年的斗争之后，"被给予了投票权"。⑥

对于这些变化，"广泛的观点是军人为保卫他们的妇女们付出了高昂的代价"⑦。这样的舆论深入人心，连普莱尔父亲这样一个没有受过什么教

---

① 帕特·巴克：《门中眼》，宋瑛堂译，时报文化出版企业股份有限公司2014年版，第106页。

② 帕特·巴克：《门中眼》，宋瑛堂译，时报文化出版企业股份有限公司2014年版，第107页。

③ 帕特·巴克：《门中眼》，宋瑛堂译，时报文化出版企业股份有限公司2014年版，第106页。

④ 土地劳动大军（Women's Land Army）是第一次世界大战后期成立的妇女代替男子干农活的组织。

⑤ Sandra M Gilbert. Soldiers Heart: Literary Men, Literary Women, and the Great War. in Margaret Randolph Higonnet, Jane Jenson, Sonya Michel, Margaret Collins Weitz. ed. *Behind the Lines: Gender and the Two World Wars*. New Haven and London: Yale University Press, 1987, p. 205.

⑥ Sandra M Gilbert. Soldiers Heart: Literary Men, Literary Women, and the Great War. in Margaret Randolph Higonnet, Jane Jenson, Sonya Michel, Margaret Collins Weitz. ed. *Behind the Lines: Gender and the Two World Wars*. New Haven and London: Yale University Press, 1987, p. 223.

⑦ Joanna Bourke. *Dismembering the Male: Men's Bodies, Britain and the Great War*. London: Reaktion, 1996, p. 166.

育的劳动阶级男性，也深深忧虑道，"这场战争是一匹特洛伊木马，不同的是，他们太驴了，眼睛没看见"。他抱怨道，战争结束以后，"妇女会全去上班，男人会坐在家里带小娃儿。工匠的末日到了"①。各种舆论都倾向于描述男性被牺牲和女性被解放，似乎当男性在前线的"无人地带"被粉碎的时候，女性被"解放"到了他们战前的岗位上，拿走了原本属于他们的一切。1918 年一位造访伦敦的人评论道，"英国变成了一个女人世界——穿制服的女人"。帝国战争博物馆里收藏的海量照片都展示着这些"战争中的女性"，她们从起居室和衬裙中解放出来，穿着裤装，"带着阳光般的微笑铲煤、钉马掌、救火、开汽车、伐木、造弹壳、挖掘坟墓"②。这些媒介和舆论将女性生活装饰得潇洒无情、金光闪闪，选择性地忽略了女性生活的另一面，如莎拉所在的军工厂里，"女工埋首卖力，手指飞快，机关枪子弹一颗颗被装进亮闪闪的子弹带"③，"所有女工的皮肤都被熏黄，无论头发的原色是什么，绿帽底下总会冒出毛躁的姜黄发丝"。看着同伴，莎拉感慨，"我们看起来不像人类。……大家看起来都像机器，单一的功能是制造其他机器"④。女性不仅同样在劳动中被摧残，很多女性也是痛失亲人的受害者，她们也不尽然是觊觎战争抚恤金的寄生虫。如对莎拉来说，在卢斯战役中失去前未婚夫，让她有了"一张被哀伤摧残过的脸"⑤。她对普

---

① 帕特·巴克：《门中眼》，宋瑛堂译，时报文化出版企业股份有限公司 2014 年版，第 101 页。

② Sandra M Gilbert. Soldiers Heart: Literary Men, Literary Women, and the Great War. in Margaret Randolph Higonnet, Jane Jenson, Sonya Michel, Margaret Collins Weitz. ed. *Behind the Lines: Gender and the Two World Wars*. New Haven and London: Yale University Press, 1987, p. 204.

③ 帕特·巴克：《重生》，宋瑛堂译，时报文化出版企业股份有限公司 2014 年版，第 278 页。

④ 帕特·巴克：《重生》，宋瑛堂译，时报文化出版企业股份有限公司 2014 年版，第 276~277 页。

⑤ 帕特·巴克：《幽灵路》，宋瑛堂译，时报文化出版企业股份有限公司 2014 年版，第 73 页。

莱尔的爱"能哄他的心魔沉睡"①，尽管她与普莱尔真心相爱，她也带着女性的荣誉感拒绝了普莱尔归建前申请特许证去结婚的提议。

尽管女性在战争中也是权力利用与支配的对象，然而权力选择自己的话语。在需要女性激励男性奔赴战场时，权力将女性的"爱"与"性"作为诱饵，怂恿男性应征入伍。可是在战争伤亡带来的惨痛损失及幻灭中，权力利用舆论宣传，铺天盖地地夸耀女性新生活，以将男性的愤怒导向女性，并使得女性同男性一样，也以"性"的名义被推上了政治的风口浪尖，尤其是言行与众不同的女性，被冠以"同性恋"之名，既被看作男性受到威胁而愤怒的根源，也被看作腐蚀国家力量的因素。

三、两个层面的"替罪羊"技术——同性恋恐惧

在战争中，抱着英雄梦想走向战场的男性不断幻灭。他们被瞄准身体之权力的种种技术诱惑、胁迫着走上战场，为了实现对他们的控制和支配，不仅异性的性吸引元素被广泛调动起来，同性的性吸引元素也被隐秘而广泛地利用。然而，身体在战争机器中不断被肢解和毁损的严酷现实，戳破了权力构建的种种肥皂泡，迫使权力发展出对女性魅力及兄弟情谊先扬后抑的操作技术。这种前后矛盾的操作技术，深藏着权力的诡诈和黑暗，即一面利用"性"进行动员，一面利用"性"进行遮蔽，一面用"性"的魅力将男性诱上战场，一面将"性"作为替罪羊，转移全民注意力，消解巨大的死亡消耗带来的笼罩社会的压力。权力寻找"替罪羊"的操作同时在人口及人体的层面展开。

在《门中眼》中，同性恋者曼宁上尉不断收到匿名信的威胁，其中附有剪报，内容如下：

---

① 帕特·巴克：《门中眼》，宋瑛堂译，时报文化出版企业股份有限公司 2014 年版，第 196 页。

阴蒂崇拜会

　　茉德·艾伦(Maud Allan)即将在王尔德之《莎乐美》担纲演出，不对外公开，欲参与者请去信向瓦列塔小姐申请，地址是威斯敏斯特市阿德尔菲区杜克街九号。倘若苏格兰警场取得会员名单，本人认定警方必能掌握首批四万七千人当中的数千姓名。①

　　收到剪报的曼宁心神不宁，勉强应付完修理房屋的工人，来到街上，看到一匹跌倒的马，"卡在货车轮轴之间，无力地挣扎一阵，想重新站起来，旁边照常聚集了围观民众"，他顿时感到无比崩溃，"霎时之间，自家遭人侵犯的感觉排山倒海而来，他瑟缩在牛津街的人行道上，仿佛遭到连续七八十小时的疲劳轰炸。……一如他赤身裸体，高居在某地的岩架上，毫无蔽荫，底下只有起哄的人声与数以百万计的人眼"②。

　　这封匿名信意指历史上一桩真实的同性恋案件，以及由此激发的遍及全国的同性恋恐惧。巴克在三部曲中基于史实，充分地再现了这桩案件。通过这桩案件，可以瞥见生命政治的一种隐秘技术：当权力通过"性"激励技术创造的荣耀神话破灭，一种基于"性"的替罪羊技术立即被发明出来，制造"女性威胁论"及"同性恋祸国论"，将男性的愤怒导向女性，将威胁国家安全的罪责指向同性恋。曼宁的恐惧即是源于这一同性恋负罪的浪潮。像他这样的军官，如果因这事闹上法庭，"会被判两年"③，或者像彼得那样，被送进精神病院"矫正治疗"④。

　　匿名信中提及的"四万七千人"，指的是1918年1月刊载于《义警队》

　　①　帕特·巴克：《门中眼》，宋瑛堂译，时报文化出版企业股份有限公司2014年版，第26~27页。
　　②　帕特·巴克：《门中眼》，宋瑛堂译，时报文化出版企业股份有限公司2014年版，第30页。
　　③　帕特·巴克：《门中眼》，宋瑛堂译，时报文化出版企业股份有限公司2014年版，第20页。
　　④　帕特·巴克：《重生》，宋瑛堂译，时报文化出版企业股份有限公司2014年版，第274页。

（*Vigilante*）里的一篇名为《首批四万七千人》的文章里提及的四万七千人，文章并不严谨，原文"甚至连茉德·艾伦的姓都拼错了"①。《义警队》原名《帝国主义者》，是国会议员潘波顿·毕陵（Pemberton Billing）出资自编的下流小报。文章的作者自称潘波顿·毕陵本人，实际执笔者是哈洛·史宾赛（Harold Spencer）上尉。史宾赛自称，他在担任英国特工期间，曾在"某位德国王侯"的暗室内读过一本黑皮书，"里面记载了四万七千位私生活异常的知名人士，恐遭敌国胁迫叛国"②。同年4月，《义警队》又刊载了一篇小文章，标题为《阴蒂崇拜会》，作者再度自称潘波顿·毕陵，实际执笔者仍是史宾赛。文章透露由加拿大舞蹈家茉德·艾伦担纲演出的王尔德剧作《莎乐美》将为会员私演，而许多会员的姓名就在这四万七千人之中。因为这篇文章明显影射茉德·艾伦是女同性恋，因而她将文章署名作者潘波顿·毕陵告上法庭，案件由中央法院审理。案件的法官是高院法官达凌爵士（Lord Justice Darling）。因为在审判之初一个女人出庭作证指控法官，"女人告诉法官说，法官的姓名也出现在黑皮书里"③，所以法官也被指控为四万七千人之一，失去了法庭的主控权。潘波顿·毕陵担任自己的辩护律师。经过六天的激烈庭审及媒体炒作，"潘波顿·毕陵赢得胜诉，民众欢呼之余将他扛上肩，带至中央法院之外"④。

案件的审理过程不仅被《泰晤士报》等各种媒体竞相公开报导，震动全国，关于案件的剪报或文章也不断被匿名寄送给被怀疑有同性恋倾向的人，作为震慑的手段。曼宁因此"多次焦虑症发作"，他不仅收到一份关于茉德·艾伦与阴蒂崇拜会的剪报，最近更是收到关于"首批四万七千人"的

---

① 帕特·巴克：《门中眼》，宋瑛堂译，时报文化出版企业股份有限公司2014年版，第27页。

② 帕特·巴克：《重生》，宋瑛堂译，时报文化出版企业股份有限公司2014年版，第281页。

③ 帕特·巴克：《门中眼》，宋瑛堂译，时报文化出版企业股份有限公司2014年版，第164页。

④ 帕特·巴克：《作者后记》，《门中眼》，宋瑛堂译，时报文化出版企业股份有限公司2014年版，第311页。

文章，文章"特别印制在厚纸卡上"，文章标题的上方引人注目地用斜体字写着"希望本文能唤醒你的良知"。①

在这篇关于首批四万七千人的文章中，分别以"城墙上的娼妓""散布淫风""索多玛与蕾丝博斯""海军危机""政治层峰""命危旦夕""罗马沦亡"为小标题，历数了遍布英国军队、政府及社会各个角落的同性恋者给国家带来的威胁与伤害。文章指出，在德国"消减本国之心力"的"最显著、成本最低的手段"中，一些人开始"叛国"，这成为"英国迟迟无法全力参战的原因"。德国间谍在英国"肆虐二十年，行为恶毒，散布酒色荒淫之风气，其风之淫，唯有德国心得以构思，唯有德国身得以力行"。在"某位德国王侯的暗室里存在一本书，集结德国特工的报告"，报告记载了被腐蚀的人员，"有男有女，总计四万七千人，均属英国籍"。这些人"三教九流皆有，有些是国策顾问、还有少年合唱团、内阁大臣之妻、舞娘，甚至几位内阁大臣也名列其中，更不乏外交官、诗人、银行家、编辑、报社负责人、皇室工作人员，不一而足"。一些酒吧也被指为淫邪聚集、道德沦丧之地，"这类公共场所遭渗透成功后，只需派一名特工进驻，即可转为散布邪心之管道"。对碍于身份地位而不能在公共场合抛头露面的部分人士，德国特工"特别购置舒服的公寓，装潢以挑拨欲火为主，并发放淫乱照片，印制知名作家隐名发表之暧昧作品"。在德国特工的这种攻势下，"社会各阶层无人能免于污染"，不仅"海军士兵被特意吸收成为特工，尤以轮机室之官兵为主"，而且更大的危机在于，"部分特工已透过管道深入政治高层。高官之妻与人纠缠不清。在女同性恋之欢愉中，最神圣之国家机密遭泄露。贵族成员之性癖好沦为敌人把柄，为谍报界开辟沃土"。文章指出德国的腐化手段使大量英国人士受到胁迫，导致几百万士兵白白牺牲，使英国有被其亡国灭种的危险，"敌军掌握四万七千名英国男女之底细，将其束缚于恐惧之中，令吾人高声呼吁，号召所有心灵纯净之士殊死对抗

① 帕特·巴克：《门中眼》，宋瑛堂译，时报文化出版企业股份有限公司2014年版，第167页。

之。在法国战场上，三百万弟兄之生命危在旦夕，怎可因四万七千同胞缺乏道德勇气而浪掷忠魂？帝国之命掌握在此等男女之流的手中。依本人浅见，德军以此精心栽培之手法循序渐进，终将灭绝大英种族，防止我军收复失土"。文章最后指出，这腐化四万七千人的奸计对英国的毒害远甚于战场上的真枪实弹和毒气瘟疫，"当本人深究此项完全奸计之同时，本人恍然大悟，德军公开施放之炮弹、毒气、瘟疫对英人之残害，远不及早已遭毁灭之首批四万七千人"①。

文章荒谬的言论令瑞佛斯读完感叹道："假如真的像这篇文章写的：其风之淫，唯有德国心得以构思，唯有德国身得以力行，这四万七千人是英国人，怎么办得到？"②在审判之中，精神病学也参与进来，"法庭首度在这一类型的案子里采用心理专家提供的医学证据"③，当瑞佛斯翻阅《泰晤士报》，读到塞洛·库克医师在"审理医学证据的阶段"被问及应该如何对付这种人的时候，他回答："他们是妖魔，应该全关起来。"④讽刺的是，作为胜诉的潘波顿·毕陵的王牌证人史宾赛，事后在同一年，却真的"被判为精神异常"⑤。

案件在公众层面影响之广，引起的对同性恋的恐惧之深，史无前例。媒体大肆报导案件过程，四万七千人的审判成为平民关注的日常，以至无人关注战场伤亡，"伦敦已经成为一个令人情绪低落的地方。每一张海报、每一个报童的呼喊、每一条标题，无不关注着这场审判"⑥。萨松不无气愤

---

① 以上关于案件内容的描述内容参见帕特·巴克：《门中眼》，宋瑛堂译，时报文化出版企业股份有限公司2014年版，第166~170页。

② 帕特·巴克：《门中眼》，宋瑛堂译，时报文化出版企业股份有限公司2014年版，第171页。

③ 帕特·巴克：《门中眼》，宋瑛堂译，时报文化出版企业股份有限公司2014年版，第177页。

④ 帕特·巴克：《门中眼》，宋瑛堂译，时报文化出版企业股份有限公司2014年版，第163页。

⑤ 帕特·巴克：《作者后记》，《门中眼》，宋瑛堂译，时报文化出版企业股份有限公司2014年版，第311页。

⑥ 帕特·巴克：《门中眼》，宋瑛堂译，时报文化出版企业股份有限公司2014年版，第177页。

地告诉瑞佛斯，"你知道吗？我们蹲在法国的掩蔽坑里，聊的东西竟然是审判的事？报纸印满了那场审判的报导……天啊，德国攻占马恩，五千人沦为战俘，报纸上竟然只写谁跟谁上床"①。案件成功地转移了民众注意力，"法国战场上的死伤再惨重，现在已乏人深思，焦点全转向中央法院里的非理性偏见，民众看得热血澎湃"②。对此，瑞佛斯想，"曼宁说得没错，民众要的不是道理，而是代罪羔羊"③，瑞佛斯相信这一场闹剧，"真正的目标是无法或不愿服从的人"④。

这场将同性恋作为代罪羔羊，迫使男性服从的案件，带来了巨大的同性恋恐惧，尤其是对男同性恋的恐惧。艾尔夫烈·道格拉斯侯爵（Lord Alfred Douglas）利用这个机会大报私仇，他声称"英军在战场上表现不佳，应该归罪于王尔德的剧本搬上舞台"⑤。历史记录中，他污蔑王尔德的挚友及文学遗产执行人劳伯·罗斯（Robert Ross）为"全伦敦鸡奸犯之头目"。⑥罗斯名誉扫地，被迫从战时纪念委员会辞职，萨松满怀讽刺地道出其中的歧视，"捐躯战士岂能被一个鸡奸犯褒扬？即使捐躯战士自己是鸡奸犯也一样"⑦。史载罗斯于1918年10月5日因心脏衰竭逝世，年仅49岁。⑧高压

① 帕特·巴克：《门中眼》，宋瑛堂译，时报文化出版企业股份有限公司2014年版，第243页。

② 帕特·巴克：《门中眼》，宋瑛堂译，时报文化出版企业股份有限公司2014年版，第177页。

③ 帕特·巴克：《门中眼》，宋瑛堂译，时报文化出版企业股份有限公司2014年版，第177页。

④ 帕特·巴克：《门中眼》，宋瑛堂译，时报文化出版企业股份有限公司2014年版，第177页。

⑤ 帕特·巴克：《门中眼》，宋瑛堂译，时报文化出版企业股份有限公司2014年版，第177页。艾尔夫烈·道格拉斯侯爵（Lord Alfred Douglas），王尔德生前的男友。

⑥ 帕特·巴克：《作者后记》，《门中眼》，宋瑛堂译，时报文化出版企业股份有限公司2014年版，第310页。

⑦ 帕特·巴克：《门中眼》，宋瑛堂译，时报文化出版企业股份有限公司2014年版，第288页。

⑧ 帕特·巴克：《作者后记》，《门中眼》，宋瑛堂译，时报文化出版企业股份有限公司2014年版，第311页。

气氛令很多人如曼宁一样心神不宁，"只因有嫌疑的人太多了。他不再觉得自己能信任别人，不再信任俱乐部会员和同事"①。在全国范围内，"危害国家安全的"同性恋——尤其是男同性恋——与反战人士一样，成为全社会的猎巫对象。各种异常的蛛丝马迹都会被怀疑为同性恋，如万兹贝克告诉瑞佛斯，当他向医生讲述自己无法控制杀人冲动，医生问的竟然是："同性恋的冲动困扰你多久了？"令万兹贝克颇为恼怒道："我才不想干他，我只是想杀他啊。"②史布拉葛因偷偷翻看莎拉的信被普莱尔打断了鼻梁，普莱尔把他摇摇晃晃地扶到街上叫计程车，史布拉葛半身压在他身上，普莱尔担忧道："被人看见这样，会给我们添多少麻烦，你知道吗？"③

因为演出同性恋作家王尔德的剧作《莎乐美》，茉德·艾伦以及她的演出成为舆论的靶标。在《门中眼》中，曼宁从茉德·艾伦的演出现场出来，偶遇史宾赛上尉，后者不请自来地评论她的演出，道，"我认为演得像小孩喃喃自语，一个阴蒂病得肿大丑陋的小孩"④，"现代妇女的种种不满，全可用阴蒂切除术一刀解决"⑤。对于曼宁的反驳，他置若罔闻，逼近曼宁的脸，说道："伦敦有些妇女的阴蒂肿大丑陋，肿胀得太厉害了，只有公象才能满足她们。"⑥事实上，在案件审理过程中，茉德·艾伦受到史宾赛同样的污蔑，他不仅畅谈唯有公象能满足她肥大、病态的阴蒂，更指控"阿斯奎斯（Asquith）的战时内阁有多名大臣被德国收买"，明指与茉德·艾

① 帕特·巴克：《门中眼》，宋瑛堂译，时报文化出版企业股份有限公司 2014 年版，第 88 页。
② 帕特·巴克：《幽灵路》，宋瑛堂译，时报文化出版企业股份有限公司 2014 年版，第 32 页。
③ 帕特·巴克：《门中眼》，宋瑛堂译，时报文化出版企业股份有限公司 2014 年版，第 218 页。
④ 帕特·巴克：《门中眼》，宋瑛堂译，时报文化出版企业股份有限公司 2014 年版，第 88 页。
⑤ 帕特·巴克：《门中眼》，宋瑛堂译，时报文化出版企业股份有限公司 2014 年版，第 89 页。
⑥ 帕特·巴克：《门中眼》，宋瑛堂译，时报文化出版企业股份有限公司 2014 年版，第 89 页。

伦关系暧昧的人包括阿斯奎斯的夫人与一名德国特工，并揪出多名德籍的英军高官，感叹"爱国人士遭放逐孤岛，以潜水艇的铁屑为生"①。

在曼宁看来，茉德·艾伦将潘波顿·毕陵告上法庭是大错特错，"因为潘波顿·毕陵一旦站进证人席，可以仗着免罪权，恣意指控任何人，完全不怕遭到起诉，而遭他指名道姓的人可就逃不过法网了"，但无论如何，茉德·艾伦卷入这个案件，"肯定会身败名裂。反正告或不告，她十之八九是毁了"②。曼宁的太太珍更深刻地道出了案件背后令人心惊的深意，她指出，现代妇女挺身而出做一点事，会引发种种猜忌，"其实遮掩住一种深层的恐惧，唯恐女人越来越不听话"。她认为对茉德·艾伦的毁谤，是对独立女性的毁灭，"其实是给女人一个警惕。不只是同性恋的女人。是所有妇女。正如王尔德把莎乐美刻画成坚强的女性，而她最后非死不可……最后所有人一拥而上，杀了她，蛮触目惊心的"③。事实上，激发男性对女性之恐惧的不只是通过在报纸上、法庭上煌煌而论女性"肿大的阴蒂"，无数的海报与宣传也无声散发着女性威胁论的气息。其中不仅有有关女性的"性"因素，女性的母性因素也被混淆不清地编织于其中。史载罗伯特·格雷夫斯以一种来自"小母亲"的书信的形式重印了"著名的、实际上是不名誉的宣传传单"，"小母亲"议论说，女性应该高兴地将儿子们这种"人肉军火交给国家"，并言辞暧昧地宣布自己将取代男性的工作，"我们将变成更强大的女性来继续这项（他们的）记忆传递给我们的荣耀工作"。④ 1918 年的一幅红十字战争援助海报，名为《世上最伟大的母亲》，

① 帕特·巴克：《作者后记》，《门中眼》，宋瑛堂译，时报文化出版企业股份有限公司 2014 年版，第 310 页。
② 帕特·巴克：《门中眼》，宋瑛堂译，时报文化出版企业股份有限公司 2014 年版，第 27 页。
③ 帕特·巴克：《门中眼》，宋瑛堂译，时报文化出版企业股份有限公司 2014 年版，第 172~173 页。
④ Sandra M Gilbert. Soldiers Heart：Literary Men，Literary Women，and the Great War. in Margaret Randolph Higonnet，Jane Jenson，Sonya Michel，Margaret Collins Weitz. ed. *Behind the Lines：Gender and the Two World Wars*. New Haven and London：Yale University Press，1987，pp. 208-209.

则画着一个巨大的母亲怀抱着一个躺在玩具大小的担架上的微小的、无法动弹的男人，如图 3-7① 所示。

图 3-7 《世上最伟大的母亲》

桑德拉·M. 吉尔伯特指出，这些宣传"有种暗示女性急于恳求男性牺牲生命来使自己受益的现象也强化了男性愤怒。因为当她们的兄弟在'无人之地'的砂砾上摸索前进的时候，无数女性操纵着国家机器，怂恿更多的人上战场"②。这意味女性不仅被看作驱使男性走向战场的力量，也被看

---

① 图 3-7 来自 Sandra M Gilbert. Soldiers Heart: Literary Men, Literary Women, and the Great War. in Margaret Randolph Higonnet, Jane Jenson, Sonya Michel, Margaret Collins Weitz. ed. *Behind the Lines: Gender and the Two World Wars*. New Haven and London: Yale University Press, 1987, p. 213.

② Sandra M Gilbert. Soldiers Heart: Literary Men, Literary Women, and the Great War. in Margaret Randolph Higonnet, Jane Jenson, Sonya Michel, Margaret Collins Weitz. ed. *Behind the Lines: Gender and the Two World Wars*. New Haven and London: Yale University Press, 1987, p. 208.

作在男性的毁损中强大起来的取代男性并威胁男性的力量，而驱动这一切运转的真正力量反而被忽略、被遗忘殆尽。

在三部曲中，医学和性以一种出乎意料的方式既在人口层面也在人体层面作为生命政治的工具发挥着作用。精神病学基于权力的需要，以生命政治的"价值"标准而非医学的标准区分"正常"与"非正常"，"有病"与"懦弱"，并暗中协助权力将二者混淆或等同，为权力谋求尽可能多可支配的身体。在"医生—主权者"面前，病患已经实际地沦为没有任何法律保护的"神圣人"。医生对于病患的权力既不同于古典时代至高权力"让你活"（let live）并"使你死"（take life）的权力，也不同于福柯所说的"使你活"（make live）、"让你死"（let die）的权力，那是一种新型的"使你活"以便"使你死"的权力。"使你活"不再是福柯意义上的"扶植生命的权力"，而是一种直指肉体的暴力，在这种暴力面前，你必须活。"使你活"在指向"肉体的生"的同时，指向"精神的死"，使你在完全丧失主体性的情况下暂时存活，以便按照权力规定的方式去死。如同瑞佛斯游历过的美拉尼西亚岛上的食人土著，在他们的猎头时代，俘虏幼童也是一种习俗，"有时带回来的幼童是活的，暂时养着，以备不时之需，可以说是一种活人头储藏室"①。三部曲中医院本质上与这种"活人头储藏室"没有区别，只是猎头族从不虐待俘虏，因为"岛民对刻意残酷的观念感到陌生"②。在这个意义上，三部曲所揭示的军事医疗领域中的生命政治之野蛮残暴，比原始的猎头族更甚。弹震症患者遭受的以暴力"使你生"再"使你死"的残酷剥夺，已经越出了阿甘本和福柯描绘的生命政治图景，呈现了新的形式。如阿甘本所警示的，"如果在每一个现代国家中都存在着一条线，标识出一个对生命之决断变成一个对死亡之决断，以及生命政治可以变成死亡政治的那个点，那么这条线在今天就不再显现为一条稳定的、划分两个明显不同的区域

---

①　帕特·巴克：《幽灵路》，宋瑛堂译，时报文化出版企业股份有限公司2014年版，第212页。

②　帕特·巴克：《幽灵路》，宋瑛堂译，时报文化出版企业股份有限公司2014年版，第212页。

的界限"①。在三部曲中，这条界限是不断移动的，并且以难以预料的方式出现在熟悉的领域。

在三部曲中，性也呈现了新的使用。权力在人口层面的运作中，除了利用女性的鼓励、期待、凝视来怂恿男性走上战场，在对男性之间的兄弟情谊高度赞扬的宣传中加入制服、裸体、肉体亲密等因素来增加性吸引，也是诱使男性应召入伍的手段。然而随着战争伤亡越来越惨烈，兄弟情谊与异性爱恋的神话相继破灭，各种社会矛盾纷至沓来，为了寻找替罪羊，权力又以性的名义将行为不符合规范的男性与女性同时送上舆论的被告席，并在人口及人体层面同时展开对同性恋的迫害。《义警队》报对茉德·艾伦的污蔑，以及茉德·艾伦状告国会议员潘波顿·毕陵一案中荒谬的审判过程，便是这种权力技术的现实反映。女性被看作阴蒂肿大的、淫荡地威胁着男性的群体，而同性恋尤其是男性恋，被看作通敌叛国从而使英国无法全力奋战赢得胜利的原因。因此，在个体层面，同性恋行为成为军方与舆论猎巫的对象，男性间任何可疑的动作都会被看作同性恋举动，而真正的猎巫目标如瑞佛斯指出的，是不服从的人。这种对异性间爱情神话及同性间兄弟情谊的先扬后抑，使"性"以匪夷所思的新方式重启了福柯所说的"性的和吃人的"畸形形象。借助同性恋隐喻而开启的"女性威胁论"和"同性恋祸国论"，将男性愤怒导向女性，将战争损失的根源导向同性恋，这充分展现了生命政治在现代语境中不断进化而带来的新危险和新黑暗，以及它阴险诡诈与噬人的本质。

---

① 吉奥乔·阿甘本：《神圣人——至高权力与赤裸生命》，吴冠军译，中央编译出版社 2016 年版，第 167 页。

第四章　自我技术

对于全面操控了人的生命、身体以及整体人口的生命政治权力，福柯提出了"自我技术"作为可能的反抗途径。这是一种着眼于个体层面的技术，虽然在某种意义上有着理想主义的天真，但是对于当今西方社会中人的出路，不失为一种富有启发的探索。

在从 1980 年到 1982 年名为《对活人的治理》及《自我技术》等讲座中，福柯将目光转向了古希腊罗马的哲人，从他们身上受到启发探讨了自我技术问题，如他在讨论伊壁鸠鲁的《致美诺西斯的信》时说，"无论一个人是正当盛年，还是垂垂老矣，都应当沉浸在哲学的沉思中。这是人一生都应致力的修为"①。他指出，自我技术是"对生活方式、生存选择、人的行为的管理方式、人对目的和手段的依附方式所作的反思——无疑在希腊和罗马时期经历了长足的发展，以至吸引了很大一部分哲学对之进行探索"②。福柯认为权力的技术"决定个体的行为，并使他们屈从于某种特定的目的或支配权，也就是主体客体化"，而"自我技术"是"使个体能够通过自己的力量，或者他人的帮助，进行一系列对他们自身的身体及灵魂、思想、行为、存在方式的操控，以此达成自我的转变，以求获得某种幸福、纯洁、

---

① 米歇尔·福柯：《自我技术（福柯文选Ⅲ）》，汪民安编，北京大学出版社 2016 年版，第 59 页。

② 米歇尔·福柯：《自我技术（福柯文选Ⅲ）》，汪民安编，北京大学出版社 2016 年版，第 16 页。

智慧、完美或不朽的状态"。① 福柯相信，个体通过一系列自我技术的实践，如静思、书写、内省、修行生活、释梦等，实现自我认知，以摆脱权力，并获得自己的主体性。在个体针对自我的这些行为中，人自身就是其行为的对象和行为实施的领域，"是行为工具，也是行为主体"②。所以如果说权力是一种消除个体之主体性的支配技术，自我技术就是"一种反支配的技术，是反抗权力技术的技术"③。

针对无孔不入的生命政治权力，阿甘本也对哲人式的生活寄予厚望。对于"每个人结构性地都可能随时成为'神圣人'"④的西方现代社会，阿甘本寄望于"污浊化"（profanation）与"嬉戏"（paly）来"将事物从神圣的例外状态中解放出来"⑤。他指出，"幸福的反面不是痛苦，而是建立在'神圣名称'上的特权"的暴力，无论是"设置法律的暴力"还是"维持法律的暴力"，都是"维持'神圣'的特权的根本方式"，而"污浊化"，就是"将已经被移到神圣领域的事物，返回到共通使用中"，即"把事物从'神圣的名称'解放出来，从少数人的特权中解放出来，使之返回当下这个始终流动状态中的人间俗世，返回人们的自由的共通使用"。⑥ 对于如何实践"污浊化"，阿甘本指出"嬉戏"是"污浊化的一种典范形式"⑦，因为"嬉戏将事物从预先规定（如说明书）的使用中——从既定的用途、针对的领域——中释放出

---

① 米歇尔·福柯：《自我技术（福柯文选Ⅲ）》，汪民安编，北京大学出版社2016年版，第54页。

② 米歇尔·福柯：《自我技术（福柯文选Ⅲ）》，汪民安编，北京大学出版社2016年版，第13页。

③ 陈培永：《福柯的生命政治图绘》，中国社会科学出版社2017年版，第173页。

④ 吴冠军：《译者导论》，吉奥乔·阿甘本：《神圣人——至高权力与赤裸生命》，吴冠军译，中央编译出版社2016年版，第41页。

⑤ 吴冠军：《译者导论》，吉奥乔·阿甘本：《神圣人——至高权力与赤裸生命》，吴冠军译，中央编译出版社2016年版，第65页。

⑥ 吴冠军：《译者导论》，吉奥乔·阿甘本：《神圣人——至高权力与赤裸生命》，吴冠军译，中央编译出版社2016年版，第66页。

⑦ 吴冠军：《译者导论》，吉奥乔·阿甘本：《神圣人——至高权力与赤裸生命》，吴冠军译，中央编译出版社2016年版，第68页。

来，斩断其同一个固定目的的工具性联结"。嬉戏"使得内在于当下人类共同体(法律、政治、经济)中的神圣残余彻底无效化",它"彻底忽视那内嵌于共同体原始结构中的分隔(神圣、主权)",这意味着"使用的一种新向度",这种新向度唯是"孩童和哲人带给人类"。①

在三部曲中，巴克也探索了个体在权力笼罩中自我发展的可能性。围绕着普莱尔、萨松和瑞佛斯的自我发展途径，巴克所描述的自我实践在很大程度上包含着阿甘本和福柯所说的哲人因素，她从神经学的独特视角展现了哲人式的生活与思考对于个体成长与发展的重要作用。但与福柯和阿甘本不同的是，巴克用神经学的术语强调哲人式理性生活的同时，也强调了原始感性的重要性。唯有二者合理融合，个体在人性共情与共鸣的基础上才能在权力的重压下重获主体性。巴克使用的神经学术语来自于瑞佛斯的一个神经重生实验。在《门中眼》中，瑞佛斯回忆起与好友兼同事亨利·海德一起做的关于神经重生的实验。他与海德合作，海德自愿接受左前臂桡骨神经切断与缝合的手术，而后五年，两人共同观察记录神经重生的过程。实验发现，神经重生分两个阶段进行，第一个阶段是原始痛觉神经的重生，重生过程中的特征是痛觉由最初的"迟钝"发展到"极端"剧痛，换言之，"不痛则已，一痛惊人"。这一阶段除了痛觉的两极化之外，也很难判定痛觉发生的位置，"海德受测时，坐在桌前，眼睛被蒙住，无法判定造成剧痛的位置何在"。他俩将这种神经分布产生的痛觉称为"原始痛觉"。几个月之后，神经重生进入第二阶段，此时受试者能确切定位痛觉发生的位置，能对痛觉做出渐进式的反应。在精细痛觉神经逐渐重生复原的过程中，较低层次的神经产生的原始痛觉也部分与精细痛觉融合，并被部分地压抑，以便精细痛觉神经系统执行两项功能，一是使生命体获得更加明确的咨询，以协助生命体调试自身、适应环境；二是压抑原始痛觉，以遏制内心深处的兽性。在三部曲中，原始痛觉与精细痛觉被赋予了更广泛的含

① 吴冠军：《译者导论》，吉奥乔·阿甘本：《神圣人——至高权力与赤裸生命》，吴冠军译，中央编译出版社2016年版，第69~70页。

义，两种痛觉既分别代表了理性与感性，也分别代表了控制与失控、秩序与紊乱。巴克写到，"随着时间演进，无可避免的是，原始痛觉与精细痛觉的涵义也愈来愈广泛，因此，'精细痛觉'渐渐代表理性、秩序、智力、客观的一切，而'原始痛觉'代表情绪、感官、紊乱、原始的种种特性"①。

在三部曲中，这两种痛觉在个体身上的分裂或融合，分别指向个体不同的发展方向。萨松、普莱尔以及瑞佛斯不同的发展道路分别表达了巴克关于自我技术的理念。

第一节　两种痛觉分裂与重生的失败

在三部曲中，原始痛觉与精细痛觉的分裂几乎成了个体的生存之道，萨松、普莱尔及瑞佛斯都将分裂作为面临压力的生存策略，如瑞佛斯所思："精细痛觉的根基建立在原始痛觉上，两者关系密切，我们将这种说法奉之为圭臬，持续认定此语能表达身心健全的状态。然而，没人知道我们为何如此认定，毕竟多数人的生存之道是在心中培养两相对立的状态。"②在观察海德医生时，瑞佛斯进一步领略了这种分裂。病患卢卡斯的头部受伤导致舌头缩不回去，海德医生需要在尸体的头部模拟卢卡斯头部的创伤，用染料将尸体头部与卢卡斯头部创伤处相应的部位染成蓝色，然后打开尸体头盖骨，研究对应的脑部受损区域，找出治疗的对策。当瑞佛斯在旁观察海德医生检查卢卡斯光头上的伤口时，赫然发现，"海德弯腰看大体的头颅时，神态几乎与现在完全一致，把卢卡斯简化成单纯的一项技术问题"③。当卢卡斯抬头看海德时，海德的表情才转变，露出微笑，当

---

① 关于原始痛觉与精细痛觉的阐释参见帕特·巴克：《门中眼》，宋瑛堂译，时报文化出版企业股份有限公司 2014 年版，第 158 页。

② 帕特·巴克：《门中眼》，宋瑛堂译，时报文化出版企业股份有限公司 2014 年版，第 255 页。

③ 帕特·巴克：《门中眼》，宋瑛堂译，时报文化出版企业股份有限公司 2014 年版，第 161 页。"大体"指医学用的尸体。

他再看卢卡斯头上的紫疤时，"神情又变得疏离、内敛"①。瑞佛斯不禁心想，海德医生如他自己一样，对病患不可避免地产生强烈的认同感，病患的情绪他能感同身受，但医生行医，如同军人打仗，必须搁置这份人性，若抛不开这种羁绊，必定难以行医或听令杀敌。医师与军人的职责虽不尽相同，但"达成使命的心理机制基本上是同一种"②。在瑞佛斯看来，海德的做法，"就某种意义而言属于一种良性的、精细痛觉的解离状态"③。战时原始痛觉与精细痛觉的分裂状态如此常见，以至于瑞佛斯认为对军人和医生来说，这种分裂是日常的、良性的、必要的。

　　然而普莱尔在两种痛觉的分离状态上显现了极端，他分裂出了一个与原本的自我完全不同的新人格。他分裂出的第二人格告诉瑞佛斯他诞生的过程：

　　　　"你出生在炮弹坑里。"（瑞佛斯）停顿片刻。"你能叙述诞生过程吗？"

　　　　（普莱尔）大动作耸肩。"没啥好叙述的。他受伤了，伤势不严重，不过确实是受伤了。他自知非挺下去不可，却没办法挺下去，于是我来了。"

　　　　飘忽不定的稚气再度出现。"他挺不住，你为什么能？"

　　　　……

　　　　"我不怕。而且我感觉不到痛。"

　　　　"了解。所以，你作战受伤不痛？"

　　　　"对。"普莱尔眯眼看着瑞佛斯。"你认为我胡说八道，一个字也不

---

①　帕特·巴克：《门中眼》，宋瑛堂译，时报文化出版企业股份有限公司 2014 年版，第 161 页。

②　帕特·巴克：《门中眼》，宋瑛堂译，时报文化出版企业股份有限公司 2014 年版，第 161 页。

③　帕特·巴克：《门中眼》，宋瑛堂译，时报文化出版企业股份有限公司 2014 年版，第 161 页。

相信，对不对?"

瑞佛斯狠不下心回答。

"给我听好。"普莱尔猛吸一口雪茄，烟头爆红，接着以近乎随手的动作，将雪茄烟头压进左手的掌心捻熄，靠向瑞佛斯，微笑说："我不是在演戏，瑞佛斯。看我的瞳孔就知道。"他边说边扳开下眼睑。

室内飘散着皮肤烧焦的气味。①

普莱尔分裂出失去痛觉的第二人格，是他重要的生存策略，如瑞佛斯分析到的，如同在绝望中死里逃生的人，遇到再大的危险，譬如腿断了，也照样能挣扎逃跑，在普莱尔这个案例的状态中，痛楚在巨大的恐惧中被持续地包裹起来，隔绝在正常意识之外，使他变成了另外一个人，"几乎宛如他的理智捏造出一个替身战士，以法国北方黏土塑造而成，而替身被他带回家了"②。瑞佛斯发现，他这个处于原始痛觉"迟钝"状态的第二人格能与人相约，并且能让普莱尔在正常状态时赴约，表示普莱尔分裂出的第二人格甚至能影响他第一人格的言行，这意味着他的分裂人格与意识并行。不仅如此，他的第二人格有时会完全覆盖他的主体意识，"我知道的事，他一件也不知道。问题是，没有分得那么清楚。有时候，即使他在场，我会看见他见不到的东西"③。更有甚者，他的第二人格在他不知情的情况下将迈克道伍告发到娄德少校那里，当普莱尔本人从娄德少校口中听到迈克道伍落网的消息大感震惊时，娄德少校颇为惊讶，眯着眼看着他道，"我以前总认为我了解你，常以为能掌握你的习性"④。正常状态的普

---

① 帕特·巴克：《门中眼》，宋瑛堂译，时报文化出版企业股份有限公司 2014 年版，第 265~266 页。

② 帕特·巴克：《门中眼》，宋瑛堂译，时报文化出版企业股份有限公司 2014 年版，第 270 页。

③ 帕特·巴克：《门中眼》，宋瑛堂译，时报文化出版企业股份有限公司 2014 年版，第 262 页。

④ 帕特·巴克：《门中眼》，宋瑛堂译，时报文化出版企业股份有限公司 2014 年版，第 214 页。

莱尔茫然不知他的意思。在他的第二人格面前，如陈培永所说，"权力再也不是外在于人的压制力量"，而成为他"自觉认同的、内化到人之中的内在要素"①。

即使是普莱尔的第一人格，也常常是原始痛觉占据了上风。令瑞佛斯不安的是，在奎葛洛卡，他常常观察到普莱尔"充满侵略性"，在他身上，能"瞥见娄德、洛葡、史布拉葛的化身"②。所以对于权力的支配，普莱尔的反抗常常并非通过理性，而是诉诸情绪、感官与冲动。他的方式简单粗暴，就是挑战规则，如他所说，"突破规范，我很拿手"③。他最常在性事上突破规范，他与男性做爱，与女性做爱，与各种阶层及职业的人做爱，甚至与曾在他儿时给他哺乳的莱利太太做爱，他"亲吻芳唇、鼻子、头发，然后在通体畅快之中垂头，感觉到，整个该死的国家所有的禁忌，一个个在他耳际坠毁"④。他对瑞佛斯"大谈自己感受不到性事的罪恶感"，虽然瑞佛斯认为，"他心怀虐待狂的冲动，深深自觉羞耻，甚至为这种冲动而恐惧"。⑤

普莱尔的精细痛觉使他也能感受到自己的黑暗面，而且感受异常强烈。他承认自己"会看两手是否毛茸茸，来确定自己是否变成了海德"⑥。然而他的精细痛觉更多地被原始痛觉支配。他有时凌晨四五点醒来，"甚至不知昨夜在哪里度过，自认有可能杀了人"。他看着镜中的自己，镜中

---

① 陈培永：《福柯的生命政治图绘》，中国社会科学出版社 2017 年版，第 174 页。

② 帕特·巴克：《门中眼》，宋瑛堂译，时报文化出版企业股份有限公司 2014 年版，第 84 页。

③ 帕特·巴克：《门中眼》，宋瑛堂译，时报文化出版企业股份有限公司 2014 年版，第 284 页。

④ 帕特·巴克：《门中眼》，宋瑛堂译，时报文化出版企业股份有限公司 2014 年版，第 131 页。

⑤ 帕特·巴克：《门中眼》，宋瑛堂译，时报文化出版企业股份有限公司 2014 年版，第 159 页。

⑥ 帕特·巴克：《门中眼》，宋瑛堂译，时报文化出版企业股份有限公司 2014 年版，第 158 页。此处海德是指《化身博士》(*Jekyll and Hyde*) 中的海德(Hyde)。

人也回瞪着他，眼神空虚。他为自己辩护道："杀人怎么算是'最糟糕的事物'？""所谓的谋杀，不过是在错误的地方杀人罢了。"①

普莱尔自己及其第二人格被原始痛觉所主导，使他尽管在住院期间也会阅读一些瑞佛斯的著作，但他始终无法对战争本质及个体命运做更深层次的思考。他所有的反抗都滞留在情绪及感受的混沌阶段，令他无法清晰地厘清自己的立场，他的愤怒和思考没有确切的方向。他恨战争，也恨后方百姓，有些时候，他"一见到、听到、嗅到老百姓，就感到反胃"②。在对待反战罢工领袖麦克道尔被捕的事上，他摇摆不定，一方面他恨迈克道伍拒战，"恨迈克策动军火厂停摆"，另一方面，他"无法辩证背叛迈克的正当性"，无法宣称抓捕他是"我尽的是我的职责"，因为他隐隐约约明白，"整体而言，已发生的事件比这句话的道理更阴森，更复杂"。③ 他意识到自己是在为某些"大佬"打仗，但他"从未认真考虑走拒战的路"④。

战场的粗粝激发了他的原始痛觉，使他无法深入地进行精细的思考，他在日记中写道："拒绝思考是我唯一的生存之道。更何况，将来是什么东西？"在战壕里，"所有人的心都在逃窜，急忙找地方躲起来，逃避自己看见的景象。逃避自己做过的事。但表面上，大家谈笑自如"⑤。在各种混沌而矛盾的情绪中，令他痛恨和恐惧的战场最后反而成了他心甘情愿的最终选择，在 1918 年 11 月 1 日的日记里，他写道："现在呢，我回到法国，坐在算是掩蔽坑的地方。而我看看周遭的脸孔，只有一个感想：不归建的

---

① 帕特·巴克：《幽灵路》，宋瑛堂译，时报文化出版企业股份有限公司 2014 年版，第 45 页。

② 帕特·巴克：《门中眼》，宋瑛堂译，时报文化出版企业股份有限公司 2014 年版，第 10 页。

③ 帕特·巴克：《门中眼》，宋瑛堂译，时报文化出版企业股份有限公司 2014 年版，第 295 页。

④ 帕特·巴克：《幽灵路》，宋瑛堂译，时报文化出版企业股份有限公司 2014 年版，第 9 页。

⑤ 帕特·巴克：《幽灵路》，宋瑛堂译，时报文化出版企业股份有限公司 2014 年版，第 175 页。

话，我是彻头彻尾的大蠢蛋。"①

对理性思考的逃避和对感官冲动的放任，原始痛觉战胜了精细痛觉，使普莱尔始终将自己置于权力的形塑之中，他对权力的反抗是浮躁的、表面的，也是无力的。

萨松的生存方式与普莱尔一样，也是诉诸两种痛觉的分裂，但萨松没有普莱尔那种病理意义上的人格分裂，只是在战场上出现了两种极度不同的性格的转换。在奎葛洛卡，瑞佛斯对他的诊断是，"病患体格良好，外表健康，不见神经系统失调之症状"②。在法国战场，当他的肩膀中弹，他在德军战壕中猛冲，不停向左右投掷手榴弹并叫喊着："嘿，有狐狸！"③从前的萨松就在那时崩解，"新人蜕壳而出"④。战斗中的萨松是一个新生的、受原始痛觉主宰的萨松，如他自己所说，"我不得不面对一个事实：战场上其实只有一个我，那就是匈奴杀手"⑤。在前线的战斗间隙，为解决内心冲突，他也会诉诸原始痛觉，他每晚出去巡逻，或是为杀死几个德军泄愤，或是替德军制造杀他的机会，具体的目的他自己也不清楚。⑥ 布莱斯医生这样对瑞佛斯评价萨松，"萨松明显看似原始痛觉青年"，因为他显然言行惊人，"不鸣则已，一鸣惊人"，而且非常情绪化，"一会儿是快乐战士，过一会儿又是心怀怨恨的和平主义分子"⑦。

---

① 帕特·巴克：《幽灵路》，宋瑛堂译，时报文化出版企业股份有限公司2014年版，第229页。

② 帕特·巴克：《重生》，宋瑛堂译，时报文化出版企业股份有限公司2014年版，第106页。

③ 译注：View Halloa，猎狐用语。

④ 帕特·巴克：《重生》，宋瑛堂译，时报文化出版企业股份有限公司2014年版，第165页。

⑤ 帕特·巴克：《门中眼》，宋瑛堂译，时报文化出版企业股份有限公司2014年版，第253页。

⑥ 帕特·巴克：《重生》，宋瑛堂译，时报文化出版企业股份有限公司2014年版，第16页。

⑦ 帕特·巴克：《重生》，宋瑛堂译，时报文化出版企业股份有限公司2014年版，第108～109页。

　　尽管如此，停止战斗的萨松实则比普莱尔更多地受到精细痛觉的理性主导，作为一个战争诗人，他把"所有的怒火与哀恸全部写进诗里"①。曼宁跟瑞佛斯谈及萨松的两面性，他告诉瑞佛斯，萨松在前线的时候，有截然不同的两种形象，差别之大令人瞠目结舌。他一方面是排长，带兵很成功，而且嗜血好战、威名远播，但是另一方面，一打完仗回到营地，他就拿出笔记本，谱写反战诗。事实上在写诗的过程中，萨松的原始痛觉与精细痛觉在一定程度上发生了融合，因为创作诗歌的行为聚合了萨松两种相反的人格，一个是嗜血的长官，另一个是反战诗人，前者在战斗中获得的情绪体验充分供给了后者写作的养料，"可以说是对创作供应弹药"②，而后者可以使他的情绪处于理性疏导之中，不至崩溃。在瑞佛斯看来，萨松的写作状态是一种自我疗愈，是他面对战争的自我调适，他书写的热情对他自身的精神健康必定有所裨益。他的观察也证明萨松"写诗显然具有疗效"，他的诗作与反战宣言一样，使他能够表达被压抑的理念，"两者皆有助于治愈梦魇幻觉"。③

　　福柯指出，"书写在照看自己的文化中也很重要"，因为"人们关注生活、情绪、阅读的细枝末节，而书写这种行为则进一步强化并拓宽了这种自我体验"④。与普莱尔记录性的日记大为不同的是，对文学书写的热情使战斗之外的萨松更多地受到精细痛觉的主导。他对战争做出了个人化的、有深度的思考，并勇敢地付诸行动，发表了反战宣言。他形成了较为清晰的立场，虽然他自认不是和平主义者，喊不出"没有一场战争是合理的"这种口号，但他反战的目标清晰而坚定，坚决认为"以目前的杀戮而言，这

①　帕特·巴克：《重生》，宋瑛堂译，时报文化出版企业股份有限公司 2014 年版，第 306 页。

②　帕特·巴克：《门中眼》，宋瑛堂译，时报文化出版企业股份有限公司 2014 年版，第 256 页。

③　帕特·巴克：《重生》，宋瑛堂译，时报文化出版企业股份有限公司 2014 年版，第 39 页。

④　米歇尔·福柯：《自我技术（福柯文选 III）》，汪民安编，北京大学出版社 2016 年版，第 69~70 页。

场战争的目标——管它是什么目标——我们不得而知——已经无法合理化"①。他呼吁停战的态度坚决，他的动机不止于改善个人的精神状态，更是"决心向老百姓灌输战争不仁的观念"②。他对权力的话语胁迫认识深刻，当罗伯特·格雷夫斯对他说起军人职责、军人荣耀和信守承诺的美德，"我认为信守承诺是美德。西弗里，当初立志从军的人是你自己。……你想影响的那群人是警察和阿兵哥——如果你希望获得他们的尊重，你一定不能让他们认为你说话不算话。……对他们来说，言而无信是缺德的事。他们会嫌你的行为不像绅士——而这是他们骂人最难听的一句话"③，他对此嗤之以鼻，反驳道，"拜托，罗伯特，主战派人士才顾不得'警察'和'阿兵哥'，也不会让'绅士行为'碍到他们中饱私囊的做法……至于'缺德'和'绅士行为'——自绝生路的蠢事"④。

在萨松初进奎葛洛卡的时候，在一定意义上，原始痛觉的积累及精细痛觉的思考使他在一定程度上摆脱了权力对他的支配，暂时变成了一个独立的主体。然而，萨松的主体性在奎葛洛卡的治疗期间逐渐被瑞佛斯置换与抹除。在长达三个月的治疗中，他逐渐接受了瑞佛斯传递给他的自我诊断与自我质疑的方式。他质疑自己因反战而被置于医院的安逸生活，质疑自己的男子气概，质疑自己对兄弟的责任。瑞佛斯在治疗中对他"男性气概"的质疑使他对这一人生主题的执着一直延续到战后，他战后的自传式写作一直围绕着一个具有大男子气概且享受狩猎及战斗的男子汉展开。如果说写作是一种精细痛觉，那么萨松在战后的写作中起作用的精细痛觉是经瑞佛斯改造过的，是被置换的、移植过的精细痛觉。经过治疗决定归建

---

① 帕特·巴克：《重生》，宋瑛堂译，时报文化出版企业股份有限公司 2014 年版，第 19 页。

② 帕特·巴克：《重生》，宋瑛堂译，时报文化出版企业股份有限公司 2014 年版，第 39 页。

③ 帕特·巴克：《重生》，宋瑛堂译，时报文化出版企业股份有限公司 2014 年版，第 272 页。

④ 帕特·巴克：《重生》，宋瑛堂译，时报文化出版企业股份有限公司 2014 年版，第 273 页。

的萨松坦承,"我成功地切除了痛恨战争的那一部分"①。用巴克的语言来
说,萨松"切除了痛恨战争的那一部分"就意味着他切除了建立于独立自主
的理性之上的反战思想,意味着他切除了属于他自己的精细痛觉。在这个
意义上,瑞佛斯真正打垮了索姆河与阿拉斯战役也打不垮的萨松,使得
"觉得战场难以忍受"的萨松"本着恨战的心"②放弃反战回归战场,从而真
正消解了萨松的主体性。三部曲中,决定归建的萨松又回到原始痛觉的主
导状态,宛如行尸走肉,"他毫无能力思考战后的前景"③,"他已经不再
对影响世事怀抱任何希望。或者是,他也许是根本断绝任何希望"④。

在萨松的案例中,他的两种痛觉由分裂经历过短暂的融合,继而又在
外力的作用下重新分裂。他对瑞佛斯高度依赖,两种痛觉始终没有稳定、
自主的融合状态。在萨松对瑞佛斯的精神依赖中,可以窥见福柯在谈论自
我控制时对基督教牧领式的精神指导的批判。福柯指出,不同于古代东方
的"精神指导是自愿的、暂时的和安慰性的"⑤,基督教的精神指导是"强
调和固定对另一个人的依赖",通过"抽取和生产某种真理,通过这种真
实,人们就与指导者联系在一起"⑥。这使得一种技艺被引入,即"权力
的、对自我和他人进行检查和调查的技艺",通过这个技艺,"某种真理,
隐秘的真理,内部的真理,隐藏的灵魂的真理,将成为一种要素,牧师的
权力和服从通过这种要素得以运转,这种全面的服从关系得以确定,而且

---

① 帕特·巴克:《门中眼》,宋瑛堂译,时报文化出版企业股份有限公司 2014 年
版,第 245 页①。
② 帕特·巴克:《门中眼》,宋瑛堂译,时报文化出版企业股份有限公司 2014 年
版,第 256 页。
③ 帕特·巴克:《重生》,宋瑛堂译,时报文化出版企业股份有限公司 2014 年
版,第 328 页。
④ 帕特·巴克:《重生》,宋瑛堂译,时报文化出版企业股份有限公司 2014 年
版,第 306 页。
⑤ 米歇尔·福柯:《安全、领土与人口》,钱翰、陈晓径译,上海人民出版社
2018 年版,第 235 页。
⑥ 米歇尔·福柯:《安全、领土与人口》,钱翰、陈晓径译,上海人民出版社
2018 年版,第 236 页。

功德和罪过的经济学也是通过它来运行的"①。萨松之于瑞佛斯，在很大程度上类似于个体之于基督教牧师，一种蓄意建立的精神依赖关系使之丧失了自己的主体性。在某种意义上，萨松体现了福柯所说的"主体是如何依据被禁止之物，被迫解读自己的"②。

中国台湾学者杨照在《重生》一书译本末尾的导读中指出，《重生》的英文书名 Regeneration 带有难以言喻的、复杂的反讽意义。他指出，在第一次世界大战的历史情境下，"复原"代表的往往不是"重生"或"再生"，而是接受疯狂，重新回到战场面对死亡，归根结底那是将病患送向死亡的力量，无论如何，巴克表达的"都不是一般定义下的'再生''重生'"③。杨照的评论虽然因过于绝望而有失偏颇，但就普莱尔与萨松而言，也不无道理。普莱尔和萨松，在面对血腥战场时，都不得不依靠分裂作为生存的手段。然而，在战场的恐怖中，在权力的重重包围和渗透中，无论是依赖原始痛觉还是精细痛觉作为自我的技术，他们都没有突破权力的重围，获得或保持自己的主体性。被异化与分裂的他们，终究没有得到真正意义上的重生。

第二节　两种痛觉的融合：重生之路

如果如杨照所说，《重生》是关于"重生"之失败的寓言，那只能说他忽略了瑞佛斯这个在经历中不断实现自我成长的人。作为杰出的心理学家、神经学家、人类学家和精神分析专家，瑞佛斯有足够的知识储备和思维能力，使其对自身及他人经历进行自主的、哲人式的精细痛觉的反思，从而

---

① 米歇尔·福柯：《安全、领土与人口》，钱翰、陈晓径译，上海人民出版社2018年版，第237页。

② 米歇尔·福柯：《自我技术（福柯文选Ⅲ）》，汪民安编，北京大学出版社2016年版，第52页。

③ 杨照：《当整个世界都疯了——读〈重生〉》，帕特·巴克：《重生》，宋瑛堂译，时报文化出版企业股份有限公司2014年版，第347页。

获得真正的个人成长。在《幽灵路》中，巴克通过将"人脑"置于瑞佛斯之手，既表达了她对"人脑"的敬畏及信心，也隐喻了她将这信心寄托于瑞佛斯。在英属殖民地美拉尼西亚岛上，当地的土著会将勇士的骷髅头敬奉在"骷髅头屋"。瑞佛斯在岛上做人类学研究时，土著巫医恩吉鲁曾带他进入骷髅头屋，当他捧着恩吉鲁郑重递给他的骷髅头时，他体会到头颅的神圣，"手指顺着枕部抚摸，沿着颅骨接缝游走"，默默赞叹这是"世界上最宝贵的物体"，"因为里面曾含有灵魂，含有托马贴"①。这使他回忆起在巴兹医院第一次手捧人脑时的惊奇感受，想到"物种进化至今，有能力理解自身来源的物体仅有一个，原本包含在这颗空壳里"②。瑞佛斯对"骷髅头"的感受，很大程度上表征了巴克之"自我技术"的理想，相信人能够凭借"人脑"的智慧，通过自我认知，来反抗和超越权力的支配，成为独立的主体。巴克之所以将这一理想寄托于瑞佛斯，在于他的生活主要受到精细痛觉的主导，而且他的精细痛觉有着持续觉知并整合原始痛觉的能力。精细痛觉，就是"凭理性辩证"③。三部曲中，由精细痛觉主导的瑞佛斯通过禁欲式生活、释梦、对话、跨文化反思等不断认知、理解并逐渐接纳被自己习惯性压抑的原始痛觉，从而表征了在两种痛觉融合的基础上达成重生的途径。

第一，与普莱尔诉诸性欲或萨松的贵族格调不同，瑞佛斯的生活几乎不受原始痛觉所表征的感官或本能享受之影响。他五十多岁，未婚无子，克己禁欲，尽管对萨松有爱慕之情，也从不过分表露。瑞佛斯的这种生活，近乎福柯所说的斯多葛派的自我训练(gymnasia)：性欲克制、肉体苦行。④ 福柯

---

① 帕特·巴克：《幽灵路》，宋瑛堂译，时报文化出版企业股份有限公司 2014 年版，第 212 页。

② 帕特·巴克：《幽灵路》，宋瑛堂译，时报文化出版企业股份有限公司 2014 年版，第 212 页。

③ 帕特·巴克：《重生》，宋瑛堂译，时报文化出版企业股份有限公司 2014 年版，第 109 页。

④ 米歇尔·福柯：《自我技术(福柯文选 III)》，汪民安编，北京大学出版社 2016 年版，第 85 页。

认为，禁欲实践在斯多葛派文化中，作用是"确立并测试个体相对于外部世界的独立性"①。在福柯看来，禁欲是"自己在自己身上修行，个人在正视自己，在这个过程中别人的权威、别人的存在、别人的眼光，与其说是不可能的，不如说是不必要的"②。不仅禁欲，瑞佛斯也把所有的精力都投入工作，饮食简单朴素，甚至在休息的间隙也想着工作。在病人投诉室友时，他"一面泡澡，一面动脑筋排列组合"，以便给病人安排最合适的病房。这是貌似简单却耗费心力的"永无止境"的工作，因为病患的要求多种多样，"有些病患常做噩梦，有些有梦游的习惯，有些病患开小夜灯才睡得着，有些则要求房间绝对漆黑"③。他"每天从早上八点工作到午夜"④，殚精竭虑、夜以继日的劳作使他"每天早上醒来，疲劳的程度与上床时相去无几"⑤。他高度自律、艰苦朴素的生活也与福柯所说的"苦行"在某种程度上不谋而合。福柯认为，"在所有的文明之中，基督教的西方是最有创造性的，又是最热衷于征服、最傲慢，可能也是最嗜血的文明之一"⑥。基督教牧领制度是现代生命政治的历史基因。在基督教牧领时代，苦行是五种反抗权力引导的方式之一。⑦ 它是一种"挑战形式"，不仅是"对内的挑战形式"，也是"对别人的一种挑战"。它要到达的不是完美状态，而是一种"安宁、平静的状态"，是"自己对自己、对自己身体、对自己的痛苦

① 米歇尔·福柯：《自我技术（福柯文选Ⅲ）》，汪民安编，北京大学出版社 2016 年版，第 85 页。

② 米歇尔·福柯：《安全、领土与人口》，钱翰、陈晓径译，上海人民出版社 2018 年版，第 265 页。

③ 帕特·巴克：《重生》，宋瑛堂译，时报文化出版企业股份有限公司 2014 年版，第 65 页。

④ 帕特·巴克：《重生》，宋瑛堂译，时报文化出版企业股份有限公司 2014 年版，第 166 页。

⑤ 帕特·巴克：《重生》，宋瑛堂译，时报文化出版企业股份有限公司 2014 年版，第 154 页。

⑥ 米歇尔·福柯：《安全、领土与人口》，钱翰、陈晓径译，上海人民出版社 2018 年版，第 170 页。

⑦ 米歇尔·福柯：《安全、领土与人口》，钱翰、陈晓径译，上海人民出版社 2018 年版，第 277 页。

的掌控"。① 在这个意义上，瑞佛斯摆脱了原始欲望及感官享受的生活方式对他摆脱他人目光、达成自我掌控起着一种先决作用。这使他如苏格拉底所说的，能够用"智慧、真理以及完善的灵魂"②来关注自己。

第二，尽管瑞佛斯与普莱尔及萨松一样，也经历着两种神经痛觉的分裂，但他精细痛觉所表征的理性能够逐渐解释、吸收并融合原始痛觉。在这个过程中，"梦"与"释梦"起着举足轻重的作用。

为了生存，瑞佛斯无法避免分裂，如亨利·海德医生所说，"战时的军医真的很难想得出其他办法。军队的需求和病人的需求两者总是互相矛盾"③。在战时医生面对的这种非常尖锐的矛盾中，分裂是求存的必要方式。瑞佛斯自认是"双面人"，"医学如中分的一张脸，一边是介入，另一边是保持距离"④，与海德一样，他觉得"双重人格才是常态，试图分割会引发危机"⑤。在原始痛觉与精细痛觉的分裂中，被病患激起的情绪上的反应被压抑下来，取而代之的是保持距离的理性。压抑情绪与感受，对瑞佛斯来说并不陌生。在他接触的病患成长的大环境中，全社会都将情绪压抑视为男性气概的本质，"男人如果情绪崩溃或哭泣，或者坦诚恐惧，全是娘娘腔，是弱者，是败将。不是男子汉"⑥。病患从小受到环境熏陶，习惯于压抑情绪。瑞佛斯自认与病患是"同一环境的产物"。在他过去的成长历程中，"严格压抑情绪与欲望是他时时刻刻奉行的信条"⑦。在这种情况

---

① 米歇尔·福柯：《安全、领土与人口》，钱翰、陈晓径译，上海人民出版社2018年版，第265页。

② 米歇尔·福柯：《自我技术（福柯文选 III）》，汪民安编，北京大学出版社2016年版，第57页。

③ 帕特·巴克：《门中眼》，宋瑛堂译，时报文化出版企业股份有限公司2014年版，第248页。

④ 帕特·巴克：《门中眼》，宋瑛堂译，时报文化出版企业股份有限公司2014年版，第256页。

⑤ 帕特·巴克：《门中眼》，宋瑛堂译，时报文化出版企业股份有限公司2014年版，第258页。

⑥ 帕特·巴克：《重生》，宋瑛堂译，时报文化出版企业股份有限公司2014年版，第69页。

⑦ 帕特·巴克：《重生》，宋瑛堂译，时报文化出版企业股份有限公司2014年版，第69页。

下，清醒状态的瑞佛斯难以了解自己的真实感受，只有"梦"以及梦中的身体症状能揭示出被他深深压抑的真实情绪和本能反应，体现着他的原始痛觉，而"释梦"的过程则启发他觉知这些情感，从而令他真正做到"照看他自己"。福柯指出，"在希腊—罗马文化中，关于自己的知识是作为照看你自己的结果呈现的；在现代社会，关于自己的知识成为一种根本准则"①。

在福柯看来，"梦的解析"是一种"自我审察"的技术。② 他指出，在4世纪，辛奈西斯(Synesius of Cyrene)就提倡，"人们必须自己解读自己的梦"，也就是说，"人必须成为自己的阐释者"。③ 如果说梦是瑞佛斯的原始痛觉的话，那么他的释梦能力则是他的精细痛觉，释梦的过程使他的原始痛觉逐渐融入精细痛觉，令他得以确定痛觉的确切位置，并因此不断审视与调试自身。

第一个重要的梦境发生在瑞佛斯十分疲惫的夜晚，难以入睡的他将思绪固定在了萨松身上。他回顾了萨松关于停战的观念，暗怪他呼吁停战不切实际。然而夜间他便梦见在寝室里，自己在用针找出海德前臂的痛觉高度敏感区。他每刺一下，海德立即痛到惊叫，瑞佛斯于心不忍，不想继续实验，但又感觉非继续不可。梦境变了，变成瑞佛斯直接在海德的手臂上画痛觉区，笔尖和针尖一样造成刺痛。海德打开眼睛，隐约说道："换你来试试看，怎样?"旋即拿出一支手术刀，对准瑞佛斯的手肘切下去，切出一个长约六寸的伤口。梦中手臂被切的真实感如此之强，以至于瑞佛斯醒来，"右手摸摸左臂，以为会摸到血"④。瑞佛斯想，表面看来，这场梦似

---

① 米歇尔·福柯：《自我技术(福柯文选Ⅲ)》，汪民安编，北京大学出版社2016年版，第61页。

② 米歇尔·福柯：《自我技术(福柯文选Ⅲ)》，汪民安编，北京大学出版社2016年版，第87~88页。

③ 米歇尔·福柯：《自我技术(福柯文选Ⅲ)》，汪民安编，北京大学出版社2016年版，第88~89页。

④ 帕特·巴克：《重生》，宋瑛堂译，时报文化出版企业股份有限公司2014年版，第66页。

乎符合弗洛伊德的观点，即梦境属于愿望的满足，而自己的心愿是重回剑桥进行研究工作，这场梦实践了他的愿望。然而梦境并不快乐，梦醒时自己的情绪则是惧怕，梦中"他为别人制造痛苦，自己心里也难过"①，以至于"停止实验的愿望很强烈"②。在梦中他面临两难，"一方面想继续实验，另一方面不愿再制造疼痛"③，这令他回想起工作中常常意识到的一种矛盾，他一方面深信这场战争必须坚持打到结束，为后世子孙营造和平环境，另一方面，他痛心于"政府竟容许博恩兹遭遇到的惨事继续发生在其他人身上"④。尽管这种对战争的矛盾态度是瑞佛斯的日常，他的矛盾态度也并没有因这个梦而立刻发生质的转变，他为自己辩护道，"战争既不是一种实验，喊停的决策权也绝对不在他手上"⑤，但对这个梦境的分析在很大程度上迫使他真正面对自己的矛盾心理，以及这种矛盾心理给他带来的影响，并启发他的精细痛觉对这个原本令他习以为常的问题开始进行严肃而持续的思考。

第二个重要的梦境发生在瑞佛斯目睹耶兰医生对凯兰长达几个小时的电击治疗后。目睹整个过程，他当晚就做了一个噩梦。他梦见走在耶兰所在医院的走廊上，走廊"犹如一条被拉至极限的橡皮带"⑥。走廊尽头的对门开开合合，身躯佝偻的畸形人靠着栏杆向他走来，眼珠转动，吐出以下的句子："本人谨此违抗军威，因为本人相信，有权停战的主事者刻意拖

---

① 帕特·巴克：《重生》，宋瑛堂译，时报文化出版企业股份有限公司 2014 年版，第 67~68 页。
② 帕特·巴克：《重生》，宋瑛堂译，时报文化出版企业股份有限公司 2014 年版，第 67 页。
③ 帕特·巴克：《重生》，宋瑛堂译，时报文化出版企业股份有限公司 2014 年版，第 68 页。
④ 帕特·巴克：《重生》，宋瑛堂译，时报文化出版企业股份有限公司 2014 年版，第 68 页。
⑤ 帕特·巴克：《重生》，宋瑛堂译，时报文化出版企业股份有限公司 2014 年版，第 68 页。
⑥ 帕特·巴克：《重生》，宋瑛堂译，时报文化出版企业股份有限公司 2014 年版，第 322 页。

长这场战争。我是现役军人，深信此举是代表全体士官兵发声。"①继而梦境转变，他置身电疗室，手握电极，对着一个人张开的口腔。他拿压舌板伸进口腔，试图将电极伸进喉咙，但不知为何伸不进去，他试着强行插入，对方不由挣扎起来，他这时低头一看，发现自己手里拿着的是马衔，且已造成不少伤害，"对方的嘴角磨破皮，沾着血与唾沫"②，但他不顾这一切，继续把马衔塞进病患嘴里，病患大叫一声，才把他从梦乡中震醒。

　　分析这个梦境，瑞佛斯领悟到，"自责"是自己梦境传达的最显著的情绪，因为"这场梦不仅正确呈现耶兰的疗法，更像强制口交，令人不舒服"③。身躯佝偻的畸形人似乎代表萨松，因为他说出了萨松的宣言。尽管平日里萨松态度亲密，畸形人的表情表明"萨松也许不无仇视"④。电疗室里的病患，令他想起普莱尔。普莱尔入院不久，他曾拿汤匙伸进他的喉咙深处，"当时他被普莱尔的态度激怒了"，戳喉的动作引来"心底一阵欣然满足感"⑤。他也认为梦中的病患是"兼具凯兰与普莱尔的合成人"⑥，因为他曾经以汤匙戳普莱尔的喉咙，就像耶兰用电极戳凯兰。梦中的"马衔"令瑞佛斯想到"一种控制器具"，他想起"中世纪人以马勒硬塞泼妇的嘴，逼她们住口"⑦，近代的美国黑奴也有类似的遭遇。从"马衔"封嘴的角度来说，瑞佛斯意识到自己取代了耶兰的角色。他想着耶兰"消除病患的麻

①　帕特·巴克：《重生》，宋瑛堂译，时报文化出版企业股份有限公司2014年版，第323页。
②　帕特·巴克：《重生》，宋瑛堂译，时报文化出版企业股份有限公司2014年版，第323页。
③　帕特·巴克：《重生》，宋瑛堂译，时报文化出版企业股份有限公司2014年版，第323页。
④　帕特·巴克：《重生》，宋瑛堂译，时报文化出版企业股份有限公司2014年版，第324页。
⑤　帕特·巴克：《重生》，宋瑛堂译，时报文化出版企业股份有限公司2014年版，第325页。
⑥　帕特·巴克：《重生》，宋瑛堂译，时报文化出版企业股份有限公司2014年版，第325页。
⑦　帕特·巴克：《重生》，宋瑛堂译，时报文化出版企业股份有限公司2014年版，第325页。

痹症、失聪症、盲眼症、失语症，排除重返战场的障碍"，以这些方式来封口，他自己"不也以类似的手段封紧病患的嘴"，差别只在于他的"手法比耶兰轻缓无限倍"①。显然，本质上他与耶兰同样从事一种控制人的行业，两人都负责修复青年战士，而且他深深明白，"在现今的环境下，复原意味着病患不只自毁，而且无异于自我了断"②。

这场梦的心情强烈到令瑞佛斯无法摆脱，"是至为痛苦的一种自我控诉"③。"释梦"的过程，令他像福柯所说的"守夜人"与"兑换钱币者"④一样，在监察自己思想活动的同时，像检验货币的真伪一样，审视自己内心的真相。他坐在窗前，看着曙光渐露，自我审察、判定自己有罪的过程如此痛苦，让他觉得"已被判有罪的他必须上诉"，虽然"在法庭攻防战里，他身兼法官与陪审团"。⑤

第三个重要的梦发生在瑞佛斯观察海德带着"疏离、内敛"的态度检查卢卡斯头上的伤口的当晚。白天他边观察边分析，得出一个结论，即海德在行医时搁置对病患的"认同感"，搁置"这份人性"，处在精细痛觉的解离状态，是良性的、必要的。⑥ 然而就在当晚，瑞佛斯便做了一个噩梦，他梦见海德独自在深夜的医院里对解剖台上的男尸做实验。男尸"脸朝上，赤裸，散发着甲醛的臭味，生殖器官缩水，皮肤呈陈年纸张的脏金色"。

---

① 帕特·巴克：《重生》，宋瑛堂译，时报文化出版企业股份有限公司2014年版，第326页。
② 帕特·巴克：《重生》，宋瑛堂译，时报文化出版企业股份有限公司2014年版，第325页。
③ 帕特·巴克：《重生》，宋瑛堂译，时报文化出版企业股份有限公司2014年版，第324页。
④ "守夜人"与"兑换钱币者"是自我审察的两个重要隐喻：守夜人意味着监视思想，兑换钱币者意味着验真伪、观品相、测重量。参见米歇尔·福柯：《自我技术(福柯文选Ⅲ)》，汪民安编，北京大学出版社2016年版，第86页。
⑤ 帕特·巴克：《重生》，宋瑛堂译，时报文化出版企业股份有限公司2014年版，第326页。
⑥ 帕特·巴克：《门中眼》，宋瑛堂译，时报文化出版企业股份有限公司2014年版，第161页。

海德在男尸头上画出标记，拿出钻子开始在男尸头上钻孔，可怕的是男尸动了起来，"赤裸的男尸被解剖一半，惊恐中从解剖台坐起来，猛推海德一把"。男尸窜到走廊里，见门就拍，靠嗅觉辨别方位，最后，"男尸找对了门，走向瑞佛斯的床铺，对着他弯腰，对着他的脸伸出一张人脸解剖图"，这时瑞佛斯挣扎起身，醒了过来。① 他浑身汗水地躺回床上，在极短的时间里，他"看得见那张破碎的脸"②。在印象消失以前，他赶紧分析梦境的成分，想起白天自己观察到海德对鲁卡斯做实验，半夜就产生这场梦，两者的关联十分明显。他闭眼沉浸在黑暗里，过滤着种种印象，浮出脑海的印象是"污染"，这令他大感惊讶，因为海德是个温柔得不能再温柔的人，用这个词来描述梦中对他的印象，无疑是一种背叛。他想起自己白天对此事的判断，对比梦境，意识到医生"全部把将心比心的作用暂时收起来"的恶处，因为虽然医师治病救人，必须暂停移情之心，但是当"这种做法发生在其他状况时，却是万恶之根源"。③ 当晚的疲惫使他没有能够继续深究这种"万恶之根源"，然而这个梦摧毁了他长期以来对分裂状态的认可和习以为常，使他在重视精细痛觉的同时，重新思考原始痛觉的价值，在一定程度上为他重拾同理心与"这份人性"并重建两种感觉的统一奠定了基础。

对始终处于精细痛觉中的瑞佛斯来说，第四个重要的梦境代表了他原始痛觉的明确复苏。早在三部曲的第一部分《重生》中，伴随着做梦，瑞佛斯的身体就已出现病患的身体症状。他会在凌晨两三点醒来，身体出现各种熟悉的症状，"盗汗、频尿、呼吸困难、血液不顺畅感，即使最细微的动作也导致心跳如鼓"④。有些症状甚至出现在他清醒的时候，他一度不得

---

① 帕特·巴克：《门中眼》，宋瑛堂译，时报文化出版企业股份有限公司2014年版，第180页。
② 帕特·巴克：《门中眼》，宋瑛堂译，时报文化出版企业股份有限公司2014年版，第181页。
③ 帕特·巴克：《门中眼》，宋瑛堂译，时报文化出版企业股份有限公司2014年版，第181页。
④ 帕特·巴克：《重生》，宋瑛堂译，时报文化出版企业股份有限公司2014年版，第197页。

不向布莱斯医生承认，"我已经出现口吃现象，而且正开始抽搐"①。到了第二部分《门中眼》中，随着瑞佛斯接触到越来越多的病患，目睹越来越多的残酷症状，他对病患的共情越来越无法遏制。虽然他竭力压抑自己对病患强烈的认同和情绪反应，但他的梦会揭示这些情绪。在目睹普莱尔失去痛觉的第二人格用爆红的烟头烧灼自己掌心的那天晚上，他在半睡半醒状态，做了一个难以忘怀的梦。他梦到"一个可怕的地方，与人相关的生物无法存活的地方，四处也不见人踪。他完全孤单，直到地表隆起，嗝出一团恶臭的蒸汽，泥巴开始移动，聚集成堆，从地面爬起来，形成男人的身形，站在他面前，转身，阔步迈向英国。……最后似乎整片夜景占满了泥人，上下里外全是法国北方的泥泞，别无他物，移动着丑陋的四肢，往家的方向前进"②。这使他意识到，"自己认同病患，居然认同到了替他们做梦的地步"③。自梦中醒来，瑞佛斯躺着回想梦境，他想起普莱尔的分裂人格曾向他说过自己感觉不到疼痛，毫无畏惧，"出生在炮弹坑中，没有父亲，出生之前目无亲友"，这令他意识到分裂状态的不正常，"在痛惧交加的状态中，无痛无惧是不可能的事，甚至是不正常"。④ 梦境的爆发如蒙特所说，"痛苦增强，增强到某一点上，它终于再也不能被有意识地承受了"⑤。这个由普莱尔引发的梦境揭示了以普莱尔为代表的、不得不战斗的年轻男性在面对超出承受能力的恐惧与残酷中受到的扭曲和异化。梦境用极度形象及感性的方式提示瑞佛斯，不仅普莱尔的恐惧与求生的本能与原

---

① 帕特·巴克：《重生》，宋瑛堂译，时报文化出版企业股份有限公司 2014 年版，第 198 页。

② 帕特·巴克：《门中眼》，宋瑛堂译，时报文化出版企业股份有限公司 2014 年版，第 269 页。

③ 帕特·巴克：《门中眼》，宋瑛堂译，时报文化出版企业股份有限公司 2014 年版，第 269 页。

④ 帕特·巴克：《门中眼》，宋瑛堂译，时报文化出版企业股份有限公司 2014 年版，第：269 页。

⑤ 彼得·班克特：《谈话疗法——东西方心理治疗的历史》，李宏昀、沈梦蝶译，上海社会科学院出版社 2006 年版，第 114 页。

始情感是存在的、重要的，他自己也无法否认或真正压抑住自己的人性所萌发的同理心，压抑这些原始痛觉，不过是掩耳盗铃罢了。作为一个医生，他必须正视两种痛觉分裂之病态与恶果，因为这些恶果正不断地以梦境或症状的方式愈演愈烈地出现在他的病患以及他自己身上。

在一系列的梦境及对梦境的分析中，瑞佛斯逐渐了解原始痛觉与精细痛觉分裂的病态与不正常，迫使他正视被自己压抑的原始痛觉，重新审视弗洛伊德的绝对戒律，即"分析者永远不能允许自己爱病人"①。"梦"及"释梦"在很大程度上帮助他揭示了他自身。

第三，"对话"对于瑞佛斯了解自我也起着重要作用。谈话疗法是瑞佛斯基于弗洛伊德的理论，在实践中常用的疗法。彼得·班克特（Peter Bankart）指出，1900 年弗洛伊德发表的《梦的解析》，可以被视为谈话疗法的形式上的源头。谈话疗法，"永久而深刻地影响了我们思考自身、了解他人、生儿育女、展望未来的方式路径"②。在瑞佛斯的谈话疗法中，他鼓励病患说出、面对并理解自己的恐惧，因为他深信不疑，"学会自我了解的人，学会接受个人情绪的人，比较不容易再崩溃"③，这使得他对病患的态度相对宽容，病患的直言不讳得以时时打破治疗中"那个不动声色的、感情上匿名的作为治疗者和生命给予者的长老模型"，如艾瑞克·埃里克森（Eric Ericson）所说的那样，"治疗过程中的双方在互相影响着，冲击着各自的弱点和当下的同一性中的问题"④。病患对瑞佛斯的影响，如他向海德承认的，"我的病人……对我产生我办不到的效果"⑤。

----

① 彼得·班克特：《谈话疗法——东西方心理治疗的历史》，李宏昀、沈梦蝶译，上海社会科学院出版社 2006 年版，第 124 页。

② 彼得·班克特：《谈话疗法——东西方心理治疗的历史》，李宏昀、沈梦蝶译，上海社会科学院出版社 2006 年版，第 3 页。

③ 帕特·巴克：《重生》，宋瑛堂译，时报文化出版企业股份有限公司 2014 年版，第 69 页。

④ 彼得·班克特：《谈话疗法——东西方心理治疗的历史》，李宏昀、沈梦蝶译，上海社会科学院出版社 2006 年版，第 191 页。

⑤ 帕特·巴克：《重生》，宋瑛堂译，时报文化出版企业股份有限公司 2014 年版，第 330 页。

对瑞佛斯影响最大的对话发生在他与普莱尔之间。在奎葛洛卡住院期间，普莱尔闲来读的书是瑞佛斯所著的《陶达族》(The Todas)①，因而比起别的病患，他更了解瑞佛斯。他指出瑞佛斯无意中流露的阶级意识，"你以前没有直呼我名字过。这是第一次。你知道吗？你对萨松的称呼是西弗里，对安德森的称呼是拉尔夫。我前几天留意到，你以'查尔斯'称呼曼宁。对我，你总是喊'普莱尔'。气急败坏时喊'普莱尔先生'"②。他指出瑞佛斯治疗中暗藏的心机，称他为"壁纸"，讽刺他鼓励病患把他幻想成"心目中的人"③。他了解瑞佛斯的内心冲突、不安与病态，"你知道吗？总有一天，你势必要接受生病才住院的事实。病人不是我。不是指挥官。不是伙房侍从。是你"④。他指出瑞佛斯的内疚、自我怀疑与不自信。当他翻阅着瑞佛斯壁炉上的明信片，他直截了当地戳穿瑞佛斯的内心，"对你来说，归建的这群人，才是令你自我质疑的症结。我是说，这堆明信片让你正视自己的情绪，让你面对恐惧，让你自己体会到感伤……神效卓著"⑤。他甚至明白地喻示瑞佛斯所作所为"吃人"的实质，"有一次，我梦见左轮准心里的人脸——你知道，就是专吃婴儿、张牙舞爪的德国佬——结果准心里的人脸变成我爱的人。不过，在我扣扳机之后才变脸，所以我莫可奈何。遗憾啊，我每次都毙了你"⑥。普莱尔的话语总是一针见血地指出瑞佛斯自己都意识不到的或被无意识地遮蔽的那部分自我。

普莱尔对平等异常敏感，所以他"非常显著的一种倾向是刺探医师的

---

① 帕特·巴克：《重生》，宋瑛堂译，时报文化出版企业股份有限公司 2014 年版，第 96 页。

② 帕特·巴克：《门中眼》，宋瑛堂译，时报文化出版企业股份有限公司 2014 年版，第 268 页。

③ 帕特·巴克：《重生》，宋瑛堂译，时报文化出版企业股份有限公司 2014 年版，第 95 页。

④ 帕特·巴克：《重生》，宋瑛堂译，时报文化出版企业股份有限公司 2014 年版，第 142 页。

⑤ 帕特·巴克：《门中眼》，宋瑛堂译，时报文化出版企业股份有限公司 2014 年版，第 226 页。

⑥ 帕特·巴克：《幽灵路》，宋瑛堂译，时报文化出版企业股份有限公司 2014 年版，第 95 页。

隐私。坚持双向交流的关系"①。入院之初，他即质问瑞佛斯："一直发问的人是你，一直回答的人是我。为什么不能双向交流？"②这种双向交流原则使他与瑞佛斯最重要的一次谈话几乎相当于对瑞佛斯的一种治疗。他注意到瑞佛斯常常有以手"遮眼"的动作，一次在治疗室里，便向瑞佛斯指了出来，并否认了瑞佛斯"习惯"和"眼睛疲劳"的解释。他一针见血地反驳道，"骗人。如果真的只是眼睛疲劳，你抹眼的动作应该随机出现，而你不是。你在……在某件事激动你情绪的时候，才会有这个动作。或者……你用这个动作来掩饰真情。你刚才不是说，人眼是无法变成壁纸的一个器官——所以你只好遮住"③。普莱尔的分析令瑞佛斯听了心乱如麻，甚至忘了自己要说的话，"他想继续说他讲了一半的话，却忘记刚才话讲到哪里"④，他心里第一次承认自己应该正面应对没有视觉记忆这件事。他甚至站起来，与普莱尔互换了座位，普莱尔以医生的姿态，对他发问并直击他的心灵深处，"管它是什么，事情发生后，你把自己弄瞎，省得以后再看见"，"你毁灭了视觉记忆，你弄瞎了心灵眼睛。事情是不是这样？说啊"，瑞佛斯挣扎片刻，不得不承认道，"是"。⑤ 普莱尔的启示使瑞佛斯事后逐渐回想起令自己丧失视觉记忆的事件，那是在他四岁时，他因理发时哭泣被父亲带到堂叔公的画像前，画面是威尔堂叔公的腿被截肢时的情景，手术在血淋淋地进行，"旁边守着一个人，拿着一缸热腾腾的焦油，准备在截肢后淋在伤口上"⑥。长久以来，瑞佛斯知道自己丧失视觉记忆，但他一

---

① 帕特·巴克：《门中眼》，宋瑛堂译，时报文化出版企业股份有限公司2014年版，第76页。
② 帕特·巴克：《重生》，宋瑛堂译，时报文化出版企业股份有限公司2014年版，第74页。
③ 帕特·巴克：《门中眼》，宋瑛堂译，时报文化出版企业股份有限公司2014年版，第150页。
④ 帕特·巴克：《门中眼》，宋瑛堂译，时报文化出版企业股份有限公司2014年版，第151页。
⑤ 帕特·巴克：《门中眼》，宋瑛堂译，时报文化出版企业股份有限公司2014年版，第154~155页。
⑥ 帕特·巴克：《幽灵路》，宋瑛堂译，时报文化出版企业股份有限公司2014年版，第90页。

直无法将这个现象与童年被迫看画的事件联系起来，普莱尔的提示令他至今才体会到，那段童年经历对他造成的冲击不只是视觉记忆丧失，更是在他的情绪与理性之间划出了一道鸿沟，而且他内心深处两者的鸿沟或许比多数人更深，简直类似一种分裂，所幸没有彻底成功。他也开始明白，大半辈子以来，自己"始终是一个心有鸿沟的人"①，虽然他过去习惯于忽略这道鸿沟，觉得这道鸿沟对他的影响微乎其微，但是他自此意识到，正是这道鸿沟决定了他的研究方向。

不仅是普莱尔，与萨松对话也对瑞佛斯影响巨大。尽管怀揣对战争的矛盾态度，压抑着原始痛觉，只使用精细痛觉来履行职责是瑞佛斯的家常便饭，但"与萨松交谈时更能凸显进退维谷的困难"②。瑞佛斯之所以能得过且过，部分原因在于他压抑了对战争的思考，不料萨松来了，并持续提出战争是否合理的话题，使之成为一场持久的开放式辩论，因而瑞佛斯难以保持压抑。如果说他承认医学需要一定程度的分裂，需要他一边介入一边保持距离，面对萨松，"他现在觉得难以在介入时保持客观，难以顶着这种医学原则来审视西弗里"③。

萨松对战争的讨论不仅撼动了瑞佛斯信奉的分裂与压抑的原则，也令瑞佛斯意识到一个年长男性应该承担的责任。萨松告诉瑞佛斯他对当权老人的憎恨，"我说的是，我觉得有杀首相的冲动，可惜辩解也没用，只会被关进疯人院"④。他五味杂陈地对瑞佛斯谈起戴德⑤家的事，戴德与几个意气相投的人憎恨几个当权的老人，认为他们都该死，便把这些该死之人

---

① 帕特·巴克：《门中眼》，宋瑛堂译，时报文化出版企业股份有限公司 2014 年版，第 157 页。

② 帕特·巴克：《重生》，宋瑛堂译，时报文化出版企业股份有限公司 2014 年版，第 68 页。

③ 帕特·巴克：《门中眼》，宋瑛堂译，时报文化出版企业股份有限公司 2014 年版，第 256 页。

④ 帕特·巴克：《重生》，宋瑛堂译，时报文化出版企业股份有限公司 2014 年版，第 50 页。

⑤ 译注：戴德（Richard Dadd，1817—1886），英国奇幻画家，因杀害生父而进入精神病院。

的名字都列了出来，不幸的是戴德自己父亲的名字排在这个名单的最前面，于是他背起父亲，走了半里路，穿越海德公园，"在湖岸众目睽睽之下，把父亲丢进九曲湖淹死"①。萨松之所以知道戴德的事，是因为戴德的两个外甥艾德蒙和朱利安曾与他一起躲在战壕里。他补充道，"后来，艾德蒙死了，朱利安咽喉中弹，变成哑巴"②。萨松的话使瑞佛斯不仅意识到"一个吞噬青年的社会不值得盲目效忠"，也意识到自己也许应该承担更多责任，因为"或许，老一辈的叛逆心比青年叛逆更有分量吧"③。

瑞佛斯在以心理分析为主的工作中，赫然发现一种力量对自己的改造。他常常忙到无暇细思，"改造却在不知不觉的情况下发生"，改造他的病患不止一两个，"而是所有病患"，是萨松，普莱尔，"以及其他一百人"。④ 他想着萨松等人重返法国战场后都可能以悲剧收场，不仅黯然神伤，面对这一切，也为自身的处境而感到讽刺与可笑，"因为他的职业是改变病人，自己却被病人改变了"⑤。

第四，瑞佛斯的跨文化经历也是他自我觉察的重要因素，如他自己所说，"有些人碰到蛮小的事件，人生因此巨变"⑥。在工作与生活的间隙，瑞佛斯常常回想起从前在英属殖民地小岛上游历与做人类学研究的日子。这种对英国社会跨文化视角的反思，使得瑞佛斯有更多的机会反思权力的引导和支配，摆脱对权力营造的意识形态的惯性依赖，从而走出权力的

---

① 帕特·巴克：《重生》，宋瑛堂译，时报文化出版企业股份有限公司 2014 年版，第 51 页。

② 帕特·巴克：《重生》，宋瑛堂译，时报文化出版企业股份有限公司 2014 年版，第 51 页。

③ 帕特·巴克：《重生》，宋瑛堂译，时报文化出版企业股份有限公司 2014 年版，第 340 页。

④ 帕特·巴克：《重生》，宋瑛堂译，时报文化出版企业股份有限公司 2014 年版，第 340 页。

⑤ 帕特·巴克：《重生》，宋瑛堂译，时报文化出版企业股份有限公司 2014 年版，第 339 页。

⑥ 帕特·巴克：《重生》，宋瑛堂译，时报文化出版企业股份有限公司 2014 年版，第 329 页。

樊笼。

对于瑞佛斯来说，对跨文化经历进行反思的关键之一或许"在于他对双面人的切身体验"。通过在异域文化中体验到的自由，他很早就意识到自己及多数英国人都处于被压抑的状态。他在战前就"尝过分裂人格的滋味"，因为当年他过着两种不同的生活，一边是剑桥学者，一边在美拉尼西亚猎头族中生活，在两地他是两种不同的人，"他比较喜欢美拉尼西亚的那个自我"①。回国后，他试图将美拉尼西亚的自我融入英国生活，却感到这种努力不过是徒然制造挫折与悲哀罢了。那时英国的一切并没有大的变化，变化的是他自己。他深深了解其中的原因，"部分原因是，其他人的期望结合起来，势力太大了，自己明知戴着面具生活，迫切想摘下来却不可能，因为大家都认为面具才是你的真面目"②。

瑞佛斯跨文化反思的第二个关键在于，通过异域文化的镜子，他领悟到英国社会在文明的外衣下，有着同野蛮的原始部落一样的残酷与野蛮本质。在《幽灵路》中，当瑞佛斯送走即将重上前线的普莱尔，他想起瓦奥(Vao)杀子的习俗。当地的习俗是，如果有人未婚产子，岛上某个首领会出面领养这个小孩。小孩会被视同己出，会称他为父亲，并在这家人的亲情与关爱中长大。当小孩进入青春期，因为他名义上是长老的孩子，在部落杀猪祭神的仪式中，他会领到新手环、新项链、新的阴茎套，被安排牵着祭祀用的长牙野猪进入祭祀场地。这是全部族人都会参加的仪式，除了小孩，人人都知道将会发生什么。等他牵着野猪走到献祭的岩石处，他的养父会在众目睽睽之下，一棒击碎儿子的头颅。③ 瑞佛斯也想起父亲曾服务过的圣菲丝教堂。教堂祭坛左边的窗户上，画着亚伯拉罕举刀准备杀死

---

① 帕特·巴克：《门中眼》，宋瑛堂译，时报文化出版企业股份有限公司2014年版，第257~258页。

② 帕特·巴克：《重生》，宋瑛堂译，时报文化出版企业股份有限公司2014年版，第330页。

③ 帕特·巴克：《幽灵路》，宋瑛堂译，时报文化出版企业股份有限公司2014年版，第101页。

以撒的情形。这令瑞佛斯默思瓦奥习俗与英国文明之间的差异。显然他感到在屠杀儿子这件事上，英国人不比瓦奥人文明，因为虽然"在教堂里，上帝即将出言禁止献祭，当事人即将住手"①，但在现实中，却没有人阻止亚伯拉罕弑子的手。

瑞佛斯跨文化反思的第三个关键在于，通过文明人与野蛮人对陌生事物及价值观的态度的对比，他领悟到他所处的英国文化绝不代表真理和准则，更不是世界上必须的、统一的准则，这为他反思英国社会的各种现象，发展独立的自我意识奠定了重要的基础。送别普莱尔的当晚，瑞佛斯身心疲惫地下班回来，看到房东太太家壁炉上悼念儿子的画像、花朵、追思坛，不禁想起恩吉鲁带他参观的骷髅头屋，感觉"两者人心的驱动力相同。不同文化之间的异同点频频在心海里相互映照"。他想，这些体验都是来自血肉之躯的亲身经历，并不是来自人类学专业的纸上谈兵，而"既然是血肉之躯的体验，就不得不从中理解出一套道理"②。他躺在床上让心思恣意漫游，又一次想起某次在前往迪斯顿岛（Eddystone）的南十字星号上，一群土著在途中上船，男人和女人的服饰都变成英国样式，多数女人显然已经改信基督教，这是一小群"可悲的残存者"。瑞佛斯想访问他们，并在最短的时间内获取最多的资讯，为此类研究他早已构思出一套问题，可以用在这类场合。他一般会先问第一个问题，即："假设你运气好，捡到一枚基尼金币，你想跟谁分享？"待对方回答出一些名字，他会问及这些名字的亲属关系，接下来的一系列问题会顺理成章地随着与对方的问答而涵盖其社会的各个层面。不料这一次他问完问题，起身想走的时候，其中一名女子拉住他的手，用他自己的方式把同样的问题问了他一遍。瑞佛斯老老实实地回答说，由于他未婚，没有子女，所以不存在分享金币的必要。土著一听，拒绝相信，继而问他，有父母吗？兄弟姐妹呢？待听到瑞

① 帕特·巴克：《幽灵路》，宋瑛堂译，时报文化出版企业股份有限公司2014年版，第101页。

② 帕特·巴克：《幽灵路》，宋瑛堂译，时报文化出版企业股份有限公司2014年版，第112页。

佛斯回答父亲健在，有一个弟弟两个妹妹，但他不会与他们分享金币时，女人起初难以置信，待确定瑞佛斯是认真回答的时候，她和同伴们露出了惊恐的表情。土著女人和其他土著的反应令瑞佛斯顿悟到一点，"他与土著对彼此社会的观感是半斤八两"，彼此都觉得对方陌生而不可思议。有了这份顿悟之后，对瑞佛斯来说，"整套囚禁人类、维持人类精神正常的社会道德规范霎时崩塌"，刹那之间，他的处境"一如这些居无定所的浮萍人，成了毫无羁绊的自由落体"。① 这件令他不止一次想起的经历也使他领悟到"自由感"，感觉"崇高的白人上帝被推翻了"，"我们不只不是衡量万物的准则，而是万物无准则"。②

在跨文化的反思中，瑞佛斯如同福柯所说的通过"回到《圣经》"③来反抗牧领制度引导的人，跨文化的经历如同《圣经》本身，独立的阅读将他直接"置于上帝的言语面前"，"不需要牧师从中作梗"，从而使他得以"在内在的顿悟中，领会到法则和保障"。④

第五，原始痛觉的极度刺激是瑞佛斯内心发生质的跃变的触媒。瑞佛斯的工作，使他每天都接触原始痛觉的刺激，呕吐不止、骨瘦如柴的博恩兹，晕倒在尿液中的安德森医生，割腕自杀、在浴缸粉红色的血水里漂浮的墨斐特等。这些原始痛觉不停地刺激着瑞佛斯，令他做梦，令他的身体出现症状，迫使他被压抑的原始痛觉苏醒，也迫使他的精细痛觉思考及整合这些感觉。持续的原始痛觉的刺激以及不断发展的精细痛觉，使瑞佛斯已经发展出对自我的高度觉察，而哈磊特惨痛的死亡对他产生的巨大刺激，仿佛一种核聚变的触媒，使他终于摒弃了分裂和惯性压抑，生成了统

① 帕特·巴克：《幽灵路》，宋瑛堂译，时报文化出版企业股份有限公司 2014 年版，第 113~114 页。
② 帕特·巴克：《重生》，宋瑛堂译，时报文化出版企业股份有限公司 2014 年版，第 330 页。
③ 米歇尔·福柯：《安全、领土与人口》，钱翰、陈晓径译，上海人民出版社 2018 年版，第 276 页。
④ 米歇尔·福柯：《安全、领土与人口》，钱翰、陈晓径译，上海人民出版社 2018 年版，第 276 页。

一的自我。

普莱尔的日记记载了哈磊特受伤的情景。哈磊特在一场反击战中受伤，白天的战斗过后，遍地是死尸，到处是伤兵的痛苦呻吟。入夜时分，多数呻吟声已经停止，只有一个声音一直呻吟不停，"声音不像人，甚至不像动物，比较接近排水管阻塞的咕噜喉音"①，普莱尔和战友鲁卡斯循着声音找到伤者，发现正是哈磊特，"他从头到脚发抖"，普莱尔将他翻过身来，"伤口这才曝光。脑髓跑出来了，失血严重，很多不是血的东西顺着脖子往下流，掉了一颗眼珠"，"他的左脸颊不复存在"，在往战壕拖拽的过程中，哈磊特一度惨叫，"他满嘴是血，看见臼齿的填料"。② 他们滚进战壕，哈磊特滚在普莱尔身上，有个湿湿的东西黏普莱尔脸上，他伸手去擦，"发现指尖夹着哈磊特的一小团脑髓"。他喂他喝水，"一手非按住他的脸不可，否则水会从破洞哗哗流掉"，情状之惨烈，令普莱尔边喂边想，"你快死好不好？看在上帝的份上，快死吧"，但他没死。③

哈磊特被送到瑞佛斯的病房的时候，瑞佛斯发现他随身的小卡片说明他于9月30受伤，10月18日入院，他已在这样的重伤状态下存活了20天。瑞佛斯看着哈磊特，"整片左脸向下瘫。暴露在外的眼珠深陷眼眶内，张着眼睛，不过似乎缺乏意识"；因为动过手术，他的头发被剃光，伤口处可以看见脑疝的脉动，类似海葵的开口；他身体的左侧全部瘫痪，且由于"嘴巴向下瘫，下颚也受损"，言语也含糊不清。④ 他的身体"常在床罩底下碎动，原因是右脚踝关节时常抽筋"⑤。看着哈磊特"屋檐魔雕像似的

---

① 帕特·巴克：《幽灵路》，宋瑛堂译，时报文化出版企业股份有限公司2014年版，第176页。

② 帕特·巴克：《幽灵路》，宋瑛堂译，时报文化出版企业股份有限公司2014年版，第177页。

③ 帕特·巴克：《幽灵路》，宋瑛堂译，时报文化出版企业股份有限公司2014年版，第178页。

④ 帕特·巴克：《幽灵路》，宋瑛堂译，时报文化出版企业股份有限公司2014年版，第233~234页。

⑤ 帕特·巴克：《幽灵路》，宋瑛堂译，时报文化出版企业股份有限公司2014年版，第234页。

脸"，瑞佛斯如普莱尔一样，也忍不住心想："你为什么活着呢?"他回忆起恩吉鲁所说的"马贴"，即"一死反而比较恰当的状态"，想着假如恩吉鲁在场，他"会把哈磊特视为各个层面已死的人"，唯一的目标是加速"马贴恩达普"，即"死完成"。① 瑞佛斯摸着领章上的蛇杖②，感到"未受损的神经将触感传递至未受损的大脑，对另一套信念的效忠获得证实"，虽然此时"两套信念的干戈却不曾冲破意识的表面"。③

　　哈磊特的状况很糟糕，他的家人照顾他将近 36 个小时。忽然，瑞佛斯发现哈磊特完全恢复意识，他开始低语，声音越来越大，"素吱的(Shotvarfet)。素吱的(Shotvarfet)。一次又一次，音量渐次变大，使出所有力气哭喊"。他听不见母亲的安抚，继续哭喊，"素吱的(Shotvarfet)。素吱的(Shotvarfet)。一次又一次，每一次比前一次响亮，声声响彻大病房"④。瑞佛斯走到床尾，哈磊特剩下的一只眼，直直凝视着他。"他在说什么?"哈磊特的父亲问道。瑞佛斯张了张嘴，想说不知道，突然间恍然大悟道，"他想说的是：'不值得(It's not worth it)'"，哈磊特的父亲急了，语无伦次地急急反驳道："值得啊，怎么不值得?"⑤哈磊特的哭喊声再度响起，把父亲的话当成耳边风。大病房里所有的病患听到瑞佛斯的诠释，一起加入哈磊特的呼喊，呼喊声一直延续，直到哈磊特在最后一次挣扎中死去。瑞佛斯在激动中恢复意识的时候，发现自己"双手紧握床尾的金属栏杆，握到手痛"⑥。

---

① 帕特·巴克：《幽灵路》，宋瑛堂译，时报文化出版企业股份有限公司 2014 年版，第 234 页。
② 蛇杖是英国皇家陆军军医的标志。参见帕特·巴克：《重生》，宋瑛堂译，时报文化出版企业股份有限公司 2014 年版，第 43 页。
③ 帕特·巴克：《幽灵路》，宋瑛堂译，时报文化出版企业股份有限公司 2014 年版，第 234 页。
④ 帕特·巴克：《幽灵路》，宋瑛堂译，时报文化出版企业股份有限公司 2014 年版，第 241 页。
⑤ 帕特·巴克：《幽灵路》，宋瑛堂译，时报文化出版企业股份有限公司 2014 年版，第 242 页。
⑥ 帕特·巴克：《幽灵路》，宋瑛堂译，时报文化出版企业股份有限公司 2014 年版，第 242 页。

当瑞佛斯在哈磊特一只空眼窝、一只独眼的凝视中，将他的临终哭喊"Shotvarfet"解读为"不值得（It's not worth it）"的时候，他向来持有的矛盾观念，即一方面深信这场仗必须打到最后，以造福子孙，另一方面痛心于战争给病患的身体带来的惨无人道的损毁，这"两套信念的干戈"此刻终于冲破压抑，到达意识的表面，后者战胜了前者。他自己的原始痛觉，他长期积累却被长期压抑的同情与人性，在哈磊特惨烈的死亡面前被瞬间解放，被纳入他精细痛觉的意识和理性之中，并被明确地表达出来。在瑞佛斯引起的病房呼喊中，回响着瑞佛斯作为独立主体的真实意志。这一刻凝聚了他两种痛觉全部的生长和积累。从这一刻起，他是他自己的，而不是权力的。在对原始痛觉的承认、接纳与融合中，他获得了重生，他确定了自己的身份，诞生了福柯所说的新的主体性，以及"在反抗权力时肯定自我的独特性"①。

对于西方现代社会生命政治权力的全面支配，福柯提出了"自我技术"作为反抗的可能性途径。他指出，"个体如何对自我施加影响的历史，也就是所谓的自我技术问题"②。在很大程度上，他与阿甘本都不约而同地寄望于哲人式的自律、内省与反思的生活。于这一点，巴克表达了类似的思考。在三部曲中，她借助神经学的语言，即精细痛觉所表征的理性，强调了理性思考对自我觉察、自我认知的重要性。但与福柯和阿甘本不同的是，在强调哲人式生活的同时，她也道出了原始痛觉所表征的基于人性的同情、恐惧、哀恸、悲伤与愤怒等情绪与情感的重要性，这使得个体获得富有人性的主体性，而不仅仅是被权力塑形的、机械的、麻木的主体。原始痛觉与精细痛觉高度分裂的个体，如普莱尔与萨松，始终无法真正摆脱权力的笼罩与支配，只有二者融合，个体才有可能通过自我技术来认识自己、完善自己。通过瑞佛斯，巴克完整地表达了自己的理想，瑞佛斯朴素

---

① 米歇尔·福柯：《安全、领土与人口》，钱翰、陈晓径译，上海人民出版社2018年版，第502页。

② 米歇尔·福柯：《自我技术（福柯文选Ⅲ）》，汪民安编，北京大学出版社2016年版，第55页。

艰苦的生活使他摆脱了对外的依赖，有了向内的独立性，他渊博的知识和高度的专业素养使他能够通过释梦来觉察与理解被自己压抑的原始痛觉，能在对话治疗中打破惯常的"长老主导"模式，吸收病患对话中的养分来获得自我觉知，他的人类学游历及其对游历的反思令他跳出熟悉的权力圈层和意识形态的束缚，发展自由思维，建立起自己的辨别力与原则，他高度敏锐的智识灵性使他能够深度剖析自己的原始痛觉症状，理解它、吸收它，并将它纳入自己的精细痛觉，在这个过程中，用福柯的话说，他既通过自己的力量，也通过他人的帮助，实现了对"自身的身体及灵魂、思想、行为、存在方式的操控"①，完成了自我的转变，获得了自己的稳固的主体性。

尽管巴克在个体自我完善的道路上补充强调了人的原始感性的重要性，但她依然将被权力全面笼罩的人的出路寄托在具有高度理性与深厚专业修养的知识分子精英身上，这与福柯与阿甘本的想法不约而同。从一个社会的总体发展来看，无论是福柯、阿甘本还是巴克，对于知识分子精英的寄望都使他们指出的路径在某种程度上失于过度理想化，而缺乏广泛实践之可能性和普世性。但无论如何，三人在这一方面的探索还是富有启发和先导意义的。

---

① 米歇尔·福柯：《自我技术（福柯文选Ⅲ）》，汪民安编，北京大学出版社2016年版，第54页。

结　语

　　帕特·巴克的《重生》三部曲不仅为她在英国文坛奠定了地位，也逐渐为她在世界文坛赢得了国际声誉。小说以第一次世界大战中1917年9月到1918年11月这一时间段为背景，以大量史实为依据，以在战时军事医院接受精神治疗的弹震症患者及其主治医生为主线，集中反映了整整一代英国年轻人被直指生命的权力所捕获，在战争暴力中消耗殆尽的命运。小说开阔的社会、历史和文化视野，深刻而自觉的人文和政治意识，对性别、阶级、战争、暴力、创伤、心理、记忆等种种问题的关注和探索，以及高度联结史实的叙事风格，吸引了众多读者及评论家的注意。小说深厚而丰富的主题和独特的创作手法，使各种研究视角成为可能，它不仅促使人们对第一次世界大战这一重大历史事件进行重新审视和思考，也启发了人们对整个20世纪西方政治、经济和文化生活的全面反思。

　　巴克对"一战"期间英国年轻一代男性所遭遇之暴力的关注，福柯对生命政治的死亡悖论的剖析，以及阿甘本对贯穿历史的赤裸生命之典范形象"神圣人"的研究，使三人如同阿甘本所说的"同时代的人"，在审视"时代的椎骨"①破碎之处并感知时代之黑暗时不期而遇，尽管"同时代性的那场约会并不仅仅按照编年时间发生：它在编年时间中活动、驱策、逼迫并改

---

　　①　吉奥乔·阿甘本：《何谓同时代人》，《裸体》，黄晓武译，北京大学出版社2017年版，第22页。

变编年时间"①。作为关于"一战"的经典小说之一,《重生》三部曲带着对当代问题的审视重构了 20 世纪初那场史无前例的大屠杀,揭示了一种高度机巧与诡诈的权力带来的恐怖世界,这种权力以"国家安全"和"扶植生命"为名,弥散的却是死亡与血腥的可怕气息。从福柯的生命政治的视角看去,基于统计学和价值计算与考量的生命政治"把人类之所以成为人类的基本生物特征重新纳入考虑"②,将人沉降到生物的维度。在国家危亡、人口健康与民族存续的名义下,把一部分人定义为"可牺牲的",以一部分人的"死"来保证总体的"生"。这种以价值取向为主导的针对生命的操作内含着难以逆料的诡诈与危险,当需要人来牺牲时,权力便使出种种诱惑,做出种种承诺,实行种种胁迫。爱国荣誉、种族净化、金钱抚恤、政治权利、身体等级、异性爱情神话与性等,乃至同性的兄弟情谊也被加入性的元素,来吸引、刺激、胁迫男性走上战场,成为可以被牺牲的人。每个处于服役年龄的男性都处在恢恢天网般的监控之中,逃兵与反战人士被不择手段地大肆搜捕、监禁与虐待。在对身体监控的政治高压中,人甚至异化、分裂出另外一个人格来自行监视自我以履行所谓的职责。而当这些走上战场的人变得残疾或失去利用价值时,权力就会背弃承诺,无情地抛弃无价值的人,严重伤残的士兵意气风发的照片出现在媒体上,实际却被弃置、被遮蔽在无人可见的阴暗角落。伤兵抚恤条件重重、无法兑现。权力在精神病学的协助下,将精神崩溃者与懦弱的逃兵混淆起来,在战场上可以当场处死,或使其处在潜在的死亡之中。当战争带来惨重伤亡,并引发种种社会矛盾时,权力为寻找替罪羊编织种种借口,最不可思议的操作是将种种社会矛盾转嫁给同性恋者,行为超出常规的女性被当作阴蒂肿大的、威胁男性政治、经济及婚姻地位与国家安全的人群,同性恋者,尤其是男同性恋者,被认为是受到德军腐蚀的叛国者,遍布军队与社会各个

---

①　吉奥乔·阿甘本:《何谓同时代人》,《裸体》,黄晓武译,北京大学出版社 2017 年版,第 28 页。

②　米歇尔·福柯:《安全、领土与人口》,钱翰、陈晓径译,上海人民出版社 2018 年版,第 3 页。

阶层，是英国不能全力赴战夺得胜利的关键，因而军队中几乎人人都陷入对同性恋的怀疑与恐慌之中。在生命政治不断演进的操作中，被权力当作可牺牲者，就意味着死亡，虽然这死亡如福柯所说，不是简单的直接杀人，而是如政治死亡、驱逐、抛弃等所有可能的间接杀人，以及增加死亡的风险等。

福柯指出19世纪以来，规训权力和生命权力覆盖了身体的全部，对此，阿甘本进一步指出了生命政治从根源和结构上对生命的全面褫夺。透过阿甘本生命政治的视角透视《重生》三部曲中巴克所说的作为西方文明根基的血腥交易，可以看到现代生命政治携带的古老父权制基因，使之天然具有指向年轻一代男性的生杀权力，在国家遭遇安全威胁时，年轻一代如同被亚伯拉罕献祭的以撒一样，是父辈用来保障共同体安全、维护自身利益必须献出的"祭品"，这一父辈用来维护自身利益的交易代代相传。然而，作为共同体之子被献祭，并非生命政治黑暗之极点，当我们用阿甘本之"神圣人"的目光来审视这些"祭品"的命运，就会更加清晰地发现并非所有"祭品"都实现了这一"血色货币"的交换价值，而是有相当数量的"祭品"像"虱子"一样死得毫无意义。他们在主权暴力刻意开启的紧急状态中，遭遇诸种直指生命的"决断"，沦为"不可献祭"但"可以被杀死"的事实上的"神圣人"。三部曲丰富的细节显示，在对士兵及反战人士实施的规训与惩罚之权力中，可以看到具有主权性质的权力对个体生命的决断。在战争祭坛上，每一个轻微的违规都会受到直指生命的惩罚，使被惩罚者陷入潜在的、无限制的杀戮权力之中。在有着基督教牧领制基因的"绝对服从"的荒谬原则中，如抽烟、打瞌睡、丢失武器等过失引发的惩罚，都有如死亡决断的咒语。而深嵌于权力机制中的惩罚者，即使违背良心，也不得不与阿甘本意义上的主权者融为一体，他们随时悬置法律，剥夺被惩罚者的一切权力，将其生命缩减为赤裸生命。最为诡异的是，在收治弹震症患者的医院里，"使你生"的权力与"使你死"的权力螯合在一起，呈现了一种新的生命政治的技术形态。医生与主权者融为一体，他对于病患的权力既不同于古典时代至高权力之"让你活"（let live）并"使你死"（take life）的权力，也不同于福柯所说的"使你活"（make live）、"让你死"（let die）的扶植生命的权力，而是一种"使你活"是为了"使你死"的权力。"使你活"意味着你必须活，并以暴力方式强迫你活，以便你按照权力安排的方式去死。"使你活"只是使你的肉体活，而使你的精神死，以便肉体向权力所规定的新的使用敞开。在这样的医院里，医疗事件已经成为实际上的政治事件，被规训、扶植与矫正的身体只是生物意义上的肉体，是没有任何权利与主体性的赤裸生命。在三部曲展现的生命政治技术中，可以看到福柯所说的规训权力向阿甘本意义上的"主权"权力的变形，也可以看到阿甘本意义上的"主权"权力不断穿越各种边界，生产出"神圣人"新的变种，这警示着生命政治的前方是深不可测的幽暗深渊和难以预测的危险。

针对西方现代生命政治权力对人的全面支配，福柯提出了"自我技术"作为反抗的可能性途径。他与阿甘本都不同程度地寄望于哲人式的自我觉察的生活方式。巴克在三部曲中借助神经学的语言，通过描述瑞佛斯这一知识分子精英的成长历程，也表达了对哲人式生活的期望。然而与福柯和阿甘本不同的是，在强调哲人式生活的同时，她也道出了由人性深处衍生出的同情、恐惧、悲伤等原始情绪与情感的重要性，这使个体的理性能够得到人性的滋养，从而使个体能够发展出丰实、自然、独立而完整的主体性。对于自我技术反抗权力支配的可能性，虽然福柯、阿甘本和巴克提供的方案都在一定程度上寄托于知识分子精英的生活方式，难以付诸普遍化的、大众化的实践，然而跟随他们的脚步观照这个事实本身，已经是意义深刻的一步。

福柯与阿甘本的生命政治视角，提供了一个透视巴克《重生》三部曲描述之现象的透镜，使我们得以窥见历史现象的核心与本质，而巴克富含细节、直指史实的叙事，又补充及拓展了福柯与阿甘本展示的生命政治图景，精细地暴露出现代生命政治的一些难以被察觉的隐秘疆域。这些新的黑暗和隐秘疆域既昭示着西方现代政治体制贪婪吞噬生命的残酷本质，也暴露出其高度自我繁殖演进的能力，以及这能力带来的不可预知的现代危险。正如阿甘本所说，西方现代生命政治是一个不断自我复制和自我进化的政治机制，这个机制"总是又准备好默默地但越来越多地把个体生命刻写入国家秩序中，从而为那个体想使自己从它手中解放出来的至高权力提供了一个新的且更加可怕的基础"①。在局部战争和恐怖活动不断，各国各地政府次第宣布紧急状态的当代，从生命政治的角度细读巴克的《重生》三部曲，不仅丰富、深化及推进了巴克小说研究，也对反思纷纭复杂的社会现象，透视现象背后的权力本质及其运作机制，有着高度的借鉴意义。

　　巴克对文学的贡献不止"《重生》三部曲"，她的"女性生活三部曲""当代生活三部曲"及《生命课》三部曲"等作品，分别从不同角度书写了包括"一战""二战"及阿富汗战争等局部战争在内的 20 世纪宏大、激烈而广阔的社会生活，为我们了解 20 世纪生活及反思当代社会提供了丰富的素材。而 20 世纪是生命政治高度发展与畸变的世纪，在后续的研究中，用生命政治的目光来纵观巴克的所有小说，透视文学叙事承载的社会景观，将是具有高度文学意义、现实意义和社会意义的事。

---

　　①　吉奥乔·阿甘本：《神圣人——至高权力与赤裸生命》，吴冠军译，中央编译出版社 2016 年版，第 166 页。

参 考 文 献

一、中文文献

1. 著作及译著

[1]彼得·班克特：《谈话疗法——东西方心理治疗的历史》，李宏昀、沈梦蝶译，上海社会科学院出版社，2006年。

[2]布尔迪厄：《男性统治》，刘晖译，海天出版社，2002年。

[3]陈培永：《福柯的生命政治图绘》，中国社会科学出版社，2017年。

[4]丹纳赫、斯寄拉托、韦伯：《理解福柯》，刘瑾译，百花文艺出版社，2002年。

[5]E. 弗洛姆：《爱的艺术》，萨茹菲译，西苑出版社，2003年。

[6]何勤华(主编)：《全国外国法制史研究会学术丛书——大学的兴起与法律教育》，法律出版社，2013年。

[7]吉奥乔·阿甘本：《神圣人——至高权力与赤裸生命》，吴冠军译，中央编译出版社，2016年。

[8]吉奥乔·阿甘本：《裸体》，黄晓武译，北京大学出版社，2017年。

[9]吉奥乔·阿甘本：《例外状态——〈神圣之人〉二之一》，薛熙平译，西北大学出版社，2015年。

[10]吉奥乔·阿甘本：《论友爱》，刘耀辉、尉光吉译，北京大学出版社，

2017 年。

[11] 卡尔·荷妮：《神经症与人的成长》，陈收等译，国际文化出版公司，2001 年。

[12] 卡尔·R. 罗杰斯：《个人形成论》，杨广学等译，中国人民大学出版社，2004 年。

[13] 科克利：《权力与服从：女性主义神哲学论集》，戴远方、宫睿译，中国人民大学出版社，2006 年。

[14] 拉康：《拉康选集》，褚孝泉译，三联书店，2001 年。

[15] 米歇尔·福柯：《性经验史》，佘碧平译，上海人民出版社，2005 年。

[16] 米歇尔·福柯：《规训与惩罚》，刘北成、杨远婴译，生活·读书·新知三联书店，2007 年。

[17] 米歇尔·福柯：《自我技术（福柯文选 III）》，汪民安编，北京大学出版社，2016 年。

[18] 米歇尔·福柯：《安全、领土与人口》，钱翰、陈晓径译，上海人民出版社，2018 年。

[19] 米歇尔·福柯：《必须保卫社会》，钱翰译，上海人民出版社，2018 年。

[20] 米歇尔·福柯：《不正常的人》，钱翰译，上海人民出版社，2018 年。

[21] 米歇尔·福柯：《惩罚的社会》，陈雪杰译，上海人民出版社，2018 年。

[22] 米歇尔·福柯：《生命政治的诞生》，莫伟明、赵伟译，上海人民出版社，2018 年。

[23] 米歇尔·福柯：《主体解释学》，金碧平译，上海人民出版社，2018 年。

[24] 米歇尔·福柯：《主体性与真相》，张亘译，上海人民出版社，2018 年。

[25] 帕特·巴克：《重生》，宋瑛堂译，时报文化出版企业股份有限公司，2014 年。

[26] 帕特·巴克：《门中眼》，宋瑛堂译，时报文化出版企业股份有限公司，2014年。

[27] 帕特·巴克：《幽灵路》，宋瑛堂译，时报文化出版企业股份有限公司，2014年。

[28] 乔治·施瓦布：《例外的挑战：卡尔·施密特的政治思想导论(1921—1936年)》，李培建译，上海人民出版社，2011年。

[29] 乔治·维加埃罗主编：《身体的历史：从文艺复兴到启蒙运动》卷一，张竝、赵济鸿译，华东师范大学出版社，2013年。

[30] R. W. 康奈尔：《男性气质》，柳莉、张文霞等译，社会科学文献出版社，2003年。

[31] 撒穆尔·伊诺克·斯通普夫、詹姆斯·菲泽：《西方哲学史：从苏格拉底到萨特及其后》，匡宏、邓晓芒等译，世界图书出版公司北京公司，2009年。

[32] 汪民安：《尼采与身体》，北京大学出版社，2008年。

[33] 沃伦·法雷尔：《男权的神话》，孙金红译，世界图书出版公司北京公司，2015年。

[34] 西蒙·波伏娃：《第二性》，陶铁柱译，中国书籍出版社，1998年。

[35] 瞿世镜、任一鸣：《当代英国小说史》，上海译文出版社，2008年。

[36] 张宪丽：《阿甘本法律思想研究》，法律出版社，2016年。

2. 论文及硕博士论文

[1] 成红舞：《阿甘本思想探源之一种——福柯对阿甘本的影响》，《文化与诗学》2017年第1期。

[2] 崔鸣华：《赤裸生命理论视域下的别格形象和别格现象》，喀什大学硕士论文，2013年。

[3] 范荣：《父亲是一种隐喻——试析拉康的"父亲之名"在杜拉斯作品中的能指作用》，《外国文学研究》2006年第5期。

[4] 高畅：《难以磨灭的创伤——试用创伤理论解读帕特·巴克新作〈托比

之屋〉》,《品牌》2014 年 10 月(下)。

[5]高奇琦:《阿甘本对西方法治与民主神话的批判与限度》,《政治学研究》2012 年第 3 期。

[6]高奇琦:《填充与虚无:生命政治的内涵及其扩展》,《政治学研究》2016 年第 1 期。

[7]高旭:《从赤裸生命到纯粹潜能——阿甘本生命政治思想探析》,华东师范大学博士论文,2018 年。

[8]海仑:《帕特·巴克出版新作〈重影〉》,《文学快递》2003 年第 6 期。

[9]韩振江:《生命政治视域下的反恐政治——齐泽克与阿甘本的对话》,《学术交流》2015 年第 9 期。

[10]何祺韡:《福柯生命政治研究》,华东师范大学硕士论文,2015 年。

[11]何卫华:《〈重生〉:创伤叙事中的历史与伦理》,《当代外国文学》2018 年第 1 期。

[12]胡继华:《生命政治化——简述乔治·阿甘本》,《国外理论动态》2006 年第 5 期。

[13]黄惠美:《关注自我与自我创造》,华东师范大学硕士论文,2017 年。

[14]黄竞欧:《从"神圣人"概念透视阿甘本生命政治思想》,吉林大学硕士论文,2017 年。

[15]黄世权:《生命权力:福柯与阿甘本(上)》,《国外理论动态》2007 年第 7 期。

[16]霍明:《政治哲学中的主权问题——阿甘本主权思想研究》,华东师范大学硕士论文,2017 年。

[17]蓝江:《从赤裸生命到荣耀政治——浅论阿甘本 homo sacer 思想的发展谱系》,《黑龙江社会科学》2014 年第 4 期。

[18]蓝江:《赤裸生命与被生产的肉身:生命政治学的理论发凡》,《南京社会科学》2016 年第 2 期。

[19]蓝江:《生命政治学批判视野下的共产主义》,《吉林大学社会科学学报》2016 年第 3 期。

[20]蓝江:《〈回到福柯〉:穿越断裂的丛林》,《中华读书报》2016 年 7 月 27 日,第 002 版。

[21]蓝江、董金平:《生命政治:从福柯到埃斯波西托》,《哲学研究》 2015 年第 4 期。

[22]李莉:《在"祭品"和"神圣人"之间——论〈再生三部曲〉中的生命政治》,《人文论丛》2019 年第 1 期。

[23]李莉:《缄默、监控、记忆与反思——论帕特·巴克〈再生〉三部曲中的核心意象建构》,《写作》2019 年第 3 期。

[24]林青:《历史唯物主义与生命政治学——生命政治学批判初探》,《山东社会科学》2018 年第 6 期。

[25]刘颜玲:《阿甘本"例外状态"的哲学内涵》,《求索》2012 年第 4 期。

[26]刘胡敏:《试论巴克〈再生〉三部曲对"创伤后压力症"的描写》,《华南师范大学学报(社会科学版)》2008 年第 2 期。

[27]刘胡敏:《回归自然,治愈创伤——帕特·巴克尔〈双重视角〉解读》,《牡丹江师范学院学报(哲社版)》2009 年第 3 期。

[28]刘胡敏:《"男子气概"的解构与重构——解析〈越界〉里汤姆的男性危机》,《海南师范大学学报(社会科学版)》2009 年第 3 期。

[29]刘胡敏:《创伤和"边缘性人格障碍"艺术表现——帕特·巴克尔后期小说文本解读》,《湖南师范大学社会科学学报》2009 年第 5 期。

[30]刘胡敏:《走出阴影,重获新生——〈越界〉、〈双重视角〉里的"边缘性人格障碍"》,《湖北成人教育学院学报》2011 年第 1 期。

[31]刘胡敏:《难以言说的战争创伤——巴克后期作品中的疏离与隔阂》,《山西青年职业学院学报》2014 年第 4 期。

[32]刘建梅:《帕特·巴克和她的〈重生三部曲〉》,《外国文学动态》2008 年第 5 期。

[33]刘建梅:《巴克〈重生〉的救赎主题》,《云梦学刊》2011 年第 4 期。

[34]刘建梅:《评帕特·巴克尔新作〈生命课程〉》,《外国文学动态》2011 年第 6 期。

[35] 刘建梅：《巴克笔下的"另类女子"埃莉诺·布鲁克》，《外国文学研究》2012 第 1 月（下）。

[36] 刘建梅：《帕特·巴克战争小说研究》，南开大学博士论文，2014 年。

[37] 刘小枫：《阿冈本与"政治神学"公案》，《读书》2014 年第 11 期。

[38] 卢姣、邓小红：《自在与自为的对抗：〈幽灵路〉中普莱尔创伤后的生存困境》，《英语广场（学术研究）》2011 年第 1 期。

[39] 孟丽荣：《阿甘本的生命政治思想及其启示》，《国外社会科学》2019 年第 3 期。

[40] 莫伟民：《阿甘本的"生命政治"及其与福柯思想的歧异》，《复旦学报（社会科学版）》2017 年第 4 期。

[41] 牟晓龙：《至高权力：探析阿甘本的主权概念》，华东师范大学硕士论文，2016 年。

[42] 彭树涛、李建强：《从福柯的"治理术"到阿甘本的"原始结构"——生命政治现代性构序的暴力双曲线》，《上海交通大学学报（哲学社会科学版）》2017 年第 6 期。

[43] 苏琴：《小说叙事风格的传译——〈重生〉节选翻译报告》，广东外语外贸大学硕士论文，2014 年。

[44] 田冬青：《创伤重述，历史再现——评帕特·巴克新作〈托比的房间〉》，《外国文学动态研究》2013 年第 3 期。

[45] 王辉：《从"权力的技术"到"自我的技术"——福柯晚期"技术—伦理"思想研究》，《浙江社会科学》2014 年第 9 期。

[46] 王剑华：《走向无界：解读〈鬼途〉中的二元叙事》，《嘉兴学院学报》2013 年第 1 期。

[47] 王剑华：《对〈鬼途〉中二元对立现象的反思》，嘉兴学院硕士论文，2010 年。

[48] 王岚、周娜：《〈重生三部曲〉与英国军人的男性气质危机》，《外语研究》2018 年第 5 期。

[49] 汪民安：《福柯、本雅明与阿甘本：什么是当代？》，《马克思主义与现

实》2013 年第 6 期。

[50] 汪民安:《何谓赤裸生命》,《马克思主义与现实》2018 年第 6 期。

[51] 王行坤:《生命、艺术与潜能——阿甘本的诗术—政治论》,《文艺理论研究》2014 年第 2 期。

[52] 王韵秋:《从〈重影〉看创伤后的男性身份重建》,《名作欣赏》2009 年第 8 期。

[53] 王韵秋:《现代主义语境下的战争与艺术:解析巴克小说〈生活阶级〉》,《名作欣赏》2010 年第 8 期。

[54] 吴冠军:《"生命政治"论的隐秘线索:一个思想史的考察》,《教学与研究》2005 年第 1 期。

[55] 吴冠军:《政治哲学的根本问题》,《开放时代》2011 年第 2 期。

[56] 吴冠军:《阿甘本论神圣与亵渎》,《国外理论动态》2014 年第 3 期。

[57] 吴冠军:《生命权力的两张面孔——透析阿甘本的生命政治论》,《哲学研究》2014 年第 8 期。

[58] 吴冠军:《"人民"的悖论:阿甘本问题与"群众路线"》,《学术月刊》2014 年第 10 期。

[59] 吴冠军:《生命政治:在福柯与阿甘本之间》,《马克思主义与现实》2015 年第 1 期。

[60] 吴冠军:《"生命政治论"的隐秘线索:一个思想史的考察》,《教学与研究》2015 年第 1 期。

[61] 吴亚欣:《〈男性语言:在讲述中构建男子气概〉评述》,《当代语言学》2006 年第 3 期。

[62] 杨金才:《当代英国小说研究的若干命题》,《当代外国文学》2008 年第 3 期。

[63] 姚云帆:《阿甘本"牲人"概念研究》,北京外国语大学博士论文,2013 年。

[64] 姚云帆:《主权权力的悬置和复归——论福柯和阿甘本对霍布斯"利维坦"概念的分析》,《世界哲学》2015 年第 5 期。

[65]姚云帆：《生命与政治的悖论：阿甘本"赤裸生命"概念的三个源头》，《安徽大学学报(哲学社会科学版)》2017年第2期。

[66]姚振军、王卉：《〈重生三部曲〉中"承认"的伦理》，《外国文学》2016年第4期。

[67]岳静雅：《帕特·巴克〈重生三部曲〉中的创伤与治疗》，东北师范大学硕士论文，2017年。

[68]张鼎立：《父权的颠覆与理想化的矛盾——阎连科乡土创作的父子关系分析》，《广东广播电视大学学报》2008年第4期。

[69]张一兵：《关于生命政治》，《当代艺术与投资》2011年第8期。

[70]张一兵：《黑暗中的本有：可以不在场的潜能——阿甘本的哲学隐性话语》，《社会科学战线》2013年第7期。

[71]张一兵：《遭遇阿甘本——赤裸生命的例外悬临》，《社会科学研究》2017年第4期。

[72]张一兵：《生命政治构境中的赤裸生命——阿甘本的政治哲学话语之一》，《马克思主义与现实》2018年第2期。

[73]张一兵：《安济：权力有序性部署的一个谱系学研究——阿甘本的政治哲学话语之三》，《理论探讨》2018年第3期。

[74]张一兵：《例外状态中的赤裸生命——阿甘本的生命政治批判话语之二》，《东南学术》2018年第3期。

[75]张一兵：《哲学考古学与谱系学：找出尚未发生之物之途——阿甘本的哲学隐性话语思考》，《社会科学辑刊》2018年第3期。

[76]张一兵：《作为话语构形方式的范式和生命政治策略的部署——阿甘本的哲学隐性话语思考之二》，《学海》2018年第4期。

[77]张宪丽：《阿甘本法律思想研究》，华东政法大学博士论文，2015年。

[78]张宪丽：《"9·11事件"后美国宪法学界关于紧急权的讨论》，《外国法制史研究》2014。

[79]赵倞：《阿甘本的神人之际——人文学，神学，比较文学》，《中国比较文学》2015年第4期。

[80]郑观文：《文学伦理视角下的〈再生〉三部曲》，《宁德师范学院学报（哲学社会科学版）》2018 年第 1 期。

[81]郑观文、邓小红：《浅析〈门里的眼睛〉中普莱尔的人格分裂》，《英语广场(学术研究)》2011 年第 4 期。

[82]郑秀才：《生命政治与主体性》（上）——阿甘本访谈，《国外理论动态》2005 年第 6 期。

[83]郑秀才：《生命政治与主体性》（下）——阿甘本访谈[J].《国外理论动态》2005 年第 7 期。

[84]周逸群：《论阿甘本的文艺观》，山东师范大学硕士论文，2018 年。

[85]周治健、高福进：《绝对主权的悬置与复归——在福柯与阿甘本之间》，《上海交通大学学报(哲学社会科学版)》2017 年第 2 期。

[86]朱彦：《历史的"凝结"之处——解读帕特·巴克的小说〈另一个世界〉》，《国外文学》2016 年第 4 期。

[87]朱元鸿：《阿冈本"例外统治"里的薄暮或晨晦》，《文化研究》(中国台湾)2005 年第 1 期。

二、外文文献

1. 著作及论文集

[1]Giorgio Agamben. *Homo Sacer：Sovereign Power and Bare Life*, trans. by Daniel Heller-Roazen, Stanford：Stanford University, 1998.

[2]Giorgio Agamben. *State of Exception*, trans. by Kevin Attell, Chicago：The University of Chicago Press, 2005.

[3]Flora Alexander. *Contemporary Women Novelists*. London：Edward Arnold, 1989.

[4]James Acheson, Sarah C. E. Ross. ed. *The Contemporary British Novel Since 1980*. London：Palgrave Macmillan, 2005.

[5]Pat Barker. *Union Street*. London：Virago, 1982.

[6] Pat Barker. *Blow Your House Down*. London: Virago, 1984.

[7] Pat Barker. *Lisa's England*. London: Virago, 1986.

[8] Pat Barker. *The Man Who Wasn't There*. London: Virago, 1989.

[9] Pat Barker. *Regeneration*. London: Viking, 1991.

[10] Pat Barker. *The Eye in the Door*. London: Viking, 1993.

[11] Pat Barker. *The Ghost Road*. London: Viking, 1995.

[12] Pat Barker. *Another World*. London: Viking, 1998.

[13] Pat Barker. *Border Crossing*. London: Viking, 2001.

[14] Pat Barker. *Double Vision*. London: Hamish Hamilton, 2003.

[15] Pat Barker. *Life Class*. London: Hamish Hamilton, 2007.

[16] Pat Barker. *Toby's Room*. London: Hamish Hamilton, 2012.

[17] Pat Barker. *Noonday*. London: Hamish Hamilton, 2015.

[18] Pat Barker. *The Silence of the Girls*. New York: Doubleday, 2018.

[19] Beckett, Ian F W. *The Great War 1914-1918*. London: Longman, 2001.

[20] Peter Barham. *Forgetten Lunatics of the Great War*. New Haven, CT: Yale Up, 2004.

[21] Ian A Bell. ed. *Peripheral Visions: Images of Nationhood in Contemporary British Fiction*. Cardiff: University of Wales Press, 1995.

[22] Nick Bentley. ed. *British Fiction of the 1990s*. London and New York: Routledge Taylor & Francis Group, 2005

[23] Bernard Bergonzi. *War Poets and Other Subjects*. Aldershot: Ashgate, 1999.

[24] Chris Blazina. *The Cultural Myth of Masculinity*. Westport, CT: Praeger, 2003.

[25] John M Bourne. *Britain and the Great War 1914-1918*. London: Hodder Arnold, 1989.

[26] John Brannigan. *Pat Barker*. Manchester: Manchester University Press. 2005.

[27] Joanna Bourke. *Dismembering the male: Men's Bodies, Britain and the Great War*. London: Reaktion, 1996.

[28] Keith Byerman. *Remembering the Past in Contemporary African American Fiction*. Chapel Hill: U of North Carolina P, 2005.

[29] John Carey. *The Intellectuals and the Masses: Pride and Prejudice among Literary Intelligentsia, 1880-1939*. London: Faber, 1992.

[30] Peter Childs. *Contemporary Novelists: British Fiction Since 1970*. Houndmills: Palgrave Macmillan, 2005.

[31] Davies Alistair, Alan Sinfield. ed. *British Culture of the Post War: An Introduction to Literature and Society 1945-1999*. London and New York: Routledge, Taylor and Francis Group, 2000.

[32] Robert C Davis, Ronald Schliefer. *Contemporary Literary Criticism: Literary and Cultural Studies*. New York: Longman, 1994.

[33] Nancy Duncan. ed. *Body Space*. London: Routledge, 1996.

[34] Jane Flax. *Thinking Fragments: Psychoanalysis, Feminism, and Postmodernism in the Contemporary West* Berkeley: U of California P, 1990.

[35] Michel Foucault. *The Archaeology of Knowledge*. New York: Pantheon, 1972.

[36] Michel Foucault. *Discipline and Punish: The Birth of the Prison*. New York: Vintage, 1979.

[37] Michel Foucault. *The History of Sexuality: An Introduction*. London: Penguin, 1990.

[38] David Fromkin. *Europe's Last Summer: Who Started the Great War in 1914?*. New York: Knopf, 2004.

[39] Paul Fussell. *The Great War and Modern Memory*. New York: Oxford University Press, 1975.

[40] Sarah Michel. *Regeneration: York Notes Advanced*. London: York Press,

2009.

[41] Susan R Grayzel. *Women's Identities at War: Gender, Motherhood, and Politics in Britain and France During the First World War*. Chapel Hill: The U of North Carolina P, 1999.

[42] Christine E Gudorf. *Body, Sex and Pleasure: Reconstructing Christian Sexual Ethics*. Cleveland: Pilgrim, 1994.

[43] James Michel. ed. *Encyclopedia of Religion and Ethics*. Edinburgh: T. & T. Clark, 1918.

[44] Ian Michel. *Working Class Fiction: From Chartism to Trainspotting*. London: Northcote House in Associate with the British Council, 1997.

[45] Judith Herman. *Trauma and Recovery: The Aftermath of Violence—from Domestic Abuse to Political Terror*. New York: Basic, 1997.

[46] Dominic Hibberd. *Wilfred Owen: A New Biography*. London: Weidenfeld, 2002.

[47] Margaret Randolph Higonnet, Jane Jenson, Sonya Michel, Margaret Collins Weitz. ed. *Behind the Lines: Gender and the two World Wars*. New Haven and London: Yale University Press, 1987

[48] Peter Hitchcock. *Dialogics of the Oppressed*. Minneapolis: University of Minnesota Press, 1993.

[49] Eric Hobsbawm. *Ages of Extremes: the Short Twentieth Century 1914-1991*. London: Abacus, 1995.

[50] Samuel Hynes. *A War Imagined: The First World War and English Culture*. London: Pimlico, 1992.

[51] Linda Hutcheon. *A Poetics of Post-Modernism: History, Theory Fiction*. London: Routledge, 1988.

[52] David Johnson. ed. *The Popular and the Canonical: Debating Twentieth-Century Literature 1940-2000*. London: Routledge, 2005.

[53] Laura Marcus, Peter Nicholls. ed. *The Cambridge History of Twentieth-*

Century English Literature. Cambridge: Cambridge University Press, 2004.

[54] Eric Leed. *No Man's Land: Combat and Identity in World War I*. Cambridge: Cambridge UP, 1979.

[55] Martin Löschnigg, Frank K Stanzel. ed. *Intimate Enemies: English and German Literary Reaction to the Great War 1914-1918*. Heidelberg: Universitätsverlag Winter, 1993.

[56] Lyn Macdonald. *The Roses of No Man's Land*. London: Penguin, 1993.

[57] Peter Middleton, Tim Woods. *Literature of Memory: History, Time, and Space in Postwar Writing*. Manchester: Manchester UP, 2000.

[58] Conny Mithander, John Sundholm, Maria Holmgren Troy. ed. *Collective Traumas: Memories of War and Conflict in 20th-Century Europe*. Brussels: Peter Lang, 2007.

[59] Sharon Monteith. *Pat Barker*. Tavistock, Devon: Northcote House in Associate with the British Council, 2002.

[60] Monteith Sharon, Margaretta Jolly, Nahem Yousaf, Ronald Paul. ed. *Critical Perspective on Par Barker*. Columbia, SC: University of South Carolina Press. 2005.

[61] William Moore. *The Thin Yellow Line*. Hertfordshire: Wordsworth, 1999.

[62] Merritt Moseley. *The fiction of Pat barker: A Reader's Guide to Essential Criticism*. London: Palgrave Macmillan, 2014.

[63] Mosse G L. *The Image of Man: The Creation of Modern Masculinity*. New York: Oxford University Press, 1996.

[64] Sharon Ouditt. *Fighting Forces, Writing Women: Identity and Ideology in the First World War*. London: Routledge, 1994.

[65] Wilfred Michel. *The Collected Poems of Wilfred Owen*. C. D. Lewis (ed). New York: Chatto, 1963.

[66] Paulina Palmer. *Contemporary Women's Fiction: Narrative Practice and Feminist Theory*. Jackson: University Press of Mississippi, 1989.

[67] Donna Perry. ed. *Backtalk: Women Writers Speak Out*. New Brunswick, NJ: Rutgers University Press, 1993.

[68] Adam Piette, Mark Rawlinson. ed. *The Edinburgh Companion to British and American War Literature*. Edinburgh: Edinburgh University Press, 2012.

[69] Mona Radwan. *Aspects of War Neuroses in Pat Barker's Regeneration Trilogy*. LAP Lambert Academic Publishing, 2012.

[70] Mark Rawlinson. *Pat Barker*. London: Palgrave Macmillan, 2010.

[71] Rayna R Reiter. ed. *Toward an Anthropology of Women*. New York: Monthly Review Press, 1975.

[72] Rivers, W. H. R. *Instinct and the unconscious*. Cambridge: Cambridge University Press, 1922.

[73] Nikolas Rose. *Governing the Soul: The Shaping of the Private Self*. London: Free Association, 1999.

[74] Thomas W Salmon. *The Care and Treatment of Mental Diseases and War Neuroses (Shell shock) in the British Army*. New York: War work Committee of the National Committee for Mental Hygiege, 1917.

[75] Eric Sanders. *The Essential Writer's Guide: Spotlight on Pat Barker, Including Her Education, Analysis of Her Best Sellers such as Union Street, the Regeneration Trilogy, Adaptations, Awards, Other Interests, and More*. 2012.

[76] Siegfried Sassoon. *Sherston's Progress*. New York: Doubleday, Doran, 1936.

[77] Elaine Scarry. *The Body in Pain: The Making and Unmaking of the World*. New York: Oxford University Press. 1985.

[78] Eve Kosofsky Sedgwick. *Between Man: English Literature and Male Homosocial Desire*. New York: Columbia University Press, 1985.

[79] Brian W Shaffer. ed. *A Companion to the British and Irish Novel 1945-*

2000. Malden, MA: Blackwell Publishing Ltd, 2005.

[80] Ben Shephard. *A War of Nerves: Soldiers and Psychiatrists in the Twentieth Century*. Cambridge: MA: Harvard University Press, 2001.

[81] Vincent Sherry. ed. *The Cambridge Companion to the Literature of the First World War*. Cambridge: Cambridge University Press, 2005.

[82] Elaine Showalter. *The Female Malady: Women, Madness and English Culture 1830-1980*. London: Virago, 1987.

[83] Elaine Showalter. *Sexual Anarchy: Gender and Culture at the Fin de Siecle*. London: Bloomsbury, 1991.

[84] Elaine Showalter. *Hystories: Hysterical Epidemics and Modern Culture*. London: Picador, 1997.

[85] G Elliot Smith, T H Pear. *Shell-Shock and Its Lessons*. London: Longmans Green, 1917.

[86] Maria Holmgren Troy, Elisabeth Wennö. ed. *Memory, Haunting, Discourse*. Karlstad: Karlstad University Press, 2005.

[87] Claire M Tylee. *The Great War and Women's Consciousness: Images of Militarism and Womanhood in Women's Writings, 1914-1964*. Iowa City: University of Iowa Press, 1990.

[88] Claire M Tylee. *Women, The First World War and the Dramatic Imagination: International Essays (1914-1999)*. Ceredigion: Mellen, 2000.

[89] Laurie Vickroy. *Trauma and Survival in Contemporary Fiction*. Charlottesville: University of Virginia Press, 2002.

[90] Wang Lili. *A History of 20th-Century British Literature*. Jinan: Shandong University Press, 2001.

[91] David Waterman. *Pat Barker and the Meditation of Social Reality*. Amherst, NY: Cambria Press, 2009.

[92] Janet S K Watson. *Fighting Different Wars: Experience, Memory, and the*

First World War in Britain. Cambridge：Cambridge University Press，2004.

[93] Karin Westman. *Pat Barker's Regeneration：A Reader's Guide*. New York and London：Continuum，2001.

[94] Pat Wheeler. ed. *Re-Reading Pat Barker*. Nottingham：Cambridge Scholars，2011.

[95] Anne Whitehead. *Trauma Fiction*. Edinburg：Edinburg University Press，2004.

[96] Robert Wohl. *The Generation of 1914*. Cambridge：Harvard University Press，1979.

2. 期刊及博士论文类

[1] Katerina Andriotis. Pat Barker，Blow Your House Down and the Prostitution Debate. *Sexuality and Culture*，2009（13）.

[2] Anne Ardis. Political Attentiveness vs. Political Correctness：Teaching Pat Barker's Blow Your House Down. *College Literature*，1991（18）.

[3] Meera Atkinson. Transgenerational Trauma and Cyclical Haunting in Pat Barker's Regeneration Trilogy. *Cultural Studies Review*，2015（1）.

[4] Pat Barker，Rob Nixon. An Interview with Pat Barker. *Contemporary Literature*，2004（1）.

[5] Michèle Barrett. Pat Barker's Trilogy and the Freudianization of Shell Shock. *Contemporary Literature*，2012（2）.

[6] Anne Barns. Sassoon and Glamour of War. *The Times*，August 15，1991.

[7] Catherine Bernard. Pat Barker's Critical Work of Mourning：Realism with a Difference. *Etudes Anglaises*，2007（April-June）.

[8] Christopher Bond. Gnosis and the Sexual Trangressive in Pat Barker's Regeneration Trilogy. *Critique：Studies in Contemporary literature*，2016（1）.

[9] John Brannigan. An Interview with Pat Barker. *Contemporary Literature*，

2005 (3).

[10] Sarah Cole. Modernism, Male Intimacy, and the Great War. *English Literary History*, 2001 (2).

[11] David Collinson, Jeff Hearn. Naming Men as Men: Implications for Work, Organization and Management. *Gender, Work and Organization*, 1994 (1).

[12] Belinda Davis. Experience, Identity, and Memory: The Legacy of World War I. *The Journal of Modern History*, 2003 (1).

[13] Alistair M Duckworth. Two Borrowings in Pat Barker's Regeneration. *Journal of Modern Literature*, 2004 (3).

[14] Sarah Falcus. A Complex Mixture of Fascination and Distaste: Relations Between Women in Pat Barker's Blow Your House Down, Lisa's England and Union Street. *Journal of Gender Studies*, 2007 (16).

[15] Sarah Gamble. North-East Gothic: Surveying Gender in Pat Barker's Fiction. *Gothic Studies*, 2007 (2).

[16] Nicci Gerrard. MSPrint: Review of Feminist Novels. *The Guardian*, July18, 1984.

[17] Eddie Gibb. Minds Blown Apart by the Pity of War. *The Sunday Times*, November 24, 1996.

[18] Michael Gorra. Laughter and Bloodshed. *The Hudson Review*, 1984 (1).

[19] Mark Greif. Crime and Rehabilitation. *The American Prospect*, 2001 (April).

[20] Amna Harder. War Trauma and Gothic Landscapes of Dispossession and Dislocation in Pat Barker's Regeneration Trilogy. *Gothic studies*, 2012 (14/2).

[21] Greg Harris. Compulsory Masculinity, Britain and the Great War: The Literary Historical Work of Pat Barker. *Critique: Studies in Contemporary Friction*, 1998 (4).

[22] Mattew Hart. Contemporary Fiction and Critical Art. *Contemporary Literature*, 2009 (1).

[23] Christina Jarvis. Manipulating Masculinity: War and Gender in Modern British and American Literature(Review). *Journal of History of Sexuality*, 2011 (1).

[24] Daniel Johnson. Grandfather's Memories Inspired Booker Winners. *The Times*, November 8, 1995.

[25] Patricia E Johnson. Embodying Losses in Pat Barker's Regeneration Trilogy. *Critique*, 2005 (4).

[26] Ashlee Joyce. Gothic Misdirections: Troubling the Trauma Fiction Paradigm in Pat Barker's Double Vision. *English Studies*, 2019 (4).

[27] Kaley Joyes. Regenerating Wilfred Owen: Pat barker's Revisions. *Mosaic: A Journal for the Interdisciplinary Study of Literature*, 2009 (3).

[28] Krista Kauffman. "One Cannot Look at This"/ "I Saw It": Pat Barker's Double Vision and the Ethics of Visuality. *Studies in the Novel*, 2012 (1).

[29] John Kirk. Recovered Perspectives: Gender, Class and Memory in Pat Barker's Writing. *Contemporary Literature XL*, 1999 (4).

[30] John Knight. Wilfred Owen Without the Myth. Rev. of *Wilfred Owen: A New Biography* by Dominic Hibberd. *Contemporary Review*, 2003 (282).

[31] Karen Patrick Knutsen. *Reciprocal Haunting: Pat Barker's Regeneration Trilog*. Karlstad: Doctoral dissertation of Karlstad University, 2008.

[32] Catherine Lanone. Scattering Seeds of Abraham: The Motif of Sacrifice in Pat Barker's *Regeneration* and *The Ghost Road*. *Literature & Theology*, 1999 (*September*).

[33] Martin Löschnigg. "…the novelist's responsibility to the past": History, Myth, and theNarrative of Crisis in Pat Barker's Regeneration Trilogy (1991-1995). *Zeitscbrift fur Anglistik und Americanistik*, 1999 (3).

[34] Alan Lovell. The Use of Literacy: The Scholarship boy. *Universities & Left Review*, 1957 (2).

[35] Esther MacCallum-Stewart. Female Maladies? Reappraising Women's Popular Literature of the First World War. *Women: A Cultural Review*, 2006 (1).

[36] Carl Macdougall. Peep Holes into Weary World of War. *Herald of Scotland*, September 25, 1993.

[37] Sharon Monteith. Warring Fictions: Reading Pat Barke, *Moderna Sprak*, 1997 (2).

[38] Merritt Moseley. Barker's Booker. *The Sewanee Review*, 1996 (3).

[39] Ankhi Mukherjee. Stammer to Story: Neurosis and Narration in Pat Barker's *Regeneration*. *Critique*, 2001 (Fall).

[40] C Kenneth Pellow. Analogy in Regeneration. *War, Literature and the Arts: An International Journal of the Humanities*, 2001 (1/2).

[41] Donna Perry. Going Home Again: An Interview with Pat Barker. *The Literary Review: An International Journal of Contemporary Writing*, 1991 (2).

[42] Lynda Prescott. Pat Barker's Regeneration Trilogy. *The English Review*, 2008 (11).

[43] Lyn Pykett. The Century's Daughter: Recent Women's Fiction and History. *Critical Quarterly*, 1987 (3).

[44] Solveig C Robinson. Wounded: A New History of the Western Front in World War I by Emily Mayhew (Review). *Perspective in Biology and Medicine*, 2014 (3).

[45] Michael Ross. Acts of Revision: Lawrence as Intertext in the Novels of Pat Barker. *The D. H. Lawrence Review*, 1995 (1/3).

[46] Jennifer Shaddock. Dreams of Melanesia: Masculinity and the Exorcism of War in Pat Barker's The Ghost Road. *Modern Fiction Studies*, 2006

(Fall).

[47] Jim Shepard. Gentlemen in the Trenches. Rev. of the The Eye in the Door
By Pat Barker. *New York Times*, May 15, 1994.

[48] Richard Slobodin. Who Would True Valour See. *History and Anthropology*,
1998 (10).

[49] Toby Smethurst. The Making of Torture in Pat Barker's Regeneration.
Critique: Studies in Contemporary Fiction, 2014 (4).

[50] Tony Smith. Reviewed Work(s): Regeneration by Pat Barker; The Eye in
the Door by Pat Barker; The Ghost Road by Pat Barker. *British Medical
Journal*, 1996.

[51] Karolyn Steffens. Communicating Trauma: Pat Barker's Regeneration
Trilogy and W. H. R. Rivers's Psychoanalytic Method. *Journal of Modern
Literature*, 2014 (3).

[52] Fiona Tolan. Painting While Rome Burns: Ethics and Aesthetics in Life
Class and Zadie Smith's On Beauty. *Tulsa Studies in Women's Literature*,
2009 (2).

[53] Sarah Trimble. "The Unreturning Army That Was Youth": Social
Reproduction and Apocalypse in Pat Barker's Regeneration Trilogy.
Contemporary Women's Writing, 2013 (1).

[54] Laurie Vickroy. A Legacy of Pacifism: Virginia Woolf and Pat Barker.
Women and Language, 2004 (2).

[55] Laurie Vickroy. Can The Tide Be Shifted? Transgressive Sexuality and War
Trauma in Pat Barker's Regeneration Trilogy. *Journal of Evolutionary
Psychology*, 2002 (2/3).

[56] Sean Francis Ward. Erotohistoriography and War's Waste in Pat Barker's
Regeneration Trilogy. *Contemporary Literature*, 2016 (3).

[57] David Waterman. Improper Heroes: Treating the Contagion of Hysteria,
Homosexuality and Pacifism in Pat Barkers World War One Trilogy.

Etudes Brittaniques Contemporaines, 2003（24）.

［58］Belinda Webb. The other Pat Barker Trilogy. *The Guardian*, November 20, 2007.

［59］Anne Whitehead. The Past as Revenant: Trauma and Haunting in Pat Barker's Another World. *Critique*, 2004（2）.

［60］Anne Whitehead. Open to Suggestion: Hypnosis and History in Barker's Regeneration. *Modern Fiction Studies*, 1998（3）.

［61］Jay Winter. Shell-Shock and Cultural History of the Great War. *Journal of Contemporary history*, Special Issue: Shell Shock, 2000（1）.